Pia Gold

Die Reise ins Innere

1. Die verlassene Stadt

PIA GOLD

DIE REISE INS INNERE

BAND 1

DIE VERLASSENE STADT

Erste Auflage

Lektorat: Christian Ruzicska
Korrektorat: Peter Natter
www.secession-verlag.com

Gestaltung und Satz: Eva Mutter, Barcelona
Herstellung: Daniel Klotz, Berlin
Druck und buchbinderische Verarbeitung: Friedrich Pustet, Regensburg
Papier Innenteil: 100 g/m² holzfrei Werkdruck
Einband: 270 g/m² Peyprint Bison
Gesetzt aus Petrona
Printed in Germany
ISBN 978-3-96639-076-7

Mein Dank gilt G.
für seine großzügige Unterstützung.

There are hidden qualities in us, always.

C.T.

1

Als die kleine Gruppe Halt machte, stand die Sonne hoch am Himmel. Monate lang hatte sich dort keine einzige Wolke gezeigt, doch heute war es zum ersten Mal bedeckt. Das Ende des Sommers nahte. Es war nicht mehr heiß und trocken, sondern heiß und schwül. Immerhin konnte man jetzt, Ende September, schon um die Mittagszeit unter freiem Himmel sitzen, ohne sich zu verbrennen. Die Regenzeit war nicht mehr fern, dann würde alles anders werden.

»Wir rasten hier«, sagte Karm, ein hoch gewachsener, schlanker Junge mit freundlichem Gesicht. Max schätzte ihn auf siebzehn Jahre, zwei Jahre älter als er selbst – höchstens. Karm war ihm von Anfang an sympathisch gewesen, nach ihrer Begegnung am Vorabend. Wenn er an die inszenierte Zufälligkeit dieses Treffens zurückdachte, bekam er ein schlechtes Gewissen, das er jedoch schnell beiseiteschob. ›Ich hatte keine andere Wahl‹, dachte er mit Nachdruck, aber ohne Überzeugung. Denn natürlich hatte er andere Leute ausgespäht, die in der verlassenen Stadt hausten, und natürlich war ihm aufgefallen, dass diese hier keine Lumpen trugen, sondern einfache, aber ordentliche Kleidung, dass sie nicht an Unterernährung litten und dass sie alle ungefähr in seinem Alter waren. Auf dies alles hatte er geachtet. Aber da war noch etwas, das er mit Gedanken nicht greifen konnte. Es fühlte sich an, als wären sie sich schon einmal begegnet, obwohl das gar nicht sein konnte. Dieses eigenartige Gefühl hatte letztlich den Ausschlag gegeben.

Die Stelle, die Karm ausgesucht hatte, befand sich nur ein paar Meter von der Abbruchkante entfernt, inmitten einer Brache, die früher vielleicht ein Feld gewesen war, oder ein Park, eine Wiese, irgendetwas mit Pflanzen, vermutete Max. Im Waisenhaus hatte er Bilder von Landschaften gesehen, wie es sie vor Jahrhunderten einmal gegeben hatte – grüne Wälder soweit das Auge reichte, riesige Weizenfelder, große Stadtparks mit angelegten Weihern, in denen Vögel schwammen.

Doch auf dieser Brache zwischen Abbruchkante und totem Wäldchen wuchs eigentlich gar nichts, abgesehen von ein paar mickrigen Flechten, die vollkommen vertrocknet wirkten. Der Rest bestand aus hartem, rissigem hellbraunem Boden. Was sollte auch in der Hitze des Sommers überleben können? Max ließ seinen Blick über die tiefe Senke schweifen, die sich etwa siebzig Meter unter ihnen ausbreitete und die so groß war, dass sie zwar die nördliche Kante sahen, nicht aber das gegenüberliegende Ende oder die südliche Begrenzung. Die Grube – so nannten alle diesen unheimlichen Ort, den er und Emilia oft nachts von einem der verbotenen Stockwerke des Waisenhauses neugierig betrachtet hatten – ein schwarzes Loch inmitten der bunt leuchtenden Nacht. Die Grube war ihnen wie ein großes Geheimnis erschienen, ein magischer Ort, an dem die Gesetze der Natur nicht galten, und sie hatten sich Geschichten ausgedacht, lange, bevor die Grube zu einer bitteren Realität wurde.

Der Gedanke an Emilia führte dazu, dass der Junge sich unwillkürlich umwandte, dorthin, wo keine drei Kilometer nördlich das einzige Hochhaus der verlassenen Stadt aufragte, das von jenem Erdbeben vor fast hundert Jahren verschont geblieben war, welches aus der einst blühenden Stadt gemacht hatte, was sie heute war: ein Ort voller Ruinen, in dem nur Menschen hausten, die nirgendwo sonst erwünscht waren.

»Hey, Max! was sitzt du da allein herum? Komm zu uns!«, rief Karm, der immer ein Auge auf ihn hatte. Max fühlte sich ertappt. Er hätte sagen können, dass es nur eine alte Gewohnheit aus dem Waisenhaus war, Abstand zu halten, dass er sich dort möglichst abseits gehalten hatte, um alle im Blick behalten zu können und nicht überraschend angegriffen zu werden. Doch er schwieg und schüttelte unmerklich den Kopf, um anzudeuten, dass er lieber blieb, wo er war – ein paar Meter entfernt von den anderen, wo er einen glatten Stein gefunden hatte, der zum Sitzen geeignet war.

Max spürte, dass die Regeln aus dem Waisenhaus hier nicht mehr anwendbar waren. Doch er kannte keine anderen. Er hätte sich aufdringlich gefühlt, wenn er sich einfach zu den anderen gesetzt hätte – aufdringlich und unvorsichtig. Dabei erschien ihm keiner der Jugendlichen abweisend oder gefährlich. Karm sowieso nicht, er bemühte sich ja sogar um ihn, und es tat ihm ein wenig leid, dass er nicht darauf reagieren konnte.

Neben Karm saß ein auffallend hübsches Mädchen, Dalma war ihr Name. Sie musste etwa in Karms Alter sein, vielleicht ein Jahr jünger, also sechzehn. Ihre Blicke hatten sich bereits mehrmals gekreuzt, und auch jetzt sah sie Max flüchtig an. Dalma war bestimmt nicht gefährlich. Eher verwirrend mit ihren grünen, schräg stehenden Augen, ihrem langen braunen Haar und ihrer schlanken Gestalt. Hatte er sie eigentlich wahrgenommen, als er diese Gruppe ausspionierte? Er wusste es nicht mehr. Oder wollte er es nicht mehr wissen?

Rechts neben Dalma kauerte ein Mädchen mit dunkler Haut und indischen Gesichtszügen: Nira. So hatte sie sich am Abend vorgestellt und war dabei rot geworden. Sie konnte höchstens so alt sein wie er selbst. Nira erschien ihm sympathisch und in jedem Fall ungefährlich.

Neben Nira lag halb aufgestützt auf der Seite Mohid, vielleicht sechzehn Jahre alt, mittelgroß und ziemlich dünn. Auch ein Inder. Mohid wirkte zwar nicht freundlich, aber auch nicht bedrohlich. Mit ihm würde er es aufnehmen können, wenn es sein musste, ebenso mit Firmin, dem kleinsten der Gruppe. Firmin konnte nicht älter als dreizehn sein. Mit seinem runden Gesicht, seiner Stupsnase und seinen großen, wachen Augen sah er aus wie ein neugieriges Kind. Firmin würde ihm nicht gefährlich werden, und auch das schweigsame asiatische Mädchen neben ihm nicht, wie hieß sie doch gleich? Max versuchte, sich an ihren Namen zu erinnern. Dann fiel es ihm ein: Bo, so hieß sie. Bo war auffallend klein und blasshäutig, dabei aber nicht zierlich, sondern stämmig. Bo hatte ihn bisher weder angeschaut, noch mit ihm gesprochen, doch das konnte ihm gleich sein, denn immerhin war er fast einen Kopf größer als sie.

Max spürte, dass diese Art und Weise, seine neuen Begleiter abzuschätzen, durch seine Zeit im Waisenhaus geprägt war, und er wünschte sich, argloser und vertrauensvoller zu sein. Doch Arglosigkeit und Vertrauen hatten sich in seinem Leben bisher nicht bewährt, und deshalb zog er es vor, erst einmal auf der Hut zu bleiben.

Denn es gab jemanden, der ihn verunsicherte, es war der großgewachsene, afrikanische Junge, der in lässiger Haltung neben Bo auf der trockenen Erde saß und ihm den Rücken zuwandte. Max konnte sich nicht an seinen Namen erinnern.

Im Waisenhaus hatte es eine afrikanische Bande gegeben. Anders als die anderen Banden, die chinesische, die deutsche, die indische und die türkische, hatten ihn die Afrikaner immer in Ruhe gelassen, vielleicht weil sie wussten, dass ein kleiner, schmächtiger Einzelgänger keine Bedrohung für sie darstellte. Doch dieser hier war ihm von Anfang an misstrauisch begegnet, als ahnte er, dass etwas mit Max nicht stimmte.

Max' Blick schweifte unruhig zum toten Wäldchen hinüber.

»Papillo kommt gleich!«, rief Karm ihm zu, als könnte er Gedanken lesen. Max nickte leicht und erhob sich. Er ging die paar Meter bis zur Abbruchkante.

»Pass auf, wenn du dich näherst, Max!«, rief Karm ihm mit besorgter Stimme nach. »An manchen Stellen gibt der Untergrund nach!«

Max ging weiter. Wenn du wüsstest, dachte er. Hinter ihm hörte er, wie sie über ihn sprachen.

»Komischer Typ« – das war der afrikanische Junge. Seine Stimme war tief, die Stimme eines Mannes, obwohl er höchstens so alt sein konnte wie Karm.

»Gib ihm Zeit«, erwiderte Dalma ruhig. »Wir haben alle so angefangen.«

»Ich mag ihn«, ließ Nira verlauten. Die anderen schwiegen.

Einen Moment lang fühlte Max sich elend. Würde er immer ein Außenseiter bleiben, einer, der nirgends dazugehörte? Er sehnte sich nach Emilia. Sie beide hatten zusammengehört. Jedenfalls solange, bis er sie verraten hatte. Er schluckte trocken.

Dann stand er direkt an der Abbruchkante und blickte hinab in die riesige, künstlich angelegte Tiefebene. Links unten ein alter, völlig verrosteter Schaufelbagger, weiter entfernt ein umgestürztes Förderband. Im Hintergrund verloren die Formen ihre Konturen in der flimmernden Luft. Der Untergrund bestand aus kahler, heller Erde, man sah noch die Schürfbahnen und die Rampen der Lastwagen. In kleineren und größeren Gruppen wuchsen niedrige Büsche, die fast entlaubt waren, außerdem hier und da ein paar kaktusartige Pflanzen. Weiter hinten stand ein niedriges Wäldchen aus laublosen Bäumen. Trockenzeit. Die Grube war der einzige Ort gewesen, der zumindest in der Regenzeit grüne Vegetation aufwies, doch das hatten er und Emilia nur einige wenige Male sehen können, wenn es ihnen gelungen war, tagsüber in die oberen Stockwerke des Waisenhauses zu klettern und einen Blick hinaus zu werfen.

Plötzlich eine Bewegung, ein Tier. Es sah aus wie ein Hund, doch der Kopf glich dem einer Katze. Niedrig und breitbeinig kam es aus der Deckung eines Busches und blickte nach oben, dorthin, wo Max stand. Es hatte kein Fell, sondern grünlichbraune Schuppen. Selbst von hier oben sah Max, wie groß die Tatzen waren. Der lange Schwanz peitschte durch die Luft.

Das Tier blickte hoch zu Max, er sah, wie es versuchte, seine Witterung aufzunehmen, die Augen schlossen sich leicht, volle Konzentration auf seinen Menschenduft. Noch ein zwei Schritte in seine Richtung, dann blieb es stehen.

»Ein Anomal!«, sagte Karm, der neben ihn getreten war. Max blickte ihn kurz von der Seite an, dann wieder nach unten. Das Tier spitzte die Ohren und beobachtete den anderen Menschen mit derselben Aufmerksamkeit wie noch eben ihn.

»Keine Sorge, hier kommt es nicht hoch«, sagte Karm. Max schwieg. Er hatte keine Sorge empfunden, sondern etwas anderes:

Gemeinsamkeit.

»Die Grube ist voll von denen, und jedes sieht anders aus«, erklärte Karm. »Komisch, dass dieses hier tagsüber aus der Deckung gekommen ist. Das tun sie sonst nie.« Max schwieg immer noch.

»Weißt du, was sie sind?« Max schüttelte den Kopf. Karm lächelte kurz.

»Es sind Chimären.« Max wartete, das Wort sagte ihm nichts. Er warf Karm einen kurzen Blick zu. Der Junge lächelte nicht mehr. Er sah fast bitter aus.

»Hüte dich vor ihnen. Sie sind ...«

Karm machte eine Pause und holte tief Luft, als läge etwas Schweres auf seiner Brust.

»Sie sollten friedlich sein. So war es geplant – friedlich, lieb zu Kindern und sogar hilfreich.« Er schwieg und blickte hinab zu dem Tier, das immer noch dort stand und zu ihnen hinaufschaute, als könnte es Karms Worte verstehen. »Als die Leute herausfanden, wie sie wirklich sind, wurden die meisten kurzerhand ausgesetzt. Wie die Leute so sind.« Er brach ab.

»Wie wir«, sagte Max, während er das Tier betrachtete. Es gab eine Pause, in der Karm versuchte zu verstehen, was Max hatte sagen wollen.

»Sie sind nicht wie wir. Sie sind nicht natürlich entstanden. Schau es dir an. Wenn es uns erreichen könnte, würde es uns anfallen und fressen. Wir sind nicht so. Wir sind Menschen, Max.« Max erwiderte nichts. Er hatte etwas anderes gemeint.

»Komm, lass uns zurück zur Gruppe gehen.«

»Ich bleibe noch.«

»Wie du willst.« Karm entfernte sich. Max blieb am Rand

der Grube stehen und blickte den steilen Abhang hinunter. Keine Chance hochzukommen oder hinunterzuklettern. Das Anomal beobachtete ihn immer noch. Es sah schlau aus. Und berechnend. Der Junge fragte sich, was es wohl denken mochte. Denn das es dachte, stand für ihn außer Frage. Wenn es wirklich böse war, dann hätte es doch ...

»Max!«, rief eine raue Stimme hinter ihm. Er drehte sich um. Papillo war zurückgekehrt und winkte ihm zu. Der Anblick des Erwachsenen ließ ihn aufatmen, obwohl es eigentlich keinen Grund dafür gab. Papillos braungebrannte Haut, seine scharfe Adlernase und seine unerbittlichen blauen Augen, mit denen er durch alles hindurchzusehen schien, erinnerten ihn an einen Piraten aus einer der Bildergeschichten im Waisenhaus. Eigentlich war Papillo zum Fürchten, und doch ging von diesem Mann etwas aus, das Max nicht in Worte fassen konnte. Es war beinahe, als hätten sie sich vor langer Zeit sehr gut gekannt und wären sich nun wiederbegegnet. Das konnte natürlich nicht sein, aber dieses vage Gefühl flößte Max zumindest so viel Vertrauen ein, dass er es in Erwägung zog, sich Papillos Gruppe zumindest für die Dauer der Regenzeit anzuschließen. Irgendwo musste er ja bleiben.

»Komm her!«, rief der Mann mit seiner heiseren Stimme und machte eine auffordernde Handbewegung. Max setzte sich in Bewegung. Der Erwachsene hatte Essen dabei. Zuchtfleisch vom Schwarzmarkt, wie er sagte. Die anderen hatten ein Feuer gemacht. Sie nahmen das Fleisch aus den Kunststoffpackungen, steckten es auf Holzspieße, hielten sie über die Flammen. Jeder briet sich sein eigenes Essen. Schnell roch es verbrannt. Papillo hatte Salz dabei, jeder erhielt eine Prise auf sein Fleisch, dann wurde gegessen. Das Feuer knackte, sie rückten ab von der Glut. Es war sowieso schon warm genug.

Max unterdrückte seinen Würgereiz und begann, an seinem Fleisch zu kauen. Um sich abzulenken, hob er den Kopf. Eine hellgraue Wolkendecke schob sich träge über den Himmel.

»Bald beginnt die Regenzeit«, sagte Papillo in mahnendem Tonfall. »Dann müssen wir einiges anders machen. Nahindra hat mir ein Haus in der verlassenen Stadt überlassen, nicht weit von der Dammstraße, aber von dort nicht einsehbar. Es soll komplett erhalten sein. Und es liegt auch nicht an einer Drohnenstrecke. Dort werden wir einziehen.« Niemand sagte etwas. Papillos Blick schweifte über die Gruppe der jungen Menschen. Sein Blick irrte ab. Er wies mit dem Kinn auf das tote Wäldchen:

»Wenn die Bäume noch am Leben wären, könnte wir uns dort etwas bauen. Aber so ist es zu gefährlich. Die Wurzeln halten nichts mehr.« Sie aßen weiter.

»Außerdem«, fuhr er kauend fort, »kommen die Anomals in der Regenzeit leichter hoch. Da brauchen wir ein Haus, das ein wenig weiter von der Abbruchkante entfernt liegt.« Er warf einen Seitenblick auf Karm.

»Wenn die Bäume noch am Leben wären«, sagte Firmin mit heller Stimme, »könnten wir uns ein Baumhaus ganz weit oben bauen. Ich habe mal eine Geschichte gelesen, in der so was vorkommt.«

»Uh! Ganz weit oben«, erwiderte Nira mit Schaudern. »Das wäre nichts für mich.« Ihr Blick huschte zu Max hinüber und sie errötete leicht.

»Es gibt Anomals, die aus Genomen von Bibern, Wölfen und Bären kombiniert wurden«, sagte Karm, ohne aufzublicken. »Die würden unsere Bäume einfach solange abnagen, bis sie umfallen. Und dann würden sie uns alle fressen.« Papillo warf dem Jungen einen kurzen Blick zu.

»Zum Glück wird nichts davon eintreten«, sagte er leichthin, »weil unser Regen-Quartier mitten in der verlassenen Stadt liegt.«

»Ist es weit bis dahin?«, meldete sich Mohid, der keinen Hehl aus seinem Unwillen über einen möglicherweise langen Marsch machte. Papillo schüttelte den Kopf, ohne aufzuschauen. Dann grinste er:

»Wie ein ausgedehnter Spaziergang.«

»Mit Betonung auf ›ausgedehnt‹, nehme ich an«, versetzte Mohid und verzog das Gesicht.

»Mit Betonung auf ›Spaziergang‹ natürlich«, widersprach Papillo immer noch grinsend.

»Ich würde sagen mit Betonung ›wie‹!«, rief Firmin mit kindlicher Begeisterung. »Denn das heißt, dass wir gar nicht wissen, wie es wirklich wird!« Er kicherte vergnügt. Dalma bemerkte sachlich:

»Wenn es in der Nähe der Dammstraße ist, dann wird es nicht länger als eine Stunde dauern.« Dabei blickte sie Max an, als wollte sie ausschließlich ihn informieren. Der Junge hielt ihrem Blick nur eine Sekunde lang stand, dann schlug er verlegen die Augen nieder. Dalma war wirklich verwirrend, fand er.

»Hauptsache weit weg von der Grube«, bemerkte Karm düster. Seit das Anomal aufgetaucht war, hatte sein sonst so freundliches Gesicht harte Züge angenommen, die so gar nicht zu ihm passen wollten. Irgendetwas musste da vorgefallen sein, vermutete Max. Er beobachtete Bo, das asiatische Mädchen, und den afrikanischen Jungen, die beide aufmerksam zugehört hatten, ohne ein Wort zu sagen. Wie sie so dasaßen, so dicht nebeneinander, dass sie sich berührten, unmerklich einander zugewandt, obwohl sie sich wie die anderen im Kreis um das Feuer herum platziert hatten, erschienen sie Max wie eine Einheit. Einen Moment lang beneidete er die beiden, denn sie erinnerten ihn an seine Zeit mit Emilia. Seit sie ins Waisenhaus gekommen war und sie sich gefunden hatten, war seine enge, bedrohliche Welt zu einem anderen Ort geworden, einem besseren und schöneren, besonders nachts, wenn sie sich heimlich aus ihren Schlafsälen gestohlen hatten und gemeinsam durch das schlafende Gebäude gestreift waren. Einmal waren sie sogar bis nach ganz oben geklettert und hatten anschließend lange nebeneinander auf dem Bauch gelegen und durch eines der großen kaputten Fenster, die bis zum Boden reichten, schweigend in die Dunkelheit geschaut. In jener Nacht hatte Max zum ersten Mal in seinem Leben Glück empfunden. Wenn nur nicht diese schrecklichen Männer aufgetaucht wären, dann hätte er vielleicht den Gedanken an Flucht fallengelassen. Und Emilia nicht verraten.

Bekümmert starrte der Junge in die Flammen, als er bemerkte, dass jemand auf der anderen Seite des Feuers ihn beobachtete. Es war Dalma. Rasch riss Max sich zusammen. Nur keine Gefühle zeigen, herrschte er sich an. Gefühle waren Schwachstellen, die ausgenutzt werden konnten. Er senkte den Blick und versuchte, sich nicht einzugestehen, dass Dalmas Aufmerksamkeit ihm etwas bedeutete.

Als alle mit dem Essen fertig waren, löschten sie das Feuer und machten sich auf den Weg. Ab und zu brach die Sonne durch die Wolken und schickte eine Extraportion Hitze auf die Erde. Jeder schulterte einen großen Rucksack, jeder Rucksack sah anders aus, weil sie alle aus verschiedenen Stoffresten zusammengenäht waren. In den Rucksäcken befanden sich Matten, Decken, Lebensmittel, Wasser, das Nötigste. Papillo ging voran, Max als letzter. Sie stapften über den unebenen Boden, der früher einmal ein Feld gewesen sein mochte. Jetzt wuchs hier nur noch zähes, dorniges Gestrüpp, das der sengenden Sonne und der monatelangen Dürre Widerstand leisten konnte. Sie gingen auf das tote Wäldchen zu. Dahinter lag die verlassene Stadt.

Dalma ließ sich zurückfallen, um neben Max zu gehen. Sie blickte ihn ein paar Mal von der Seite an.

»Willst du nicht bei uns sein?« Max warf einen kurzen Blick in ihr hübsches Gesicht.

»Ich habe keine andere Wahl«, antwortete er knapp. Im war plötzlich heiß geworden. Niemals hätte er damit gerechnet, dass Dalma einfach ein Gespräch mit ihm beginnen würde.

Das Mädchen nickte. Eine Weile gingen sie schweigend nebeneinanderher.

»Wo warst du vorher?«

»Waisenhaus«, sagte er erneut so kurz angebunden wie möglich, kam sich aber selbst unfreundlich dabei vor und bereute es sofort. Außerdem war es nicht die ganze Wahrheit. Aber den Alten, bei dem er anschließend untergeschlüpft war, erwähnte er lieber nicht.

Dalma nickte wieder.

»Und wie war das?«, wollte sie wissen. Max zuckte mit den Schultern.

»Ich kannte nichts anderes.«

»Aber jetzt kennst du etwas anderes, nicht wahr? Jetzt kennst du uns.«

»Wir sind uns gerade erst begegnet.«

»Wer weiß«, sagte sie leichthin.

Max verstand nicht, was sie damit meinte.

»Sind wir nicht besser als das Waisenhaus?«, begann sie erneut. Max blieb stehen. Aus den Augenwinkeln sah er, dass auch der afrikanische Junge Halt gemacht hatte und sie beobachtete.

»Besser oder schlechter ist ein Luxus, den ich mir nicht leisten kann«, versetzte er kühl und ging weiter. Verdammt, ging es ihm durch den Kopf, warum konnte er nicht freundlich sein? Warum musste er sie zurückstoßen.

Dalma schwieg erneut. Er konnte spüren, dass sie einen Weg suchte, zu ihm vorzudringen. Sie wollte ihn in ihre Gruppe holen, er sollte seinen Widerstand aufgeben. Doch da war noch etwas anderes. Oder hoffte er nur, dass da etwas war? Suchte er nach einem Ersatz für Emilia, um nicht so einsam zu sein, und glaubte deshalb, da sei noch mehr? Er fühlte sich elend, weil er das Gefühl hatte, Emilia schon wieder zu verraten, indem er sich für dieses neue Mädchen interessierte, und gleichzeitig hoffte er, Dalma werde sich nicht von seiner Grobheit abschrecken lassen.

»Wir verdanken Papillo alles«, begann das Mädchen erneut. »Er hat uns der Reihe nach aufgegabelt, manche von uns waren noch sehr klein. Ohne ihn hätten wir es nicht geschafft.« Eine Drohne flog in mittlerer Höhe über sie hinweg, groß wie ein Bus und feuerrot. Auf den Seiten prangte das weiße Logo einer Supermarktkette. Dalma beschirmte ihre Augen mit der Hand.

»Eines Tages kapern wir so ein Ding und plündern es«, sagte sie ernsthaft.

»Hat Papillo das gesagt?«, fragte Max. Sie nickte.

»Die sind bewaffnet«, bemerkte er. »Das weiß ich vom Waisenhaus. Das wurde von solchen Drohnen versorgt.« Zumindest bis die Männer kamen, dachte er bitter.

»Wo war dein Waisenhaus?«, wollte sie wissen. Max machte eine vage Geste parallel zur Abbruchkante.

»Weiter im Norden.«

»Hat Papillo dich dort gefunden?«

»Er hat mich nicht gefunden«, versetzte Max etwas gereizt. »Wir sind uns begegnet.«

»Er hat gesagt, es wäre dir dreckig gegangen«, beharrte Dalma mit ruhiger Stimme.

»Ich hatte Hunger«, erwiderte Max knapp. Das Mädchen nickte und schwieg. Und wieder tat es Max leid, dass er ihre guten Absichten so übel vergalt. Doch er spürte auch, dass er im Moment nichts daran ändern konnte.

Als sie das Wäldchen erreichten, wurde es schwieriger, voranzukommen. Überall lagen umgestürzte Bäume, totes Unterholz, das von zähen Ranken überwuchert worden war, versperrte den Weg.

»Fasst die Pflanzen nicht an!«, warnte Papillo. »Sie sind giftig.« Er hatte eine Machete aus seinem Rucksack gezogen und hieb damit auf das Gehölz ein. Sie mussten hintereinander gehen. Im Wäldchen war es schattig, obwohl kein einziger der Bäume Blätter trug. Aber sie waren alt und sehr hoch. Ab und zu knackte es irgendwo in der Nähe. Max ging wieder als letzter. Er beobachtete Dalmas schlanke Gestalt, ihre fließenden Bewegungen – und versuchte gleichzeitig, nicht darauf zu achten. Das Mädchen wandte sich halb um und sagte:

»Papillo sagt, dass seit mindestens fünfzig Jahren kein einziger Baum im Wäldchen mehr lebt und sie nur deshalb noch stehen, weil sie windgeschützt sind.«

Max blickte sich um. Tatsächlich lagen überall umgestürzte Baumstämme herum. Manche Bäume waren gegeneinander gesunken und hielten sich nur durch Gewicht und Gegengewicht aufrecht. Ein starker Windstoß und sie würden umfallen. Aber es gab auch einige besonders dicke und große, die fast sämtliche Äste verloren hatten und trotzdem noch kerzengerade in die Luft ragten. Fünfzig Jahre? War Papillo etwa schon so lange hier unterwegs? Dann musste er ja hier geboren sein, überlegte Max. Er hatte ihn auf höchstens vierzig geschätzt.

Plötzlich brach etwas aus dem Unterholz zu ihrer Linken hervor. Ein großes Tier baute sich vor Dalma auf. Es trug ein Geweih auf dem Kopf, der aussah wie der eines Bären. Seine Schnauze war leicht geöffnet und man konnte vier lange, gebogene Reißzähne sehen. Der affenartige Körper trug einen rotbraunen Pelz, anstelle von Pfoten hatte es große schwarze Hände. Dalma schrie auf, das Tier fletschte die Zähne und streckte die Hand nach ihr aus.

Max handelte instinktiv. Er schob Dalma zur Seite, stellte sich genau vor das Tier und blickte ihm in die Augen. Das Tier hielt inne und erwiderte seinen Blick. Ganz fest sah der Junge das Tier an. In seinem Kopf war kein einziger Gedanke, nur dieses eigenartige Gefühl der Gemeinsamkeit, das er zuvor schon empfunden hatte. Langsam schloss sich das Maul des Wesens, zögernd streckte es eine Hand in Richtung des Jungen aus.

Im nächsten Moment kam Papillo angerannt und schwang seine Machete in der Luft. Das Tier sah ihn erschrocken an, wandte sich ab und floh. Mit einem großen Satz sprang es an einen Stamm und kletterte behände hinauf, schwang sich von dort zu einem anderen Stamm, kehrte in sicherer Entfernung auf den Boden zurück und verschwand raschelnd im Unterholz. Dann wurde es wieder still im Wald.

Papillo nahm Dalma, der immer noch der Schreck im Gesicht stand, in den Arm. Dann blickte er Max an.

»Das war mutig von dir«, sagte er. Anschließend wandte er sich an die Gruppe:

»Das hier war ein harmloses Anomal. Vermutlich haben wir es aus dem Schlaf geschreckt. Haltet ab jetzt die Augen auf!« Er kehrte an seinen Platz an der Spitze, um weiterzugehen. Dalma sagte leise:

»Danke.«

Karm näherte sich ihnen.

»Wie hast du das gemacht?«, fragte er Max mit großen Augen. Auch Mohid, Firmin und Nira drängten jetzt zu ihnen.

»Das war toll!«, rief Firmin. »Es war, als würdet ihr euch verstehen, du und dieses Vieh!«

»Verstehen?«, wiederholte Karm fast empört. »Max hat dem Anomal Angst gemacht. Das ist das Einzige, was diese Monster verstehen.«

»Kommt ihr?« Sie wandten sich um. In einiger Entfernung standen Papillo, Bo und der afrikanische Junge und warteten auf sie.

»Oh ja«, sagte Nira, »bloß raus hier. Wer weiß, wie viele von diesen Ungeheuern hier herumlungern.«

»Mach dir keine Sorgen, wir haben doch jetzt einen Helden in unserer Mitte«, erwiderte Mohid ironisch, während er sich in Bewegung setzte. Max blickte dem indischen Jungen irritiert nach.

»Mach dir nichts draus«, beschwichtigte Dalma ihn. »Er ist immer so.« Dann folgte sie den anderen.

Hinter dem Wäldchen überquerten sie eine schmale Straße, deren Asphalt voller Risse und Löcher war. Einige dieser

Löcher waren so tief, dass sie einen großen Bogen um sie machen mussten, weil sie nicht wussten, ob der Asphalt dort nicht unterhöhlt war. Auf der anderen Seite standen kleine, halb verfallene Häuser mit Giebeldächern und winzigen, staubigen Vorgärten, deren Abgrenzungsmäuerchen nur noch zum Teil vorhanden waren. Die Gruppe ging nun nicht mehr im Gänsemarsch. Karm gesellte sich zu Max und Dalma. Er wirkte erleichtert, die Härte war aus seinem Gesicht verschwunden und er lächelte die beiden an.

»Warst du schon mal hier, Max?«, fragte er. Der Junge schüttelte den Kopf.

»Das waren mal Einfamilienhäuser, in denen jeweils nur eine Familie lebte, Vater, Mutter, Kinder.« Er nickte anerkennend. »Die hatten ganz schön viel Platz nur für sich.«

Dalma sagte:

»Es muss so schön gewesen sein, hier zu wohnen und einfach auf der anderen Straßenseite ins Wäldchen zu gehen, um zu spielen oder um jemanden heimlich zu treffen.«

»Warum würdest du denn jemanden heimlich treffen wollen?«, fragte Karm.

»Warum nicht?«, fragte sie zurück. Ihr Blick huschte zu Max hinüber. Karm sah es und schwieg.

Die anderen gingen ein paar Meter voraus, Papillo an der Spitze, neben ihm Bo und der afrikanische Junge, an dessen Namen Max sich noch immer nicht erinnerte. Dahinter Firmin, Nira und Mohid, die in ein Gespräch vertieft schienen.

»Jedenfalls«, nahm Dalma den Faden wieder auf, »muss es schön gewesen sein, hier zu leben, als alles noch heil war, als der Wald noch lebte und grün war und die Häuser schick aussahen. Bestimmt grüßten sich die Leute auf der Straße, wenn sie morgens zur Arbeit gingen.«

Karm nickte.

»Das muss eine gute Zeit gewesen sein.« Er überlegte. »Obwohl, so nahe an der Grube – ich weiß nicht. Bestimmt hatten die Eltern immer Angst, dass ihre Kinder zur Abbruchkante gehen.«

»Was ist denn eigentlich passiert?«, fragte Max.

»Wie meinst du das?«, fragte Dalma.

»Na ja: Was ist mit der Stadt passiert?«

Karm und Dalma blickten ihn überrascht an.

»Das weißt du nicht?«, fragte Karm ungläubig. Max schüttelte verlegen den Kopf und kam sich dumm vor.

»Haben sie euch das im Waisenhaus nicht erzählt?«, hakte Dalma nach.

»Nein.«

»Habt ihr da überhaupt etwas gelernt?«, wollte Karm wissen.

»Nicht viel«, sagte Max ausweichend. Die ganze Situation war ihm so peinlich, dass er es bereute, überhaupt gefragt zu haben.

»Aber du weißt, was die Grube ist, oder?«, fragte Dalma weiter.

»Ein Tagebau«, antwortete Max unsicher. So hatte der Alte die Grube genannt.

»Nicht irgendein Tagebau«, erwiderte Karm, »sondern der größte Tagebau Europas und einer der größten der Welt.«

»Hier wurde Braunkohle zur Energiegewinnung gefördert«, ergänzte Dalma.

»Wo heute die Grube ist, gab es einmal Dörfer, Wälder und Felder«, fuhr Karm fort. »Die mussten alle weg, weil die Braunkohle wichtiger war. Sie wurden hierher umgesiedelt.

Papillo sagt, dass früher einmal fast dreihunderttausend Menschen in der Stadt lebten.«

»Dreihunderttausend?«, fragte Max ungläubig nach. Eine so große Anzahl von Menschen erschien ihm beinahe abwegig. Der andere nickte.

»Ja. Kann man sich heute kaum noch vorstellen, nicht wahr?«

»Und was ist passiert?«, fragte Max erneut.

»Durch die Grube sank der Grundwasserspiegel«, erklärte das Mädchen. »Und vor etwa hundert Jahren gab es ein großes Erdbeben, bei dem viele Menschen starben.«

»Damals wurde dieser Teil der Stadt verlassen«, sagte Karm. »Seitdem gibt es hier nur noch Leute wie uns.« Er grinste schief.

»Nicht wie uns«, widersprach Dalma mit fester Stimme. »Wir sehen zwar alle aus wie Hauser, aber die anderen sind nicht wie wir. Wir haben Papillo.«

»Ja, wir haben Papillo«, nickte Karm bestätigend. Sie blickten beide nach vorn, wo Papillo und die anderen gerade nach rechts abbogen.

»Du hast wirklich Glück, dass du ausgerechnet ihn getroffen hast«, sagte Dalma zu Max.

»Papillo sagt, mit Glück hätte das nichts zu tun«, entgegnete Karm und bog seinerseits ab. Erschrocken folgte Max den beiden. Was hatte der Junge damit gemeint? Wusste Papillo etwas? Das konnte doch gar nicht sein!

2

Hinter der Abbiegung begann eine breite Straße, die geradewegs in die Stadt und weg von der Abbruchkante führte. Hier veränderte sich die Umgebung. Zu beiden Seiten erhoben sich eckige Gebäude mit flachen Dächern und drei, fünf oder mehr Stockwerken. Überall sah er Fenster ohne Glas, alles befand sich im Verfall, der bei den großen Gebäuden noch augenfälliger war. Manche Häuser waren teilweise eingefallen, andere hatten ihre Fassade verloren. Hier und da sahen sie andere Menschen, die allein oder in kleinen Grüppchen unterwegs waren. Alle ärmlich gekleidet. Die Leute gingen sich aus dem Weg, niemand grüßte oder winkte, jeder war mit sich selbst beschäftigt. Wann immer sie eine Seitenstraße passierte, spähte Max hinein. Überall bot sich dasselbe Bild: leere, baufällige Gebäude, tote Fensteröffnungen, aufgeplatzter, löchriger Asphalt, Trümmerstücke.

Sie gingen zuerst etwa einen Kilometer nach Nordwesten, bis zu einer großen Kreuzung. Dort war der Untergrund zum Teil eingesunken, wegen einer Tiefgarage für Autos, wie Karm erklärte, der die Gegend offenbar kannte. Sie mussten die Kreuzung gegenläufig umrunden, um nach Südwesten abbiegen zu können. Dort setzten sie ihren Weg auf dem staubigen Mittelstreifen einer noch breiteren Straße fort. Links und rechts sah Max Geschäfte. Die Ladenschilder waren kaputt, die Scheiben der Schaufenster geborsten, die Gebäude, die sich über den Geschäften erhoben, in schlechtem Zustand, manche wiesen Risse auf, die sich quer über die Fassade zogen. An vielen Stellen war Beton herausgebrochen und auf den breiten Bürgersteig gestürzt. Fast alle Straßenlaternen lagen umgeknickt auf dem Boden oder fehlten ganz. Dicke, verrottete Baumstümpfe in regelmäßigen Abständen zeugten davon, dass dies einst eine Allee war. Im Asphalt der Straße klafften große Löcher, die Steinplatten der Gehwege waren uneben oder zerbrochen oder einfach nicht mehr vorhanden.

»Der Mittelstreifen ist meistens am sichersten«, erklärte Karm. »Manchmal stürzen immer noch Brocken aus den Fassaden. Außerdem sind nicht alle Hauser harmlos. Trotz der Polizeidrohnen.« Er zeigte nach oben, wo eine kleine Maschine mit leisem Surren über sie hinwegflog.

»Tun die was?«, fragte Max. Karm schüttelte den Kopf.

»Die beobachten nur und zeigen, dass sie da sind, damit wir Hauser uns nicht auf offener Straße umbringen. Das wäre nämlich schlecht für die Politik.«

»Sagt Papillo das?« Karm nickte.

»Glaub mir, er hat das System durchschaut. Er weiß, wovon er spricht.«

»Wir können uns immer auf ihn verlassen«, bekräftigte Dalma und blickte Max fast beschwörend an.

Ein Wind war aufgekommen, der die Wolken schneller über den Himmel trieb. Trotzdem blieb es schwül und warm. Max schwitzte unter der Last des schweren Rucksacks. Er sehnte sich nach einer Pause. Der Alte fiel ihm ein. ›Du bist jetzt kein Waisenhauser mehr, sondern nur noch ein Hauser. Irgendwann stirbst du, dann bist du auch das los.‹ So hatte er geredet. Und jetzt war es also soweit. Sein neues Leben als Hauser in der verlassenen Stadt hatte endlich begonnen. Wenn nur Emilia dabei sein könnte!

Eine halbe Stunde lang gingen sie auf der schnurgeraden Straße, ohne einem einzigen Menschen zu begegnen.

»Lebt hier denn niemand mehr?«, wollte Max wissen, dem die Verlassenheit der Gegend unheimlich vorkam. Im Waisenhaus war es immer viel zu voll gewesen, und später hatte der Alte ständig seine Gesellschaft gefordert.

»Die Gebäude hier taugen nichts«, erwiderte Firmin mit seiner hellen Kinderstimme. Sie liefen jetzt alle gemeinsam. »Letztes Jahr haben wir versucht, hier ein Regen-Quartier zu finden und wären mehrmals fast erschlagen oder verschüttet worden.«

»Das stimmt«, ergänzte Karm. »Hier ist nichts mehr, was man gebrauchen könnte.«

»Früher muss das eine tolle Straße gewesen sein«, schwärmte Dalma. »Mit vielen Bekleidungsgeschäften, wo man sich die tollsten Sachen aussuchen konnte.«

»In den Metastädten soll es immer noch so sein«, entgegnete Nira. »Ich wünschte, wir könnten mal in einer Metastadt shoppen gehen. Das muss cool sein! Überall Menschen und Geschäfte mit schönen Dingen!« Ihr Blick streifte Max und eine leichte Röte schoss ihr ins Gesicht. Max wunderte sich über die unverhohlenen Gefühle dieses Mädchens. Im Waisenhaus waren alle so anders gewesen! Jeder hatte dort versucht, sich bedeckt zu halten. Jemand wie Nira wäre dort sofort unter die Räder gekommen.

Mehr noch aber interessierte ihn das Wort ›Metastadt‹. Er wüsste gar zu gern, was Metastädte waren. Niras Beschreibung klang verheißungsvoll. Doch er traute sich nicht, in Gegenwart der gesamten Gruppe zu fragen, denn er hatte keine Lust, schon wieder dumm und unwissend zu erscheinen.

»Das ist definitiv kein Spaziergang mehr«, beschwerte sich Mohid, dem der Schweiß auf der Stirn stand. Nira, Karm und Firmin grinsten über das griesgrämige Gesicht des indischen Jungen. Bo und der afrikanische Junge ignorierten ihn.

»Wir haben es bald geschafft«, erwiderte Papillo und wies voraus.

»Dort beginnt die Dammstraße!« Etwa einen halben Kilometer weiter vorn verjüngte sich die Fahrbahn und führte wie eine Rampe zwischen den Gebäuden steil hinauf.

»Was ist das?«, fragte Max, der sich den Sinn einer solchen Konstruktion nicht erklären konnte.

»Das haben sie nach dem Erdbeben gemacht«, erklärte Dalma. »Die Dammstraße führt in die Oberstadt.« Max horchte auf. Der Alte hatte von der Oberstadt gesprochen.

»Ich dachte, die Stadt ist nach dem Erdbeben verlassen worden«, warf er ein. »Warum hat man dann diesen Wall gebaut?«

»Nicht sofort«, antwortete Karm. »Anfangs wollten die Leute nicht wegziehen. Sie bauten die Dammstraße, um den abgesackten Teil mit den Vierteln zu verbinden, die nicht vom Erdbeben betroffen waren.«

»Und auch wegen der Regenzeit«, ergänzte Dalma. Karm nickte.

»Sicher.«

»Aber in den zwanzig Jahren nach dem Erdbeben gab es immer wieder Erdrutsche, vor allem bei Regen«, erklärte Firmin eifrig. Er liebte es offenbar, sein Wissen mitzuteilen. »Und als die Menschen merkten, dass der Untergrund sich nicht mehr stabilisierte, verließen sie die Stadt.« Er schwieg kurz. Dann riss er die Augen weit auf und sagte: »Von der Mauer der Oberstadt aus sieht es gespenstisch aus!« Er zuckte mit den Schultern. »Aber wenn man einmal drinnen ist …«

Links und rechts der Auffahrt zum Damm folgten schmale Sträßchen dem alten Verlauf entlang der Häuserfassaden. Die Gruppe hielt sich rechts vom Damm. Hier wurde es eng und ein wenig düster, links von ihnen ragte die hohe Mauer der Dammstraße dunkel und bedrohlich in die Höhe. Sie war in erstaunlich gutem Zustand, obwohl Max hier und da Risse im Gemäuer sah. In regelmäßigen Abständen gab es Tunnel, die die beiden Straßenseiten miteinander verbanden. Manche waren eingestürzt, andere noch intakt. Nach zehn Minuten bog Papillo rechts ab in eine Seitenstraße, die etwas breiter war. Ihr folgten sie eine Weile, bis der Erwachsene vor einem fünfstöckigen Gebäude Halt machte.

»Unser neues Zuhause!«, rief er mit seiner rauen Stimme und lächelte sie an.

Die Jugendlichen betrachteten das Gebäude. Die Fassade musste einmal mit Platten verkleidet gewesen sein, die nun sämtlich fehlten. Zu sehen waren nur noch nackter, fleckiggrauer Beton und das dünne, völlig verrostete Eisengerüst der Verkleidung. Der Eingang wurde von einem breiten Vordach geschützt, das mit eigenartig schnörkeligen Gestängen links und rechts abgestützt war. Über dem Eingang erhob sich der zentrale Turm, ein massiv wirkender Betonklotz, der nur ein kleines Rechteck aus Glasbausteinen je Stockwerk aufwies. Sie zählten fünf dieser Rechtecke, also mussten es fünf Stockwerke sein. In dem Turm musste sich das Treppenhaus befinden, vermuteten sie einhellig.

Helle Galerien führten nach rechts vom Betonturm weg. Sie sahen aus wie lange Balkone mit lauter Fenstern. Keine einzige Glasscheibe war mehr vorhanden. Insofern unterschied sich dieses Gebäude nicht sonderlich von den anderen, an denen sie bisher vorbeigekommen waren. Immerhin schien die Eingangstür noch intakt zu sein, eine rostige Stahltür, die nur noch Reste des ehemals grauen Anstrichs aufwies. Links und rechts der Eingangstür hatte es früher offenbar große Glasscheiben gegeben, doch sie waren später durch grobe Ziegelmauern ersetzt worden – bestimmt in der Zeit nach dem Erdbeben, vermutete Max.

»Von innen sieht es bestimmt besser aus als von außen!«, rief Papillo, als er die enttäuschten Gesichter seiner Schützlinge sah. Er strebte auf den Eingang zu, die Jugendlichen folgten ihm. Als sie davorstanden, wandte er sich um und blickte in die Runde.

»Gleich werdet ihr verstehen, warum ihr in den letzten Wochen mehr Metallschrott als sonst sammeln musstet.« Er steckte die Hand in seine Hosentasche und zog einen kleinen Schlüssel heraus.

»Den haben wir Nahindra mit unserer Arbeit abgekauft. Und jetzt besitzen wir ein Quartier für die Regenzeit.« Er wandte sich ab und steckte den Schlüssel in das Schloss der Stahltür. Der Schlüssel hakte ein wenig, doch nach ein paar Versuchen gelang es Papillo, die Tür zu öffnen. Er stieß sie weit auf, wandte sich um und machte eine einladende Geste:

»Willkommen!« rief er mit seiner kratzigen Stimme. »Dieses Haus ist nie geplündert worden. Und es ist ein Wohnhaus, keines dieser ungemütlichen Bürogebäude!« Einer nach dem anderen traten die Jugendlichen an Papillo vorbei. Max zögerte. Er kannte geschlossene Räume nur als Gefängnisse. Darin hatte sich seine Zeit bei dem Alten nicht sonderlich vom Waisenhaus unterschieden. Und nun sollte er dieses neue Gebäude betreten und dort mit Menschen zusammenleben, die er kaum kannte. Am liebsten hätte er auf dem Absatz Kehrt gemacht und wäre davongelaufen. Doch was dann? Wieder allein herumlaufen, ohne Schutz und Nahrung?

»Du wirst hier nicht eingeschlossen sein«, sagte Papillo, der offenbar genau erkannt hatte, was in dem Jungen vorging. »Nur beschützt. Wenn es dir nicht gefällt, oder wenn *wir* dir nicht gefallen, kannst du jederzeit gehen. Aber jetzt komm erst mal!« Max gab sich einen Ruck und schritt über die Schwelle. Papillo lächelte und legte ihm eine Hand auf die Schulter, gemeinsam betraten sie das Gebäude.

Der Vorraum war dunkel. Karm und der afrikanische Junge hatten Kerzen aus ihren Rucksäcken genommen und angezündet. Im flackernden Licht sahen sie in der rückwärtigen Wand des Vorraums zwei geschlossene Aufzugtüren. Der Fußboden war voller Staub, kleiner Steinchen und Abfall.

»Ob die noch funktionieren?«, fragte Firmin voller Hoffnung und wies auf die Aufzüge. Papillo schüttelte den Kopf.

»Wohl kaum«, sagte er und wies ihnen den Weg nach rechts. Dort in der Betonwand befand sich eine weitere Stahltür. Er strebte auf sie zu, steckte den Schlüssel hinein und drehte ihn. Das Schloss klackte und anschließend schwang die Tür metallisch knarrend auf. Dahinter lag das Treppenhaus. Hier war es nicht mehr dunkel, irgendwo weiter oben musste eines der Glasbausteinfenster sein. Der Boden war staubig und schmutzig, kleine Gegenstände lagen auf den Stufen aber keine Betonteile oder herausgebrochenen Mauerstücke.

»Ein gutes Zeichen«, fand Karm. Die anderen sahen sich schweigend in dem kahlen grauen Schacht um, während sie die Stufen hinaufstiegen.

Über die Treppe gelangten sie in einen weiteren Vorraum. Auch hier gab es zwei Aufzugtüren, doch ihnen gegenüber befand sich anstelle der Eingangstür eines der Rechtecke aus Glasbausteinen, die sie von außen gesehen hatten. Trübes Licht sickerte herein. Gleich neben dem Treppenabsatz befand sich eine weitere Stahltür in der Wand. Sie musste zur Galerie des ersten Stockwerks führen. Papillo öffnete sie mit demselben Schlüssel. Helles Licht flutete herein und blendete ihre Augen. Auf der rechten Seite befand sich die glaslose Fensterreihe, durch die der Wind eindrang und durch die sie hinunter auf die Straße sehen konnten. Auf der linken Seite gab es in regelmäßigen Abständen Holztüren, die sich teilweise in sehr schlechtem Zustand befanden. Auf dem Boden lag alles Mögliche herum, Glasscherben, das Skelett eines kleinen Tiers, undefinierbarer Dreck, verrottetes Papier, Plastik, das vermutlich vom Wind hereingeweht worden war.

Papillo drückte die Klinke einer Wohnungstür herunter. Sie war abgeschlossen, und der Schlüssel passte nicht.

»Jetzt müssen wir wohl improvisieren«, sagte er. »Kaikura? Würdest du mir mal bitte helfen?« Der afrikanische Junge grinste Papillo an, nahm kurz Anlauf und trat die Tür ein. Sie brach aus den Scharnieren und fiel mit lautem Scheppern in die Wohnung. Die Gruppe klatschte, Firmin jubelte, Nira und Dalma johlten, sogar die schweigsame Bo lächelte. Mohid verzog das Gesicht, als hätte man ihn belästigt, und Karm klopfte Kaikura anerkennend auf die Schulter.

»Unser Mann fürs Grobe!«, rief Nira. Ihr Gesicht war schon wieder rot geworden. Kaikura verneigte sich theatralisch.

Max hatte weder geklatscht noch sonst etwas gemacht, die Demonstration von Kaikuras Stärke hatte ihn eher eingeschüchtert. Kaikura war das nicht entgangen. Ihre Blicke trafen sich kurz.

»Dankeschön«, sagte Papillo lächelnd und betrat die Wohnung. Der Reihe nach folgten sie ihm.

Der Flur war ein winziges Viereck, das nur aus Türen bestand. Nach links ging es in eine kleine Küche, nach rechts in eine enge Toilette und geradeaus in den Wohnbereich. Abgesehen von den glaslosen Fenstern, den herabgestürzten Lampenschirmen, den Bildern, die auf dem Boden lagen und dem Staub, der alles bedeckte, schien die Wohnung unberührt zu sein. Papillo trat an einen morschen Holztisch, auf dem ein Teller mit Besteck und einer Tasse zu sehen war. Alles wirkte, als wäre es vor sehr langer Zeit benutzt und einfach stehen gelassen worden. Als Max auf den Balkon treten wollte, hielt Papillo ihn zurück.

»Lass mich erst testen, ob er stabil ist.« Er trat vorsichtig hinaus und stampfte erst leicht, dann fester mit den Füßen auf. Als er sicher war, dass nichts passieren würde, winkte er den Jungen zu sich.

Die Aussicht nach hinten war nicht sehr beeindruckend. Eine lange Reihe von mittelhohen Gebäuden bildete eine eintönige Wand aus Rückfassaden. Viele der Gebäude hatten Balkone wie der, auf dem Max und Papillo standen.

»Vermutlich auch Wohnhäuser«, sagte Papillo. »Nahindra hat mir versichert, dass sie alle unbewohnbar sind. Von dort aus wird man uns nicht beobachten.« Er nickte zufrieden.

Max blickte nach unten. Ein schmaler Weg verlief dort genau in der Mitte zwischen den Häuserfronten hindurch. Zu beiden Seiten trockene, rissige Erde. Warum wollte Papillo nicht beobachtet werden? Diese Frage beschäftigte ihn, als ein heller Schrei aus der Wohnung hinter ihnen drang, der sie herumwirbeln ließ. In der Schlafzimmertür, die vom Wohnungseingang aus links lag, erschienen die erschrockenen Gesichter der Mädchen.

»Das müsst ihr sehen«, sagte Dalma mit tonloser Stimme. Sie war bleich geworden.

Max folgte Papillo ins Schlafzimmer. Dort standen die anderen um ein völlig verrottetes Bett, aus dem ein menschlicher Schädel starrte.

Papillo betrachtete ihn eine Weile, ohne etwas zu sagen oder eine Regung erkennen zu lassen. Dann machte er auf dem Absatz kehrt und verließ die Wohnung, gefolgt von den anderen. Der Reihe nach öffneten sie die Türen in diesem Teil des Hauses. In jeder Wohnung fanden sie Skelette. Nicht alle im Bett, manche lagen mitten im Wohnzimmer auf dem Boden, eines saß noch am Tisch. ein anderes auf dem Sofa. Im zweiten Stockwerk bot sich ihnen das gleiche Bild, und auch in den übrigen sah es nicht anders aus.

»Ein Haus voller Toter«, sagte Papillo nüchtern, als sie wieder in den ersten Stock zurückgekehrt waren. »Nahindra hat uns ein Haus voller Toter gegeben.«

»Kein Wunder, dass keiner hier reinwollte«, vermutete Karm.

»Wohin sollen wir denn jetzt gehen?«, fragte Firmin mit weinerlicher Stimme. »Hier können wir doch nicht bleiben!«

»Der verdammte Inder hat uns reingelegt!«, rief Mohid wütend.

»Es sind nur Tote«, erwiderte Papillo beschwichtigend. »Vielleicht waren Nahindras Absichten nicht vollkommen rein, als er uns dieses Haus gab. Aber Tote sind eine hervorragende Gelegenheit, Mitgefühl zu praktizieren. Also werden wir genau das tun.« Er überlegte kurz.

»Wir sind zu neunt, auf diesem Korridor gibt es fünf Wohnungen. Ihr sucht Tücher und Besen. Staubt alles ab und fegt die Böden! Wenn ihr putzen müsst, nehmt das Wasser aus den Vorräten, aber seid sparsam. Und denkt daran, dass wir hier ein paar Monate bleiben müssen, also gebt euch Mühe.« Er blickte zum Bett. »Ich kümmere mich um die Skelette. Dabei benötige ich Hilfe.« Seine blauen Augen wanderten über die Gesichter der Jugendlichen, die nicht sonderlich begeistert waren von der Aussicht, mit den Knochen Verstorbener zu hantieren. Niemand meldete sich freiwillig.

»Willst du mir assistieren, Max?«, fragte Papillo schließlich. Alle Augen wandten sich dem Jungen zu. Max spürte, dass sie froh waren, nicht selbst gefragt worden zu sein, und am liebsten hätte auch er Nein gesagt. Doch irgendwie fühlte es sich falsch an, als Neuer gleich die Hilfe zu verweigern. Langsam nickte er.

»Okay.«

»Gut«, sagte Papillo zufrieden, »dann komm mit. Ihr anderen wisst, was ihr zu tun habt.«

Max folgte dem Erwachsenen zurück in die erste Wohnung. Während sie durch den Korridor mit den kaputten Fenstern auf der Straßenseite gingen, sagte Papillo über die Schulter:

»Ich werde diese Toten verabschieden, denn offenbar hat das niemand getan.«

»Aber ... sie sind doch tot«, entgegnete Max stockend.

»Das stimmt«, nickte Papillo. »Tot und weg, wenn du so willst.« Er lächelte. »Und doch liegen ihre Skelette noch hier herum, und ausgerechnet wir sind über sie gestolpert.« Er blieb vor der ersten Wohnung stehen und wandte sich Max zu. »Was also sollen wir mit ihnen tun?«, fragte er den Jungen. Max blickte Papillo unsicher an. Der Erwachsene war einen halben Kopf größer als er, ein schlanker, drahtiger Mann mit sonnengegerbter Haut. In seinen strahlend blauen Augen lag nicht der geringste Ausdruck von Sarkasmus oder Ironie, seine Frage schien ganz ernst gemeint.

Max überlegte. Im Hintergrund hörte er, wie die anderen sich organisierten. Karm und Kaikura diskutierten darüber, wer was tun sollte. Er hörte Dalmas Stimme, deren Vorschläge offenbar von allen angenommen wurden. Am liebsten wäre er jetzt bei ihnen, anstatt sich mit Skeletten zu beschäftigen.

»Oder willst du lieber putzen?«, fragte Papillo plötzlich. Max schüttelte den Kopf. Er fühlte sich ertappt.

»Nein, ist schon gut«, versicherte er ohne Überzeugung. »Wir könnten sie in die Laken packen und irgendwohin bringen. Die Betten werden wir doch sowieso nicht benutzen, oder?« Bei dem Gedanken überkam ihn ein plötzliches Ekelgefühl.

Zu seiner Überraschung nickte der Erwachsene.

»Gute Idee«, sagte Papillo. »Komm!«

Sie betraten die erste Wohnung und begaben sich erneut ins Schlafzimmer. Ohne zu zögern ergriff Papillo die verrottete Bettdecke, zog sie über das Fußende herunter und ließ sie zu Boden fallen. Nun sahen sie das ganze Skelett. Die Arme lagen links und rechts am Körper, die Beine waren gerade ausgestreckt. Kein sehr großes Skelett.

Die Matratze, auf der das Skelett lag, war der Länge nach aufgeplatzt, genau an der Stelle, wo die Knochen lagen. Ihr Inneres war bräunlich und schwärzlich verfärbt. Max fühlte ein Würgen im Hals.

»Sie ist wohl im Schlaf gestorben«, vermutete Papillo.

»Woher wollen Sie wissen ...?«, begann Max.

»Die Beckenknochen«. Papillo wies auf die Körpermitte des Skeletts. »Frauen haben breitere Beckenknochen. Und schmalere Schultern.« Sein Zeigefinger wanderte nach oben. »Außerdem ist ihr Schädel etwas kleiner und hat weniger kantige Formen.« Er ließ den Arm sinken. »Diese Frau hatte sogar einen sehr hübschen Schädel.« Er wandte sich an Max. »Wollen wir sie also einwickeln und wegwerfen?« Der Junge sah den Erwachsenen erschrocken an. ›Wegwerfen‹ klang so brutal in seinen Ohren. Zweifelnd betrachtete er das Skelett. Ihm fiel auf, dass die Frau ungefähr so groß wie Emilia gewesen sein musste. So also sieht Emilia im Innersten aus, dachte er. Ein eigenartiges Gefühl überkam ihn. Es war, als würde er die Tote kennen. Das konnte natürlich gar nicht sein. Aber das Gefühl blieb.

»Vielleicht ...«, sagte er mit rauer Stimme, »könnten Sie doch zuerst etwas sagen?« Papillo nickte nachdenklich.

»Vielleicht möchtest du ja auch selbst etwas sagen?«, schlug er dem Jungen vor.

»Nein, nein«, sagte Max schnell und machte eine abwehrende Handbewegung.

»Wie lief das denn im Waisenhaus ab?«, wollte Papillo wissen.

»Im Waisenhaus?«, wiederholte Max überrascht. »Ich ... keine Ahnung. Wenn mal jemand starb, dann war der am nächsten Tag einfach weg.«

»Habt ihr denn keine Totenfeier gehabt oder so etwas Ähnliches?« Max schüttelte den Kopf. Der Erwachsene nickte, als verstünde er.

»Und woran glaubst *du*?«, fragte er weiter.

»Ich?«, gab Max ungläubig zurück. Dieser Erwachsene wollte seltsame Dinge wissen. »Was meinen Sie mit ›glauben‹?«

»Na ja«, sagte Papillo, »glaubst du zum Beispiel, dass man nach dem Tod einfach weg ist, oder denkst du dir etwas anderes?« Max zuckte mit den Schultern.

»Keine Ahnung«, sagte er betont desinteressiert. Die Jungen und Mädchen, die vor seinen Augen verschwunden waren, fielen ihm ein. Doch er würde nichts darüber sagen. Und er würde auch nicht von den Nächten erzählen, in denen Emilia ihn getröstet hatte, weil die Erinnerung an die anderen ihn nicht losließ. Emilia, die sehr wohl an etwas glaubte, nämlich daran, dass die Toten nach dem Leben noch immer irgendwie da waren. Er würde nichts sagen, weil er noch nie einem Erwachsenen etwas gesagt hatte, was ihm wichtig war, und er würde nicht bei einem Mann damit beginnen, der ihm vollkommen fremd war.

Papillo betrachtete ihn einen Moment lang schweigend. Schließlich sagte er:

»Gut. Dann machen wir es so, wie ich es gelernt habe. Einverstanden?« Max nickte knapp, um seine Erleichterung zu verbergen. Hauptsache, keine Fragen mehr beantworten müssen.

Papillo holte seinen Rucksack, stellte ihn auf den staubigen Boden, hockte sich davor, schnürte ihn auf, griff hinein und entnahm ihm ein kleines unregelmäßig geformtes Stück Papier, das er dem Jungen reichte. Das Papier fühlte sich seltsam zwischen seinen Fingern an, viel rauer und gröber als das, was sie im Waisenhaus benutzten.

»Echtes Papier«, sagte Papillo. »Gibt es heute kaum noch. Was wir heute als Papier bezeichnen, ist irgendein Kunststoff.«

»Woraus ist das gemacht?«, wollte der Junge wissen.

»Aus Pflanzen«, antwortete Papillo, während er in seinem Rucksack kramte. »Ah! Da ist er ja!«, sagte er nach einer Weile erfreut und hielt einen kleinen schwarzen Stift in die Höhe. Auch dieser sah ganz anders aus als die Stifte, die Max kannte. »Das hier ist ein echter Bleistift, Max«, verkündete Papillo feierlich und wirkte einen Moment fast wie ein Kind, das sich freute. »Er besteht zum Teil aus Holz, nimm ihn, schau ihn dir an!« Max nahm den Stift entgegen, betrachtete ihn von allen Seiten und fand insgeheim, dass er nicht besonders beeindruckend war. Doch er wollte Papillo nicht verärgern, deshalb fragte er:

»Waren die früher normal?«

»Oh, ja!«, nickte Papillo. »Bis vor etwa zweihundert Jahren gab es nur Papier aus Pflanzen und viele Stifte waren wie der hier. Aber seit fast alle Wälder so aussehen wie das tote Wäldchen, durch das wir heute gekommen sind ...« Er beendete den Satz nicht, weil er immer noch damit beschäftigt war, seinen Rucksack zu durchwühlen. Das war kein leichtes Unterfangen, denn in Papillos Rucksack hätten zwei der anderen Rucksäcke gepasst. Für einen Moment verschwand der Kopf des Erwachsenen vollständig im Inneren des Sacks, während seine Hände irgendetwas ganz weit unten ertasteten. Das sah so komisch aus, dass Max sich das Grinsen verkneifen musste.

»Ich muss ja ein Bild abgeben«, ertönte Papillos Stimme dumpf aus dem Inneren des Rucksacks. Und das stimmte, fand Max, der sein Grinsen nun nicht mehr unterdrücken konnte. Er mochte ein Fremder sein, aber irgendetwas an ihm war ganz anders, als er es von den Erwachsenen kannte, die ihm bisher begegnet waren.

Endlich brachte Papillo ein kleines blaues Feuerzeug zum Vorschein. Er hielt es triumphierend in die Höhe und sah so glücklich aus, dass Max erneut das Gefühl hatte, ein Kind anzusehen. Sein angegrautes Haar war zerzaust und stand in alle Richtungen, was den Eindruck noch verstärkte. Zufrieden steckte er das Feuerzeug in seine Hosentasche.

»Und was machen wir jetzt?«, wollte Max wissen, der immer noch das Stück Papier und den Holzstift in den Händen hielt. Papillo lächelte ihn freundlich an, während er sich das Haar glattstrich.

»Wir schreiben ihren Namen darauf«, sagte er.

»Aber ...«, begann Max.

»Natürlich wissen wir nicht, wie sie wirklich hieß«, fuhr Papillo fort. »Wir können sie allerdings beschreiben. Ich finde ja ihren Schädel hübsch. Fällt dir irgendetwas auf, womit man du sie beschreiben würdest?« Max betrachtete erneut das Skelett. Er zuckte mit den Schultern.

»Mir fällt nichts auf«, sagte er ratlos. »Außer, dass das Knie da weißer ist als das andere.« Papillo ging um das Bett herum, beugte sich zu der Stelle herunter und nahm das Knie, auf das Max gezeigt hatte, näher in Augenschein. Als er sich wieder aufrichtete, nickte er anerkennend und sagte:

»Das hast du scharf beobachtet, Max. Unser hübscher Schädel hatte eine Knieprothese, ein künstliches Knie.«

Max nickte, als hätte er verstanden, doch er hatte noch nie etwas davon gehört, dass man Knochen ersetzen konnte.

Papillo überlegte kurz, dann sagte er:

»Schreib auf den Zettel: ›Frau mit dem hübschen Schädel und der Knieprothese aus der ersten Wohnung im ersten Stockwerk.‹ In Ordnung?« Max nickte, aber die Länge der Beschreibung ließ ihn die Luft zwischen den Backen herausblasen. Papillo reagierte nicht darauf, sondern schaute dem Jungen zu, wie er mit verkrampfter Hand den Stift hielt und versuchte, Buchstaben zu schreiben. Max hatte das Papier auf den staubigen Boden gelegt und kniete darüber, die Ellenbogen links und rechts aufgestützt, während er schrieb. Vor lauter Anstrengung leckte er sich mit der Zunge unentwegt über die Lippen.

Nach fünf Minuten reichte er Papillo das Papier. Dort stand in krakeligen, kindlichen Lettern: ›Vrau mitdem hüpschen Schedl under Knibrotese ausder ersten wonung im ersten Schtokwerk.‹ Der Erwachsene warf Max einen kurzen Blick zu.

»Ich ... bin ein bisschen aus der Übung«, sagte der Junge verlegen. Papillo lächelte ihn freundlich an.

»Dann müssen wir für Übung sorgen«, erwiderte er aufmunternd. »Das kriegen wir hin.« Er überlegte kurz. »Ich glaube, ich übertrage dir die Aufgabe, ab sofort das Logbuch zu führen.«

»Das Logbuch?«, wiederholte Max mit großen Augen. »Was ist das?«

»Es ist ein Buch, in das alles eingetragen wird, was am Tag geschehen ist.« Er dachte kurz nach. »Ah, ja!«, sagte er dann. »Und Karm soll es mit dir gemeinsam korrigieren. Einverstanden?«

Der Junge nickte vage. Die Aussicht, schon wieder vor Karm dumm dazustehen, begeisterte ihn nicht gerade.

Papillo schien zu ahnen, was in dem Jungen vorging.

»Das hier«, er wedelte mit dem Papier vor Max' Nase, »das bist nicht du. Das ist eine Zeit in deinem Leben, weiter nichts. Und sie hat gerade begonnen, zu Ende zu gehen. Wenn du das Logbuch schreibst und Karm es mit dir durchgeht, wirst du in zwei Monaten perfekt schreiben.«

»Aber dann stehe ich in seiner Schuld!«, entfuhr es Max, der aus dem Waisenhaus wusste, dass es nie gut war, bei jemandem in der Schuld zu stehen. Wer wusste, was sie im Gegenzug von einem verlangten.

Papillo blickte den Jungen ernst an.

»Da hast du Recht«, gab er zu. »Aber ich weiß auch schon, wie du es ihm zurückzahlen kannst.«

»Wie denn?«, fragte Max misstrauisch.

»Indem du gemeinsam mit ihm in eine der Wohnungen einziehst. Er hat nämlich im Moment noch niemanden. Wie findest du das?«

Max zog ungläubig die Augenbrauen hoch.

»Das ist alles?«

»Na klar!«, sagte Papillo völlig überzeugt. »Das mit dem Logbuch ist nicht die Welt. Und wenn du mit ihm zusammenziehst, könnt ihr euch abends was erzählen. Ich glaube, ihr beide seid eine gute Kombination.«

Der Junge zuckte mit den Schultern.

»Okay.«

»Sehr gut. Und jetzt kümmern wir uns um die Tote mit dem schönen Schädel und der Knieprothese. Es wird allerhöchste Zeit, denn wir haben noch einiges vor uns, wenn mich nicht alles täuscht.«

Ohne länger zu warten setzte Papillo sich auf den schmutzigen Boden, legte die Hände vor der Brust zusammen und begann, etwas zu murmeln, was Max nicht verstand. Zuerst dachte er, es liege daran, dass der Erwachsene so leise sprach, doch dann stellte er fest, dass es Worte in einer fremden Sprache waren. Der Junge kannte einige Sprachen aus dem Waisenhaus – die Banden benutzten sie als Geheimcode, damit niemand ihre idiotischen Pläne aushorchen konnte. Er hatte sie oft genug nachts belauscht und verstand daher ein wenig Chinesisch, Hindi, Russisch und Türkisch. Zumindest genügend, um zu wissen, wann sie etwas Übles im Schilde führten.

Die Sprache, die Papillo gerade vor sich hin leierte, war ihm jedoch unbekannt. Sie klang sehr rhythmisch und zugleich monoton, ein wenig erinnerte sie ihn an Chinesisch, doch dann auch wieder nicht.

Weil er nicht wusste, was er tun sollte, setzte er sich mit dem beschriebenen Blatt in der Hand neben Papillo und legte seinerseits die Hände gegeneinander. Immerhin hatte er den Erwachsenen gebeten, etwas zu sagen, da konnte er nicht einfach nicht mitmachen.

Papillos Gebet dauert nur etwa fünfzehn Minuten. Anschließend zog er das Feuerzeug aus seiner Hosentasche, reichte es dem Jungen und sagte:

»Jetzt kannst du das Papier verbrennen.«

Der Junge zögerte kurz. Jetzt, da sie sich so viel Mühe mit dieser toten Frau gemacht hatten, hatte er plötzlich das Gefühl, mit dem Namen, den sie eigens für sie ausgedacht hatten, auch sie selbst zu verbrennen.

»Wir verabschieden sie jetzt, Max«, sagte Papillo, dessen sonst so raue Stimme diesmal ganz sanft klang.

Der Junge nickte, ohne genau zu verstehen, doch er wollte den Vorgang nicht schon wieder mit seinen Fragen unterbrechen.

Das Papier fing viel schneller Feuer als die Kunststoffblätter, die er kannte. Die Flamme loderte heiß auf, und ehe er sich versah, näherte sie sich seinen beiden Fingern, die das Blatt festhielten. Erschrocken ließ er es los. Zunächst schwebte es nach unten, während es immer kleiner und schwärzer wurde. Doch kurz bevor es den Boden berührte, bekam es plötzlich Auftrieb und flog ein Stück nach oben, während das Feuer es vollständig verzehrte und es als kleines schwarzes Stück Asche zu Boden ging.

Nun legte Papillo die Hände erneut zusammen, doch diesmal verschränkte er die Finger ineinander, so dass sie eine komplizierte Figur ergaben. Max versuchte, sie zu imitieren, doch es war hoffnungslos. Er hatte das Gefühl, dass er sich eher einen Knoten in die Finger machen würde.

Während der Erwachsene nun erneut in eine unverständliche Litanei verfiel, beobachtete der Junge neugierig dessen Hände. Die beiden Ringfinger lagen überkreuz, die beiden Zeigefinger hielten jeweils die Spitze des Ringfingers der gegenüberliegenden Hand. Die beiden Ringfinger aber standen aneinandergelegt aufrecht nach oben, und die beiden kleinen Finger lagen wieder überkreuz und wurden jeweils vom Daumen der anderen Hand an an den Spitzen gehalten, genau wie die Mittelfinger von den Zeigefingern.

Jetzt konnte Max die eigenartige Figur nachmachen, und das war gut so, denn er sollte sie noch oft wiederholen an jenem ersten Tag in ihrem Regen-Quartier.

Papillo hatte Recht behalten mit seiner Vermutung: Das ganze Haus war bis in den fünften Stock voller Toter.

Nachdem sie sich bereits eine Menge Namen ausgedacht hatten – Namen wie »Der Mann mit dem fehlenden rechten Backenzahn und den langen Beinen«, oder »Die Frau mit den gekrümmten Händen«, »Der Mann im Rollstuhl«, »Die Frau mit den besonders breiten Hüften und dem fehlenden Unterarm« und so weiter –, stießen sie im dritten Stock auf einen Hinweis.

Sie hatten gerade erst eine neue Wohnung aufgebrochen

– Papillo hatte die morsche Tür einfach mit einem Schulterstoß aus den Angeln gebrochen –, waren ins Wohnzimmer gegangen und dort auf ein männliches Skelett gestoßen, das auf dem Boden lag –, als der Junge auf einem kleinen, eckigen Tischchen, das an der Wand stand, eine völlig vergilbte und von dickem Staub bedeckte Broschüre fand. Er wischte mit der Handkante darüber, um etwas erkennen zu können. Darunter kam das verblasste Bild eines fünfstöckigen, von Wiesen und Bäumen umgebenen Gebäudes zum Vorschein. Die Farben waren kaum noch erkennbar, doch die Plattenfassade schien hellblau gewesen zu sein.

Darüber wölbte sich eine dicke, angegraute Schrift wie ein Torbogen:

Seniorenheim in der Karlstraße

Papillo blickte dem Jungen über die Schulter.

»Jetzt wissen wir schon ein bisschen mehr«, sagte er.

Als er Max' fragenden Blick sah, fügte er hinzu: »Vermutlich waren sie zu alt, um die Stadt zu verlassen. Und als ihre Pfleger gingen, konnten sie sich nicht mehr selbst versorgen.« Der Junge machte große Augen.

»Sie meinen, sie sind einfach im Stich gelassen worden?«

»Davon gehe ich aus«, entgegnete Papillo. »Menschen tun solche Dinge. Vielleicht wanderte das Unternehmen, das dieses Altenheim betrieb, aus der Stadt ab und die Angestellten mussten sich entscheiden, ob sie ihrem Gewissen folgten oder der Notwendigkeit, Geld zu verdienen, um sich und ihre Familien zu ernähren.« Er zuckte mit den Schultern. »Irgendjemand in der Unternehmensleitung wird sich gedacht haben, dass diese Leute sowieso am Ende ihres Lebens angekommen sind.« Er seufzte. »Das ist schrecklich für alle, nicht nur für die Zurückgelassenen.«

»Wieso?«, wandte der Junge ein. »Die haben sich vielleicht nicht mal Gedanken darüber gemacht.«

Papillo blickte Max einen Moment lang nachdenklich an. Dann zuckte er mit den Schultern.

»Vielleicht hast du Recht. Vielleicht waren sie aber auch nicht mutig genug, auf ihre Gefühle zu hören.«

Max nickte langsam. Er dachte an Emilia. Hatte er sie deshalb im Stich gelassen? Weil er nicht auf seine Gefühle gehört hatte? Das wäre furchtbar! Sie war doch der wichtigste Mensch in seinem Leben! Einen Moment lang fühlte er sich ganz elend. Dann fielen ihm die Leute wieder ein, die die Alten zurückgelassen hatten. ›Ich bin nicht besser als die‹, dachte er und spürte, dass er den Tränen nahe war. Schnell riss er sich zusammen, damit der Erwachsene nichts bemerkte.

Papillo, der ihn beobachtet hatte, wandte sich erneut dem Skelett zu und sagte leichthin:

»Wie gut, dass wir jetzt hier sind, um sie zu verabschieden, findest du nicht auch?« Ohne Max' Antwort abzuwarten, begab er sich ins Schlafzimmer, um nachzusehen, ob dort noch jemand lag. Der Junge dachte über Papillos Worte nach und spürte eine plötzliche Leichtigkeit in sich: Ja, was sie taten, war gut. Schlecht war es jedenfalls nicht. Er setzte sich an den verstaubten Tisch, um seinen Namenszettel zu verfassen.

Seit sie wussten, welchen Zweck das Gebäude einst erfüllt hatte, wurde es etwas leichter, die Skelette zu benennen. Max schrieb Namen wie »Der Mann aus der zweiten Wohnung im vierten Stock des verlassenen Seniorenheims in der Karlstraße«. So konnte es keine Verwechslung mehr geben. Das war zwar immer noch sehr lang für jemanden, der eigentlich noch nie in seinem Leben etwas geschrieben hatte, und Max spürte, wie seine rechte Hand sich zunehmend verkrampfte, bis sie unablässig schmerzte.

Es mussten mindestens drei Stunden vergangen sein, als sie endlich in der letzten Wohnung des fünften Stocks angekommen waren und alle Toten verabschiedet hatten. Die anderen waren noch langsamer, denn sie mussten sämtliche Skelette in die Matratzen und das Bettzeug wickeln und aufs Dach bringen – das hatten sie offenbar selbst entschieden –, und anschließend die Wohnungen im ersten Stock, wo die Gruppe einziehen würde, vom Schmutz und vom Gerümpel befreien – alles Unbrauchbare kippten sie aus den Fenstern auf der Straßenseite oder über die Balustrade des Balkons auf der Rückseite. Das morsche Holz – die Betten, die unbrauchbaren Stühle und Tische und die eingetretenen Wohnungstüren – schafften sie hinauf aufs Dach, damit es als Brennholz verwendet werden konnte.

Zuletzt putzten sie die Böden mit dem wenigen Wasser, das sie aus ihren Trinkflaschen erübrigen konnten. Das erwies sich als nicht besonders erfolgreich, denn durch die geringe Wassermenge entstanden auf dem glatten Steinboden eher Muster aus Schlier.

Max schloss sich der Gruppe an, nachdem er und Papillo mit der Verabschiedung der Skelette fertig geworden waren. Der Erwachsene war aufs Dach gegangen und hatte ihn aus der Pflicht entlassen.

Die anderen arbeiteten gerade in der letzten Wohnung im ersten Stock. Der Eingang zu dieser Wohnung bildete das Ende des Korridors mit den vielen Fenstern. Sie war deutlich größer als die übrigen Wohnungen, die am Gang lagen. So war es auf jedem Stockwerk. In diesen Wohnungen hatten er und Papillo stets Paare vorgefunden, die manchmal getrennt und manchmal gemeinsam gestorben waren. Besonders die beiden Skelette im fünften Stock blieben Max in Erinnerung. Sie hatten Hand in Hand nebeneinander im Bett gelegen.

Die Jugendlichen waren bereits so eingespielt, dass sie seine Hilfe nicht benötigten.

»Bleib einfach bei uns und ruh dich aus«, schlug Dalma vor und lächelte ihn gewinnend an.

Max nickte etwas unbeholfen, ließ sich auf einen der drei Stühle aus Kunststoff nieder und schaute ihnen zu.

Dalma und Nira entstaubten alles und warfen kaputtes Geschirr, blinde Spiegel, verrottete Teppiche, Kleidung, Elektrogeräte und andere Gegenstände aus den Fenstern. Firmin und Mohid kehrten die Böden, wobei der indische Junge nicht müde wurde, sich über den Dreck zu beschweren, während Firmin neugierig den Boden absuchte, weil er hoffte, irgendwo vielleicht doch ein kleines Tier zu entdecken.

»Vergiss es!«, sagte Mohid rücksichtslos, »alle ausgestorben. Alle genauso tot wie die Skelette.«

»Weißt du noch«, sagte Firmin unbeeindruckt, »als wir den Ameisenhaufen im Süden fanden, in der Nähe von Karms altem Zuhause?«

»Die sind bestimmt auch schon tot.«

»Vielleicht aber auch nicht.«

»Die Zeit der Insekten ist vorbei, Firmin«, entgegnete Mohid missmutig, »vorbei, vorbei! Wir leben im Zeitalter der Phosphorschnecke! Und jetzt feg' lieber den Boden, als deine Zeit zu verschwenden.«

»Tu ich ja«, sagte Firmin, »aber ich will kein Tier verletzen, falls doch eines da ist.«

Mohid verdrehte die Augen und setzte lustlos seine Arbeit fort.

»Ich kann dich ablösen«, schlug Max vor, der sich nutzlos vorkam.

»Nein, ist schon gut«, erwiderte Mohid. »Wenn ich dein Angebot annehme, werde ich wieder tagelang für meine Faulheit gemobbt.«

»Und er ist schon oft gemobbt worden!«, rief Nira herüber, die gerade gemeinsam mit Dalma einen völlig verdreckten und ergrauten Läufer einrollte, um ihn über die Balkonbrüstung zu befördern.

Mohid verzog das Gesicht über den Kommentar, die Mädchen und Firmin grinsten. Max beobachtete Dalmas Bewegungen. Das Mädchen wandte sich ihm zu, als hätte sie etwas gespürt. Ihre Blicke begegneten sich.

In diesem Augenblick hörten sie Kaikura, Karm und Bo, die in die Wohnung kamen. Ihre Aufgabe bestand darin, die schweren Holzmöbel und die eingewickelten Skelette aufs Dach zu schaffen. Doch jetzt trugen sie einen großen, noch ziemlich gut erhaltenen Tisch herein, den sie in einem der oberen Stockwerke gefunden hatten. Max erinnerte sich an ihn. Er stammte aus der einzigen leerstehenden Wohnung im gesamten Gebäude.

Papillos zukünftige Wohnung sollte zugleich als Versammlungsort und Speisesaal für die gesamte Gruppe dienen, und dieser Tisch war perfekt geeignet, denn sie würden alle daran Platz finden. Doch die Wohnungen am Ende der Korridore waren anders aufgeteilt. Die Diele war eine Art Verlängerung des langen Korridors, doch an ihrem Ende führte eine weitere Tür nach links in den Wohnbereich. Die Schwierigkeit bestand also darin, den langen, schweren Tisch um die Ecke zu befördern.

Kaikura kam rückwärts gehend herein, blieb jedoch mit den Tischbeinen an der Wand hängen. Max sprang auf, um ihm zu helfen, aber als er versuchte, den Tisch anzupacken, sagte Kaikura knapp:

»Nein.«

»Lass ihn doch helfen«, rief Karm vom Eingang her, wo er und Bo das andere Ende des Tischs hielten.

»Ich brauche seine Hilfe nicht«, entgegnete Kaikura barsch, obwohl es ihm sichtlich schwerfiel, den Tisch zu manövrieren.

Niemand sagte etwas. Max setzte sich wieder auf den Stuhl. Dalma warf ihm einen entschuldigenden Blick zu und zuckte mit den Schultern, als wollte sie sagen, ›Keine Ahnung, was mit ihm los ist‹. Doch Max wusste, was los war: Kaikura mochte ihn einfach nicht. Am liebsten wäre er aufgestanden und gegangen, doch das ging nicht, denn der Eingang war versperrt.

Es dauerte eine Zeitlang, bis Kaikura den richtigen Winkel gefunden hatte und sie den Tisch durch die zweite Tür tragen konnten.

Als sie ihn abgestellt hatten, ließen sich die drei erschöpft auf den freien Stühlen nieder, um zu verschnaufen.

»Drei Stockwerke!«, sagte Karm und schüttelte seine schmerzenden Arme.

»Warum hast du Max nicht helfen lassen?«, fragte Firmin verständnislos. »Er hätte dich lenken können.«

Es entstand ein angespanntes Schweigen. Alle hatten längst bemerkt, dass etwas zwischen den beiden Jungen nicht stimmte.

Kaikura tat, als hätte er Firmin nicht gehört.

Plötzlich sagte Dalma laut:

»Du musst ein bisschen Geduld mit Kaikura haben, Max. Er kommt auch aus einem Waisenhaus.« Kaikura fuhr herum, starrte Dalma wütend an und entgegnete:

»Damit hat das überhaupt nichts zu tun!«

»Vielleicht aber doch«, erwiderte Mohid grinsend. »Gleiche Pole stoßen sich bekanntlich ab.« Er kicherte. »Die Frage ist nur, ob ihr zwei negative oder zwei positive Pole seid.« Erneut grinste er, sichtlich zufrieden mit seiner Metapher. Kaikura ging nicht darauf ein.

In diesem Augenblick steckte Papillo den Kopf zur Tür herein und rief:

»Kommt, Leute! Ab aufs Dach! Und bringt die Lebensmittel mit!«

Alle waren so erleichtert, dass sie übereifrig aufsprangen, um Papillos Aufforderung nachzukommen. Sie stürmten geradezu aus der Wohnung, auch Kaikura.

Max ließ sich Zeit. Er spürte ein so großes Bedürfnis, allein zu sein, dass er zumindest im Treppenhaus keine Gesellschaft ertragen wollte. So kam er als letzter oben an.

Die Dachterrasse war nichts weiter als ein großes, von einer brusthohen Mauer umgebenes Rechteck. Der Boden bestand aus kleinen, verstaubten und verdreckten Kieselsteinen. Rundherum war es bereits so dunkel, dass sie nicht mehr viel von den umliegenden Häusern erkennen konnten. Der Himmel über ihnen war noch immer wolkenverhangen und hing wie eine drückende, düstere Decke über ihnen.

Mitten auf dem Dach befand sich ein mannshoher Scheiterhaufen aus Matratzen, Bettlaken und Holzmöbeln, und obenauf lagen die Skelette, die keine Skelette mehr waren, sondern nur noch ein großes Durcheinander aus Gebeinen und Schädeln.

Beim Anblick der ungeordneten Knochen blieb Max erschrocken stehen, bevor er den anderen folgte und sich dem Haufen näherte. Erfolglos suchten seine Augen nach irgendetwas Bekanntem, der Knieprothese, dem hübschen Schädel, den verkrümmten Fingern und anderen Eigenschaften, die er mühsam auf Papillos Papierzettel geschrieben hatte. Es war, als hätten die Toten noch einmal ihr Leben verloren.

Die anderen hatten sich in einem weit geöffneten Halbkreis vor den Haufen gesetzt. Papillo ermahnte sie, etwas Abstand zu halten, weil es sehr heiß werden würde, sobald sie das Feuer entfacht hätten. Der Abend war schwül und warm, und die Aussicht, noch mehr Hitze erdulden zu müssen, behagte niemandem. Nur Firmin schien von der Aussicht auf ein großes Feuer begeistert zu sein. Aufgeregt verfolgte er alles, was geschah und man sah ihm die Vorfreude an.

Max zögerte. Wohin sollte er sich setzen? Keinesfalls wollte er in Kaikuras Nähe sein, aber er wollte sich auch niemandem aufdrängen. Am liebsten hätte er sich wieder abseits gesetzt, wie am Mittag an der Grube. Doch das hätte jetzt, da sie zusammenwohnen würden, noch seltsamer gewirkt, und diesen Gefallen wollte er Kaikura nicht tun.

»Setz dich zu uns, Max!«, rief Dalma in diesem Augenblick. Sie saß gemeinsam mit Nira am rechten Ende des Halbkreises. Papillo hatte sich am gegenüberliegenden Ende niedergelassen. Neben ihm saßen der Reihe nach Karm, Bo, Kaikura, Firmin und Mohid.

Max folgte Dalmas Einladung, wobei er Kaikuras Blick auf sich spürte. Als er sich neben dem Mädchen niederließ, bildete er das andere Ende der kleinen Gruppe. Er war hungrig und ging davon aus, dass sie nun essen würden, während die Skelette und der Plunder aus den Wohnungen verbrannten.

Und tatsächlich erhoben sich Karm, Kaikura und Papillo. Jeder hielt ein Stuhlbein in der Hand, das am oberen Ende mit Stoff umwickelt war. Papillo zog erneut sein Feuerzeug aus der Hosentasche und steckte diese Stofffetzen in Brand. Bald standen die drei mit lodernden Fackeln da. Anschließend schritten sie um den Scheiterhaufen, bis sie eine Art Dreieck zueinander bildeten, und steckten die Fackeln dicht über dem Boden zwischen die aufgestapelten Gegenstände. Sobald das Feuer übersprang, schritten sie weiter, bis sie die gesamte Basis in Brand gesteckt war. Zum Schluss warfen sie die brennenden Fackeln in den Haufen und setzten sich wieder. Schon bald loderte das Feuer hell auf und entwickelte starken Rauch.

»Ist es nicht gefährlich, wenn andere Leute sehen, dass wir hier sind?«, fragte Max das Mädchen an seiner Seite. Dalma schüttelte den Kopf:

»Papillo hat Anita gefragt, und sie hat gesagt, es ist sicher.«

»Wer ist Anita?«, wollte Max wissen.

»Nahindras Wahrsagerin, du wirst sie sicher bald kennenlernen. Sie ist toll.«

Max schwieg überrascht und blickte zu Papillo hinüber. Emilia hatte ihm davon erzählt, dass ihre Mutter ein paarmal zu einer Wahrsagerin gegangen war, und dass ihr Vater sie jedes Mal dafür gescholten hatte. ›Niemand kennt die Zukunft‹, hatte er gesagt. Für Emilia sollte dieser Satz erst wichtig werden, als sie ins Waisenhaus kam. Niemand kannte die Zukunft, und deshalb war alles möglich – auch, dass sie eines Tages eine neue Familie finden würde.

Dass Papillo sich auf etwas so Unsicheres verließ, erschien

ihm so eigenartig, dass er ihn plötzlich mit ganz anderen Augen sah. Konnte er wirklich darauf vertrauen, dass Papillo ihn beschützen würde? Die anderen schienen überhaupt keine Zweifel zu haben, und sie mussten es doch wissen, oder?

»Das darf aber niemand wissen, okay?«, sagte Dalma und blickte ihm ernst und bittend in die Augen. Max nickte überrumpelt. Es war also doch ein Problem!

»Ich kenne sowieso niemanden, dem ich es sagen könnte«, entgegnete er, teils, weil er fand, dass es der Wahrheit entsprach, und teils, weil er Dalma beruhigen wollte.

Doch das Mädchen hatte bei seinen Worten aufgehorcht und blickte ihn nun skeptisch an.

»Wirklich niemanden? Man kennt doch immer irgendwen.«

»Schon«, gab Max ausweichend zu. Er dachte an Emilia, an die Kinder im Waisenhaus. An die Verschwundenen. An die schrecklichen Männer, die dafür verantwortlich waren. An den Alten. »Aber die werde ich wohl nie wiedersehen.«

Seine eigenen Worte versetzten ihm einen Stich ins Herz. Denn auch wenn er hoffte, den Männern nie mehr zu begegnen, so galt das bestimmt nicht für Emilia.

Dalma hatte ihn aufmerksam beobachtet.

»Wer weiß«, sagte sie nachdenklich. Ihr Blick wanderte zu den Flammen.

Max beobachtete sie von der Seite. Fast kam es ihm so vor, als hätte sie diese Worte mehr zu sich selbst gesagt als zu ihm. Was mochte ihr zugestoßen sein? Bestimmt nichts Gutes, sonst wäre sie nicht hier.

Sein Blick wanderte zu den anderen, Nira, Mohid, Firmin, Bo, Kaikura, Karm. Wie unterschiedlich sie waren! Nira wurde ständig von ihren Gefühlen verraten, Mohid war bestimmt der pessimistischste und sarkastischste Mensch, dem er je begegnet war, Firmin schien immerzu von irgendetwas begeistert zu sein, Karm hatte eine so sanfte, fürsorgliche Art und wirkte doch manchmal fast verbittert. Und Bo war so schweigsam und undurchschaubar, dass er überhaupt nicht schlau aus ihr wurde. Kaikura war anscheinend der einzige Mensch, mit dem sie mehr als zwei Worte wechselte.

Sie alle mussten aus traurigen Gründen zu Papillo gekommen sein. Doch hier saßen sie, unterhielten sich, lachten, machten Scherze, schienen einigermaßen glücklich zu sein. Und sie alle vertrauten Papillo – auch Kaikura.

Er beobachtete den Jungen. Über ihn wusste er immerhin durch Dalmas Bemerkung etwas. Stammte er womöglich aus dem Waisenhaus am westlichen Rand der verlassenen Stadt? Manchmal waren Kinder von dort zu ihnen verlegt worden, und sie hatten immer davon gesprochen, wie schrecklich überfüllt es dort war, und wie brutal die Bandenkriege gewütet hatten. Ob er zu einer der Banden gehört hatte? Er konnte es sich gut vorstellten.

In diesem Moment wandte Kaikura sich um und schaute ihn an, als hätte er seine Gedanken gehört. Max senkte rasch den Blick. Wenn Kaikura nicht wäre, hätte er keine Zweifel mehr, ob er bei Papillo und den anderen bleiben würde. Er sehnte sich danach, irgendwo dazuzugehören. Aber so ...

Die Flammen hatten inzwischen den gesamten Scheiterhaufen in Besitz genommen, die Flammen loderten hoch in den Nachthimmel wie gierige Zungen und verbreiteten ihre sengende Hitze. Sie mussten noch ein Stück weiter abrücken, so dass sie nun genau zwischen dem Scheiterhaufen und der

Tür zum Treppenabgang saßen. Max' Magen knurrte nachdrücklich, und er spürte mit einem Mal, wie müde er von diesem langen, ereignisreichen Tag war.

Er blickte sich um. Die Rucksäcke mit den Lebensmitteln lehnten hinter ihnen neben der Tür, doch niemand hatte sie bisher angerührt. Es musste doch bald etwas zu essen geben!

Plötzlich ertönte ein heller Glockenton, gerade laut genug, um sie alle zu erreichen. Im nächsten Moment verstummten die Gespräche. Und dann begann die ganze Gruppe leise zu singen. Es war eine fröhliche Melodie, deren beschwingende Wirkung Max sofort spürte. Auch die Sprache klang anders als alle Sprachen, die er im Waisenhaus gehört hatte – sanft und stark zugleich, klangvoll und zart, als hätten Elfen und nicht Menschen sie erfunden. Dalma saß neben ihm und hatte die Augen geschlossen, während sie sang. Ihr Gesicht war völlig entspannt, und ihre Stimme drang ungehindert an einen Ort in Max' Innerem, den er zuvor noch nie wahrgenommen hatte.

Dreimal wiederholte sich die Melodie, und beim dritten Mal glaubte er, einige der Wörter wiederzuerkennen. Anschließend schwieg die Gruppe kurz. Max nutzte die Gelegenheit:

»Was singt ihr da?«, flüsterte er Dalma zu. Das Mädchen lächelte ihn an und legte ihren Zeigefinger über die Lippen.

Schon im nächsten Moment stimmte Papillo das nächste Lied an, und die ganze Gruppe sang mit. Eine langsame, getragene Melodie, die so schön war, dass Max glaubte, noch nie etwas Schöneres gehört zu haben. Im Waisenhaus hatte es natürlich Musiker gegeben, doch die Instrumente waren schlecht und die Musiker selbst meistens auch, weil sie vor allem Anerkennung wollten. Wer die Banden unterhalten konnte, hatte ein leichteres Leben – vorausgesetzt, er ließ sich nicht in die Rivalitäten hineinziehen, was ziemlich schwierig war. Außerdem hatten es fast nur Jungen gewagt, sich vor die anderen hinzustellen und etwas zum Besten zu geben. In seinem ganzen Leben hatte Max keine Stimme wie die von Dalma gehört.

Auch dieses Lied sang die Gruppe dreimal. Und wieder gelang es Max, beim letzten Durchgang zumindest die Laute aufzuschnappen. Dann schwieg Papillo, und die Jugendlichen taten es ihm gleich.

Inzwischen glaubte Max begriffen zu haben, dass es sich um eine Art Gebet handelte. Vielleicht ein Tischgebet, hoffte er, denn sein Magen hatte sich mit wütendem Knurren zurückgemeldet, kaum dass der Gesang verstummt war. Jetzt, so hoffte er inständig, musste es ja bald soweit sein, dass sie essen konnten.

Doch erneut wurde er enttäuscht, denn diesmal verharrten die anderen in ihren Haltungen und begannen, lautlos ihre Lippen zu bewegen, während sie in die Flammen starrten. Als Max unruhig hin und her rutschte, legte Dalma eine Hand auf sein Knie und lächelte ihn fast bittend an. Max verstand und versuchte, geduldig zu bleiben.

Während die anderen ihre lautlosen Sätze hersagten, schweiften seine Gedanken ab. Im Waisenhaus hatte jede Bande ihre eigene ›Religion‹ gehabt. Manche nannten sich Muslime, andere Christen, wieder andere Hindus oder Jain. Meistens hing es irgendwie mit der Herkunft ihrer Vorfahren zusammen. Dann aber gab es noch die Antisten, die gegen alles waren, was man nicht sehen konnte, die Naturalisten, die hofften, durch ihre Gebete die Rückkehr der verschwundenen Tiere und Pflanzen bewirken zu können. Es gab die

Reinen, die alle blond und weiß waren und gegen alle etwas hatten, die anders aussahen. Und es gab die Ritter, die sich berufen fühlten, Schwache zu verteidigen. Aber in Wahrheit waren es alles Banden, denen es darum ging, wer das Sagen im Waisenhaus hatte. Die wenigen, die zu niemandem gehören wollten, lebten am gefährlichsten, denn sie hatten keine ›Schutzmacht‹ – Max und Emilia und eine Handvoll anderer Kinder und Jugendliche. Der kleine Jonas fiel ihm ein. Max hatte ein wenig auf ihn aufgepasst, bevor die Männer ihn wegbrachten. Firmin erinnerte ihn an Jonas – dieselbe Naivität, dieselbe Begeisterungsfähigkeit. Aber Firmin hatte zugleich etwas Robustes, während Jonas ein zartes, in der Welt verlorenes Kind war.

Plötzlich fiel ihm etwas auf. Er runzelte angestrengt die Stirn, während er in Gedanken die Verschwundenen durchging. Dann war er sicher: Kinder ohne Bandenzugehörigkeit waren von den Männern am häufigsten ausgesucht worden. Das war ihm bisher noch gar nicht klar gewesen. Ob sie es deshalb getan hatten, weil sie keinen Ärger mit den Banden haben wollten? Hatte es womöglich sogar einen Deal zwischen ihnen gegeben?

Er fühlte sich ganz elend, wenn er daran dachte, dass er hier ein gutes Leben hatte, während Emilia weiterhin dort ausharren musste. Falls sie nicht schon verschwunden war. Doch das mochte er sich überhaupt nicht vorstellen.

Mit einem Mal begannen die anderen wieder leise zu singen. Ein recht kurzes Lied, auf das er sich nicht mehr so intensiv konzentrieren konnte wie zu Beginn dieser eigenartigen Sitzung. Dann endlich war es vorbei. Papillo und die Jugendlichen wirkten, als würden sie aus einem Traum aufwachen.

Dalma wandte sich Max zu. Sie lächelte ihn entschuldigend an und sagte:

»Entschuldige, dass ich nichts sagen konnte. Aber wir sollen während der Praxis über nichts anderes sprechen.«

»Praxis?«, wiederholte Max. »Ist das sowas wie eine Religion?« Das Mädchen wiegte den Kopf.

»Papillo würde sagen: Entweder es ist keine Religion, oder es ist die einzige Religion, die es gibt.«

»Verstehe ich nicht.«

»Ist auch nicht leicht zu erklären. Am besten, du fragst Papillo. Er kann das viel besser.«

»Woran glaubt ihr denn?«

Dalma wollte antworten, doch in diesem Augenblick brachten Karm und Bo unter Applaus das Essen. Es gab erneut Zuchtfleisch am Spieß. Rasch schichteten Kaikura und Papillo ein paar Holzstücke und Stoffreste aufeinander, die sie beiseitegelegt hatten, um die Spieße darüber anzubraten. Dem großen Feuer konnte sich niemand nähern, ohne versengt zu werden. Inzwischen knackte und krachte es unaufhörlich darin, wenn brennende Möbel zusammenbrachen oder Knochen barsten.

Doch jetzt war nicht einmal Firmin an diesen faszinierenden Vorgängen interessiert. Alle wollten nur noch essen.

Max verspürte erneut einen Würgereiz beim Anblick des Zuchtfleischs, doch er riss sich zusammen und nahm die vier Spießchen, die Bo ihm hinhielt, ohne ihn eines Blickes zu würdigen. Karm ging mit einem alten Kanister und einem Lächeln herum und schüttete gefiltertes Wasser in alte verbeulte Aluminiumtassen, die er jedem reichte.

Als alle versorgt waren, hockten sie sich um das kleine Feuer und hielten die Spieße hinein.

Der große Scheiterhaufen brannte noch immer lichterloh, doch sie konnten spüren, dass er seinen Zenit überschritten hatte, denn es war nicht mehr ganz so heiß in seiner Nähe.

Als die Spieße gar waren, herrschte zunächst geschäftiges Schweigen. Jeder war damit beschäftigt, seinen Hunger zu stillen. Nach einer Weile sagte Papillo:

»Haben wir heute eine Darbietung?«

Sofort meldete sich Nira. Sie warf Dalma einen verschwörerischen Blick zu und sagte dann in die Runde:

»Meine hübsche Mitbewohnerin und ich haben einen Tanz vorbereitet, den wir euch gerne zeigen würden.« Die anderen applaudierten, sogar Mohid, obwohl er dabei eine Miene zog, als hätte man ihm schlechte Neuigkeiten mitgeteilt. Firmin dagegen jubelte begeistert und rief:

»Ich liebe Tanzen!«

»Aber dafür brauchen wir Papillos Hilfe«, fuhr Nira fort. »Er muss nämlich singen, sonst klappt es nicht.«

»Ist es das, was ich vermute?«, fragte der Erwachsene. Die beiden Mädchen nickten. Langsam und mit bedauernder Miene schüttelte er den Kopf:

»Das geht leider nicht.«

»Warum denn nicht?«, begehrte Firmin auf. Papillo warf Max einen kurzen Blick zu, bevor er antwortete.

»Falls uns jemand bis hierher beobachtet hätte, sähe er nichts anderes als eine Gruppe von Hausern, die es sich gemütlich gemacht hat.« Mehr sagte er nicht. Die beiden Mädchen ließen die Schultern hängen, fügten sich aber. Auch die anderen schwiegen. Nur Firmin war noch nicht zufrieden:

»Aber du hast doch gesagt, dass hier keine Drohnen vorbeifliegen!« Papillo nickte geduldig.

»Ja, und es stimmt auch. Keine der automatisierten Drohnenstrecken führt hier vorbei.«

»Aber es gibt noch andere«, ergänzte Karm.

»Außerdem«, fuhr Papillo fort und blickte Max jetzt ganz offen über das Feuer hinweg an, »haben wir ein neues Mitglied in unserer kleinen Gemeinschaft, das sich bestimmt schon seit geraumer Zeit fragt, ob es hier mit rechten Dingen zugeht. Oder irre ich mich, Max?«

Plötzlich richteten sich alle Augen auf den Jungen, der völlig überrumpelt war. Mit einem Schlag wurde ihm heiß.

»Na ja«, sagte er ausweichend, »es gab auch im Waisenhaus Religionen.«

»Aber nicht so eine«, versetzte Kaikura trocken.

»Nein«, gab Max zu. »Das, was ihr heute gemacht habt, hab' ich noch nie gesehen.«

»Hat es dir denn gefallen?«, wollte Firmin wissen und blickte ihn erwartungsvoll an.

»Die Musik war sehr schön«, sagte Max. »Aber ich wüsste gern, was die Worte bedeuten.«

»Wir nehmen zuerst Zuflucht und anschließend wünschen wir allen lebenden Wesen das Beste«, erklärte Dalma freundlich.

»Zuflucht?«, fragte Max irritiert. Dalma wollte bereits zu einer Erklärung ansetzen, als Papillo sagte:

»Was ist denn mit den anderen? Keine Darbietungen heute?« Er warf Dalma einen kurzen Blick zu.

Es verging ein Moment des Schweigens. Dann sagte Kaikura langsam:

»Also, ich habe ein neues Gedicht.«

»Ja! Ein Gedicht!«, rief Firmin.

»Wollt ihr es hören?«, fragte Kaikura in die Runde. Alle

wollten unbedingt. Der Junge erhob sich und stellte sich so vor den großen Scheiterhaufen, dass er wie ein dunkler Schemen vor dem leuchtend hellen Hintergrund aussah. Nur das Weiß seiner Augen blitzte sie an. Er sammelte sich kurz, dann sagte er mit seiner tiefen Stimme:

»Eine Weile ging es gut
eine Weile taten wir
als hätten wir den Mut.
So sehr wollten wir
so sein wie wir uns
uns erträumten
dass wir nicht sahen
dass wir nicht waren
wie wir uns wollten
dass wir stattdessen
nicht wussten von wessen
Spiel wir besessen waren.
Eine Weile ging's ganz gut
eine Weile taten wir
als hätten wir den Mut
Eine Weile spielten wir auf Zeit
doch die Weile ist vorbei
und wir haben uns
von keiner Angst befreit
wir sind für nichts bereit
wir sind Vergangenheit
wir sind Gelegenheit
wir nehmen, was man gibt
wir stehlen, was man liebt
und haben nichts zu geben

eine Weile geht das gut
eine Weile tun wir so
als hätten wir den Mut
doch das ist kein Leben.«

Er hatte schnell gesprochen. Jetzt war er außer Atem und blickte erwartungsvoll in die Runde.

Zunächst herrschte verdutztes Schweigen. Dann begann Bo zu applaudieren, und die anderen stimmten verhalten ein. Max schloss sich den anderen an, wenn auch nur, um nicht der Einzige zu sein, der nicht applaudierte, obwohl er sich nicht sicher war, überhaupt etwas verstanden zu haben. Am meisten wunderte er sich darüber, dass der große, starke Kaikura, der ihm solche Angst einjagte, Gedichte machte.

Als der Applaus verstummte, sagte Papillo lächelnd:

»Sowas hast du noch nie verfasst.« Kaikura zuckte ein wenig unbeholfen mit den Schultern.

»Ich weiß«, sagte er etwas verlegen. Dann wies er auf Max.

»Er ist schuld. Er hat mich dazu inspiriert.«

Alle blickten zu Max, der dasaß und nicht wusste, was er denken sollte.

»Das musst du jetzt aber erklären«, meldete sich Firmin.

»Das sehe ich auch so«, pflichtete ihm Dalma bei.

»Ist doch klar«, sagte Mohid mit gedehnter Langeweile in der Stimme. »Beide aus dem Waisenhaus, beide dieselbe beschissene Vergangenheit, die sie nicht loslässt, beide haben nicht die saubersten Methoden benutzt, um durchzukommen. Und Kaikura, der ältere, erteilt dem sehr viel jüngeren Max weise Ratschläge. Oder, Kaikura?«

Kaikura hatte sich wieder an seinen Platz gesetzt. Er blickte Mohid verärgert an:

»Wenn du es so sagst, klingt es ...«

»Banal?«, fragte Mohid spitz. Kaikura schwieg. In diesem Augenblick meldete sich Dalma:

»Ihr kennt euch doch kaum, du und Max«, sagte sie aufgebracht. »Wie kommst du dazu, ihm solche Dinge anzudichten?«

»Es ist nur ein Gedicht«, beschwichtigte Karm sie. »Ich glaube, wir sollten es nicht so wörtlich nehmen.«

Papillo hatte die ganze Zeit schweigend zugehört. Jetzt räusperte er sich und sagte:

»Dass Max dich dazu inspiriert hat, etwas völlig anderes zu schreiben als bisher, ist schon mal etwas sehr Gutes. Ich finde, dafür können wir alle dankbar sein.« Er grinste Kaikura an, der widerwillig lächelte.

»Wenn es sonst keine Darbietungen gibt, würde ich sagen, ihr bleibt noch ein Weilchen und geht dann schlafen. Aber nicht zu spät. Morgen haben wir einen anstrengenden Tag vor uns.« Er verabschiedete sich von allen und verließ das Dach.

Max blickte ihm nach.

»Was macht er jetzt?«, fragte er Dalma.

»Manchmal geht er direkt schlafen«, antwortete das Mädchen, »aber manchmal schläft er auch so gut wie gar nicht.«

Kaikura und Bo waren die nächsten, die sich verabschiedeten. Die übrigen rückten näher zusammen.

»Hat dir die Musik wirklich gefallen?«, fragte Firmin. Max nickte.

»Ja.«

»Wenn du willst, bringe ich sie dir bei«, bot er Max an, »dann kannst du das nächste Mal mitmachen.« Max zögerte.

»Ich versteh nicht mal die Worte«, wandte er ein.

»Kein Problem«, sagte Nira. »Ich bring's dir bei. Es ist Sanskrit, und meine Muttersprache – oder besser Großmuttersprache«, sie grinste und wurde schon wieder rot, »ist ganz ähnlich.«

»Ich weiß nicht«, wehrte Max ab.

»Warum nicht?«, fragte Dalma.

»Gebt ihm doch Zeit«, mahnte Karm, »es ist sein erster Tag bei uns.«

»Es ist verboten«, verriet Firmin mit gesenkter Stimme.

»Verboten?«, fragte Max überrascht.

»Was wir hier tun, wenn wir unsere ›Religion‹« – mit gekrümmten Zeigefingern machte er zwei Häkchen in die Luft, um Anführungszeichen zu illustrieren –, »praktizieren, ist verboten. Wenn uns eine Polizeidrohne sähe, bekäme Papillo gewaltige Probleme. Uns würden sie bestimmt wegsperren, und wer weiß, was sie mit ihm machen würden.«

»Deshalb durften Dalma und ich den Tanz nicht aufführen«, ergänzte Nira.

»Dann solltet ihr es niemandem sagen, den ihr nicht gut kennt«, versetzte Max.

»Du meinst, jemandem wie dir?« Dalma lächelte. »Aber du gehörst jetzt zu uns.« Max schwieg. Ein ungutes Gefühl überkam ihn. Zweimal im Jahr waren Leute vom Ordnungsamt ins Waisenhaus gekommen und hatten alle verhört. Dabei hatten sie ein Bild von einem Mann im Schneidersitz herumgezeigt und immer dieselben Fragen gestellt: ob man eine solche Abbildung gesehen habe, und wenn ja, bei wem. Die Asiaten waren besonders streng verhört worden. Erklärungen hatte man ihnen nicht gegeben, doch die Kinder erzählten sich die furchtbarsten Dinge über den ›sitzenden Mann‹, wie er genannt wurde. Er sei ein Verrückter, der Menschen zu

Kannibalismus und anderen schlimmen Dingen angestiftet habe. Nie war bei diesen Verhören jemand entdeckt worden, das Bild des sitzenden Mannes kannte Max nur vom Ordnungsamt. So war es auch an Emilias Schule gewesen, die immerhin Jahre lang in der Stadt gelebt hatte und sich in solchen Dingen besser auskannte.

»Wetten, die haben sich diese Religion nur ausgedacht?«, hatte sie einmal zu Max gesagt.

Aber jetzt war er sich nicht mehr so sicher.

»Ich weiß, was du durchmachst«, sagte Firmin. »Ich bin von zu Hause abgehauen, als meine Mutter starb. Mein Stiefvater war ein Arschloch. Ich bin aus der Oberstadt. Papillo fand mich, als ich auf einem toten Baum hockte und versuchte zu schlafen, ohne herunterzufallen.« Er kicherte.

»Anfangs fand ich das alles sehr seltsam – die komische Sprache, die Rituale, einfach alles. Ich dachte schon, ich bin an Verrückte geraten.« Er lachte hell auf. »Aber nach und nach verstand ich es, weil Papillo es mir erklärte. Und dir wird es auch erklären.« Er verstummte.

»Wie ist die Oberstadt?«, fragte Max nach einer Weile.

»Ganz normal. Eine Stadt eben. Bewohnt. Und sauber, nicht so dreckig und verkommen wie hier. Nirgends Ruinen. Hast du noch nie eine normale Stadt gesehen?« Max schüttelte den Kopf.

»Ich würde es dir gerne zeigen, aber dort sind Leute wie wir nicht gerne gesehen. Weißt du: Hauser.« Er lachte. »Obwohl wir das ja jetzt gar nicht mehr sind. Jetzt sind wir Bewohner. Aber das zählt nicht für die in der Oberstadt. Für die sind wir eine Bedrohung.«

»Warum?«

»Weil es viele von uns gibt«, mischte Karm sich ein, »Leute, die keine Bleibe haben, die sich einfach so durchschlagen. Die haben sogar eine Mauer gebaut, damit wir nicht einfach hineinkommen und ihnen alles schmutzig machen.« Firmin nickte bestätigend und kicherte.

»Ich könnte natürlich sagen, dass ich Firmin Berger aus der Behrendstraße 17 bin, dann würden sie sich wundern, meine Angaben überprüfen und mich hereinlassen. Sie würden mich waschen und auf die Schule schicken, und mein Stiefvater könnte wieder ...« Er brach ab. »Nein danke«, sagte er dann und richtete den Oberkörper auf, »mit Papillo und den anderen geht es mir besser.«

Nira lächelte ihn freundlich an und legte einen Arm um seine Schultern.

»Ohne Firmin hätte ich so vieles nicht gelernt«, sagte sie scherzend. »Zum Beispiel, dass früher einmal jeder Quadratzentimeter Boden voller Insekten war. Stellt euch das nur mal vor!«

»Igitt!«, rief Dalma aus, »Man könnte sich ja nirgends hinsetzen!«

»Quatsch!«, widersprach Firmin, »Es wäre wunderbar. Denkt doch mal: überall Leben!« Seine Augen glänzten vor Begeisterung.

»Das sind jetzt alles Menschen«, meldete sich Mohid in seiner typischen, desinteressierten Weise.

»Wie meinst du das?«, fragte Firmin und schaute ihn verständnislos an.

»Na ja, wenn das mit der Wiedergeburt stimmt, dann gibt es deshalb immer weniger Tiere, weil sie nach und nach alle zu Menschen werden. Und dann kann die Erleuchtung nicht mehr weit sein!« Er setzte eine übertrieben optimistische Miene auf, die im nächsten Moment verschwand. »Oder der Untergang.«

»Du klingst ja schon wie Kaikura«, erwiderte Karm.

»Ist Kaikura so …?«, fragte Max.

»Er ist unser Untergangsprophet«, sagte Dalma abschätzig. »Seine Gedichte handeln meistens davon, dass früher alles besser war und dass die Erde es nicht mehr lange macht.«

»Aha«, sagte Max, der sich nicht sicher war, was er darüber denken sollte.

»Aber erzähl doch mal über dich«, forderte Nira ihn auf. »Wir wissen ja kaum etwas.«

»Wir haben doch Kaikuras Gedicht«, stichelte Mohid.

»Dieses blöde Gedicht«, ereiferte sich Dalma, »ich weiß gar nicht, was er gegen dich hat.« Sie blickte Max in die Augen und senkte verlegen den Blick.

»Er ist eifersüchtig, ist doch klar«, sagte Mohid gelangweilt.

»Weshalb denn?«, fragte Dalma ungläubig. Mohid blickte sie an, als könnte er nicht glauben, dass sie ihm allen Ernstes diese Frage gestellt hatte. Dann schüttelte er resigniert den Kopf und schwieg.

»Sind er und Bo ein … Paar?«, fragte Max.

»Das weiß niemand«, sagte Firmin unbekümmert. »Sie hängen zwar immer zusammen, aber für mich sieht ein Paar anders aus.«

»So, so«, machte Karm lächelnd, »du musst es ja wissen mit deiner Lebenserfahrung.«

»Wer weiß!«, rief Firmin, »Vielleicht bin ich ja die Wiedergeburt einer großen Cyberhure aus dem 22. Jahrhundert!«

»Natürlich!«, lachte Nira, »Das wird es sein!«

Das kleine Feuer, das sie zum Grillen entfacht hatten, bestand fast nur noch aus glimmender Asche. Und der große

Scheiterhaufen war inzwischen so weit heruntergebrannt, dass die Flammen nicht mehr hoch in den dunklen Himmel loderten. Auch die Farbe hatte sich verändert, es brannte nicht mehr hellgelb, sondern dunkelorange. Der Turm aus Möbeln, der sogar Kaikura überragt hatte, war fast vollständig in sich zusammengefallen, und die Reste glühten rot.

»Ich bin gespannt, ob wir morgen noch Knochen finden«, sagte Firmin, während er in die Flammen schaute.

Niemand erwiderte etwas. Max hatte beschlossen, keinen Ton mehr zu sagen, denn er wollte auf keinen Fall noch einmal die Aufmerksamkeit auf sich ziehen – er war heilfroh, dass er Niras Frage nicht beantworten musste. Was sollte er auch über sich erzählen? Dass er in seinem ganzen Leben nichts anderes als das Waisenhaus kennengelernt hatte? Dass es sein größter Wunsch gewesen war, dort herauszukommen? Dass er Emilia angefleht hatte, mitzukommen? Dass er sie im Stich gelassen hatte, weil sie vor lauter Angst gelähmt gewesen war? Und dass er jetzt hier saß und sie immer noch eingesperrt war? Oder Schlimmeres? Lieber nicht. Außerdem hinderte ihn etwas, das er nicht genau erfassen konnte, in Dalmas Gegenwart über Emilia zu sprechen.

»Lasst uns schlafen gehen!«, schlug Karm vor, nachdem sie eine Weile nichts weiter getan hatten, als gemeinsam in die Flammen zu schauen. Alle waren einverstanden, und so machten sie sich auf den Weg nach unten.

Im ersten Stockwerk angelangt, verabschiedeten sie sich müde voneinander. Max blickte Dalma und Nira nach, die in der vierten Wohnung verschwanden. Er und Karm bezogen die dritte Wohnung. Firmin und Mohid waren bereits in die zweite Wohnung abgebogen. Kaikura und Bo schliefen in der ersten.

Jemand hatte ihre Rucksäcke bereits hineingestellt, das musste Papillo gewesen sein. Sie zogen ihre mitgebrachten Matten heraus und breiteten sie im Wohnzimmer aus, das jetzt, nach der Reinigungsarbeit, leer wirkte. Max war von Papillo ausgestattet worden, denn die Sachen, die er aus der Wohnung des Alten mitgenommen hatte, taugten nicht. Jetzt besaß er eine dicke Matte aus einem Stoff, der sich selbst aufblies, wenn man ihn ausrollte, wodurch das Liegen viel angenehmer wurde, sogar angenehmer als auf der harten Pritsche im Waisenhaus.

Sie betteten sich nebeneinander mit den Füßen in Richtung des scheibenlosen Balkonfensters.

Dann lagen sie auf dem Rücken und starrten hinaus in den dunklen Nachthimmel.

»Seid ihr alle aus der Oberstadt?«, fragte Max. Karm rollte sich auf die Seite und legte den Kopf auf den Oberarm.

»Nein«, antwortete er leise. »Ich lebte mit meinen Eltern weiter südlich, am Rand der verlassenen Stadt. Wir hatten ein kleines Haus gefunden. Mein Vater ging in die Grube, um Kohle zu brechen.«

»Ich dachte, da ist nichts mehr zu holen.«

»Nicht für die großen Unternehmen. Aber Braunkohle gibt es immer noch. Mein Vater hatte sich aus Schrottteilen ein Lastenrad gebaut. Im Süden gibt es eine breite Rampe, die runter in die Grube führt. So müssen sie früher die großen Schaufelbagger hineinbekommen haben. Die Rampe war asphaltiert und für ein kleines Rad noch in Ordnung. Aber die Arbeit war gefährlich.«

»Wegen der Anomals?«

»Ja. Nicht alle Anomals sind so dumm wie das Vieh, das Dalma heute erschreckt hat. Die Leute erzählen sich, dass die Forscher sogar menschliche Gene in manche dieser Tiere eingeschleust hatten, um sie klüger und interessanter für ihre Besitzer zu machen. Die Leute wollten nicht nur ein lustiges Schoßtier, sondern eines, das ihnen außerdem im Haushalt helfen konnte.« Er seufzte. »Das Angenehme mit dem Nützlichen verbinden – Papillo sagt, das ist eines der größten Übel in unserer Zivilisation.« Er schwieg. Die Dunkelheit legte sich wie eine schwere Decke auf Max' Glieder. Er dämmerte bereits weg, als Karm weitersprach:

»Mein Vater nannte die Anomals ›Schoßmonster‹. Er tat immer so, als könnten sie ihm nichts anhaben. Ich glaube, er hatte sie gut beobachtet und wusste, wann sie schliefen und wann sie jagten. Aber sie mussten ihn trotzdem bemerkt haben, denn eines Abends folgten sie ihm zu unserem Haus.« Er schwieg. Max wartete. Das Schweigen wurde länger. Dann hörte er, dass Karm regelmäßig atmete. Er war eingeschlafen. Im nächsten Moment schlief auch Max.

3

Kaum war Max eingeschlafen, kam er wieder zu Bewusstsein. Augenblicklich wusste er, dass er träumte. Er erhob sich und blickte zurück auf seinen schlafenden Körper. Ein schmaler fünfzehnjähriger Junge mit dunkelbraunem Haar und einem blassen Gesicht. Daneben lag Karm immer noch auf der Seite und schlief ebenfalls. Max schwebte aus dem großen Fenster und blickte der Reihe nach in die anderen Wohnungen. In der ersten Wohnung besuchte er Kaikura und Bo. Das Mädchen lag im Schlafzimmer und Kaikura schlief im Wohnzimmer. In der zweiten Wohnung sah er Mohid und Firmin, die auch Seite an Seite lagen.

In der vierten Wohnung lagen Dalma und Nira eng aneinandergeschmiegt. Max betrachtete Dalmas Gesicht eine Weile, dann schwebte er weiter zu Papillos Wohnung am Ende des Korridors.

Der Erwachsene war noch wach. Doch er sah anders aus. Er trug einen langen, roten Rock, eine rote Bluse und langes, schwarzes Haar. Sein Gesicht war das einer Frau mit einem großen roten Mund und stechenden Augen, deren Lider blau geschminkt waren – doch war es auch Papillos Gesicht. Er oder sie tanzte einen eigenartigen Tanz. Max hörte eine helle Frauenstimme Worte in derselben Sprache singen, die am Abend auf dem Dach erklungen war. Es klang wunderschön. Drei Kerzen mitten auf dem großen Holztisch, den Kaikura, Karm und Bo am Nachmittag hereingetragen hatten, erzeugten ein flackerndes, gelbliches Licht. Die Frau, die Papillo war, tanzte mit geschlossenen Augen, und jetzt sah

Max, dass die helle Stimme aus ihrem halb geöffneten Mund drang.

Plötzlich hielt sie inne und blickte in Max' Richtung wie jemand, der ein Geräusch gehört hat. Dann tanzte sie weiter.

Max schaute eine Weile zu. Die Hände der Frau formten eigenartige Gesten, die sie manchmal weit über dem Kopf ausführte, manchmal drehte sie sich in einer bestimmten Pose um die eigene Achse, dann wieder stand sie plötzlich still auf einem Bein und winkelte das andere in der Luft an. Und die ganze Zeit sang sie leise eine seltsame Melodie, die Max nicht erfassen konnte.

Er schwebte wieder aus Papillos Wohnung. Nach unten, auf die Straße. Um das Gebäude herum. Mehrere Male. Er wusste, dass er auf jemanden wartete, und dass dieser Jemand kommen würde. Er wusste nicht, wer es war, und er stellte sich keine Fragen, dachte keine Gedanken, war einfach nur da.

Nachdem er eine unbestimmte Zeit gewartet hatte, sah er plötzlich das Anomal aus der Grube. Es schlich dicht an den Hauswänden entlang. Als es vor dem Gebäude, in dem Max schlief, angekommen war, blieb es stehen und nahm Witterung auf. Max schwebte näher, bis er direkt vor dem Tier stand und es durch ihn hindurchschaute. Ein hässliches Tier, sein Kopf war halb Katze, halb Hund, es ließ die Zunge heraushängen, doch die Augen waren wieder anders. Dunkle, aufmerksame Augen. Kluge, berechnende Augen. Menschenaugen. Was willst du hier?, fragte er das Tier, doch es hörte und sah ihn nicht. Er schwebte um das Tier herum, betrachtete seine gedrungene Gestalt, den schuppigen Körper, die riesigen Pranken, die bei näherem Hinsehen schwarze Hände und Füße waren, wie bei dem affenartigen Anomal im toten

Wäldchen. Den langen dünnen Schwanz, der nervös durch die Luft peitschte. Es war ihm bis hierher gefolgt. Er betrachtete das Maul des Tiers: große scharfe Zähne, ein Raubtier.

Plötzlich blickte das Anomal Richtung Dammstraße und entfernte sich anschließend rasch. Bald war es in der Nacht verschwunden. Kurze Zeit später sah Max den Grund. Eine Gruppe Männer näherte sich schweigend. Sie waren bewaffnet mit Pistolen und Maschinengewehren. Vor Max' Haus blieben sie stehen. Einer von ihnen, ein großer Mann mit dunklem Bart und langem Haar, sagte:

»Hier ist Papillo mit seinen Kindern heute eingezogen.« Hinter ihm stand ein kleinerer, breitschultriger Mann. Er sagte:

»Wer sagt das?«

»Der Schrott-Inder.«

»Gut. Für morgen vermerken.« Die Männer zogen weiter. Max überlegte, ob er ihnen folgen sollte. Im nächsten Moment sah er die Zimmerdecke und das Balkonfenster und erkannte, dass er wachgeworden war.

Nach einer Weile schlief er wieder ein. Diesmal träumte er nichts mehr.

Als Max am nächsten Morgen aufwachte, lag er allein im Zimmer. Die Sonne musste schon aufgegangen sein, doch die Wolkendecke hing so dick und grau am Himmel und der Tag begann so trübe, dass er nicht sicher war. Er erhob sich und trat hinaus in den Korridor. Aus der letzten Wohnung drangen Gesänge. Er näherte sich unentschlossen, eigentlich hatte er keine Lust, wieder dabeizusitzen und nichts zu verstehen. Aber er wollte nicht allein sein, und deshalb betrat er Papillos Wohnung und blieb im Durchgang zum Wohnzimmer stehen. Papillo und seine Schützlinge saßen im Schneidersitz auf dem Boden und rezitierten etwas. Dabei blickten sie alle die kahle Wand an. Erst nach einer Weile bemerkte Max einen Stein, der dort auf einem schmalen Brett stand, das die Wand entlanglief, eine Art Regalbrett, vermutete Max. Bis auf den Stein war es leer.

Es fühlte sich seltsam an, nicht dabei zu sein. Einerseits hätte er nicht wirklich mitmachen wollen, aber andererseits kränkte es ihn ein wenig, dass Karm ihn nicht geweckt hatte. Wie er sie so beobachtete, blieb sein Blick immer wieder an Dalma hängen. Ihr schlafendes Gesicht fiel ihm wieder ein. Sie hatte so entspannt ausgesehen, so … schön. Schnell drückte er den Gedanken beiseite und dachte an Emilia. Ich darf Emilia nicht noch einmal verraten, dachte er und konzentrierte sich auf sie, auf ihr Gesicht, auf ihr Lachen, auf ihre blitzenden Augen. Doch während er es tat, funkte ein anderes Bild dazwischen: Emilia mit Panik in den Augen, während er sie anflehte, ihm zu folgen. Schnell wischte er auch dieses Bild weg und versuchte, nichts mehr zu denken.

Er betrat das Wohnzimmer erst, als er sah, dass die Gruppe fertig war mit ihren Gesängen. Bei seinem Erscheinen ertönte ein vielstimmiges Guten Morgen! Max war so überrascht davon, dass er gegen seinen Willen lächeln musste. Der Einzige, der ihn nicht begrüßt hatte, war Kaikura, doch irgendwie störte ihn das heute weniger.

Zum Frühstücken setzten sich alle an den großen Tisch. Max landete zwischen Firmin und Mohid. Ohne sich darüber im Klaren zu werden, warum, hatte er es vermieden, in Dalmas Nähe zu sein.

Als alle saßen, schnitt Papillo mit seiner Machete dicke

Scheiben von einem Brotlaib ab und verteilte sie. Max kannte das Brot aus dem Waisenhaus. Es war dunkel und hart und blieb lange genießbar. Doch es schmeckte nicht besonders. Jeder erhielt außerdem einen halben Becher Wasser. Mehr gab es nicht. Als alles ausgeteilt war, saßen sie da und kauten auf ihren Scheiben herum.

»Leert eure Rucksäcke vollständig«, sagte Papillo nach einer Weile, »heute sammeln wir fossiles Plastik. Nahindra sagt, er benötigt eine Tonne. Aber achtet darauf, dass ihr nicht aus Versehen normales Plastik einsteckt! Das gibt hinterher Abzüge.«

Max blickte den Erwachsenen ratlos an. Er hatte noch nie etwas von fossilem Plastik gehört.

»Fossiles Plastik zergeht nicht«, erklärte Firmin mit vollem Mund, »deshalb ist Nahindra scharf darauf. Man kann es irgendwie flüssig machen und wieder neu formen.«

»Wie erkennt man denn den Unterschied?«

»Das ist ganz leicht. Normales Plastik ist irgendwie anders, blasser, und es fühlt sich auch anders an – nicht so glatt, sondern ganz rau.« Max kannte nur diese Art von Plastik.

»Das ist alles?«

»Keine Sorge, Max«, sagte Karm, »wir zeigen es dir.«

»Fossiles Plastik wurde aus Erdöl gewonnen«, erklärte Papillo. »Es ist offiziell seit zweihundert Jahren verboten, deshalb ist es selten geworden. Aber es gibt immer noch Unternehmen, die es herstellen, und die offenbar keine Konsequenzen befürchten müssen.«

»Was will Nahindra denn mit dem Zeug?«, fragte Kaikura skeptisch. Papillo zuckte mit den Schultern.

»Er sagt, er hat einen großen Auftraggeber aus Übersee. Die lassen überall auf der Welt fossiles Plastik sammeln.«

»Boah!«, machte Firmin, »Überall auf der Welt! Das muss ein riesiger Auftraggeber sein!«

»Wenn wir unsere Ausbeute heute Abend abgeben, kann ich ihn ja mal fragen«, sagte Papillo. »Vielleicht erzählt er dann ein wenig mehr.«

»Uns kann es doch egal sein, solange er uns bezahlt«, bemerkte Nira trocken.

Nach dem Frühstück kehrten alle in ihre Wohnungen zurück und leerten ihre Rucksäcke.

»Hey!«, sagte Karm, um Max aufzuhalten, der schon wieder auf den Korridor treten wollte. »Hier nimm einen guten Schluck. Hat Papillo mir für dich gegeben.« Max nahm die Aluminiumflasche, die der andere ihm hinhielt und blickte ihn fragend an.

»Du bist es nicht gewohnt, so lange draußen zu arbeiten. Glaub mir, es wird dir helfen.«

Max nahm einen tiefen Schluck Wasser und gab Karm die Flasche zurück. Der Junge nickte zufrieden und steckte sie in den Rucksack.

»Wenn du das Gefühl hast, du kannst nicht mehr, dann finden wir eine Möglichkeit, ohne dass die anderen was bemerken.« Als er Max' verständnislosen Blick sah, verdrehte er die Augen und sagte:

»Es ist nur wegen Kaikura. Solange er und Bo dich nicht akzeptiert haben, ist es besser, keinen Vorwand zu liefern.«

»Glaubst du, sie werden mich jemals akzeptieren?«, fragte Max skeptisch. Karm sah ihn erstaunt an.

»Natürlich werden sie das, Max!« Er grinste. »Sie wissen es nur noch nicht.« Dann machte er eine Kopfbewegung zur Wohnungstür hin. »Lass uns gehen!«

Sie trafen sich alle auf dem Korridor. Max fühlte Dalmas erwartungsvollen Blick, doch er mied den Augenkontakt.

»Also, Leute!«, sagte Papillo, »Los geht's! Bleibt zusammen!«

Er öffnete die Metalltür zum Treppenhaus. Dann gingen sie die Treppe hinunter. Unten öffnete er die zweite Metalltür und anschließend die Haustür.

Dann standen sie auf der Straße. Als Max in die Richtung blickte, aus der sie am Tag zuvor gekommen waren, sah er die Dammstraße etwa einen Kilometer entfernt. Sie sah aus wie eine haushohe Wand.

Doch sie kehrten nicht zur Dammstraße zurück, sondern folgten dem Straßenverlauf weiter.

»Wohin gehen wir?«, fragte Max Firmin, der neben ihm schlenderte. Die anderen gingen voraus, Papillo an der Spitze. Dalma wandte ein paar Mal den Kopf und suchte seinen Blick, doch er schaute jedes Mal schnell in eine andere Richtung. Er tat es mit einem Gefühl von Entsagung und dachte dabei an Emilia.

»Es gibt mehrere Deponien«, erklärte Firmin. »Die aus der Oberstadt laden ihren Dreck nämlich bei uns ab.« Er kicherte. »Da ist viel Plastik dabei – manchmal auch fossiles. Heute ist Abladetag, da kommen die Drohnen den ganzen Tag über. Wir müssen dann schnell das fossile Plastik herausfischen, denn wir werden nicht die einzigen sein.«

»Aber streitet euch nicht um das Plastik!«, mahnte Papillo über die Schulter. »Es lohnt sich nicht, dafür eure Gesundheit oder die anderer zu riskieren.«

Sie folgten der Straße Richtung Norden bis zu einer großen Kreuzung, über die eine langgestreckte Brücke in west-östlicher Richtung führte. Oben auf der Brücke herrschte dichter Verkehr. In einer endlosen Kolonne rasten die Vehikel schnell wie Pfeile dahin. Doch man hörte kaum ein Geräusch, denn die Brücke war eingehüllt in eine Schale, die entweder aus Plastik oder einem anderen transparenten Material bestand. Diese Schale wölbte sich zu beiden Seiten der Brücke hoch und schien nur nach oben hin offen zu sein.

Darüber flogen Drohnen in unterschiedlicher Größe und in allen möglichen Farben parallel zur Brücke. Auch dort war viel los. Max blickte sich um. Früher einmal musste dieser Ort ein großer städtischer Platz gewesen sein, die angrenzenden Gebäude, die alle in schlechtem Zustand waren, formten gemeinsam einen großen Kreis, in dessen Mitte sich die Kreuzung befand. Mohid gesellte sich zu Max und Firmin. Er zeigte hinauf zur Brücke.

»Das ist die Hochgeschwindigkeitsstrecke von Brüssel nach Berlin. Diese Autos fahren mit fünfhundert Stundenkilometern. Stell dir das mal vor!« Zum ersten Mal, seid Max ihn kennengelernt hatte, sah Mohid begeistert aus. Er konnte sich zwar nichts unter der Zahl vorstellen, die der andere genannt hatte, doch es sah schwindelerregend aus, wie die Autos und die fliegenden Drohnen vorüberrasten. Er war sich sicher, dass er noch nie etwas so Schnelles gesehen hatte.

»Warum stoßen sie nicht zusammen?«

»Das können sie gar nicht«, erklärte Mohid eifrig, »sobald man mit dem Auto auf die Schnellstrecke fährt, verbinden sich ihre Intelligenzen und organisieren sich selbst.«

»Bist du schon mal auf der Schnellstrecke gefahren?«, fragte Max mit großen Augen. Mohid lachte auf.

»Hauser fahren nicht auf der Schnellstrecke! Hauser

latschen zu Fuß durch verlassene Städte.« Er trat mit dem Fuß gegen einen kleinen Stein, der wie ein Geschoss davonflog und mit einem Knall gegen ein Trümmerteil prallte.

»Papillo schon«, widersprach Firmin. »Von ihm wissen wir solche Sachen.«

Sie unterquerten die Brücke, die mehr eine Hochtrasse auf Stelzen war. Max bemerkte, dass die beiden Jungen währenddessen leise Worte murmelten, die er nicht verstand.

»Was tut ihr da?«, fragte er Firmin.

»Wir wünschen allen Wesen, die unterwegs sind, dass sie sich nicht verirren, sondern wohlbehalten an ihr Ziel gelangen.«

»Allen?«

»Ja. Papillo hat uns diese Aufgebe gegeben. Wann immer wir an eine Kreuzung oder an eine Weggabelung kommen, sollen wir es dreimal sagen. Er sagt, das hilft uns dabei, unsere Zerstreutheit zu überwinden und unser Mitgefühl zu entwickeln.«

»Bei mir hat's noch nichts bewirkt«, bemerkte Mohid, der jetzt wieder griesgrämig wirkte. Firmin grinste ihn frech an.

»Manche brauchen ein ganzes Leben, bis sie es schaffen.«

»Manche glauben einfach alles, was man ihnen sagt«, blaffte Mohid zurück.

»Besser zu viel glauben als zu wenig, sagt Papillo«, versetzte Firmin. Mohid verdrehte genervt die Augen.

»Was soll er auch sonst sagen?«, bemerkte er trocken.

Max hatte verwundert zugehört. Es überraschte ihn, das Mohid seine Zweifel so offen zum Ausdruck brachte.

»Glaubst du nicht an die Dinge, die Papillo sagt?«, fragte er leise. Mohid grinste ihn an und erwiderte:

»Du brauchst hier nicht zu flüstern. Jeder kann sagen, was er will. Und manchmal sage ich halt solche Sachen. Papillo kennt das schon.« Er rief nach vorne: »Nicht wahr Papillo?« Ohne sich umzudrehen, hielt der Erwachsene den Mittelfinger in die Höhe. Es gab Gelächter.

»Siehst du?«, sagte Mohid mit einem Grinsen. Er zuckte mit den Schultern:

»Letztendlich mache ich ja doch alles mit.« Er zwinkerte mit einem Auge: »Nicht, dass ich am Ende als einziger nicht erleuchtet werde, nur weil ich's nicht lange genug versucht habe.«

Firmin lachte.

»Was denn?«, verteidigte sich Mohid, »Papillo sagt, dass es vierundachtzigtausend Wege zur Erleuchtung gibt. Meiner wird ja wohl dabei sein.«

»Nein!«, rief Nira von weiter vorn, »Deiner nicht!« Die anderen lachten.

Mohid machte ein wütendes Gesicht, doch Max glaubte, inzwischen begriffen zu haben, dass er es nie wirklich ernst meinte.

Papillo wandte sich im Gehen um und legte den Zeigefinger an die Lippen.

»Leute!«, rief er mahnend. Mehr musste er nicht sagen. Die Jugendlichen schwiegen einen Moment lang betroffen und wechselten dann zu anderen Themen.

Max' Gedanken kehrten zu dem Anomal aus der Grube zurück, das in seinem Traum aufgetaucht war. Warum folgte es ihm? Wenn es sein Ziel war, ihn zu verspeisen, würde er ihm bestimmt keinen Erfolg auf dem Weg dahin wünschen.

Er schüttelte den Kopf. Sollten die anderen beten, was sie wollten, er würde sich nicht damit aufhalten.

Sie ließen die Kreuzung hinter sich. Max blickte sich um. Vor und hinter ihnen waren kleinere Gruppen in dieselbe Richtung unterwegs. Firmin sah ihn wissend an.

»Ich hab' ja gesagt, wir werden nicht die einzigen sein.«

»Von wegen, nicht die einzigen«, widersprach Mohid, »es wird voll werden.« Er wandte sich an Max:

»So verlassen ist die verlassene Stadt nämlich gar nicht.«

»Wenn du die Oberstadt kennen würdest, würdest du sowas nicht sagen«, wandte Firmin ein. »Da ist nämlich jedes einzelne Haus bewohnt!« Er blieb stehen und machte eine weit ausladende Geste. »Aber hier – schau dich um! Alles leer!«

»Du immer mit deiner Oberstadt«, mäkelte Mohid. »Was ich meine ist: Eine verlassene Stadt ist ein Ort, an dem niemand lebt. Aber in dieser ‚verlassenen Stadt' ist ganz schön viel los.«

»He, ihr drei!«, rief ihnen Karm von vorne zu. »Trödelt nicht so!«

Immer mehr Menschen strebten durch die Straße auf die Deponie zu. Alle waren schlecht gekleidet und wirkten nicht sehr sauber, und alle trugen leere Beutel, Taschen und Rucksäcke. Max sah Gruppen von Frauen, Gruppen von Männern, von Kindern, Familien. Kaum jemand war allein unterwegs.

»Suchen die alle Plastik?«

»Nein«, antwortete Mohid. »Es gibt drei oder vier Händler in der Stadt. Papillo sagt, sie arbeiten alle für Unternehmen, die auf der Suche nach Rohstoffen sind. Unser Händler ist Nahindra.«

»Der Schrott-Inder?«, sagte Max.

»Kennst du ihn?«

»Nein, ich … habe diesen Namen nur schon einmal gehört.« Er dachte an die Worte der Männer, die er in seinem Traum belauscht hatte.

»Sag das bloß nicht zu ihm«, warnte Firmin. »Dann wird er nämlich sehr wütend.«

»Ich finde es auch nicht toll«, sagte Mohid, »schließlich bin ich selbst ein Schrott-Inder.« Er verzog das Gesicht. Firmin lachte vergnügt.

»Wie bist du zu Papillo gekommen?«, fragte Max den Jungen.

Mohid antwortete nicht sofort. Er blickte Max in die Augen, dann wieder nach vorn. Endlich sagte er:

»Meine Großeltern kamen als Flüchtlinge nach Europa. Nach dem Krieg. Sie kamen mit ihren Kindern. Alle waren mehr oder weniger verseucht.«

»Wovon?«, fragte Max. Mohid machte große Augen.

»Hast du noch nie vom chinesisch-indischen Krieg gehört?« Max schüttelte den Kopf.

»Waren denn keine Asiaten in deinem Waisenhaus?«

»Doch. Aber … wir sprachen nicht über solche Dinge.« Mohid wackelte mit dem Kopf.

»Okay. Aber dir ist schon aufgefallen, dass es hier sehr viele Inder und Chinesen gibt, obwohl die ziemlich anders aussehen, als die Einheimischen, oder etwa nicht?« Max zuckte mit den Schultern.

»Im Waisenhaus gab es viele Leute, keiner sah aus wie der andere«, sagte er ausweichend. Er dachte an die Banden, die deutsche, die chinesische, die indische, die russische. An die Machtkämpfe, die sie untereinander führten. An

Emilia, die immer noch dort war – oder schon nicht mehr. Schuldgefühle überrannten ihn, als hätten sie in einer dunklen Ecke gehockt und nur darauf gewartet, dass er vorbeikam. Er atmete tief durch und schob sie so weit er konnte von sich.

Sie erreichten die Deponie. Max hatte sich die Müllhalde wie einen Berg vorgestellt, doch den hätte er lange vor dem Ende der Straße gesehen. Stattdessen dehnte sich eine immense Brache vor ihnen aus, die nach allen Seiten hin von Hausruinen umschlossen war. Aus allen Richtungen mündeten Straßen ein. Viele der Ruinen sahen aus, als wären sie in der Mitte durchgerissen worden, manche ähnelten eher Steinhaufen als Gebäuden. Der freie Platz selbst bestand aus nichts als Müll, und auf dem Müll sah Max Menschen. Viele Menschen. Menschen, die nach vorn gebeugt umhergingen, die Augen zu Boden gerichtet. Menschen, die sich bückten und Müll aufhoben, um ihn in ihren Tüten und Säcken zu verstauen.

»Das Erdbeben«, sagte Mohid, der Max beobachtet hatte. »Es riss ein Loch in den Boden und verschluckte alles. Seitdem wird hier Müll abgeladen. Seit neunzig Jahren.«

Ein lautes Summen ertönte in der Luft. Im nächsten Moment tauchte am Himmel eine Kolonne hellgrauer Drohnen auf. Sie waren größer als die fliegenden Supermärkte und so bauchig, dass sie wie urzeitliche Tiere wirkten. Sie wurden von Polizeidrohnen eskortiert, die im Verhältnis klein wie Fliegen anmuteten.

Als der Konvoi genau über der Deponie angekommen war, gingen die Mülldrohnen tiefer, bis sie nur noch wenige Meter über dem Boden schwebten. Dann öffneten sich zwei

Längsklappen auf der Unterseite und entließen die Ladung. Die Luft war erfüllt vom Lärm herabfallender Massen, von den Elektromotoren der Drohnen und von den Rufen der Menschen, die sich gegenseitig anfeuerten, um möglichst schnell zu der frischen Lieferung zu gelangen.

Papillo hatte reglos zugeschaut. Jetzt wandte er sich an die Gruppe:

»Ihr geht los und beginnt schon mal. Lasst euch nicht von der Hysterie anstecken. Achtet darauf, wo ihr hintretet! Ich komme gleich nach. Falls jemand die Gruppe aus den Augen verliert, kehrt er einfach hierher zurück und wartet. Und passt auf ihn auf!« Er zeigte auf Max.

»Keine Sorge, Chef!«, rief Mohid lässig, »Wir passen auf ihn auf!« Papillo blickte den Jungen ernst an und nickte. Dann wandte er sich um und begab sich zu einer Gruppe von Menschen, die etwas abseits vor einer Ruine standen. Sie trugen schwarze Kleidung – Hosen, Jacken, Stiefel. Wie die Männer aus Max' Traum. Gebannt blieb der Junge stehen und beobachtete, wie Papillo sich den Männern näherte und einen von ihnen begrüßte.

»Komm schon!«, rief Mohid. »Du kannst hier nicht allein herumlaufen, also lass uns nicht warten!« Max setzte sich in Bewegung.

»Was macht er da?«, fragte er. Mohid warf einen Blick dorthin, wo Papillo begonnen hatte, mit einem der Männer, einem sehr großen, schmalen und leicht gebeugten Mann zu sprechen.

»Das ist Nahindra, der Schrott-Inder«, sagte er und warf Max einen ironischen Blick zu. »Nahindra hat seine eigenen Müllsammler und passt auf, dass sie tun, was er sagt. Die Männer in Schwarz arbeiten für ihn. Wir sind nur vorübergehend angeheuert, weil er eine große Bestellung hat. Komm jetzt. Man muss höllisch aufpassen. Hier fallen immer wieder Leute in Löcher und tauchen nie mehr auf.«

Max folgte Mohid über den Müll. Die anderen waren ein Stück voraus. Der Boden fühlte sich eigenartig weich und federnd an.

»Jetzt stinkt es nicht«, bemerkte Mohid, »aber warte, bis die Regenzeit anfängt. Dann ist das hier die Hölle. Und außerdem noch viel gefährlicher, denn dann bildet das Wasser Rinnen und Kanäle.« Mohid stakste voraus und wies Max an, ihm in der Spur zu folgen. Überall bewegten sich Menschen auf die Drohnen zu, die jetzt synchron ihre Klappen schlossen und wieder hoch in die Luft schwebten.

»Haben sich da auch die Intelligenzen zusammengeschlossen?«, fragte Max und wies auf die Drohnen, die nun ihre Flughöhe erreicht hatten und wie aufgereihte Perlen zurückflogen, wobei das Heck zum Bug wurde.

»Klar«, sagte Mohid knapp.

Max bemerkte, dass es gelbe Markierungen gab, die irgendjemand mit der Spraydose gemacht hatte.

»Das macht der Betreiber«, erklärte Mohid. »Fünf Betreiber teilen sich die Deponie. Alle, die hier Müll sammeln wollen, müssen ihnen einen Teil des Erlöses abgeben. Sie nennen das ›Sammlergebühr‹. Und wehe, du klaust hier einfach so den Müll, oder sammelst aus Versehen im roten oder im blauen Bereich! Dann lernst du sie kennen.«

»Sind es Banden?«

»Was sonst? Sie regieren die verlassene Stadt. Der Staat hat sich zurückgezogen. Kein Interesse. Also übernehmen die Privaten die Macht.«

»Woher wisst ihr solche Sachen?« Mohid zeigt mit dem Daumen über die Schulter nach hinten.

»Papillo«, sagte er. »Er kennt sich hier besser aus als die meisten.«

»Und wieso?«

Mohid zuckte mit den Schultern.

»Hat schon ein paar Jahre auf dem Buckel, der Gute. Ich nehme an, da begreift man irgendwann, wie die Dinge laufen.«

Max betrachtete den Müll eingehender. Das meiste war so verrottet, dass seine ursprüngliche Form und Funktion kaum noch zu erkennen waren. Auch die Farben waren verblasst und hatten sich einander angeglichen. Alles wirkte gräulich. Hier und da gab es Stücke, die entfernt nach etwas Bekanntem aussahen.

»Der Allgrund des Daseins!«, sagte Karm lächelnd zu Max, als sie die Gruppe erreicht hatten. Sie standen an einem frisch abgeworfenen Haufen. Es roch nach Fäulnis und anderen unangenehmen Dingen. Überall gingen Menschen gebückt herum und suchten etwas.

»Also, wie Papillo gesagt hat«, begann Karm, »kein Stress. Wir haben an dieser Ladung Neumüll keine Konkurrenz. Die anderen Gruppen, die hier arbeiten, suchen Metalle.«

»Ein Glück!«, rief Firmin. »Ich hasse es, wenn es so darwinistisch zugeht.«

»So ... was?«, fragte Mohid mit zusammengekniffenen Augen.

»Der Darwinismus«, begann Firmin, aber Karm schnitt ihm mit einer Geste das Wort ab:

»Wir müssen uns jetzt auf das hier konzentrieren, Leute!«,

rief er und zeigte auf den Müllhaufen. »Wir sammeln wie immer in Zweiergruppen! Wer sammelt mit Max?«

»Ich!«, rief Nira.

Alle wandten sich dem Mädchen zu. Niemand hatte damit gerechnet. Prompt lief Nira rot an. Dalma hatte sich bereits mit Karm zusammengetan, die beiden schickten sich an, mit dem Sammeln zu beginnen. Max blickte sie an, doch sie schenkte ihm keinen Blick. Er seufzte resigniert. Natürlich musste sie bemerkt haben, dass er ihr den ganzen Morgen lang aus dem Weg gegangen war. Und jetzt tat es ihm leid. Mehr noch: Es schmerzte auf eine Weise, die ihm neu war.

»Komm, Max, mach mir einfach alles nach!«, sagte Nira in diesem Augenblick und lächelte ihn auffordernd an. Verwirrt und traurig folgte er ihr nach. Konnte er denn gar nichts richtig machen?

Nira stapfte über den Müll zu dem neuen Haufen, nahm anschließend ihren Rucksack vom Rücken und hielt ihn geschickt mit einer Hand, damit die Öffnung weit blieb. Dann machte sie sich auf die Suche nach Plastik.

Max imitierte ihre Bewegungen so gut er konnte, doch die Öffnung seines Rucksacks wollte einfach nicht so, wie er wollte. Immer wieder fiel der Stoffrand in sich zusammen und schloss sich. Nira lachte:

»Keine Sorge! Das wird schon.« Dann begann sie, nach Plastik zu suchen.

Der Neumüll war anders als der Altmüll. Hier gab es bunte Verpackungen, Gegenstände, die vollkommen intakt wirkten, Kleidung und viele andere Dinge. Als Max ein Paar Schuhe sah, die wie neu wirkten, griff er danach, doch Nira hielt ihn zurück.

»Wir haben keine Lizenz für Kleidung. Das gibt nur Ärger. Hier, schau mal: Das ist fossiles Plastik.« Sie zog eine Art Brettchen aus dem Müllhaufen. Es war auf der einen Seite blau eingefärbt und auf der anderen Seite milchig weiß. »Sieht erstmal aus wie ganz normales Plastik«, erläuterte sie, »aber wenn du es anfasst, spürst du, wie glatt und dicht seine Oberfläche ist. Gutes Plastik.« Sie hielt Max das Brettchen hin.

Hinter ihr schnaubte jemand verächtlich. Es war Kaikura. Er hatte selbst etwas gefunden – eine rot-weiße Plastiktasse – und betrachtete sie von allen Seiten.

»Unglaublich«, murmelte er missmutig.

»Was denn?«, wollte Nira wissen. Der große Junge starrte sie wütend aus seinem dunklen Gesicht an und sagte mürrisch:

»Solche Sachen sind seit einer Ewigkeit verboten, aber wir finden sie im Haushaltsmüll. Kein Wunder, dass nichts besser wird.« Er steckte die Tasse in seinen Rucksack und suchte weiter.

Nira blickte ihm kurz nach, wandte sich dann zu Max um, zog die Mundwinkel herunter und zuckte mit den Schultern.

»Für uns ist das Schlechte gut.« Max wollte ihr das Brettchen zurückgeben, doch sie schüttelte den Kopf und sagte:

»Kleines Geschenk zum Auftakt.« Dann lächelte sie keck.

Bevor Max sich bedanken konnte, zog sie eine durchsichtige, rechteckige Plastikverpackung aus dem Müllhaufen. In einer Ecke klebte noch ein brauner Essensrest.

»Schau her: Sieht genauso aus. Fühlt sich aber anders an. Probier mal.« Max befühlte die Verpackung.

»Stimmt«, sagte er. Das Plastik fühlte sich wirklich rauer und irgendwie trockener oder spröder an.

»Die darfst du auf keinen Fall einstecken.« Sie wiegte den Kopf. »Aber es ist auch nicht so schlimm, wenn es doch mal passiert.«

»Aber dann gibt es doch Abzüge«, wandte Max ein. Er wollte auf keinen Fall verantwortlich für finanzielle Verluste sein.

»Mach dir keine Sorgen, du bist neu, niemand wird dir Vorwürfe machen. Da!«, sie steckte die Hand tief in den Müll und brachte eine ziemlich schmutzige Plastiktüte zum Vorschein. Im Inneren befanden sich Reste von verschimmelten Lebensmitteln. Sie verzog angewidert das Gesicht, rollte die Tüte fest ein und steckte sie in ihren Rucksack.

»Wie hast du die überhaupt gesehen?«, fragte Max verwundert, der sie beobachtet hatte. Nira stemmte die Hände in die Seiten und sagte:

»Du bist ein Fragensteller, was?« Sie blickte ihn provozierend an.

»Oh, entschuldige, ich wollte nicht ...«, begann Max verlegen.

»Hey, kein Problem! Ich mag neugierige Jungs.« Sie grinste ihn an, doch diesmal sah es nicht provozierend, sondern eher verwegen aus. Dann besann sie sich.

»Das fossile Plastik ist zum Teil wirklich alt. Papillo sagt: bis zu hundert Jahre. Es wird so lange wiederverwendet, bis es zu nichts mehr zu gebrauchen ist. Die Verpackung, die ich dir gegeben habe, war in ihrem ersten Leben vielleicht mal ein Teil eines medizinischen Apparats.« Sie dachte nach. »Oder ein Teller! Oder Eine Trinkflasche! Oder ... Ach, egal, irgendein Artikel, der hygienisch sein muss. Wenn man ihn dann wegschmeißt und er anschließend aufbereitet wird, kriegt man ihn nie wieder in dieselbe Form, und er wird nie wieder so sauber sein wie am Anfang. Dann macht man vielleicht eine Steckdose aus ihm. Oder einen Lampenschirm. Oder …« Sie war plötzlich rot geworden, jetzt schwieg sie und wandte sich ab. Max folgte ihr verwundert.

Nachdem sie eine Weile gebeugt am Rand des frischen Mülls herumgelaufen waren und Nira ihm mehrere seiner Funde aus der Hand genommen hatte, weil es sich um, wie sie sagte »sterbliches Plastik« handelte, richtete Max sich auf. Sein Rücken schmerzte. Die Aussicht, den ganzen Tag hier herumzulaufen, den üblen Geruch einzuatmen und mit den Händen im Dreck zu wühlen, gefiel ihm nicht. Er schaute sich nach den anderen um. Alle arbeiteten in Zweiergruppen, er sah Karm und Dalma, Firmin und Mohid, Bo und Kaikura.

»Hey!«, rief eine Stimme hinter ihm. Er wandte sich um. Nira schwenkte eine weiße Toilettenbrille.

»Ist die nicht toll?« Max nickte unentschlossen. Die Toilettenbrille wirkte ziemlich benutzt.

»Ekel kannst du dir hier nicht leisten, Hübscher«, sagte Nira und wurde erneut rot. Sie achtete nicht darauf. »Papillo sagt, dass wir auf der Deponie lernen können, keine Unterschiede zwischen dem zu machen, was wir wollen, und dem, was wir nicht wollen. Das ist gut für Gleichmut – sagt er.« Sie zog ein schiefes Gesicht und zwängte die Klobrille in ihren Rucksack.

Es wurde immer wärmer und schwüler, die Wolkendecke hing so dick und grau am Himmel und machte das Licht so gleichförmig trübe, dass Max nach einer Weile das Zeitgefühl verlor. Der Rückenschmerz allerdings wurde langsam stärker, so dass er sich immer häufiger aufrichten und strecken musste. Nira blieb in seiner Nähe und kontrollierte alles, was er aufhob. Irgendwann hatte er ein Gefühl dafür entwickelte, welche Gegenstände die richtigen waren. Dann arbeiteten sie schweigend. Allmählich füllten sich die Rucksäcke.

Eine Ewigkeit schien vergangen zu sein, als Papillo endlich zurückkam. Er hatte Proviant dabei. Und eine große Plastikdecke, die er auf dem Altmüll ausbreitete. Dann kamen alle zusammen und setzten sich in einen großen Kreis, während Papillo herumging, und jedem etwas gab. Es waren wieder dieselben Kunststoffpackungen, die sie am Vortag bekommen hatten.

»Diesmal hat es lange gedauert«, sagte Papillo. »Lasst es euch schmecken!« Er setzte sich zwischen Bo und Karm. Es gab einen kurzen, kaum merklichen Moment des Innehaltens, bevor jeder sich daranmachte, seine Verpackung aufzureißen, um mit dem Essen zu beginnen. Niemand, der sie beobachtete, hätte es bemerkt, doch Max war es aufgefallen, und er fragte sich gerade, ob es eine Art Tischgebet gewesen war, als Firmin ihn von der Seite anstieß.

»Was er meint«, erklärte der Junge, »ist, dass Nahindra lange gebraucht hat, bis er unsere letzte Sammlung weiterverkaufen konnte. Erst dann kann er uns nämlich bezahlen.«

»So bleibt das Risiko immer bei uns«, bemerkte Kaikura düster, ohne aufzublicken.

»Aber diesmal wird es anders laufen« verkündete Papillo. »Nahindra hat eine Abnahmegarantie vom Auftraggeber bekommen, deshalb kann er uns sofort auszahlen.«

»Wow«, machte Mohid ohne jede Begeisterung, »das hat er ja noch nie getan.«

»Ich sag's doch: Das muss ein wahnsinnig wichtiger Auftraggeber sein«, sagte Firmin schmatzend.

»Vielleicht eine Regierung«, überlegte Bo laut. Es war das erste Mal, dass sie sich in Max' Gegenwart an einer Unterhaltung beteiligt hatte. Ihre Stimme war hell und melodiös und brachte das abweisende, zugeknöpfte Bild, das er bisher von ihr hatte, durcheinander.

Die Mahlzeit bestand diesmal nicht aus Zuchtfleisch, sondern aus einer undefinierbaren grünlichen Substanz, die zwar bissfest war, aber weder gut noch schlecht schmeckte und nach nichts roch. Außerdem gab es Apfelmasse. Auch sie kannte Max aus dem Waisenhaus. Sie steckte in länglichen Kunststoffschläuchen, die man am oberen Ende aufriss, um sie anschließend mit beiden Händen auszudrücken, während man die Masse mit dem Mund einsaugte.

»Wenn Äpfel so geschmeckt haben«, sagte Firmin missmutig, »dann ist es gut, dass sie ausgestorben sind.«

»Haben sie nicht«, erwiderte Kaikura knapp.

»Woher weißt du das?«, fragte Firmin neugierig, »hast du mal einen gegessen?« Der große Junge schüttelte den Kopf und wies auf Papillo, der in seinem Rucksack kramte.

»Er sagt, Äpfel hätten ganz anders geschmeckt.«

»Woraus wird das Zeug eigentlich gemacht?«, fragte Nira und betrachtete argwöhnisch die Masse, die aus der Öffnung drang, sobald sie ein wenig drückte. Dalma saß neben ihr und kaute an ihrer grünen Paste, ohne am Gespräch teilzunehmen. Max beobachtete sie besorgt.

»Das will ich gar nicht wissen«, meldete sich Mohid, der genüsslich an seinem Schlauch sog. »Mir schmeckt's nämlich.«

Papillo zog eine große Glasflasche aus seinem Rucksack. Sie tranken reihum Wasser, bis die Flasche leer war, dann verstaute er sie wieder.

Nach dem Essen fühlte Max sich müde. Am liebsten hätte er sich hingelegt und wäre eingeschlafen. Doch schon zupfte Nira an seinem Ärmel.

»Weiter geht's, Hübscher!« Die anderen waren schon alle auf den Beinen und kehrten zu den Müllhaufen zurück.

Max stand mühsam auf und folgte ihr zur Arbeit. Überall ringsum geschah mehr oder weniger das gleiche. Alle Gruppen hatten sich ihre Sitzmatten mitgebracht, hatten gegessen und arbeiteten nun weiter.

»Lebende Wesen werden immer ihre Gewohnheiten entwickeln, ganz gleich, wie die Umstände sind.« Max wandte sich um. Papillo war ihnen gefolgt.

»Nira, macht es dir etwas aus, eine Weile allein zu arbeiten? Max und ich haben etwas miteinander zu besprechen.« Nira grinste.

»Wenn du ihn mir danach zurückbringst.«

»Natürlich. Komm, Max. Wir gehen ein wenig spazieren.« Max schulterte seinen Rucksack und folgte Papillo.

Er hatte damit gerechnet, dass sie die Deponie verlassen würden, doch der Erwachsene steuerte auf deren Mitte zu. Inzwischen war es so warm, dass den Menschen Schweiß von der Stirn rann. Papillo ging zwischen den arbeitenden Gruppen hindurch, wobei er immer auf die gelben Markierungen achtete. Irgendwann wechselten sie die Farbe. Jetzt waren sie rot. Das musste ein anderer ›Betreiber‹ sein, vermutete Max. Im Zentrum der Deponie waren die Wegmarkierungen grün.

Papillo blieb stehen und zeigte auf eine Straßeneinmündung in südöstlicher Richtung. Auch dort standen nur noch Ruinen.

»Dein Waisenhaus liegt am Ende dieser Straße, drei oder vier Kilometer entfernt.« Er lächelte. »So groß ist die Stadt dann doch nicht.« Max nickte, als wüsste er Bescheid, aber in Wahrheit wollte er jetzt lieber nicht in die angegeben Richtung blicken, er wollte lieber hier stehen und sich frei fühlen, auch wenn er wusste, dass das eine Illusion war.

»Ich glaube nicht an Zufälle«, begann Papillo wieder. »Glaubst du an Zufälle?« Er blickte Max aufmerksam an. Der Junge zuckte mit den Schultern. Er hatte keine Ahnung, was Papillo hören wollte. Der Erwachsene lächelte erneut.

»Wir würden nicht in deiner Gegenwart praktizieren, wenn ich nicht glauben würde, dass unsere Begegnung etwas zu bedeuten hat.« Er suchte nach Worten.

»Unsere … ›Religion‹ ist verboten. Wenn die Polizei uns beim Beten erwischt, komme ich ins Gefängnis und ihr vermutlich wieder in ein Waisenhaus.« Er seufzte. »Solltest du also das Gefühl haben, dass dieses Risiko zu groß für dich ist, dann nehmen wir es dir nicht übel, wenn du uns wieder verlässt. Ich wollte dich nur nicht im Unklaren lassen.« Er schwieg und betrachtete die Umgebung.

Max wusste nicht, was er sagen sollte. Ein Bild tauchte vor seinen Augen auf: Papillo als Frau in roten Kleidern, die eine seltsame Melodie in einer unbekannten Sprache singt und dazu eigenartige Bewegungen vollzieht.

»Wir stehen übrigens deshalb hier, weil die Mitte der Deponie relativ abhörsicher ist.« Er wies nach oben. Max musste die Augen zusammenkneifen, um die winzigen Drohnen zu erkennen, die über der Deponie schwebten. Es waren recht viele, fand er.

»Der Staat hat uns zwar aufgegeben, aber genau deshalb wird er die Furcht nicht los, wir könnten etwas gegen ihn im Schilde führen.« Er lachte kurz auf. »Wird wohl das schlechte Gewissen sein. Dabei sind auch wir noch in die Weltwirtschaft eingebunden mit dem, was wir hier tun. Die Betreiber beliefern alle irgendwelche multinationalen Konzerne. Ein Teil der Drohnen da oben ist übrigens von ihnen. Denn sie hören auch alle und jeden ab und belauern sich gegenseitig. Ganz schöner Verkehr. Aber genau hier im Zentrum sind die Interferenzen so groß, dass keiner mehr etwas versteht. Wie wenn alle gleichzeitig reden.« Er machte eine Pause und beobachtete den Jungen aus dem Augenwinkel. Max hatte keine Ahnung, worauf dieses Gespräch hinauslaufen würde, und das verunsicherte ihn.«

»Nahindra hat mir vorhin erzählt, dass das fossile Plastik nach Übersee geht, in die USA. Dort wird etwas Großes gebaut, irgendwo in der Wüste von West Virginia. Die suchen überall auf der Welt nach Rohstoffen, und wir hier sind ein winziges Rädchen in diesem Getriebe.« Er schwieg und blickte sich in alle Richtungen um, die Hände in den Hosentaschen.

Max stand neben ihm und schaute jetzt doch nach Südosten, wo das Waisenhaus stand. Und richtig, in der diesigen Luft konnte er die obersten drei Stockwerke des hohen Gebäudes hinter ein paar mittelhohen Bauten erkennen. Es war so nah! Und trotzdem hatte er das Gefühl, dass eine ganze Welt zwischen ihm und den Menschen dort lag. Zwischen ihm und Emilia. Zwischen ihm und den Männern.

Nach ein paar Minuten sagte Papillo plötzlich: »Komm wir gehen zurück.«

Sie setzten sich in Bewegung.

»Warum ist sie verboten, eure …«, begann Max und brach ab, als er Papillos Lächeln sah.

»Ich dachte schon du fragst nicht«, sagte der Erwachsene freundlich und blieb erneut stehen. Dann wurde er ernst. »Vor zwanzig Jahren rettete ein sehr mutiger Mann eine Menge Leute, indem er einen Menschen opferte. Er wusste, was dieser eine Mensch plante, und deshalb lud er ihn zu sich ein und tötete ihn. Er rettete nicht nur die vielen, die dieser Mensch ermorden lassen wollte, sondern auch ihn selbst vor seinem Plan. Doch niemand glaubte daran, dass er wirklich vorhergesehen hatte, was geschehen würde. Es gab keine Dokumente, die ihn bestätigten. Und man glaubte erst recht nicht, dass er diesen Menschen getötet hatte, um ihn zu retten. Sein Mitgefühl wurde als Attentat eines religiösen Fanatikers angesehen. Man machte ihm den Prozess, verurteilte ihn zum Tode und verbot die Religion. Seitdem werden ihre Anhänger auf der ganzen Welt verfolgt.«

»Wen hatte er denn getötet?«

»Den Präsidenten der Vereinigten Staaten von Amerika.«

4

Nachdem sie bis zum Abend auf der Deponie nach Plastik gesucht hatten, beschloss Papillo, dass es für diesen Tag genug war. Es dämmerte bereits, und weil die Sonne nicht durch die dichte Wolkendecke drang, verlor auch der Neumüll seine Farben und Konturen, so dass es schwierig wurde, das fossile Plastik von anderen Gegenständen zu unterscheiden.

Max war todmüde und sein Rücken hörte gar nicht mehr auf zu schmerzen. Sein Rucksack war nur zu drei Vierteln gefüllt, während die der anderen überquollen. Nira hatte am meisten von allen gesammelt.

»Wie machst du das nur immer?«, fragte Firmin mit großen Augen. »Ich hab' so schnell gearbeitet, und du hast immer noch mehr!«

Sie standen zusammen und zeigten sich gegenseitig ihre Beute. Das Mädchen hatte sogar mehr gefunden als Papillo. Nira grinste verschmitzt und sagte:

»Heute war ich inspiriert.« Ihr Blick huschte absichtsvoll zu Max. Dalma, die neben ihr stand, hatte den ganzen Tag über jeden Kontakt zu ihm gemieden. Jetzt blickte sie ihn verschlossen an, und er versuchte ein Lächeln, das ihm allerdings misslang.

Sie brachen auf. Max fürchtete den langen Weg zurück zu ihrem Regen-Quartier, doch er wollte auf keinen Fall zeigen, wie es ihm ging. Die anderen schienen an diese Art von Arbeit gewöhnt zu sein, denn keiner von ihnen wirkte auch nur halb so erschöpft wie er.

Mit geschulterten Rucksäcken folgten sie Papillo zum

Rand der Deponie, dorthin, wo sie bei ihrer Ankunft Nahindra und seine Männer gesehen hatten. Die Sonne musste längst untergegangen sein, denn die Wolkendecke wirkte so düster, als müsste es im nächsten Augenblick zu regnen beginnen.

Sie hatten den Rand der Deponie noch nicht erreicht, als Max eine Stimme hinter sich hörte:

»Musstet ihr im Waisenhaus auch arbeiten?« Er wandte sich um. Hinter ihm ging Kaikura als letzter der Gruppe und betrachtete ihn aufmerksam. Die grünen Augen funkelten in seinem dunklen Gesicht wie Edelsteine.

»Ja«, gab Max zurück.

»Und was?« Max dachte an die Keller, an das Geschrei, an das viele Blut.

»Alles Mögliche.«

»Nämlich?« Er blickte Kaikura erneut in die Augen. Der Junge würde ihn nicht in Ruhe lassen, bis er ihm wirklich etwas erzählte.

»Warum willst du das wissen?«, fragte Max. Kaikura, der jetzt neben ihm ging, blieb stehen und zwang ihn, es ihm gleichzutun.

»Wir haben dich sehr offen aufgenommen. Wir haben dir sogar unseren größten Schwachpunkt gezeigt. Du könntest einfach losgehen und uns verraten.« Er schwieg und musterte Max. »Aber über dich wissen wir so gut wie nichts.« Max zuckte mit den Schultern.

»Es gibt nicht viel über mich zu sagen.«

»Das ist eine Lüge.« Es entstand ein Schweigen zwischen ihnen. Kaikura war größer und kräftiger als Max, und jetzt wirkte er so angespannt, als würde er im nächsten Augenblick auf ihn losgehen.

Max war an solche Situationen gewöhnt. Er kannte sie

hundertfach aus dem Waisenhaus. Aber er wusste inzwischen auch, dass Kaikura nicht bloß ein Schläger war, und es ärgerte ihn, dass der andere glaubte, er könne ihn einfach so zur Rede stellen. Er nahm seinen Mut zusammen, blickte dem anderen fest in die Augen und erwiderte:

»Dann erklär du mir doch mal, warum ich euch vertrauen sollte.« Mit diesen Worten wandte er sich ab.

Kaikura ließ ihn gehen, und Max atmete auf. Insgeheim konnte er den anderen verstehen. Er hatte ihnen so gut wie nichts über sich erzählt, und er hatte es auch nicht vor. Diese Dinge waren allein seine Angelegenheit. Außerdem meinte er, was er gesagt hatte: Wie konnte er diesen Leuten vertrauen, wenn ihr Glaube Menschen dazu brachte, Leute zu ermorden? Denn seit Papillo ihm anvertraut hatte, warum ihre Religion verboten war, hegte Max keinen Zweifel mehr daran, um welche Religion es sich handelte: die eben jenes sitzenden Mannes, den die Ordnungshüter im Waisenhaus herumgereicht hatten.

Als Max sich auf den Weg zu den anderen machte, sah er, dass sie am Rand der Deponie stehengeblieben waren und in seine Richtung schauten. Sie mussten alles mitangesehen haben. Doch niemand sagte etwas. Papillo warf dem Jungen einen interessierten Blick zu, mehr nicht. Kaikura folgte ihnen langsam. Eine Zeitlang gingen die Gruppe schweigend weiter.

Max hatte erwartet, dass sie ihr Plastik sofort abgeben und anschließend nach Hause gehen würden. Doch die anderen machten sich in eine andere Richtung auf. Er versuchte, sich zu orientieren und sah sich nach allen Seiten um, während er den anderen langsam folgte

»Wir sind auf dem Weg zu Nahindras Lager.« Das war Dalma, die sich zu ihm gesellt hatte und ihn freundlich ansah.

»Aha«, sagte er überrascht. »Und warum gehen wir zu Nahindras Lager?«

»Wir liefern ihm unser Plastik ab«, sagte Dalma mit derselben Freundlichkeit. Natürlich, dachte Max, und ärgerte sich über seine dumme Frage. Sie schwiegen eine Weile, während sie weiterhin am Rand der Deponie entlanggingen. Inzwischen war es fast dunkel geworden, die anderen Gruppen schienen sich ebenfalls zu ihren Händlern zu begeben, denn überall sah Max Leute mit vollgepackten Rucksäcken und Taschen, einige schoben oder zogen selbstgebaute Karren, die bis oben hin voll waren. Andere trugen regelrechte Lastbaren, die selbst aussahen, als wären sie aus Abfällen zusammengebastelt..

»Mach dir keine Gedanken über Kaikura«, sagte Dalma mit gesenkter Stimme. »Er ist einfach nur misstrauisch. Das wird sich legen. Ich nehme an, du bist ihm eine Spur zu vertraut«, sagte Dalma und lächelte Max gewinnend an. »Jedenfalls hat auch er gelernt, still zu sein und zu beobachten.« Max warf ihr einen kurzen Blick zu. Sie sagte:

»Ich kann mir kaum vorstellen, wie es ist, niemandem vertrauen zu können. Ich bin schon mein ganzes Leben bei Papillo.«

»Dein ganzes Leben?« Sie nickte. »Karm auch. Karm ist Papillos Enkel.«

»Enkel?«, wiederholte Max überrascht. Sie nickte erneut, doch jetzt grinste sie.

»Was schätzt du, wie alt Papillo ist?« Max zuckte mit den Schultern.

»Keine Ahnung. Schwer zu sagen. Vierzig? Fünfzig?« Ihr Grinsen wurde noch breiter.

»Er wird nächsten Monat sechsundachtzig.« Max blieb stehen.

»Wie ist das möglich?« Sie machte eine vage Geste.

»In den Städten ist vieles anders.«

»Ist er aus einer Stadt?«

»Nicht aus einer normalen Stadt – aus einer Metastadt.«

»Was ist eine Metastadt?«, fragte Max neugierig.

»Komm!«, sagte sie anstatt zu antworten, und jetzt sah Max, dass sie eine Straßeneinmündung erreicht hatten. Die Gruppe war bereits abgebogen.

»Im Moment ist es nicht gut, allein herumzulaufen. Hier gibt es Leute, die es sich leicht machen wollen.« Sie wies auf die Ruinen ringsum.

»Die Betreiber tun ihr Möglichstes, doch es kommt immer wieder zu Überfällen. Und jetzt ist die beste Zeit, weil wir alle vollbepackt sind mit ordentlich sortiertem Müll.«

Sie beeilten sich, zur Gruppe aufzuschließen. Draußen war es nicht so viel anders als im Waisenhaus, fand Max. Ob die ganze Welt so funktionierte? Und wenn ja – was wollten Papillo und seine Gruppe von ihm? Warum hatte Papillo ihm ein so großes Geheimnis erzählt, obwohl er kaum etwas über ihn wusste? Oder wusste er mehr über ihn, als er sagte? Max dachte an jenen Moment in der Nacht, im Traum, als Papillo kurz in seine Richtung geschaut hatte, während er in seinem eigenartigen Kostüm tanzte. Das war ihm noch nie passiert.

Er vertrieb den Gedanken und blickte sich um. Die Straße, in die sie hineinliefen, ging fast genau nach Süden. Sie wirkte anfangs sehr schmal, doch das lag an den großen Trümmern, die sich überall auftürmten. Hier mussten hohe Gebäude gestanden haben, die vollkommen in sich zusammengefallen waren. Ein Stück weiter sah Max einen richtigen Hügel, über den die Leute hinweggehen mussten.

»Die Metastädte«, nahm Dalma das Gespräch wieder auf, nachdem sie die Gruppe erreicht hatten, »sind ein weltweiter Städtebund. Berlin gehört dazu, aber auch Brüssel, London, New York. Früher auch Mumbai, Delhi, Shanghai, Peking und andere asiatische Städte. Doch das ist vorbei.« Sie schwieg und machte ein bekümmertes Gesicht. Dann fasste sie sich.

»Das Besondere an den Metastädten ist, dass sie riesig sind. Dort leben Millionen Menschen! Aber sie leben nicht wie wir hier, sondern in schönen sauberen Straßen mit guten Häusern.« Sie seufzte. »Ich würde gern mal in einer solchen Stadt sein. Aber man kommt nicht hinein. Die Metastädte sind abgeriegelt. Papillo sagt, die Landflucht sei irgendwann so schlimm geworden, dass die Städte aus den Nähten platzten. Und dann begann der Krieg und mit ihm die Flüchtlingskrise.«

»Der indisch-chinesische?«

»Genau. Das muss schrecklich gewesen sein. Damals floh fast eine Milliarde Menschen aus Asien. Papillo sagt, dass er noch ganz klein war, als das alles passierte.« Sie schwieg und blickte vor sich hin.

»Habt ihr im Waisenhaus davon gehört?«, fragte sie dann. Max schüttelte den Kopf.

»Im Waisenhaus ging es nur ums Überleben«, entgegnete er und verstummte abrupt. Das hatte er nicht sagen wollen. Dalma legte eine Hand auf seinen Arm. Max versteifte sich, und sie ließ ihn los.

»Wer in den Metastädten wohnt«, sagte sie, um das Gespräch wieder in Gang zu bringen, »der hat Glück gehabt, denn er darf frei herumreisen. Vor allem darf er problemlos in andere Metastädte auf der ganzen Welt. Aber von außen ist es so gut wie unmöglich.«

Sie hatten den Trümmerhügel erreicht und begannen mit dem Aufstieg. Es war nicht ganz leicht, denn zum Teil mussten sie hohe Stufen nehmen. An einer Stelle hätte Dalma fast das Gleichgewicht verloren und wäre nach hinten gefallen, wenn Max sie nicht im letzten Moment am Arm gepackt hätte.

»Danke«, sagte sie außer Atem, als sie wieder sicher stand. Dann lächelte sie Max an.

»Das ist nun schon das zweite Mal, dass du auf mich aufpasst. Entweder stehe ich deiner Schuld oder du in meiner.« Max verstand nicht, was sie damit meinte, doch er fragte nicht nach.

Auf der anderen Seite des Hügels ging es nicht so steil abwärts. Hier war auch der Weg breiter, so dass die Gruppe zusammenbleiben konnte.

Inzwischen war es stockdunkel geworden. Papillo hatte eine Fackel aus seinem Rucksack gezogen und angezündet, so dass sie einigermaßen sicher vorankamen. Hinter dem Hügel wurde die Straße schmaler. Hier standen kleine, alte Backsteinhäuser, die äußerlich fast unbeschädigt wirkten. In einigen Fensteröffnungen sah Max einen schwachen Lichtschein. Er beobachtete Papillo, der ganz vorne zwischen Kaikura und Karm ging. Sein Körper wirkte so drahtig, und sein Gang war so elastisch, dass er kaum glauben konnte, was Dalma über sein Alter gesagt hatte. Er versuchte, sich eine Metastadt vorzustellen. Sie müsste ständig geputzt werden, überlegte er. So wie sie ständig den Keller hatten putzen müssen. Aber so gründlich sie auch putzten, der Geruch nach Angst und Tod ließ sich nicht wegputzen, er hockte tief in den alten Mauern. Man würde den Keller abreißen müssen, um diesen Geruch loszuwerden.

Er vertrieb diese Gedanken und konzentrierte sich wieder auf Papillo. Wenn Papillo hier lebte, obwohl er aus einer sauberen Metastadt kam, dann war er offenbar nicht so frei, wie Dalma gesagt hatte.

»Versteckt er sich?« Dalma blickte ihn an. Im schwachen Flackern der Fackel sah sie noch schöner aus. Max schaute verlegen weg.

»Ich vermute es«, sagte sie leise.

Während sie weitergingen, spürte Max fast körperlich, wie er in diese Gruppe, die ihm noch vor wenigen Tagen völlig fremd war, hineingezogen wurde. Und er spürte einen Widerstand in sich, eine Furcht davor, schon wieder irgendwo gefangen zu sein. Er wollte frei sein, doch er hatte keine Ahnung, wie er diese Freiheit erreichen sollte. Und er wollte noch etwas: Er wollte Emilia befreien, denn ohne sie würde ein Teil von ihm im Waisenhaus zurückbleiben. Aber wie er das schaffen sollte, wusste er noch viel weniger.

Als sie erneut abbogen, diesmal nach links, erlebte Max eine Überraschung: Auf beiden Seiten der schmalen Straße brannten in regelmäßigen Abständen Straßenlaternen, in den Backsteinhäusern brannte helles Licht, und zum ersten Mal, seit er das Waisenhaus verlassen hatte, sah Max Glas in den Fenstern.

Mohid gesellte sich zu ihnen.

»Ist das nicht irre?«, sagte er und wirkte genauso begeistert wie an der Schnellstrecke von Brüssel nach Berlin. »Die haben ihren eigenen Stromgenerator, der mit Kohle betrieben wird!« Er zeigt mit dem Finger nach oben.

»Keine Polizeidrohnen hier.« Dalma nickte:

»Es ist der sicherste Ort in der ganzen verlassenen Stadt. Zumindest für die, die hier leben.«

Sie kamen an ein mannshohes Eisentor. Es stand weit offen, doch man konnte nicht einfach hindurchgehen. Mitten auf der Straße wurden sie von sechs oder sieben Männern in schwarzer Kleidung erwartet. Die Männer waren mit schweren Maschinengewehren bewaffnet, die sie in beiden Händen hielten. Die Leute mussten einzeln zwischen ihnen hindurchgehen. Manchmal hielten sie jemanden an, ließen sich ein Dokument zeigen oder durchsuchten den Müll, bevor er oder sie weitergehen durfte. Vor dem Tor war es ziemlich voll. Mindestens sechzig Menschen warteten darauf, hindurchgelassen zu werden.

»Bildet eine Schlange!«, rief einer der Männer immer wieder, doch die Versuche der Menschen, sich geordnet aufzustellen, genügten ihm nicht. Er und zwei weitere Männer kamen ungeduldig heraus und stießen die Leute von links und rechts, bis sie eine schmale Menschenschlange bildeten. Sie hatten ihre Gewehre mit beiden Händen gefasst und benutzten sie, um die Menge vor sich her zu schieben. Als sie zufrieden waren, kehrten sie ans Tor zurück.

»Sind das Nahindras Leute?«, fragte Max. Mohid zuckte mit den Schultern. Dalma sagte:

»Das kann man nicht wissen. Sie tragen alle diese ... Uniform.« Sie sprach das Wort abschätzig aus. Mohid sagte:

»In dieser Straße haben zwei der wichtigsten Händler, einer der größten Deponie-Betreiber und drei Stadtverwalter ihr Hauptquartier. Sie nennen sich ›der Ost-Magistrat‹, weil sie den Osten und Südosten der Stadt beherrschen. Und sie besitzen ihre eigene Schutztruppe – das sind diese Typen da. Die sind gefährlich. Man blickt ihnen besser nicht in die Augen.«

»Stadtverwalter?«, fragte Max. Dalma nickte bestätigend.

»Ja, wie die Mülldeponien sind auch die Häuser aufgeteilt. Nahindra hat uns zwar den Hausschlüssel verkauft, aber wir werden Miete zahlen müssen.« Max dachte an die Männer, die er in seinem Traum vor ihrem Haus gesehen hatte. Noch mehr Banden. Er hatte allmählich das Gefühl, dass es wirklich keinen Unterschied zwischen den Zuständen im Waisenhaus und hier draußen gab.

»Es wird einem nichts geschenkt«, sagte Mohid und lächelte ein sarkastisches, freudloses Lächeln. Vor Max' innerem Auge erschien ein anderes Gesicht, das denselben Satz sagte, das Gesicht des alten Mannes, bei dem er nach seiner Flucht untergekommen war.

»Manche Dinge schon«, erwiderte Dalma und lächelte rätselhaft. Mohid verzog das Gesicht.

Weiter vorn wurde eine Gruppe gefilzt, was einige Zeit in Anspruch nahm. Plötzlich gab es lautes Geschrei und Gezerre, die Männer in Schwarz richteten ihre Maschinengewehre auf die Sammler und jagten sie anschließend davon. Mit weit aufgerissenen Augen und Furcht im Blick rannten die Leute an ihnen vorbei – auch Frauen und Kinder waren darunter.

»Die haben gestohlen«, sagte Mohid knapp. »Kommt immer wieder vor.« Max blickte den Leuten nach. Auch hier ging es nur ums Überleben. Er seufzte und wandte sich ab. Sein Blick fiel auf Kaikura. Der große Junge stand ein Stück weiter vorn neben dem viel kleineren Firmin, und während

Firmin redete, lächelte Kaikura immer wieder und entblößte strahlend weiße Zähne. Ganz vorne standen Papillo und Karm, auch sie unterhielten sich, doch sie taten es leise und ernst. Plötzlich wandte Papillo sich um und sah Max in die Augen, nur ganz kurz und ohne sein Gespräch zu unterbrechen. Es war wie eine Geste ohne Hintergedanken, ein ganz klarer Blick aus strahlend blauen Augen. Dann war der Moment auch schon wieder vorbei. Max war verwirrt. Papillo hatte braune Augen. Er sagte sich, dass es vermutlich an dem ungewohnten Laternenlicht lag. Doch das Gefühl, etwas Geheimes gesehen zu haben, verließ ihn nicht. Er dachte an das, was Papillo ihm auf der Mülldeponie anvertraut hatte. Der Erwachsene hatte sich vage ausgedrückt, als er den Mann erwähnte, der den Präsidenten der Vereinigten Staaten ermordet hatte, doch offenbar war er ein Anhänger derselben Religion gewesen, der auch Papillo folgte. Dieser Zusammenhang war so verwirrend, dass Max nicht wusste, was er denken sollte. Konnte er ihm wirklich vertrauen? Er dachte daran, wie sie am Vormittag unter der Schnellstraße nach Berlin hindurchgegangen waren, und Mohid und Firmin allen Wesen wünschten, dass sie an ihr Ziel kommen. Wie passte das zu einem Mord?

»Hattest du Freunde im Waisenhaus?«, fragte Dalma unvermittelt und blickte Max von der Seite an. Der Junge erschrak, versuchte aber, sich nichts anmerken zu lassen.

»Schon«, sagte er ausweichend.

»Du vermisst sie bestimmt, nicht wahr?«, fuhr Dalma in freundlichem Ton fort. Doch Max sah ihr an, dass sie mehr über ihn erfahren wollte, und er konnte es ihr nicht verübeln. Aber mit Dalma über Emilia zu sprechen, kam nicht in Frage.

»Manchmal«, antwortete er.

»Ab wann dürft ihr das Waisenhaus denn verlassen?«

»Mit achtzehn muss man gehen.«

»Oh!«, machte Dalma. »Dann fehlen dir noch ein paar Jahre, oder?«

»Drei.«

»Ich bin sechzehn«, informierte das Mädchen ihn. »In welchem Monat bist du denn geboren?«

Max zuckte mit den Schultern.

»Keine Ahnung. Die Geburtslosen feierten immer am einunddreißigsten Dezember, aber das war nicht offiziell.« Das Einzige, was er wirklich wusste, war, dass er irgendwann fünfzehn Jahre zuvor geboren worden war, mehr nicht. Seine Eltern waren so namenlos, als hätte es sie nie gegeben. Auch das Waisenhaus hatte keine Information. Es hieß nur, er sei gleich nach seiner Geburt abgegeben worden.

»Geburtslos?«, wiederholte Dalma ungläubig, »das ist ja ein schreckliches Wort!« Max zuckte erneut mit den Schultern. Er fühlte sich unwohl, nicht einmal einen Geburtstag konnte er vorweisen.

»So nannten uns die anderen«, erklärte er und beschloss im selben Augenblick, dieses Wort nie wieder zu benutzen.

Als sie endlich an der Reihe waren, ergriff Dalma plötzlich Max' Hand. Der Junge wunderte sich, ließ es aber geschehen. Die Männer bildeten ein schmales Spalier, durch den sie einzeln gehen mussten, und als Max an der Reihe war, schob Dalma ihn vor, doch sie tat es so, dass alle sehen mussten, wie sie seine Hand losließ. Die Männer wechselten Blicke untereinander und wollten ihn bereits durchlassen, als eine tiefe Stimme erklang:

»Wartet mal!« Ein Mann, der bislang abseits unter dem Vordach eines unbeleuchteten Häuschens gleich hinter dem Tor gesessen hatte, trat nun in den Lichtschein und näherte sich mit dem federnden Gang eines Jägers. Er war groß und athletisch, doch das Auffälligste an ihm waren seine Adlernase und seine schräg stehenden Augen. Sie verliehen ihm etwas Raubtierhaftes. Mit einem Schreck erkannte Max ihn. Er hatte ihn oft am Tor des Waisenhauses gesehen, wenn neue Lieferungen eintrafen, die die Kinder abzuladen hatten. Und später auch in den Kellern. Aber vor allem, wenn nachts die Lastwagen kamen.

»Du kommst mir bekannt vor! Wo habe ich dich denn schon mal gesehen?« Er legte Max eine große Hand auf die Brust, um ihn anzuhalten und genauer anzusehen.

»Wie heißt du?«

»Max«, sagte Max leise. Er zitterte am ganzen Leib. Der Mann überlegte, ließ ihn dabei aber nicht aus den Augen.

»Hm, sagt mir nichts. Woher kommst du?«

»Er kommt von mir, Amsa, mehr musst du nicht wissen.« Der Mann drehte sich um. Hinter ihm stand Papillo und schaute ihn gelassen an.

»So, so, von dir also«, sagte Amsa ironisch. Er war größer als Papillo und wirkte viel stärker. »Und was willst du mir damit sagen? Dass ich meine Kompetenzen überschreite, wenn ich nachfrage?«

»Ich will damit sagen, dass jeder seine eigenen Methoden hat, Sammler zu rekrutieren.«

»Aha. Und wie sieht deine aus?«

»Das kann ich dir gerne ein andermal erläutern. Aber jetzt habe ich ein Treffen mit Nahindra, und wie du weißt, schätzt er es nicht, wenn man ihn warten lässt.« Der Mann blickte unschlüssig von Papillo zu Max. Sein Blick fiel auf Dalma, die ihn herausfordernd ansah. Endlich machte er einen Schritt zur Seite, doch in seinen Augen funkelte eine gefährliche Wut.

Papillo kam auf Max zu und legte für alle sichtbar einen Arm um seine Schultern. Dann sagte er nur:

»Komm.« Sie gingen weiter in die Straße hinein, umringt von den anderen, und allmählich beruhigte Max sich ein wenig. Als sie ein Stückchen entfernt waren, ließ Papillo ihn los und sagte:

»Amsa Ras ist der Chef dieser Truppe von Schlägern, die hier für Unrecht und Ordnung sorgt. Kein Menschenfreund. Er hat dich wirklich erkannt, nicht wahr?« Max nickte stumm.

»Wo hat er dich gesehen? Im Waisenhaus?« Max nickte erneut. Ihm war ganz elend zumute. Die Furcht, dorthin zurückgebracht zu werden, wollte nicht aus seinem Körper weichen. Mit lauter Stimme sagte Kaikura:

»Du brauchst keine Angst mehr vor ihm zu haben. Wir beschützen dich jetzt.« Max blickte ihn überrascht an. Dann nickte er Kaikura zu.

»Kommt!«, rief Papillo. «Nahindra wartet.« Gemeinsam mit vielen anderen Sammlern gingen sie die Straße entlang. Links und rechts in den ehemaligen Vorgärten der Häuschen standen Leute hinter langen Tischen, auf denen große mechanische Waagen standen, die Max aus dem Waisenhaus kannte. Davor standen die Leute Schlange und warteten darauf, an die Reihe zu kommen.

»Dort ist Plastik!«, rief Firmin und rannte auf eine kleine rundliche Frau zu, die kaum über die Waage hinwegschauen konnte. Als sie Firmin bemerkte, strahlte sie:

»Firrrmino! Wie schön, dich zu sehen!«, rief sie mit stark

gerolltem ›r‹ Dann winkte sie den anderen zu und kroch unter der Theke hindurch.

»Meine Lieblingssammlerrr!«, rief sie und umarmte jeden einzelnen mit derselben Freude. Sogar der schweigsame, misstrauische Kaikura strahlte über das ganze Gesicht, als er sich hinunterbückte, um die kleine Frau zu umarmen. Die Begrüßung zwischen ihr und Papillo verlief allerdings ganz anders: Er legte seine Stirn gegen ihre und beide schlossen für einen kurzen Moment die Augen. Dann strahlte sie erneut über das ganze Gesicht.

»Lasst euch anschauen! Passt er auch gut auf euch auf, da drrraußen? Gibt er euch genug zu essen?« Sie tat, als begutachte sie die jungen Leute kritisch und warf Papillo einen verschmitzten Blick zu. Endlich bemerkte sie Max, der sie neugierig betrachtete.

»Oh, wen haben wirrr denn da? Ein neuerrr Junge, und ein ganz hübscherrr dazu!«

»Nicht wahrrr?«, sagte Nira ein wenig zu laut und lief rot an. Alle lachten, Nira musste selbst lachen und wurde noch röter. Nur Max lachte nicht, er stand da und fühlte sich sehr verlegen. Noch nie hatte ihn jemand hübsch genannt, noch dazu vor anderen Leuten. Zu seiner Erleichterung schien allerdings niemand auf ihn zu achten, weil alle Blicke auf das indische Mädchen gerichtet waren.

»Ah, meine kleine Nira!«, rief Anita lächelnd. »Dein Herrrz liegt auf der Zunge, mein Kind! Lass sie dirrr niemals abschneiden!«

»Was redest du denn, Anita!«, sagte Mohid und verdrehte mit gespieltem Überdruss die Augen.

»Immerrr nurrr die Wahrrrheit, mein schöner indischer Prrrinz, immerrr nurrr die Wahrrrheit«. Sie tätschelte seine

Wange liebevoll, während er das Gesicht verzog. Dann stellte sie sich vor Max und legte ihm beide Hände auf die Schultern. Dafür musste sie sich ziemlich nach oben strecken.

»So, jetzt lass dich einmal anschauen, hübscherrr Junge! Hm.« Die anderen wurden still, auch Papillo schien zu warten. Max blickte die kleine Frau an, ohne zu verstehen, was geschah. Anitas dunkle Augen bannten ihn, er hatte das unangenehme Gefühl, dass ihnen nichts verborgen blieb, und einen Moment lang schien es, als ob sie von innen her leuchteten.

Dann ließ sie ihn los, nahm aus ihrer Schürze drei Würfel und ließ sie über die Theke rollen. Anschließend betrachtete sie die Würfel, während ihr Mund unhörbare Worte murmelte.

»Ich sehe Zukunft und Verrrgangenheit«, sagte die kleine Frau schließlich.

»Das sagst du immer!«, rief Mohid ärgerlich.

»Natürrrlich sage ich das immerrr«, erwiderte Anita ungerührt, »denn es ist immerrr wahrrr. Wir alle sind Zukunft und Verrrgangenheit. Aberrr manche von uns sind noch viel mehr als das. Manche von uns sind jenseits von Zukunft und Verrrgangenheit, jenseits von Jetzt und Gleich, und sogarrr jenseits von hier und dorrrt.« Sie lächelte. Dann sagte sie: »Du musst mich unbedingt einmal besuchen kommen, willst du das tun?« Max nickte verwirrt, ohne zu verstehen, was sie meinte.

»Wunderrrbarrr!«, rief sie, tätschelte seine Wange, ließ ihn los und kroch unter ihrer Theke hindurch, bis sie auf der anderen Seite wieder zum Vorschein kam.

»Guten Abend, meine Damen und Herrren! Womit kann ich dienen? Ah, Plástico! Plástico fantástico! Herrr damit, nur immer herrr damit!«

Nacheinander schütteten alle ihre Ladung auf die Waagschale, während Anita mit kleineren und größeren Sandsäcken hantierte, die sie auf die Gegenseite stellte, um eine Balance zu erzeugen. Dann rief sie das Gewicht aus, als hätte jemand einen Preis gewonnen und stempelte es auf einen Zettel, den sie jedem Sammler feierlich überreichte.

Als sie fertig waren und sich von Anita verabschiedet hatten, gingen sie weiter. Papillo sammelte ihre Zettel ein, um sie später einzutauschen. Überall herrschte reges Treiben, denn es gab hier nicht nur die Annahmetheken für den Müll, sondern auch viele Gelegenheiten, das verdiente Geld sofort wieder auszugeben. Sie kamen an Kneipen, Geschäften und Spielsalons vorbei, und Dalma, Mohid, Nira und Firmin erklärten Max, was die Leute darin tun konnten, während Kaikura und Bo mit Papillo und Karm langsam vorausgingen. Max sah betrunkene Männer und Frauen, Familien, die sich mit Lebensmitteln und Wasser eindeckten und ebenso bepackt weggingen, wie sie gekommen waren. Irgendwo erklang Musik, die allmählich immer lauter wurde, bis sie an ein freistehendes rotes Haus gelangten, das mit der breiten Giebelseite zur Straße gerichtet stand und aus dessen Fenstern rotes Licht erstrahlte. In manchen dieser Fenster saßen junge Frauen, die fast unbekleidet waren. Max spürte, wie er beim Anblick ihrer schönen Körper rot wurde. Mohid, der ihn beobachtet hatte, brach in Gelächter aus.

»Ich wette, sowas gab es in deinem Waisenhaus nicht!«

»Psst!«, machte Dalma und blickte den Jungen wütend an. »Willst du, dass man ihn dorthin zurückbringt?« Mohid tat, als verstehe er nicht, was Dalma meinte.

»Hier hört uns doch niemand«, verteidigte er sich und

zeigte auf den Lautsprecher über der Tür, aus dem die Musik drang.

»Was ist das hier?«, fragte Max und zeigte auf das Gebäude.

»Ein Bordell«, erklärte Nira und grinste schief, »hier können Männer bezahlen, um …«, sie zögerte auf der Suche nach Worten und wurde schon wieder rot.

»Um mit Frauen ins Bett zu gehen«, vollendete Dalma den Satz. »Aber in Wahrheit ist es Nahindras Hauptquartier«, warf Firmin ein. »Das Angenehme mit dem Nützlichen verbinden – wie überall!«

»Angenehm für wen?«, wollte Dalma wissen und blickte Firmin an. Der zuckte verlegen mit den Schultern.

In der offenen Tür des Hauses lehnte eine asiatische Frau mit lockigem rotem Haar. Sie stand auf hochhackigen Schuhen, trug halterlose schwarze Strümpfe und ein dunkelrotes Mieder. In der Hand hielt sie eine Zigarette. Als sie Papillo sah, warf sie die Zigarette weg, kam die kurze Treppe herunter und ging auf ihn zu. Sie ergriff seine Hände und verneigte sich, während Papillo erneut seine Stirn gegen ihren Kopf lehnte, wie er es bereits bei Anita getan hatte. Dann umarmte sie Bo.

»Das ist Künsang, Bos Mutter«, erklärte Dalma leise, als sie Max' fragenden Blick sah. »Kinder dürfen hier nicht bleiben.«

»Oh«, machte Max überrascht. »Kennt sie auch ihren Vater?« Dalma schüttelte den Kopf.

»Der war bestimmt irgendein Kunde.«

»Nahindra ist in seinem Penthouse«, sagte die Frau jetzt zu Papillo, nachdem sie sich von Bo gelöst hatte. Sie lächelte das Mädchen liebevoll an und streichelte ihre Wange. Papillo nickte ihr zu, dann ging er an ihr vorbei, und die anderen folgten ihm. Als alle drinnen waren, stellte Bos Mutter sich wieder in den Eingang.

Sie hatten einen schmalen Flur betreten, an dem links und rechts mehrere Türen in die Zimmer führten. Da die Musik auch im Haus ziemlich laut war, hörte man nicht, was hinter diesen Türen geschah, und Max hatte den Eindruck, dass genau darin ihr Zweck lag. Am Ende des Flurs führte eine Treppe nach oben. Der erste Stock sah genauso aus wie das Erdgeschoss. Sie begaben sich in den zweiten Stock, der sich direkt unterm Dach befand. Am oberen Treppenabsatz standen zwei bewaffnete Männer in schwarzer Uniform vor einer Tür. Sie nickten Papillo zu, ließen die Gruppe durch und schlossen die Tür hinter ihnen. Sie befanden sich in einem großen Raum, der in der Mitte, unter dem Giebel, sehr hoch war, und an den Seiten von den Dachschrägen begrenzt wurde. Die Musik war hier nur noch gedämpft zu hören.

Genau gegenüber der Tür sah Max ein großes Panoramafenster, das die gesamte Giebelseite einnahm. Der Raum selbst war gemütlich eingerichtet. Ein dicker, flauschiger Teppichboden mit ornamentalen Mustern in mehreren Farben begann einen Meter hinter der Eingangstür und bedeckte den gesamten Boden. Links stand ein Schreibtisch, rechts eine große Couchgarnitur aus Leder mit passenden Sesseln und einem niedrigen Marmortisch in deren Mitte.

Papillo zog seine Schuhe aus, bevor er auf den Teppich trat, und die anderen taten es ihm gleich. Der Raum schien leer zu sein, doch im nächsten Moment öffnete sich eine Tür rechts neben dem Eingang und ein großer dunkelhäutiger Mann trat heraus, während man hinter ihm eine Toilettenspülung hörte. Er trug einen blauen Turban auf dem Kopf, ein weißes Hemd, dass ihm bis auf die Oberschenkel reichte, und eine ebenso weiße Stoffhose. Er war nicht dick, aber schlank konnte man ihn auch nicht nennen. Das musste Nahindra sein, den Max am Morgen nur aus der Ferne gesehen hatte. Er war überrascht von der Erscheinung des Händlers, denn er hatte sich einen furchteinflößenden Mann vorgestellt. Stattdessen strahlte Nahindra vor allem Ruhe und Sachlichkeit aus.

»Setzt euch, setzt euch!«, sagte er, als hätten sie sich bereits begrüßt, und wies auf die Couchgarnitur. Sie folgten der Einladung. Nahindra nahm in einem der Sessel Platz, während die Gruppe sich auf die übrigen Sitzgelegenheiten verteilte.

»Gut«, sagte Nahindra und betrachtete sie der Reihe nach. Im nächsten Moment öffnete sich die Eingangstür und drei leichtbekleidete Frauen erschienen mit großen Tabletts in den Händen. Sie brachten Essen und Getränke. Die Frauen lächelten alle auf die gleiche Weise, während sie Tassen, Teller und Schüsseln auf dem Marmortisch abstellten. Als sie fertig waren, verließen sie ebenso schweigend den Raum, wie sie gekommen waren.

Max hatte noch nie solche Speisen gesehen. Es gab echte Hähnchenkeulen in einer pikanten Sauce, Duftreis, gebratenes Gemüse und Spinat. Nichts davon kannte er, doch zum ersten Mal seit langer Zeit verspürte er keinen Würgereiz beim Anblick von Lebensmitteln.

»Esst!«, forderte Nahindra sie auf und machte eine einladende Geste mit beiden Händen. Ein Klappern und Klirren setzte ein, als die Gruppe damit begann, die Speisen auf ihre Teller zu verteilen. Max zögerte, er hatte keine Ahnung, was er nehmen sollte. Nira nahm kurzerhand seinen Teller und lud ihm auf. Nahindra war das nicht entgangen.

»Du bist also Max.« Es war eine Feststellung, keine Frage. Er wandte sich an Papillo. »Ihr habt Ärger am Tor gehabt?« Papillo schüttelte den Kopf.

»Nur Amsa Ras, der sich mal wieder aufgespielt hat.« Nahindra nickte sachlich.

»Amsa Ras muss im letzten Leben ein Hund gewesen sein, dem es leidtut, dass er jetzt zu dem geworden ist, was er früher am liebsten gebissen hat.«

»Im letzten Leben?«, fragte Max, ohne nachzudenken. Nahindra nickte.

»Wir Sikhs glauben, dass die Seele von einem Leben zum nächsten geht, bis sie eins wird mit Gott.« Er machte ein resigniertes Gesicht. »Aber in Amsas Fall wird das wohl nichts.« Er wandte sich erneut an Papillo:

»Lass uns auf die Terrasse gehen und den Abend genießen, während die jungen Leute essen.« Sein Blick streifte Bo. Die beiden Männer erhoben sich, und jetzt sah Max, dass es eine Tür in dem großen Panoramafenster gab. Dahinter musste sich eine steile Treppe befinden, denn er sah, wie die Männer nach unten verschwanden, als sie draußen waren.

Kaum waren die Erwachsenen fort, als die jungen Leute sich entspannten und zu plaudern begannen.

»Ich liebe die Besuche bei Nahindra!«, rief Mohid mit vollem Mund und machte ein schwelgerisches Gesicht. Ein paar lachten, andere pflichteten ihm bei.

»Was ist das?«, fragte Max und zeigte auf eine Hähnchenkeule. Der Geschmack kam ihm bekannt vor, doch in dieser Form und noch dazu mit Knochen hatte er es noch nie gegessen.

»Das ist besser als der Laborfraß, den wir sonst bekommen, nicht wahr?«, sagte Mohid grinsend.

Karm erklärte es ihm.

»Ein Vogel? Gibt es etwa noch Vögel?« Firmin schüttelte den Kopf.

»Nicht mehr in Freiheit.«

»Es gibt Anomals, die fliegen können«, sagte Karm. »Aber die singen nicht.«

»Was du hier siehst, kommt aus einer Metastadt«, sagte Dalma. Kaikura nickte bestätigend.

»Nahindra hat überall seine Kontakte.«

»Aber ihn selbst lassen sie nicht rein«, bemerkte Mohid ironisch.

»Sie brauchen ihn hier«, ergänzte Firmin. »Und das gefällt ihm gar nicht«

»Deshalb spielt er ein bisschen Metastadt«, sagte Nira und machte eine Geste, die den gesamten Raum umfasste.

»Wer sind denn ›sie‹?«, wollte Max wissen.

»Gute Frage«, erwiderte Karm. »Ich nehme an, es gibt Metastädter, die an seinen Geschäften mitverdienen. Vielleicht sogar Leute in höheren Positionen. Irgendwie muss er seinen Müll ja durch den Zoll bekommen.« Max wollte noch mehr fragen, vor allem interessierte es ihn, warum ausgerechnet sie in Nahindras Privaträumen saßen und wie Könige speisten, während die anderen Sammler sich unten in der Straße ihre künstlich gezüchteten Lebensmittel kaufen mussten. Dalma schien seine Gedanken erraten zu haben.

»Papillo und Nahindra kennen sich schon seit vielen Jahren«, sagte sie. »Papillo redet nicht darüber, aber aus irgendeinem Grund steht Nahindra in seiner Schuld.«

»Haben sie dieselbe … Religion?« Karm schüttelte den Kopf.

»Sikhs gibt es überall auf der Welt. Sie sind äußerst

geschäftstüchtig. Auch in Indien waren sie oft diejenigen, die den Handel kontrollierten – vor dem Krieg.«

»Außerdem haben wir keine Religion«, warf Mohid ein. »Die anderen haben Religionen.« Er klang fast verächtlich.

»Papillo hat es so genannt«, wandte Max ein.

»Das tut er nur, um irgendwie darüber zu sprechen«, sagte Karm.

»Was habt ihr denn dann?«, wollte Max wissen.

»Einen Glauben, eine Methode und ein Ziel«, antwortete Dalma und blickte ihm in die Augen.

Sie wurden unterbrochen, denn in diesem Augenblick kehrten die beiden Männer zurück. Während Papillo sich zu ihnen setzte, verschwand Nahindra durch die Eingangstür.

»Und?«, fragte Firmin, der vor Neugier zu platzen schien. Auch die anderen sahen den Erwachsenen erwartungsvoll an.

»Entweder, er will nicht, oder er weiß selbst nicht genügend«, sagte Papillo, lud sich einen Teller mit Reis und Spinat voll und begann zu essen. Die anderen machten enttäuschte Gesichter.

»Wenn es wirklich etwas Großes ist«, fuhr Papillo kauend fort, »werden wir es schon noch herausfinden.«

Ohne Eile beendeten sie ihr Mahl. Nahindra hatte so viele Speisen auftischen lassen, dass sie gar nicht alles essen konnten. Firmin blickte bedauernd auf einen braunen Kuchen, der unangerührt auf einem großen Teller stand.

»Das ist nicht fair«, jammerte er. »Einen Monat lang kriegen wir nur dieses Laboressen und dann sowas!«

Die anderen lachten, doch keiner mochte mehr von den Nachspeisen kosten.

»Packt euch alles ein«, forderte Papillo sie auf. »Nahindra hat es mir ausdrücklich angeboten.«

»Dann muss es ihm ja gut gehen«, bemerkte Karm. »Sonst ist er nicht so großzügig.«

»Das hängt bestimmt mit dem großen Auftrag zusammen«, vermutete Firmin.«

»Bestimmt«, pflichtete Papillo ihm bei, »eine Abnahmegarantie ist selten.« Er wollte noch etwas sagen, unterließ es aber.

Die Jugendlichen packten die restlichen Speisen in Kaikuras Rucksack, der sich angeboten hatte, sie zu tragen. Anschließend verließen sie Nahindras Hauptquartier, ohne ihn noch einmal zu Gesicht zu bekommen. Die Musik war verklungen und auf der Straße herrschte Stille. Nur noch vereinzelt waren Leute unterwegs. Die Geschäfte und einige Kneipen allerdings hatten weiterhin geöffnet.

Sie folgten Papillo in einen dieser Läden, um sich mit Wasser und Lebensmitteln zu versorgen. Das Innere des Geschäfts war eng und vollgestellt mit Regalen, auf denen die altbekannten Kunststoffpäckchen lagen. Darüber hingen handgeschriebene Zettel mit den entsprechenden Bezeichnungen. Max sah ›Rind‹, ›Huhn‹, ›Erbsensuppe‹, ›Kartoffelpüree mit Rotkohl und Frankfurter Würstchen‹, doch der Inhalt sah immer gleich gräulich-braun aus.

»Was ist Beef?«, fragte er.

»Du kannst lesen?« Er drehte sich um. Kaikura stand vor ihm und starrte ihn mit demselben Misstrauen an wie am Abend. Bevor Max etwas entgegnen konnte, schaltete Papillo sich ein:

»Du hast doch gehört, was Anita gesagt hat«, bemerkte er

wie nebenbei und setzte seinen Einkauf fort. Kaikura wurde unsicher. Er blickte abwechselnd zu Papillo, der sich nicht mehr um sie kümmerte, und zu Max, der vor ihm stand und hoffte, der andere werde ihn in Ruhe lassen. Leise sagte er:

»Irgendwann wirst du mit offenen Karten spielen müssen.« Damit ließ der Max stehen.

Anita war nicht mehr an ihrem Platz hinter der Theke, als sie sich endlich auf den Heimweg machten. Am Tor allerdings standen immer noch Wachen. Sie waren damit beschäftigt, Menschen abzuhalten, die zu spät eingetroffen waren, und ließen die Gruppe ungehindert passieren. Im Vorbeigehen spähte Max ängstlich in die dunkle Ecke unter dem Vordach des kleinen Häuschens. Und dort, im Zwielicht, sah er den glühenden Punkt einer Zigarette.

Der Rückweg fühlte sich endlos an. Als sie spät in der Nacht eintrafen, ließ Max sich auf seine Matte fallen und schlief augenblicklich ein.

5

Max wachte auf und wusste sofort, dass er träumte. Und er wusste auch, was zu tun war. Er schwebte aus dem Fenster und begab sich zu Papillos Wohnung. Doch diesmal bewegte er sich an der Decke entlang. Papillo saß mit Karm, Kaikura, Dalma und Mohid in einem kleinen Kreis auf dem Boden. Sie unterhielten sich. Auf dem Regalbrett sah Max den Stein. Er näherte sich. Es war ein gewöhnlicher grauer Stein in Form eines kleinen Berges, nicht größer als eine Faust. Die Vorderseite allerdings war glattpoliert, und dort hatte jemand mit weißer Kreide etwas gemalt: eine sitzende Figur mit einer seltsamen spitzen Haarfrisur und ungewöhnlich langen Ohren. Die Augen waren zwei Schlitze, eine Hand lag im Schoß, die andere auf dem Knie. Vor dem Stein auf dem Regalbrett ein dicker Wassertropfen, der im Schein der Kerzen bunt schillerte. Max schwebte zur Gruppe, bis er genau über ihnen war.

»Er ist kein Spion«. Das war Dalma. »Er ist mir zweimal zu Hilfe gekommen. Außerdem habe ich in seine Augen geschaut. Er ist ein guter Mensch.« Ärger in ihrer Stimme.

»Was soll sie auch sonst sagen.« Mohid und sein ironisches Grinsen.

»Wie meinst du das denn?« Dalma, gereizter noch.

»Jeder sieht doch, wie du ihn anschaust.« Mohid, mit einer Spur von Eifersucht.

»Lass das!« Kaikuras bestimmender Ton. Es gab eine Pause. »Ich weiß, was in diesen Waisenhäusern vor sich geht. Ich war selbst in einem. Wenn du nicht stark bist und dich verteidigen kannst, brechen sie dich. Und dann tust du alles für sie. Er kann lesen, Leute! Niemand lernt in einem Waisenhaus der verlassenen Stadt lesen!«

»Was denkst du, Papillo?« Karms Besonnenheit. Eine lange Pause. Die gespannte Erwartung der Jungen. Der langsame Puls des Alten. Seine raue Stimme:

»Mir geht es wie Dalma«, sagte er knapp. Schweigen. Max fühlte, dass die Jungen nicht zufrieden waren mit dieser Antwort. »Was sagen eure Herzen?« Wieder Papillo. »Hört ihr sie? Oder spult euer Kopf nur Geschichten ab?« Papillos Blick in die Runde. Die Verlegenheit der anderen. »Dieser Junge ist genau wie ihr. Er versucht zu überleben, durchzukommen, sich zu schützen. Er ist allein auf der Welt und weiß nicht, auf wen er sich verlassen kann. Im Unterschied zu ihm habt ihr Glück gehabt, weil ihr früher zu mir gekommen seid. Und wenn ich das sage, wisst ihr, was ich damit meine.« Die nickenden Köpfe der Jungen. »Für Max ist dies alles neu, zumindest glaubt er das jetzt noch. Doch jedes Mal, wenn ich seine Nähe spüre, wie jetzt, weiß ich, dass er aus einem sehr wichtigen Grund zu uns gekommen ist. Anitas Mo hat es mir bestätigt.«

»Aber ich verstehe das Mo nicht.« Kaikuras hilflose Stimme.

»Wir werden es verstehen, wenn es soweit ist. Doch im Moment habe ich etwas Wichtigeres mit euch zu besprechen. Nahindra hatte Nachrichten für uns: Sie sind hierher unterwegs. Es ist eine Frage von Tagen, bis sie eintreffen. Wir müssen uns vorbereiten. Ab morgen werden wir den fünften Stock herrichten.«

»Ist es denn nicht gefährlich, Max dabeizuhaben, wenn sie hier sind?« Kaikura mit Beharrlichkeit im Tonfall.

»Gefährlich vielleicht.« Papillos ruhige Stimme. »Aber für wen – das kann niemand sagen.«

Max schwebte hinaus und hinunter auf die Straße. Er wusste, dass irgendjemand kommen würde. Mehr nicht. Er hatte keinen Begriff von Zeit, er fühlte keine Ungeduld, er hatte keine Erwartungen, er dachte keine Gedanken. Aber jemand würde kommen.

Irgendwann, ob Minuten oder Stunden später, spielte keine Rolle, näherte sich lautlos ein Fahrzeug und hielt vor dem Gebäude. Eine Frau stieg aus, gefolgt von zwei Männern in schwarzen Uniformen – Leute vom Ost-Magistrat. Die Frau war schlank, sie trug ein schwarzes, enganliegendes Kleid und einen Aktenkoffer in der Hand. Ihre Bewegungen waren elegant und geschmeidig, ihre Lippen voll und sehr rot. Trotz der Dunkelheit saß eine Sonnenbrille auf ihrer Nase. Zu dritt traten sie vor das Gebäude. Max schwebte hinterher. Einer der Männer schlug dreimal mit der Faust gegen die Stahltür. Es dauerte nicht lange, bis Papillos Schritte erklangen. Er öffnete die Tür.

»Tanú! Schön, dich zu sehen. Gut siehst du aus.« Die rauchige Stimme der Frau.«

»Carmina! Dass du noch eintreibst …«

»Eigentlich nicht mehr. Aber für dich mache ich eine Ausnahme.«

»Die Brille?«

»Trage ich, damit du unsichtbar bleibst.«

»So weit ist die Technik inzwischen?

»Noch weiter, Tanú, noch viel weiter.«

Was führt dich her?«

»Meine Herren, bitte wartet im Auto auf mich. Hier droht

keine Gefahr.« Die Männer wechselten einen Blick und entfernten sich anschließend langsam. Die Frau sprach jetzt mit leiser Stimme weiter:

»Das Ordnungsamt macht Druck auf uns. Sie suchen jemanden und verlangen von uns, dass wir Razzien durchführen. Sonst nehmen sie das selbst in die Hand, und du kannst dir vorstellen, wie wir dann dastehen.«

»Wie das, was ihr seid? Leute, die nur so tun, als hätten sie das Recht, anderen Geld abzuknöpfen?«

»Schön, wie du das sagst. Aber ich meine es ernst. Hast du irgendetwas damit zu tun?«

»Ich? Wie kommst du darauf? Ich versuche nur, meine Jungs und Mädchen durchzukriegen und zu verhindern, dass sie euch oder dem Ordnungsamt in die Maschen gehen, mehr nicht.«

»Sag mir die Wahrheit, Tanú! Ich kann dich beschützen.«

»Wen suchen sie denn?«

»Das haben sie nicht gesagt. Aber sie reden von religiösen Fanatikern, die womöglich einen Terroranschlag planen. Deshalb bin ich hier. Bitte sag mir, dass du nichts damit zu tun hast!«

»Seit dem Lager nicht mehr, das weißt du doch.« Die beiden Erwachsenen blickten einander schweigend an.

»Du weißt, dass du immer auf mich zählen kannst, Tanú, nicht wahr?«

»Natürlich, Carmina. Danke, dass du dich um uns sorgst. Sollen wir jetzt das Geschäftliche erledigen?«

»Wie du willst.«

Die Frau zog ein Papier aus dem Aktenkoffer und zeigte es Papillo. Er nickte, griff in die Hosentasche, zog ein Bündel Geldnoten heraus und überreichte es ihr. Sie steckte alles in den Aktenkoffer, warf einen raschen Blick zum Auto und steckte Papillo schnell etwas zu, das Max nicht genau sehen konnte. Dann gab sie ihm einen langen Kuss auf den Mund und kehrte zum Auto zurück.

Als der Wagen fort war, schwebte Max allein über der dunklen Straße. Eine unbestimmte Zeit verging. Die Straße war wie ein Bild – leere, hinfällige Gebäude, tote Fenster, der staubtrockene Asphalt voller Löcher und Risse, der schwarze, wolkenbedeckte Himmel, ab und zu das Rauschen des Windes.

Dann eine Bewegung. Aus derselben Ecke wie in der vorangegangenen Nacht. Das Anomal aus der Grube. Langsam kam es näher, dicht an die Hauswand gedrückt, bis es die Deckung verließ und mitten auf die Straße schlich, um genau vor dem Gebäude, in dem Max schlief, haltzumachen. Es reckte die Schnauze nach oben, die Augen schlossen sich fast, es nahm Witterung auf. Max betrachtete sein eigenartiges katzenhaftes Hundegesicht, seinen gedrungenen schuppigen Körper, seine krummen Beine, die schwarzen Hände und Füße, den langen peitschenden Schwanz. Er schwebte genau vor dem Tier, sah ihm in die Augen. Seltsame Augen. Augen, die so wirkten, als wäre es ...

Max erwachte. Er lag in der dunklen Wohnung. Von draußen wehte eine angenehme Kühle herein. Sonst war kein Laut zu hören. Neben ihm schlief Karm. Das konnte nur bedeuten, dass zwischen den beiden Ereignissen, die er gesehen hatte, viel Zeit vergangen war. Warum hatte Papillo der Frau Geld gegeben? Bestimmt war es die Miete für das Haus, überlegte er. Er wunderte sich, dass Plastikmüll soviel Geld einbrachte, genug für ein ganzes Mietshaus und Lebensmittel für mehrere Tage. Da war noch ein Gedanke in seinem Kopf, doch er konnte ihn nicht mehr fassen, denn im nächsten Moment schlief er wieder ein.

Diesmal kam er in einem dämmrigen Raum ohne Konturen zu Bewusstsein. Kein Gedanke, kein Gefühl, keine Zeit. Nur Dasein.

»Aufstehen, Schlafmütze!«

Max schlug die Augen auf. Das erste, was er wahrnahm, war das prasselnde Geräusch des Regens. Das zweite war Karms lächelndes Gesicht.

»Willkommen zur Regenzeit!«, sagte der Junge mit gespielter Feierlichkeit und machte eine Geste Richtung Fenster. Max stützte sich auf und blickte verschlafen hinaus. Der Regen fiel in dicken, schweren Tropfen und so dicht, dass die gegenüberliegende Straßenseite nur schemenhaft zu sehen war. Der Balkon im Stockwerk über ihnen hielt die Wassermassen wie ein Vordach von der Wohnung fern. Die Luft roch nach Regen und nassem Staub. Es war kühler als am Vortag. Jetzt hatte sie also endlich begonnen, die Regenzeit. Er streckte sich.

»Komm, es gibt Frühstück in Papillos Wohnung!«

Max kam auf die Füße und folgte Karm langsam. Die anderen saßen bereits an dem langen Wohnzimmertisch, hatten ihr Nahrungspack auf Teller entleert, und aßen den undefinierbaren Inhalt mit Löffeln.

Max spürte sofort, dass die Stimmung anders war als sonst – schweigsamer, angespannter. Ob das mit dem zu tun hatte, was er in der Nacht zuvor gehört hatte?

»Guten Morgen, Max!«, rief Papillo, als er den Jungen sah. »Komm, setz dich her zu mir!« Jeder begrüßte Max auf seine

Weise. Dalma warf ihm ein Lächeln zu, Nira grinste ihn an, Mohid machte eine knappe Geste, ohne die Miene zu verziehen, Firmin grüßte ihn mit vollem Mund und erhobener Hand, Bo murmelte etwas, Karm, der ihn bereits gesehen hatte, war mit seinem Essen beschäftigt. Kaikura nickte stumm. Er schien ihn eher zu beobachten als anzuschauen.

Max setzte sich zwischen Papillo und Karm und hatte das Gefühl, dass die Sitzposition, die er einnahm, genauso geplant war.

»Hast du gut geschlafen?«, fragte Papillo im Plauderton, während er weiter aß.

»Ja. Danke.«

»Schön. Irgendwelche Träume?« Max erschrak und blickte schnell auf seinen Teller.

»Nein.«

»Schade, aber auch gut«, befand Papillo. »Träume können so realistisch sein, dass man gar nicht weiß, ob sie Träume waren, nicht wahr?« Max nickte stumm. Ihm war plötzlich heiß geworden.

»Das gilt vor allem für Albträume.«

»Ich hatte mal so einen Albtraum«, meldete sich Firmin. »Ich träumte, ich sei mit allen unterwegs in der verlassenen Stadt, aber uns führte nicht Papillo an, sondern mein Stiefvater. Mann! Ich musste aufstehen und nachschauen, ob Papillo wirklich Papillo war!«

Die Älteren lachten verhalten.

»Den hast du schon so oft erzählt«, beschwerte sich Mohid.

»Na und? Es ist ein guter Albtraum, den kann ich auch noch zehnmal erzählen.«

»Dann tu es jetzt und erwähne ihn nie wieder«, verlangte Mohid.

»Also gut!«, grinste Firmin. Er setzte bereits an, als Karm einschritt:

»Bitte nicht. Ich ziehe es vor, dass du ihn von Zeit zu Zeit erzählst.« Der Junge zuckte mit den Schultern und sagte:

»Okay.«

Sie aßen schweigend weiter.

Auf Max' Packung stand ›Butterbrot mit Erdbeermarmelade‹. Er riss es auf und begann, die Masse zu verspeisen. Der Würgereiz stellte sich wieder ein, doch er ignorierte ihn.

Es fühlte sich eigenartig an, neben Papillo zu sitzen. Er dachte an die vergangene Nacht. Soviel war geschehen, was er nicht verstand, doch er hatte das beunruhigende Gefühl, dass alles irgendwie zusammenhing, und dass er selbst bereits darin verwickelt war. Und Papillo? In seinem Traum war deutlich gewesen, dass er log, als die Frau ihm Fragen nach den religiösen Fanatikern stellte, und auch, dass die Frau gesehen hatte, dass er log. Warum hatte sie ihn nicht darauf angesprochen? Stattdessen hatte sie ihm einen Kuss gegeben! Waren das Spiele, die Erwachsene miteinander spielten? Wie hatte sie ihn genannt? Tanú. Das hatte so vertraut geklungen.

Er warf dem Erwachsenen einen Seitenblick zu. Was, wenn Papillo und seine Jugendlichen wirklich religiöse Fanatiker waren, die zurecht verfolgt wurden? Während er weiteraß, blickte er heimlich von einem zum anderen. Firmin ein religiöser Fanatiker? Mohid? Nira? Kaikura? Bo? Karm? Dalma? Das Mädchen bemerkte seinen Blick und sah ihn aufmerksam an, während sie ihre Paste löffelte. Er konnte spüren, dass das Gespräch, das sie in der Nacht mit den anderen geführt hatte, sie noch immer beschäftigte. Vielleicht fragte auch sie sich, ob er nicht doch ein Spion war, obwohl sie ihn gegen Kaikura verteidigt hatte. Aber ein Spion in wessen Auftrag? Er senkte den Blick und hatte sofort das ungute Gefühl, dass ihn jede Geste verdächtig machte. Ausgerechnet den Präsidenten der Vereinigten Staaten von Amerika, ging es ihm durch den Kopf. Kein Wunder, dass sie verfolgt wurden. Auch wenn man im Waisenhaus weder Lesen noch Schreiben lernte – dass mit den USA nicht zu spaßen war, hatten sie mitbekommen. Welcher Wahnsinnige bringt den Präsidenten der USA um? War das nicht einfach nur dumm? Vielleicht sollte er sich doch von der Gruppe trennen und sein Glück allein versuchen. Außerdem waren sie daran schuld, dass er diesem schreckliche Amsa Ras wiederbegegnet war. Noch ein Grund, sich davonzumachen.

Er musste sich entscheiden, besser heute als morgen. Er nahm seinen ganzen Mut zusammen und wandte sich an Papillo:

»Was haben der Ost-Magistrat und das Ordnungsamt miteinander zu tun?« Es entstand eine Stille im Raum. Der Erwachsene schien nicht überrascht zu sein. Er warf Max einen kurzen Blick zu. Dann sagte er sachlich:

»Die Magistrate der verlassenen Stadt werden vom Ordnungsamt geduldet.«

»Warum?«, fragte Max weiter.

»Schau dich um: Die verlassene Stadt ist nicht interessant für die Behörden. Da lassen sie lieber Verbrecher für sich arbeiten, das kostet sie nichts, und wenn etwas schiefläuft, können sie die Magistrate belangen.«

Max nickte. Das klang ziemlich überzeugend. Er aß weiter und beschloss, nichts mehr zu sagen. Die Stimmung war auch so schon angespannt genug. Aber in seinem Kopf bildete sich ein Gedanke, den er aussprechen musste:

»Aber es ist trotzdem das Ordnungsamt, das nach euch sucht, und nicht die Magistrate, stimmt's?«

Papillo sah den Jungen kurz an und blickte dann in die Runde:

»Das Ordnungsamt ist, wie ihr wisst, die offizielle Polizeigewalt der Stadt. Es handelt im Auftrag der Regierung und hat im ganzen Land Büros mit Einsatzkräften. Auch hier, und zwar in der Oberstadt.« Er machte eine Pause und aß von seiner Paste. Anschließend fuhr er fort: »Das Ordnungsamt ist Judikative und Exekutive in einem, das heißt, es kann eigenmächtig Leute festnehmen und verurteilen, ohne dass ein Richter, ein Anwalt oder die Öffentlichkeit sich einmischen.« Er schwieg einen Moment. »Auch das hängt mit dem Tod des amerikanischen Präsidenten zusammen. Damals erhielt das Ordnungsamt umfassende Kompetenzen, weil man so schnell wie möglich reagieren wollte.« Er blickte Max in die Augen. »Sie sind auch ins Waisenhaus gekommen, nicht wahr?«

Max dachte daran, wie die bedrohliche Flugdrohne mit dem Emblem des Ordnungsamtes – ein schwarzer Adler mit zwei Köpfen –, im Hof des Waisenhauses gelandet war. Er dachte an das Bild, das die Ordnungshüter allen zeigten, daran, wie er jedes Mal den Kopf geschüttelt und gesagt hatte: ›Nein, habe ich noch nie gesehen.‹ Er nickte langsam:

»Der sitzende Mann.«

»So nannten sie ihn?«, fragte Papillo amüsiert. Die anderen entspannten sich ein wenig. Max schüttelte den Kopf:

»Sie sagten gar nichts, sie fragten uns nur, ob wir ihn schon mal gesehen hätten. *Wir* nannten ihn so.«

»Das ist ein guter Name«, erwiderte Papillo, der aus irgendeinem Grund erfreut schien. Er lächelte die anderen süffisant an: »Ist es nicht ironisch, dass ausgerechnet diejenigen, die seine Anhänger verfolgen, sein Bild unter die Leute bringen?«

»Was dachtest du denn über den sitzenden Mann?«, schaltete sich Kaikura ein. Alle Augen richteten sich auf den Jungen, der seinen Blick auf Max geheftet hatte.

»Nichts Besonderes«, antwortete Max wahrheitsgemäß, »ich wusste ja nichts.«

»Und was denkst du jetzt?«, beharrte Kaikura. Max zuckte mit den Schultern:

»Auch nichts Besonderes«, sagte er ausweichend, »ich weiß ja immer noch kaum etwas.«

»Du weißt eine ganze Menge über uns«, versetzte Kaikura trocken, »genug, um uns ans Ordnungsamt verpfeifen.«

»Kaikura!« Das war Dalma, die ihn wütend aber auch bittend ansah.

»Kaikura hat Recht«, meldete sich Mohid, »du hast uns gewissermaßen in der Hand, Max, aber wir wissen so gut wie nichts über dich.« Er machte eine vage Geste. »Wenn du wirklich bei uns bleiben willst, dann wäre jetzt ein guter Moment, mal etwas über dich zu erzählen.«

Papillo nahm seinen Becher, trank und aß anschließend langsam weiter, er schien sich nicht einmischen zu wollen. Alle anderen sahen Max an. Eine Mischung aus Misstrauen, Erwartung und Sorge lag in der feuchten Luft.

Max wollte sagen, dass er sie doch kaum kannte, dass sie sich doch erst vor ein paar Tagen zum ersten Mal begegnet waren. Aber bevor er den Mund öffnete, verwarf er den Gedanken wieder. Das würde sie wohl kaum beruhigen. Aber was wollten sie dann von ihm hören? Er hatte nichts zu erzählen. Er war nur ein Waisenjunge, der abgehauen war, mehr nicht!

Als die Stille immer länger wurde, ohne dass Max etwas sagte, und das Prasseln des Regens den Raum eroberte, stand Kaikura mit einem Ruck auf und verließ die Wohnung. Ehe Max einen klaren Gedanken fassen konnte, sagte Mohid:

»Rede endlich, Max, oder verlass uns noch heute.«

In diesem Augenblick wusste Max, dass sie ihn nicht zwingen konnten. Sie konnten sagen, was sie wollten, doch sie konnten das, was sie ihm androhten, nicht ohne Papillos Zustimmung in die Tat umsetzen. Und Papillo aß. Er hatte nichts gesagt, und zugleich hatte er alles gesagt. Max dachte an den alten Mann. Auch der hatte ihn nach sechs Monaten vor die Wahl gestellt: gehen oder bleiben und Teil von seiner kleinen, engen Welt werden. Aber Papillo war anders. Keine Geste hätte ihm mehr Vertrauen einflößen können als diese.

Er spürte, wie er sich entspannte und zum ersten Mal fühlen konnte, dass dies nicht das Waisenhaus oder der Alte war. Hier hatte er wirklich die Wahl.

»Was willst du, Max?« Dalma schaute ihn an. In ihrem Blick lag eine unausgesprochene Bitte.

»Ich ... ich weiß es noch nicht«, antwortete Max. Das entsprach der Wahrheit, doch Dalma wirkte enttäuscht. Das gab ihm einen Stich. In diesem Augenblick sagte Karm ruhig:

»Vor uns hast du nichts zu befürchten, Max.« Der Junge sah den anderen an und wusste, dass es stimmte. Er nickte und gab sich einen Ruck:

»Ich bin nicht vor einer Woche aus dem Waisenhaus abgehauen«, begann er langsam, »sondern schon vor sieben Monaten. Die ersten Wochen konnte ich mich in einem leeren Haus verstecken. Nachts, kurz bevor die Tiere kamen, brach ich dann wieder ins Waisenhaus ein und aß die Essensreste. Danach traf ich den alten Mann.«

»Einen alten Mann?« Papillo hatte aufgehört zu essen und sah ihn nun neugierig an. Max nickte.

»Ja. Er lebt allein, keine dreihundert Meter vom Waisenhaus entfernt in einem Mietblock. Er hatte mich wohl beobachtet, deshalb kam er eines Tages zu mir und bot mir eine Art Anstellung an. Ich sollte mit ihm leben, mich um ihn kümmern, für ihn Sachen besorgen und dafür in Sicherheit sein und genug zu essen haben. Er hatte früher für das Waisenhaus gearbeitet und erhielt eine kleine Pension. Eigentlich hätte er in der bewohnten Stadt leben dürfen, aber dort hätte sein Geld kaum gereicht. Deshalb war er geblieben.« Max hörte auf zu sprechen, als er sah, dass Kaikura wieder hereingekommen war. Der Junge setzte sich wortlos an seinen Platz. Er schien nicht mehr wütend zu sein, doch Max konnte sehen, dass Kaikura mehr hören wollte. Er atmete tief durch.

»Der Alte war am Anfang freundlich. Er brachte mir Lesen und Schreiben bei, er gab mir Bücher, die ich las, so gut ich konnte. Aber mit der Zeit begann er, sich wie die Leute im Waisenhaus zu benehmen. Er wollte alles kontrollieren, ließ mich nur hinaus, wenn ich etwas für ihn besorgen sollte, und erzählte mir, das Waisenhaus würde mich suchen. Zuerst glaubte ich ihm. Aber nach einem halben Jahr sagte er das immer noch. Deshalb bin ich abgehauen. Und dann habe ich Papillo getroffen.«

»Warum sollte das Waisenhaus überhaupt nach dir suchen?« Kaikura sah ihn herausfordernd an. »Nach mir hat niemand gesucht. Das war denen doch egal, ob sie einen mehr oder weniger durchfüttern mussten. Warum sollte das bei dir anders sein? Und warum hattest du solche Angst, als Amsa Ras sich an dich erinnerte?«

Max schluckte trocken. Jetzt begann der schwierigste Teil. Er blickte in die Gesichter der anderen. Alle schauten ihn erwartungsvoll an. Er dachte die Worte, die Papillo in der Nacht in seinem Traum gesagt hatte: ›Was sagen eure Herzen? Hört ihr sie?‹

Plötzlich hatte er den Eindruck, dass diese Worte genauso an ihn gerichtet waren. Was sagt mein Herz?, fragte er sich. Gehören diese Gesichter religiösen Fanatikern? Er blickte Papillo an. Der alte Mann mit dem jungen Gesicht saß neben ihm und erwiderte seinen Blick ruhig und gelassen, als unterhielten sie sich über das Wetter. Nein. Das war die Antwort, die er hörte. Diese Menschen waren keine religiösen Fanatiker. Sie hatten überhaupt nichts Fanatisches an sich. Laut sagte er:

»Vor drei Jahren wechselte die Leitung im Waisenhaus. Der neue Direktor kam aus der großen Stadt hinter der Grube.«

»Köln«, sagte Karm.

»Ja, genau. Wir hofften, dass durch ihn endlich wieder Erwachsene kommen würden, um Kinder zu adoptieren, das hatte nämlich irgendwann einfach aufgehört. Doch der Neue hatte andere Pläne. Er ... Es hatte Versorgungsengpässe in den Waisenhäusern gegeben, die zu Köln gehören. Er hielt eine Antrittsrede und erklärte uns, wir müssten die Keller ausbauen, um das zu ändern. Wir bauten ein Jahr lang. Zwei Kinder verunglückten während der Bauarbeiten. Wir wussten nicht, was wir da bauten, doch es wirkte wie ein Gefängnis und noch etwas anderes.« Er machte eine Pause. Bilder, die er lange weggeschoben hatte, stürmten durch seinen Kopf. Der kleine Tarik, der ihn ansah, während das Leben ihn verließ ... Max begann zu schwitzen, obwohl es kühl war. Etwas in ihm wollte aufstehen und weglaufen oder einfach nur laufen, bis zur Erschöpfung laufen und dann schlafen. Doch er blieb sitzen und erzählte weiter:

»Als die Keller dann fertig waren, kam Amsa Ras mit seinen Leuten und bestimmte, wer ihm helfen sollte. Wir wussten nicht wobei, doch das erfuhren wir, als sie uns zum ersten Mal in die Grube brachten.«

»In die Grube?«, rief Mohid. Auch die anderen wurden unruhig. Kaikura ließ Max nicht aus den Augen, doch er wirkte nicht mehr misstrauisch, sondern überrascht. Dalma und Nira sahen ihn betroffen an. Nur Bos Gesichtsausdruck blieb unergründlich. Aber das konnte ihm jetzt alles egal sein. Wenn sie wissen wollten, wer er war, dann erzählte er ihnen eben alles, was passiert war. Er nickte Mohid zu:

»Ja, in die Grube. Wir fuhren spät abends mit fünf oder sechs großen Lastfahrzeugen los. In jedem fuhr ein Kind mit. Weiter im Norden, nicht weit vom Waisenhaus entfernt, gibt es eine alte Rampe, genauso eine wie die im Süden, von der du mir erzählt hast.«

Er blickte Karm an. Der nickte.

»Ich weiß.«

»Dort fuhren wir in die Grube.«

»Aber was habt ihr denn da gemacht? Noch dazu nachts?« Firmins Gesicht glühte vor Neugier.

»Wir ... wir haben Anomals gejagt.«

»Anomals? Warum das denn?«

»Die Lastwagen hatten große Ladeflächen, die man zusperren konnte. E gab hinten zwei breite Türen und vorne eine schmale Luke, die zum Fahrer führte. Wir Kinder mussten uns allein den Büschen nähern. Dort haben die Anomals ihre Lager. Wenn eines versuchte, uns anzufallen, mussten wir so schnell wie möglich zu unserem Lastwagen rennen, hinten hineinspringen und durch die vordere Tür schlüpfen, bevor das Anomal uns erreichte. Dann machten Amsa Ras' Männer die hinteren Türen zu, und es war gefangen.« Er schwieg eine Weile. Niemand sagte etwas.

»Manche Anomals sind langsam, dann ist es ganz leicht. Aber es gibt welche, die so schnell sind, dass ...« Er brach ab. Seine Augen hatten sich mit Tränen gefüllt.

»Genug jetzt«, sagte Papillo. »Das Frühstück ist beendet. Lasst uns bitte allein.« Die Jugendlichen zögerten kurz, doch Papillos Ansage ließ keinen Widerspruch zu: »Ihr könnte schon mit dem fünften Stock beginnen«, wies er sie an. Widerwillig erhoben sie sich und verließen schweigend Papillos Wohnung.

Als alle fort waren, sagte der Erwachsene:

»Ich vermute, diese Geschichte wird noch schlimmer, oder irre ich mich?« Max schüttelte den Kopf. Da legte der Erwachsene seinen Arm um den Jungen und drückte ihn fest.

Max weinte eine Weile. Doch anders als im Waisenhaus tat es gut zu weinen. Je länger er weinte, desto leichter fühlte er sich. Als er sich beruhigt hatte und aufhörte, ließ Papillo ihn los, wandte sich ihm zu und sagte:

»Wir haben nicht viel, und wir werden wegen unseres Glaubens verfolgt. Aber wir sind keine Verrückten, die Leute umbringen, falls du dich das gefragt hast. Du hast meine Schüler gesehen – denn das sind sie, Max: Schüler. Du hast sie gesehen. Jeder ist anders, und niemand zwingt sie, gleich zu werden. Ich ganz bestimmt nicht. Das Einzige, was ich ihnen beibringen will, ist, nicht arm zu sein, ganz gleich, wie viel sie besitzen.«

Er machte eine Pause und blickte Max in die Augen. Und Max hatte mit einem Mal das Gefühl, dass der Raum um sie herum groß und weit wurde. Eine plötzliche Leichtigkeit erfasste ihn, als könnte er im nächsten Moment vom Boden abheben. Es fühlte sich gut an.

»Nun? Willst du bei uns bleiben?«

Max nickte, und der Mann lächelte zuerst und legte dann kurz seine Stirn gegen die von Max, wie er es bei Anita und Bos Mutter getan hatte.

Anschließend erhob er sich.

»Komm jetzt, wir haben zu tun.« Max rührte sich nicht.

»Ich will alles erzählen.«

»Das wirst du, aber nicht jetzt. Jetzt müssen das alle erst einmal verdauen. Du, ich und auch die anderen. Sie wollten deine Geschichte so sehr hören, dass sie keine Minute darüber nachgedacht haben, was sie da von dir verlangen.« Er setzte sich in Bewegung und Max folgte ihm. Er spürte noch immer die Stelle, wo sich ihre Stirnen berührt hatten.

Sie begaben sich ins Treppenhaus, um in den fünften Stock hinaufzusteigen, wo die anderen bereits am Arbeiten waren.

»Hat Nahindra sich eigentlich entschuldigt?«, fragte Max.

»Wofür?«, wollte Papillo wissen.

»Für die Toten.«

Papillo lachte.

»Nein, Nahindra gehört nicht zu den Leuten, die sich entschuldigen. Er behauptete sogar, er habe uns das Haus gegeben, weil er gewusst hätte, dass nur wir sie auf den richtigen Weg bringen können. Und damit hat er sogar Recht.« Er schmunzelte. »Ich habe trotzdem die Miete gedrückt.«

»Bestimmt Nahindra den Preis?«

»Das nicht, aber seine Empfehlungen haben Gewicht im Ost-Magistrat. Es ist ihm gelungen, durch geschickte Politik einflussreiche Leute an sich zu binden. Nahindra ist nämlich viel mehr als ein Schrotthändler – seine eigentliche Ware sind Informationen und Gefälligkeiten. Und wenn er dir einmal einen Gefallen getan hat, lässt er dich nicht mehr los. Sei also auf der Hut.«

Der Junge dachte über die Worte des Erwachsenen nach.

»Weiß Nahindra, dass ihr ...?«, fragte er. Papillo blieb stehen und sah dem Jungen in die Augen.

»Ja«, sagte er dann. »Ich gehöre zu den wenigen Menschen, denen er eine Gefälligkeit schuldet – eine von den Gefälligkeiten, die man nicht vergelten kann. Deshalb kann ich mich auf ihn verlassen.«

»Und deshalb essen wir in seinem Wohnzimmer?«

Papillo grinste.

»Auch das.«

Sie kamen im fünften Stock an, wo die anderen bereits damit beschäftigt waren zu kehren und zu putzen. Wegen des Regens herrschte kein Mangel mehr an Wasser. Mehrere Putzeimer, die sie gefunden hatten, standen oben auf der Dachterrasse und waren so voll, dass sie die Böden einfach damit übergießen und dann schrubben konnten. Dalma bat Max, zwei dieser Eimer herunterzubringen und er machte sich sofort zur Dachterrasse auf. Es fühlte sich gut an, ein Teil dieser kleinen Gemeinschaft zu sein und etwas Nützliches beizutragen.

Er öffnete die Tür zur Dachterrasse. Der Regen fiel dicht wie ein Vorhang und prasselte so laut auf die uralten Zinkverkleidungen der Brüstungen und auf die Kieselsteine, dass er einen kleinen Schreck bekam. Die Menge der Wassermassen, die sich vom Himmel ergossen, überraschten ihn nach jeder Trockenzeit auf Neue.

Sechs Eimer standen in einem Halbkreis um den Eingang, einige waren aus Metall, viele aus eingefärbtem fossilem Plastik, dass er inzwischen mit sicherem Blick erkannte. Alle waren randvoll mit Wasser. Er musste nur einen Schritt in den Regen machen, und schon erreichte er sie. Doch dieser eine Schritt genügte, um ihn vollkommen zu durchnässen. Zum Glück war es warmer Regen. Er beschloss, die unfreiwillige Dusche als willkommene Erfrischung zu nehmen.

Bevor er wieder hinunterstieg, warf er einen Blick dorthin, wo der große Scheiterhaufen gebrannt hatte. Obwohl er im Regen kaum etwas erkennen konnte, glaubte er, noch Umrisse von länglichen Gegenständen dort liegen zu sehen. Ob es Knochen waren? Bei welcher Temperatur verbrannten Knochen eigentlich? Er schüttelte den Kopf. Jetzt dachte er schon wie Firmin.

Er machte sich auf den Weg zurück. Die beiden Eimer waren bis obenhin vollgelaufen und schwer, das Wasser schwappte bedenklich bei jedem Schritt. Auf der Treppe nach unten wäre er fast gestürzt, weil sie ihn mit ihrem Gewicht in die Tiefe zogen.

Als er wieder in den fünften Stock herunterkam und in die große Wohnung am Ende des Korridors trat, stellte er zu seiner Überraschung fest, dass sie voller Möbel war. Während er und Papillo die Toten verabschiedet hatten, mussten die anderen eine Auswahl getroffen und einen Teil hier gelagert haben. Und das bedeutete, dass sie schon länger von dem bevorstehenden Besuch gewusst hatten.

Er seufzte. Sie waren genauso auf der Flucht wie er, kein Wunder, dass sie ihm nicht auf Anhieb alles erzählt hatten. Er hatte ihnen ja auch nicht vertraut. Und trotzdem hatten sie ihm gegen Amsa Ras beigestanden, obwohl sie damit ein großes Risiko eingegangen waren, er wusste das besser als jeder andere. Der Sicherheitschef des Ost-Magistrats war ein Mann ohne Skrupel, das hatte er am eigenen Leib erlebt. Doch sie hatten nicht gezögert. Sogar Kaikura war ihm zur Seite gesprungen. Am Ende ging es Kaikura wirklich nur um die Wahrheit. Und er sollte sie haben, die Wahrheit, so unangenehm sie auch sein mochte für sie alle.

6

Papillo beaufsichtigte diesmal die Arbeiten selbst und gab genaue Anweisungen. Sie mussten immer wieder in die große Wohnung am Ende des Korridors gehen, weil sie als Lager fungiert hatte. Oft stand Papillo vor einem Schrank, einem Sekretär oder sogar einem Stuhl und rieb sich das Kinn, während er überlegt. Anschließend bestimmte er die Wohnung – er nannte sie ›Eins‹ bis ›Vier‹ –, in die das entsprechende Möbel gebracht werden musste, oder er entschied:

»Bleibt hier!«

Max kam es so vor, als wüsste er bereits genau, wer auf dem Weg zu ihnen war, und offenbar gab es einige Unterschiede, was die Bedeutung der Gäste betraf. Wohnung Eins war nämlich eher spartanisch eingerichtet, während Wohnung Fünf – die große Wohnung am Ende des Korridors – geradezu luxuriös ausgestattet wurde. Vor allem aber verfügte jede Wohnung über Betten. Sie stammten von den Bewohnern, die irgendwo anders gestorben waren – auf dem Boden, am Tisch sitzend, im Badezimmer, weshalb ihre Betten noch brauchbar waren.

»Warum haben wir eigentlich keine Betten?«, fragte Mohid, als sie alles hergerichtet hatten und in der großen Wohnung gemeinsam an einem langen Tisch saßen, der ihrem Esstisch in Papillos Wohnung aufs Haar glich.

»Es waren nicht genügend da«, erklärte Karm.

»Und wir brauchen keine«, ergänzte Papillo ruhig. Er war damit beschäftigt, an der rückwärtigen Wand des Wohnzimmers kleine Kisten zusammenzustellen. Max konnte sich nicht erklären, zu welchem Zweck der Erwachsene dies tat. Er schien außerdem Probleme zu haben, denn er schüttelte immer wieder den Kopf, baute den Stapel wieder ab und stellte die Kisten anders zusammen. Die anderen wunderten sich offenbar nicht darüber, deshalb beschloss Max abzuwarten, bis sich das Rätsel von selbst lösen würde.

»Er baut zwei Throne.« Max wandte sich um. Dalma saß übers Eck und lächelte ihn an. Sie hatte ihn offenbar beobachtet und seine Gedanken erraten.

»Throne?«, fragte er erstaunt.

»Was glaubst du, warum die so schöne Wohnungen bekommen?«, mischte Mohid sich ein. »Das sind gaaanz hohe Tiere.« Er fuhr sich mit dem Zeigefinger von unten an die Nase und schob sie hoch, um zu illustrieren, was er meinte.

»Wer hilft Mohid dabei, das Mittagessen vorzubereiten?«, meldete sich Papillo, ohne seine Arbeit an den beiden Thronen zu unterbrechen. Der Junge verzog genervt das Gesicht, sagte aber nichts.

»Das kommt davon, wenn man so respektlos ist«, zischte Nira ihm leise zu und sah ihn tadelnd an.

»Ich bin sowieso heute dran«, sagte Dalma und erhob sich.

»Komm schon«, sagte sie zu Mohid, »du hast es dir verdient.«

»Ich helfe euch!«, meldet sich Karm.

Die drei verließen die Wohnung.

Als sie draußen waren, wandte Papillo sich um.

»Mohid hat eigentlich Recht«, sagte er an die Jugendlichen gerichtet. Dann grinste er. »Aber er weiß nicht, warum.«

»Und warum?«, fragte Kaikura ernsthaft.

»Weil es eigentlich nur ein Brauch ist, bedeutende Menschen auf hohe Throne zu setzen. Der ›sitzende Mann‹ selbst«

– er zwinkerte Max zu –, »saß höchstens auf einem Teppich.« Er zuckte mit den Schultern. »Aber die Tibeter haben unseren Glauben mehr als tausend Jahre lang bewahrt, deshalb ist er ein bisschen tibetisch geworden. Das muss man respektieren, auch wenn es eigentlich nicht dazugehört.«

»Und warum hast du Mohid trotzdem bestraft?«, wollte Kaikura wissen.

»Ich habe ihn doch nicht bestraft!«, rief Papillo erstaunt. »Er brauchte nur mal wieder das Gefühl, etwas Sinnvolles für andere Menschen zu tun. Und weil ihm das hier«, er machte eine weite Geste, die den fünften Stock meinte, »offenbar nicht sinnvoll erschien, habe ich ihm aus der Patsche geholfen.« Er grinste wieder. Dann erhob er sich. »Lasst uns nach unten gehen und unseren Teil dazu beitragen.«

»Ja!«, rief Firmin begeistert, »wir helfen Mohid, indem wir essen!« Sie lachten, und Max hatte das Gefühl, noch nie einem Mann wie Papillo begegnet zu sein.

Als sie in Papillos Wohnung im ersten Stock eintrafen, hatten Karm, Dalma und Mohid den Tisch gedeckt, jedem ein Nahrungspack auf den Teller gelegt und einen Becher mit Wasser dazugestellt.

Diesmal saß Max zwischen Firmin und Nira. Kaikura und Bo ließen sich ihnen gegenüber nieder, doch der große Junge vermied jeden Blickkontakt.

Papillo legte die Handflächen gegeneinander und sprach ein Gebet, das alle außer Max im Chor begleiteten. Anschließend begannen sie zu essen.

Max riss sein Nahrungspack auf – ›Pilz-Risotto‹ stand auf dem Etikett – und überwand sich, den Inhalt zu essen. Dabei beobachtete er die anderen. Wie ernst sie diese religiösen

Dinge nahmen! Sogar Mohid, der sonst allem mit Ironie begegnete. Er dachte an die Kantine im Waisenhaus – ein großer kalter Saal, in dem früher einmal Arbeiter und Angestellte einer Fabrik für Verpackungen ihre Mittagsmahlzeiten zu sich genommen hatten. In langen Schlangen hatte er gemeinsam mit dreihundert anderen Kindern Tag für Tag dreimal angestanden, um anschließend an Tischen zu essen, die sich quer durch den großen Raum erstreckten. Niemand hatte gebetet oder sonst irgendein Signal gegeben. Er und Emilia hatten stets aufeinander gewartet, um gemeinsam essen zu können. Das war ihr Ritual gewesen, und es hatte ihm mehr bedeutet als alles andere. Dieses Beten dagegen sagte ihm gar nichts.

Das Schweigen der anderen und das monotone Geräusch des Regens lenkten Max von seinen Gedanken ab. Jeder schien vollkommen mit dem Essen beschäftigt zu sein, doch irgendetwas war anders, er spürte eine Anspannung, die er sich nicht erklären konnte.

Als alle mit dem Essen fertig waren, sagte Karm:

»Kaikura möchte etwas sagen.« Er nickte dem anderen zu.

Kaikura starrte einen Moment lang auf den Tisch. Dann räusperte er sich und blickte Max direkt in die Augen.

»Ich möchte mich entschuldigen. Ich habe geglaubt, dass du ein Spion bist, der uns an das Ordnungsamt verrät. Jetzt sehe ich, dass ich mir selbst auf den Leim gegangen bin. Tut mir leid.« Er senkte den Blick. Bevor Max etwas sagen konnte, meldete sich Papillo zu Wort:

»Wer hat sich das ausgedacht?«

»Ich selbst«, sagte Kaikura. Er fühlte sich sichtlich unwohl in seiner Haut.

»Aha. Und das musste so öffentlich sein?« Kaikura wirkte verunsichert.

»Ich dachte, es wäre das Beste.« Papillo wiegte den Kopf.

»Das kann sein. Aber so schlimm ist es nicht, Max für einen Spion zu halten, Kaikura. Im Gegenteil. Ich danke dir, dass du so wachsam bist. Du bist ein Beschützer, und Beschützer müssen sich die dunkelsten Ecken anschauen, weil dort manchmal die Gefahr lauert. Und es kommt nicht selten vor, dass der eine Beschützer den anderen verdächtigt, weil beide an derselben Stelle Wache halten.« Sein Blick fiel kurz auf Karm, dann auf Max, zuletzt auf Bo. »So, wie ich das sehe, sind wir gut gewappnet für die Herausforderungen, die vor uns liegen.« Er lächelte in die Runde. »Ihr habt jetzt eine Stunde Mittagspause, dann treffen wir uns wieder hier.« Er erhob sich und alle taten es ihm gleich.

Max und Karm waren bereits auf dem Weg in ihre Wohnung, als Kaikura sie einholte.

»Ich geh schon vor«, sagte Karm, während Max stehenblieb.

»Ich misstraue dir nicht mehr, Max«, sagte Kaikura. »Aber ich bin immer noch neugierig.« Max nickte.

»Ich werde alles erzählen. Aber du musst auch ein paar Dinge erklären.«

»In Ordnung. Was willst du wissen?«

»Papillo hat gesagt, dass einer von euch den Präsidenten von Amerika getötet hat und dass ihr seitdem verfolgt werdet. Er hat gesagt, dass der Präsident den Plan hatte, viele Menschen ermorden zu lassen. Was waren das für Menschen?« Kaikura wandte sich zu den Fenstern, durch die der Regen in den Korridor fiel. Der Boden war nass. Vor ihnen lagen vier Monate, in denen das Wetter so sein würde.

»Vor allem Inder und Chinesen«, sagte er schließlich und wandte sich erneut Max zu. »Leute wie Bo, Mohid, Nira, Nahindra und viele andere.«

»Warum ausgerechnet sie?«, fragte er Kaikura. Der große Junge hob halb abwehrend die Hände und sagte:

»Ich weiß es nur von Papillo, okay? Also: Durch den Krieg waren so viele nach Amerika gekommen, dass die Leute dort Angst bekamen. Sie wollten nicht so viele Asiaten in ihrem Land haben, ich glaube, sie hassten sie sogar, oder es war so, dass die Inder und Chinesen sich gegenseitig hassten und die Amerikaner nicht wollten, dass sie ihren Krieg bei ihnen fortsetzten. Ich weiß es nicht mehr genau. Jedenfalls wählten sie einen Mann zum Präsidenten, der ihnen versprach, das Problem zu lösen. Er wollte sie alle ausweisen, aber Papillo sagt, dass er das niemals geschafft hätte, weil die anderen Länder selbst so viele Flüchtlinge aufgenommen hatten. Wohin also mit ihnen? Und da dachte sich dieser Präsident offenbar, dass es noch eine andere Lösung gab.«

»Und was denkst du darüber, dass dieser ... Gläubige ihn einfach umgebracht hat? Glaubst du, dass er sehen konnte, was der Präsident tun würde?«

»Papillo glaubt es.«

»Und du?«

»Ich werde dir sagen, was ich glaube: Ich glaube, dass Papillo ein guter Mann ist – der erste, dem ich begegnet bin. Er hat mich nie enttäuscht oder im Stich gelassen, keinen von uns. Und er gängelt uns auch nicht, er lässt uns alle Freiheiten, solange das niemanden in Gefahr bringt. So viel Glück muss man erst mal haben. Schau dich doch um: Ich wette, dir ist auch schon aufgefallen, dass es hier draußen nicht so rosig ist.« Max nickte. Das war nicht zu übersehen.

»Und jetzt du. Erzähl weiter.«

»Ich mach's, wenn alle dabei sind.«

»Na gut.«

Damit war das Gespräch beendet und Kaikura ging weiter. Max blickte ihm nach. Kaikuras und Bos Wohnung war die erste im Korridor, sie lag gleich neben der Stahltür zum Treppenhaus.

Er betrat seine und Karms Wohnung und musste plötzlich an die alte Frau denken, die hier gelebt hatte. Wie oft war sie wohl noch hinausgegangen und wieder hereingekommen, bevor sie gestorben war. Hatte sie wenigstens ab und zu auf dem Korridor gestanden und auf die Straße geschaut? Und wenn ja, was hatte sie gefühlt, was hatte sie gedacht? Hatte sie die Aussicht genossen, oder hatte sie verzweifelt darauf gewartet, dass ihre Betreuer zurückkehrten und ihr etwas zu Essen mitbrachten? Auch dieses Haus war nichts als ein Gefängnis gewesen. Sein Waisenhaus, Kaikuras Waisenhaus, diese verlassene Stadt, in der sie lebten, sogar die Metastädte, von denen Dalma und Nira so begeistert gesprochen hatten, klangen in seinen Ohren wie Gefängnisse. War Papillo deshalb dort fortgegangen? Sicher hätte er sich in einer Metastadt auch sehr gut verstecken und noch dazu angenehm leben können. Was hatte er zu der Frau aus seinem Traum gesagt? Er hatte vom Lager gesprochen, und dass er seitdem nichts mehr mit religiösen Fanatikern zu tun hatte. Was für ein Lager das wohl gewesen war? Auf jeden Fall auch eine Art Gefängnis, nach seinem Tonfall zu urteilen.

Er seufzte und betrat die Wohnung. Karm saß mit dem Gesicht zum Fenster im Schneidersitz auf seiner Schlafmatte und hatte die Hände flach vor der Brust zusammengelegt. Nicht schon wieder, dachte Max und zog sich erneut zurück auf den Korridor und ging bis zur Stahltür, die ins Treppenhaus führte. Er öffnete sie und zog ein Stück Plastik, das in der Ecke daneben lag, mit dem Fuß heran, um es zwischen Tür und Rahmen zu schieben, damit sie nicht ins Schloss fiel.

Dann stieg er hinauf bis zur Dachterrasse und trat hinaus in den Regen. In Sekundenschnelle war er durchnässt, doch es war ihm gleichgültig. Er stieg über die Putzeimer hinweg, die immer noch im Halbkreis um die Tür standen, und begab sich zu den Überresten des großen Scheiterhaufens. Und dort sah er die Knochen liegen, es waren nicht mehr viele, doch ein paar hatten das Feuer überstanden. Schwarz und von der Hitze verkrümmt lagen sie inmitten der Asche, die durch den Regen zu einer Art Brei geworden war, der allmählich weggewaschen wurde und sich auf der gesamten Terrasse verbreitete.

Er blickte sich um. Der Regen begrenzte die Sicht auf die umliegenden Gebäude, der Rest verlor sich im Schemenhaften. Bin ich jetzt frei?, fragte er sich. Natürlich nicht, war die Antwort, die er sich selbst gab. Nicht, solange Emilia noch eingesperrt war.

Er wandte sich um und verließ die Dachterrasse. Er hatte genug gesehen.

Bevor er hinunterstieg, zog er sich auf dem obersten Treppenabsatz komplett aus und wrang seine Wäsche durch die Tür nach draußen aus. Plötzlich hörte er ein Geräusch hinter sich. Erschrocken wandte er sich um. Dort standen Nira, Bo und Dalma und betrachteten ihn mit einer Mischung aus Belustigung, Neugier und Schreck. Er dachte, sie würden sich zurückziehen, doch sie machten keine Anstalten, sich auch nur umzudrehen.

»Was ist denn?«, rief er, um irgendetwas zu sagen, während er sich hastig wieder anzog.

»Wir wollen auch aufs Dach«, sagte Dalma.

»Aber lass dir nur Zeit«, fügte Nira mit einem Grinsen hinzu.

Max war so verlegen, dass er es nicht wagte, den Mädchen in die Augen zu schauen, als er endlich angezogen war und an ihnen nach unten vorbeiging. Während er weiter hinabstieg, hörte er von oben Gelächter.

Als er in die Wohnung trat, lag Karm auf seiner Matte und schlief. Max zog sich wieder aus, hängt seine Kleider so gut es ging über die Fensterrahmen zum Balkon und legte sich in seinen Schlafsack.

»Warst du auf dem Dach?«, fragte Karm, ohne die Augen zu öffnen.

»Ja.«

»Und? Gibt es noch Knochen?«

»Ja, woher weißt du ...?« Karm öffnete die Augen und lächelte ihn an.

»Ich hab' mich das auch gefragt.«

»Aber nicht mehr viele«, fuhr Max fort, »und die dünneren sind ganz verbogen.« Der andere nickte. Es gab eine Pause.

»Früher in Asien«, begann der andere wieder, »meditierten die Leute oft an Orten, wo die Toten verbrannt wurden. Viele lebten sogar jahrelang dort.«

Max zog die Augenbrauen hoch.

»Warum taten sie das?« Die Vorstellung, sich an einem solchen Ort freiwillig längere Zeit aufzuhalten, kam ihm abwegig vor. Karm zog die Schultern hoch und die Mundwinkel herunter, wie um zu anzudeuten, dass er selbst nichts wisse.

»Papillo sagt, dass sie die Vergänglichkeit so intensiv erfahren wollten, dass sie sie nie wieder vergessen würden.«

»Aha«, machte Max ratlos. »Und was bringt das?«

»Keine Ahnung. Das sind alles geschickte Mittel, um die Sicht zu verwirklichen.«

»Die Sicht? Was ist das?«

»Papillo sagt, wenn man die richtige Sicht hat, ist die ganze Welt magisch.«

»Und woher weiß er das?«

»Von seinem Lehrer, vermute ich.«

»Er hatte auch einen Lehrer?«, fragte Max und machte große Augen. Damit hatte er nicht gerechnet.

»Ja, natürlich«, sagte Karm, der seinerseits über Max Staunen erstaunt war. »Was glaubst du, wie unser Glaube so lange überdauert hat, seit fast zweitausendneunhundert Jahren?«

»Hm«, machte Max. Alle redeten immerzu über ihren Glauben, als ob sie davon besessen wären. Am Ende waren sie doch fanatisch.

»Ich versuche, die Vergänglichkeit zu ›verwirklichen‹, wie Papillo das nennt«, fuhr Karm fort. »Aber es ist so schwer.« Er schwieg kurz und blickte in den Regen hinaus. »Wenn meine Familie noch am Leben wäre, wäre unser Leben auch nicht leicht. Wir wären nicht besser gewesen, als die anderen Hauser. Aber wir hätten uns gehabt, weißt du?« Er blickte Max an. In seinen Augen stand ein Schmerz, den Max kaum ertrug. Zu oft hatte er diesen Blick gesehen, wenn neue Kinder angeliefert worden waren. Auch Emilia hatte ihn so angeschaut, als er sie kennenlernte.

Ein leises Klingeln ertönte vom Korridor her. Karm fasste sich.

»Das ist Papillo«, sagte er. »Die Stunde ist vorbei. Komm, wir müssen gehen.« Er schälte sich aus seinem Schlafsack. Sie hörten die anderen an ihrer Wohnung vorbeigehen, während sie sich unterhielten. Auch die Mädchen kamen wieder heruntergelaufen und verschwanden in ihren Wohnungen.

»Wo waren die denn?«, fragte Karm verwundert.

»Auf dem Dach«, sagte Max, während er seine feuchte Kleidung wieder anzog.

»Die sind bestimmt nass bis auf die Knochen.«

Als sie in Papillos Wohnung eintrafen, saßen Mohid, Firmin und Kaikura bereits mit Papillo am Tisch und tranken Wasser. Kaum hatten sie sich gesetzt, tauchten die drei Mädchen auf und setzten sich mit verschwörerischen Mienen und unterdrücktem Grinsen auf die freien Stühle.

»Wart ihr etwa auf dem Dach?«, fragte Papillo. Die drei nickten. »Und du auch?« Er blickte Max an. Der nickte ebenso und wurde rot.

»Und was habt ihr da gemacht?«

»Uns die Knochen und einiges andere angeschaut«, sagte Dalma.

»Und im Regen getanzt«, ergänzte Nira.

»Zu viert?«

»Zu dritt«, berichtigte Bo.

»Max war vor uns oben«, erklärte Dalma und warf dem Jungen einen kurzen Blick zu.

»Jetzt musst du weitererzählen!«, fuhr Firmin ungeduldig dazwischen und sah Max auffordernd an.

»Ja!«, rief Nira, und alle schlossen sich an. Max nickte und besann sich kurz. Er suchte nach einem Einstieg, der weniger schockierend wäre. Aber es gab keine Möglichkeit, das, was er zu erzählen hatte, schonend zu formulieren. Er räusperte sich und begann:

»Die Anomals sollten geschlachtet werden, um als Nahrung zu dienen. Dafür hatten wir den Keller ausgebaut. Uns nannten sie ›Köder‹, und damit wir den anderen nichts von ihrem Plan verraten konnten, trennten die Männer uns. Wir wurden neben den Anomals im Keller eingesperrt und kamen nachts in der Grube zum Einsatz. Sie schlossen Wetten darauf ab, wer von uns überleben würde. Ich habe neun Einsätze mitgemacht, bei jedem Einsatz wurden Kinder von den Anomals erwischt.« Seine Stimme versagt und er schwieg kurz, um sich zu sammeln. Sein Blick war auf die Mitte der Tischplatte geheftet, er sah niemanden der Anwesenden mehr, nur noch das, was er erlebt hatte. »Sie nannten das ›natürliche Selektion‹. Das Fleisch der Anomals schmeckt nicht gut, aber das war ihnen egal. Es ging ihnen nur um die Nährstoffe. Sie dampften sie irgendwie ein und stellten aus ihnen dieselben Nahrungspacks her, die sonst aus der Stadt kamen. Ihr Plan war, das Waisenhaus als Produktionsort und die Kinder als Vorschmecker zu benutzen, um anschließend, sobald sie einen akzeptablen Geschmack hinbekämen, den Schwarzmarkt in der verlassenen Stadt zu versorgen. Und ich glaube, das haben sie auch gemacht.«

Er blickte in die Runde und sah in entsetzte und angewiderte Gesichter. Papillos Augen glänzten, als wären sie feucht.

»Wir waren immer zu sechst oder zu siebt«, fuhr der Junge fort, »fast immer nur Jungen. Direkt neben uns befand sich ein großer Käfig mit Anomals. Alle hatten schwarze Hände und Füße, obwohl sie sonst sehr unterschiedlich aussahen.

Die Männer sprachen darüber, dass sich eine bestimmte Art durchgesetzt hatte. Aber es war mehr als das.« Er blickte die anderen an. Zuletzt blieb sein Blick an Karm hängen. »Ich habe einen von ihnen … kennengelernt.«

»Du hast was?«, rief Mohid.

»Sie sind nicht einfach nur Tiere. Sie … sind viel mehr wie wir.« Er sprach jetzt nur noch zu Karm, der ihn nicht aus den Augen ließ.

»Nach einer … Jagd kam das Anomal, das ich in den Lastwagen gelockt hatte zu mir und streckte die Hand durch den Käfig, so.« Er streckte Firmin seine Hand hin, der sie reflexhaft ergriff. »Ich hatte natürlich Angst, dass es mir etwas antun würde, doch es wartete mit der ausgestreckten Hand. Und dann ergriff ich sie und … wir gaben uns die Hand, ganz normal, als wären wir beide Menschen. Es machte sogar dieselbe Bewegung.« Er bewegte seine Hand auf und ab, als würde er Firmins Hand schütteln. »Dann ließ es mich los und legte sich in eine Ecke.« Er ließ Firmins Hand los. »Jedes Mal, wenn es danach wieder zu mir kam, tat es dasselbe. Die anderen Kinder hatten zuerst Angst, aber nach und nach gaben sie ihm und den anderen Anomals die Hand.«

»Aber sie haben euch doch gejagt, um euch zu fressen«, sagte Karm. Seine Stimme klang angespannt. Max zuckte mit den Schultern.

»Ja, und sie waren auch dumm genug, immer wieder in die Falle zu gehen.« Er seufzte. »Das hing vielleicht damit zusammen, dass es immer die jungen Anomals waren, die uns jagten. Einmal sah ich, wie ein altes Anomal versuchte, ein junges mit beiden Händen festzuhalten, damit es mir nicht hinterherrannte.«

»Sie haben Kinder benutzt, um Kinder zu fangen«, sagte

Papillo. Er klang nicht bitter, nicht vorwurfsvoll. Nur traurig. Max nickte.

»Ja, ich glaube, so war es. Ob sie die Kinder, die sie erwischten, gefressen haben, weiß ich nicht.«

»Warum zweifelst du daran?«, fragte Karm, der ihn fast vorwurfsvoll ansah. Max zuckte mit den Schultern.

»Ich hoffe es einfach.« Er schwieg einen Moment. »Sie haben die Anomals immer am nächsten Tag geschlachtet. Die haben sich mit den Händen an den Käfigstangen festgeklammert und geschrien.« Seine Stimme versagte.

»Und wie bist du abgehauen?«, fragte Nira, um das Thema zu wechseln. Max sah sie an. Sie wurde rot und senkte den Blick, doch er bemerkte es nicht einmal.

»Eines Tages wurde ein Mädchen in den Käfig gebracht, das ich ... kannte. Sie hieß ... Emilia.« Seine Augen begegneten kurz Dalmas Blick. »Emilia sollte als Köder dienen. Bevor wir in die Grube fuhren, versuchte ich sie davon zu überzeugen, dass wir fliehen konnten. Wir brauchten nur auf dem Weg zu den Anomals in eine andere Richtung zu rennen. Ich hatte mir den Weg aus der Grube gemerkt und glaubte, dass wir es schaffen würden. Als wir an der Stelle ankamen, wo wir normalerweise ausgesetzt wurden, bevor die Lastwagen sich zurückzogen, winkte ich ihr. Ich wollte, dass sie zu mir kommt, doch sie hatte zu viel Angst. Sie rannte den Lastwagen hinterher, die sich entfernten. Ich folgte ihr, um sie aufzuhalten und vielleicht doch noch zu überzeugen. Doch sie lief zu schnell. Die anderen Kinder waren verwirrt von dem, was wir taten, es hatte sich ja noch gar kein Anomal blicken lassen. Die Lastwagen stoppten etwa zweihundert Meter entfernt, und ich wusste, dass sie im nächsten Moment ihre Scheinwerfer einschalten würden. Dann hätte ich keine

Gelegenheit mehr zu verschwinden. Deshalb rannte ich weiter, Richtung Rampe.«

»Wie gruselig!«, rief Firmin, »nachts allein in der Grube!« Er schüttelte sich. »Du musst doch wahnsinnig Angst gehabt haben.«

»Hatte ich auch«, sagte Max, der sich so erschöpft fühlte, als hätte er alles noch einmal durchlebt. Er sagte nichts von dem anderen Gefühl, das ihn auf seiner Flucht begleitet und bis jetzt nicht losgelassen hatte: Reue. Er hätte warten können, bis Emilia nicht mehr so viel Angst gehabt hätte, er hätte noch einmal, zweimal oder sogar dreimal als Köder herhalten können, bis Emilia ihm geglaubt hätte, dass sie es schaffen konnten. Doch er hatte gedacht, nicht länger warten und mitansehen zu können, wie die Anomals, die er selbst in die Falle lockte, getötet wurden. Anomals, die ihm die Hand gaben und die vielleicht überhaupt nicht so schrecklich waren, wie sie aussahen. Und doch – für Emilia hätte er es vielleicht tun müssen. Er schloss die Augen. Immerhin hatte er jetzt alles erzählt – bis auf die Sache mit dem schuppigen Anomal. Aber das konnte warten.

»Glaubst du, Amsa Ras hat dich erkannt?« Bo hatte die Frage gestellt, und es war zugleich das erste Mal, dass sie sich überhaupt an ihn wandte.

»Er hat ihn erkannt«, sagte Papillo, bevor Max reagieren konnte. »Amsa hat zu Nahindra gesagt, dass er seinen besten Läufer zurückhaben will. Du hast ihm offenbar einiges an Wettgeld eingebracht. Aber Amsa hat nicht gesagt, wo du gelaufen bist und warum. Er hat etwas über harmlose Wettkämpfe im Waisenhaus erzählt. Nahindra hat mir gegenüber nicht zu erkennen gegeben, ob er ihm glaubt oder nicht. Ich vermute, Amsa und der Leiter des Waisenhauses wollen vor allem verhindern, dass die Leute erfahren, was sie mit den Anomals tun. Aber im Moment sind ihm die Hände gebunden. Nahindra hat ihm verboten, uns nahezukommen, und ich nehme an, dass er deshalb gehorcht, weil der Ost-Magistrat nichts von seinem kleinen Nebengeschäft weiß. Wenn er die Sache an die große Glocke hängt und die erfahren, dass er den Schwarzmarkt mit Fleisch von Anomals aus der Grube versorgt und Geld auf eigene Faust macht, dann weiß ich nicht, was ihm blüht.«

»Vielleicht sollten wir es ihnen genau deshalb sagen!«, schlug Mohid vor. Aber Papillo schüttelte den Kopf.

»Wir können jetzt keine Aufmerksamkeit gebrauchen. Denkt an den Besuch, der uns bevorsteht. Wenn wir dem Ost-Magistrat erzählen, was Amsa Ras treibt, wird er sofort wissen, woher es kommt. Täuscht euch nicht: Er mag ›nur‹ der Chef der Sicherheitskräfte sein, doch er ist kein städtischer Beamter – er ist ein schwer bewaffneter Krimineller, wie alle anderen auch, Nahindra eingeschlossen. Und wer sagt uns, dass Amsa Ras nicht das Äußerste wagen wird, wenn er sich bedroht fühlt, oder wenn die anderen ihm sein Zusatzgeschäft wegnehmen wollen? Ich kenne ihn schon ziemlich lange. Er hat immer einen Weg gefunden, sich weiter hochzuarbeiten, und er ist oft skrupellos vorgegangen. Dabei ist er selbst ein Waisenkind gewesen, in eben dem Waisenhaus, aus dem Max weggelaufen ist. Glaubt mir, von Amsa Ras müssen wir uns fernhalten. Außerdem wissen wir nichts über sein Karma und wohin es ihn noch führen wird. Ihm zu schaden oder sogar für seinen Tod verantwortlich zu sein, könnte in Zukunft auf uns selbst zurückfallen.«

»Aber er ist so ein gemeiner Kerl!«, rief Nira. »Ich verstehe ja, dass wir keinem fühlenden Wesen Leid wünschen sollen. Aber können wir nicht eine kleine Ausnahme machen. Amsa Ras muss doch aufgehalten werden!« Sie war rot geworden, doch jetzt schien sie es selbst nicht einmal wahrzunehmen, so aufgebracht war sie.

»Wir werden eine Lösung finden«, sagte Papillo ruhig. »Aber sie muss gut überlegt sein. Lasst uns jetzt die Puja vorbereiten.« Er wandte sich an Max: »Wir bereiten jetzt ein Ritual vor, und du kannst gerne bleiben und uns zuschauen, wenn du willst.«

»Ich bin müde«, log der Junge. Er hatte keine Lust, sich Rituale anzuschauen, die er nicht verstand. Papillo nickte.

»Gut.« Er erhob sich. »Dann bereiten wir uns jetzt auf die Puja vor und Max erholt sich.« Er wandte sich erneut an den Jungen. »Später werden wir etwas essen. Es ist Teil der Zeremonie, aber du kannst gern dazukommen und einfach mitessen. Wir beten dann auch nicht mehr, sondern plaudern nur noch miteinander. Okay?«

Der Junge nickte, erhob sich und verließ den Raum, während die anderen damit begannen, ihr Ritual vorzubereiten.

Kaum war er draußen, als er eine Entscheidung bereute. Was brachte es ihm, allein in diesem Totenhaus herumzulungern, während die anderen etwas taten, was ihnen sinnvoll erschien? Was für einen Sinn hatte es, nicht an dieser Puja teilzunehmen und sich stattdessen einsam zu fühlen?

Er machte kurzentschlossen kehrt und betrat erneut die Wohnung. Die anderen hatten sich bereits im Halbkreis vor Papillo auf den Boden gesetzt, und der Erwachsene stimmte eine getragene Melodie an, die Max bekannt vorkam. Er warf dem Jungen einen kurzen Blick zu, ließ sich jedoch nichts anmerken.

Max setzte sich neben die Tür zum Schlafzimmer, ein ganzes Stück von den anderen entfernt. Er wollte jederzeit wieder hinausgehen können, wenn es ihm zu viel wurde.

Die Gesänge, die von der Gruppe angestimmt wurden, waren allerdings so schön, dass er ihnen bezaubert zuhörte, und der Klang der Sprache – es war wieder jene alte indische Sprache, von der Nira ihm erzählt hatte – erschien ihm wie geschaffen für die Musik. Einige der Gesänge erkannte er wieder, und das erzeugte ein so wohliges Gefühl in seinem Innern, dass er nach und nach wegdämmerte, bis er ganz einschlief. Sein Kopf sank auf die Brust und er rührte sich nicht mehr.

Jemand rüttelte sanft an seiner Schulter. Er schlug die Augen auf. Neben ihm hockte Kaikura und lächelte ihn freundlich an.

»Komm, es gibt etwas zu essen.«

Max rappelte sich mühsam auf. Sein Rücken schmerzte von der gekrümmten Haltung. Draußen war es dunkel, er musste stundenlang geschlafen haben. Am meisten aber verblüffte ihn die Tatsache, dass er trotz der Gegenwart anderer Menschen vollkommen traumlos geblieben war.

Er gesellte sich zu den anderen, die ihn irgendwie freundlicher als sonst begrüßten. Sie schätzten es, dass er trotz seiner Müdigkeit bei ihnen geblieben war, das konnte er spüren. Am Ende hatte er nicht einmal gelogen, was das betraf.

Er setzte sich an eine freie Stelle im Kreis der anderen, zwischen Mohid und Bo. Papillo reichte ihm einen Teller mit Essensresten von ihrem Besuch bei Nahindra und sagte:

»Damit du nicht würgen musst.«

Der Junge machte große Augen. Was bemerkte dieser

seltsame Mann eigentlich nicht? Beim Anblick der Speisen vergaß er allerdings seine Gedanken, denn sie sahen immer noch sehr appetitlich aus. Er nahm von einer orangefarbenen Frucht, die Papillo als gebratene Karotten bezeichnete und die so gut schmeckten, dass er sie förmlich verschlang. Anschließend probierte er einen runden Fladen, der mit einer Paste bestrichen war, und auch dieser erschien ihm köstlich. Die anderen begleiteten seine kulinarischen Experimente lebhaft und freuten sich mit ihm. Niemand hatte mehr etwas dagegen, dass er da war, und das fühlte sich einfach nur gut an. Einen Moment lang war Max glücklich, doch genau in diesem Moment erschien Emilias Gesicht vor seinem inneren Auge. Emilia, die in panischer Angst den Lastwagen hinterherlief. Er schob das Bild zur Seite, doch es war bereits zu spät, das Glück verflog wie Rauch, und er blieb zurück mit dem Gefühl, etwas Kostbares gefunden und wieder verloren zu haben.

Den Rest des Abends verbrachten sie damit, sich zu unterhalten. Außerdem wollten die drei Mädchen eine Performance vorführen, und nun begriffen Max und die anderen, warum sie auf dem Dach getanzt hatten. Denn nun endlich konnten sie den Tanz vorführen, den Papillo auf dem Dach verboten hatte, während der Erwachsene dazu auf Sanskrit eine langsame Melodie sang, die Max sehr an seine Traumvision vom weiblichen Papillo erinnerte. Und auch die Figuren, die die Mädchen synchron tanzten, erinnerten ihn an den Tanz des Erwachsenen, aber die Bewegungen ihrer Hände waren verschieden.

Nach dem Tanz applaudierten alle begeistert, auch Max. Zum Schluss reichte Papillo eine kleine Flasche herum, aus der jeder einen einzigen Schluck nehmen durfte, denn es handelte sich um Wein. Nahindra hatte ihn der Gruppe zum Einzug geschenkt. Firmin verzog angewidert das Gesicht, aber die älteren, Karm, Kaikura, Dalma und Nira, taten zumindest, als schmeckte er ihnen. Zum Schluss durfte Max probieren. Er nahm einen kleinen Schluck und spürte zunächst nichts. Dann allerdings begann der Alkohol in seinem Rachen zu brennen und er verschluckte sich so heftig, dass er hustete und prustete, bis alles wieder aus der Atemröhre heraus war. Die anderen lachten und klopften ihm auf die Schulter, und Max fühlte sich behütet und erhaschte erneut einen Zipfel jenes Glücksgefühls, das er zuvor empfunden hatte.

Dann beendete Papillo den Tag und schickte sie ins Bett, und Max erhob sich mit dem Gefühl, den vielleicht schönsten Tag seines Lebens erlebt zu haben, ausgenommen natürlich jener Augenblick, als er Emilia zum ersten Mal gesehen hatte.

Auf dem Korridor holte Dalma ihn ein.

»Ich muss mit dir reden.« Max nickte und folgte ihr in die Wohnung, die sie sich mit Nira teilte. Sie zündete vier Kerzen an, und Max konnte sehen, dass die Mädchen sich wesentlich mehr Mühe gegeben hatten als er und Karm. Sie hatten Bilder, die sie in anderen Wohnungen gefunden hatten, an die Wände gehängt, ein Bücherregal entstaubt, ordentlich eingerichtet und die brauchbaren Möbel gemütlich arrangiert – zwei kleine Tische, eine Kommode, einen Sessel, über den sie Tücher gelegt hatten, damit man seinen wahren Zustand nicht sah, und zwei Klappstühle aus Metall.

Max stand unschlüssig im Raum. Als Dalma die letzte Kerze angezündet hatte, kam sie auf ihn zu und küsste ihn auf den Mund. Max war so überrascht, dass er es geschehen ließ. Es wurde ein langer Kuss, so lang, dass Max die Gedanken, die einander im Hintergrund jagten, kaum noch bemerkte. So lang, dass er spürte, wie Dalma in seinen Armen weicher und weicher wurde. So weich, dass sie mit ihm zu verschmelzen schien.

Als sie ihn losließ, wirkte alles anders.

»Ich will nur den Augenblick, Max. Sonst nichts.« Er nickte, ohne zu verstehen, was sie meinte. Sie lächelte ihn an. Völlig offen, ohne Abstand, ohne Zweifel.

»Gute Nacht, Max. Schlaf gut.«

Auf dem Weg aus der Wohnung begegnete ihm Nira. Sie grinste ihn schief an und wurde bestimmt rot, doch in der Dunkelheit sah er es nicht.

Der Korridor war leer. Max blieb an einer Fensteröffnung stehen und atmete tief durch. Der Regen hatte die Luft gereinigt, die sich frisch anfühlte, als wäre die Welt noch jung und unverbraucht. Als er nach unten blickte, sah er viele kleine Lichtpunkte. Sie leuchteten bläulich, rötlich, gelblich und sogar rosa.

»Phosphorschnecken«, sagte eine heisere Stimme neben ihm. Papillo hatte sich unbemerkt neben Max gestellt, und der überraschte Junge wunderte sich, weil ihm das schon lange nicht mehr passiert war.

Er kannte Phosphorschnecken natürlich, jeder kannte diese schleimigen, giftigen Wesen, die in der Regenzeit zu Millionen auftauchten und in der Trockenzeit spurlos verschwanden.

»Wusstest du, dass die Phosophorschnecken auch von Menschen designt wurden?« Max schüttelte den Kopf.

»Früher hießen sie Nacktschnecken und waren entweder rot oder schwarz oder auch gelb, aber sie leuchteten nicht. Einige schlaue Genetiker wollten sie leichter sichtbar machen, weil sie glaubten, dass man sie auf diese Weise besser bekämpfen könnte. Sie kombinierten ihr Genom mit dem von bestimmten phosphoreszierenden Algen und setzten sie aus, damit sie sich mit den normalen Schnecken vermischten. Und das taten sie so fleißig, dass es sie jetzt überall gibt.«

»Werden sie nicht gefressen?«

»Nein. Diese schlauen Genetiker hatten übersehen, dass ihre Schnecken die Fähigkeit besaßen, sich selbst weiterzuentwickeln. Sie benutzten die neuen genetischen Informationen nicht nur zum Leuchten, sondern auch, um giftig zu werden. Aus Sicht unseres Glaubens könnte man sagen, dass sie den Schnecken damit etwas sehr Gutes getan haben. Und nicht nur ihnen, auch ihren Fressfeinden. Aber hier, in dieser Wirklichkeit, hatten sie bloß dafür gesorgt, dass viele Tiere noch weniger Futter fanden.« Er blickte hinaus in die Schwärze.

»Hast du schon mal einen Vogel gesehen?«, fragte er den Jungen, ohne ihn anzuschauen. Max schüttelte den Kopf. »Es sind göttliche Geschöpfe«, fuhr Papillo fort. »Ihre Gefieder haben die schönsten Farben, und wenn sie singen, erfüllen sie alle, die ihnen zuhören, mit Glück. In meiner Kindheit gab es noch welche. Und sie fraßen unter anderem Nacktschnecken.«

»Sind Sie traurig darüber?« Papillo blickte ihn an. In der Dunkelheit wirkte sein Gesicht nicht wie das eines Menschen, und seine Augen hatten etwas, das Max unwillkürlich an das schuppige Anomal aus der Grube erinnerte. Als wäre alles, was Papillo war, in den Augen, und dahinter wäre nichts. Oder als gäbe es gar kein Dahinter.

»Weil sich die Welt verändert hat? Ja, manchmal bin ich traurig darüber. Aber die meiste Zeit versuche ich, jede

Veränderung zu akzeptieren. Als ich jung war, gelang mir das kaum. Ich wusste zwar, dass nichts so bleiben kann, wie es ist, aber ich dachte, ich könnte es beeinflussen, wenn ich dafür kämpfte. Also kämpfte ich. Der Flüchtlingsstrom aus Asien dauerte zwanzig Jahre an, meine gesamte Jungendzeit, und in dieser Zeit geschah vieles, was dazu geführt hat, dass die Welt heute so ist, wie sie ist. Es gab riesige Flüchtlingslager, Millionen Menschen, denen es gelungen war, vor dem Krieg zu fliehen, starben in diesen Lagern, weil niemand sie haben wollte. Andere, die es schafften, in den Westen zu fliehen, waren so verstrahlt von den Bomben, dass man ihnen nicht mehr helfen konnte. Viele waren mit ihren Kindern gekommen, und diese Kinder verwaisten in der neuen Heimat. Dann heirateten sie und bekamen selbst Kinder, nur, um an den Spätfolgen der Verstrahlung zu sterben und erneut Waisen zurückzulassen. Es gibt deshalb heute so viele elternlose Kinder, weil der Krieg noch lange nach seinem Ende Millionen Menschen tötete.« Er hielt kurz inne, als horchte er in der Vergangenheit nach. »In jener Zeit, als die westlichen Länder zwischen Helfen und Abwehren schwankten, wurden nationalistische und fremdenfeindliche Gruppierungen immer stärker. Die Leute begannen, die Flüchtlinge zu hassen, und es entstand eine Zweiklassengesellschaft: auf der einen Seite die Einheimischen, die Arbeit und Besitz hatten, und auf der anderen Seite die Flüchtlinge und ihre Nachkommen, die meist arbeitslos waren und nichts besaßen. Damals schlossen sich die Metropolen zusammen und schotteten sich ab, und ich begann zu kämpfen. Zuerst friedlich und dann ... nicht mehr so friedlich. Bis ich meinen Glauben fand und erkannte, dass ich nicht kämpfte, weil ich anderen helfen wollte, sondern weil ich nicht wusste, wohin mit meiner

Wut.« Er schwieg eine Weile und schaute hinaus. »Damals beschleunigte sich der Raubbau an der Natur so sehr, dass die meisten freilebenden Tiere verschwanden. Ein Drittel der Landmasse der Erde war durch den Krieg unbewohnbar geworden, und der Rest füllte sich mit immer mehr Menschen, die ums nackte Überleben kämpften. Niemand nahm sich die Zeit, auf die Umwelt zu achten. Alle sagten immer nur: Erst müssen die drängenden Probleme angegangen werden, und meinten damit, dass sie ihren Geschäften nachgehen wollten. Das und die Ungerechtigkeit gegenüber den Flüchtlingen machte mich rasend. Erst durch meinen Glauben erkannte ich, dass ich mich in Wahrheit meiner eigenen Ohnmacht angesichts dieser vielen Veränderungen nicht hatte stellen wollen. Ohne es zu bemerken, hatte ich meinen Kampf für die Gerechtigkeit dazu benutzt, diesem Gefühl der Ohnmacht zu entgehen. Aber ich redete mir ein, dass ich auf diese Weise Gutes tat, bis ich erkennen musste, dass es das Kämpfen selbst war, was uns alle diese Probleme eingebrockt hatte.«

»Aber dann geschah der Mord am amerikanischen Präsidenten.«

»Das stimmt. Jetzt gehören wir auch zu den Verfolgten.«

»Warum hat er es dann getan, dieser Gläubige?«, fragte Max und hatte zugleich das Gefühl, ein Tabu zu berühren.

»Hm«, machte Papillo nachdenklich. Er schwieg eine Weile. Dann sagte er: »Es gibt eine Geschichte, die schon sehr alt ist. Sie handelt von einem Mann namens Jataka, der erfährt, dass ein Reisender auf seinem Schiff den Plan hat, hundertzwanzig hohe spirituelle Lehrer zu töten. Jataka ist selbst ein Praktizierender, und weil er so verwirklicht ist, dass er keine Wut mehr empfindet, sondern nur noch Mitgefühl, beschließt er, dem Mörder sein Schicksal zu ersparen und tötet ihn.«

»Was für ein Schicksal?«

»Alles, was wir tun, hat Konsequenzen. Man nennt es das Gesetz von Ursache und Wirkung, oder Karma. Es gilt immer und überall. Wenn wir töten oder den Tod eines anderen Lebewesens verursachen, dann hat das furchtbare Konsequenzen für den Getöteten und für uns selbst. Wir glauben daran, dass unser Bewusstsein den Tod überdauert und in ein neues körperliches Leben eintritt, bis wir uns von aller Anhaftung befreit haben. Und wir glauben daran, dass es verschiedene Höllen gibt, die unseren verschiedenen Vergehen entsprechen. Das sind keine Orte wie diese Stadt, sondern Zustände, in die das Bewusstsein gerät und in denen es verharrt. Ein Mörder wird ganz bestimmt in einer der schlimmsten Höllen landen. Das wollte Jataka dem Mann ersparen und es lieber selbst auf sich nehmen.«

»Und was geschah mit Jataka?«

»In einem seiner späteren Leben wurde er als Sohn eines großen Königs wiedergeboren. Als junger Mann verzichtete er auf die Thronfolge und praktizierte viele Jahre lang als Einsiedler, bis er Erleuchtung fand.«

»Der sitzende Mann«, schloss Max.

»Ja, der sitzende Mann«. Max überlegte.

»Aber euch geht es jetzt schlecht, weil einer von euch den amerikanischen Präsidenten getötet hat.«

»Das stimmt«, gab Papillo zu. »Doch für uns ist es leichter, diese Last zu tragen, weil wir wissen, was sonst passiert wäre.« Max dachte über die Worte des Erwachsenen nach. Dann sagte er leise, fast schüchtern:

»Warum soll ich das alles glauben, wenn es gar keinen Beweis dafür gibt?« Er hatte damit gerechnet, dass Papillo vielleicht wütend würde oder die Geduld verlieren könnte. Doch Papillo lächelte ihn an, als er entgegnete:

»Lass mich dir eine Gegenfrage stellen: Bist du ganz sicher, dass das Waisenhaus, aus dem du weggelaufen bist, noch da ist, wo du es das letzte Mal gesehen hast?« Max zuckte mit den Schultern.

»Ja, natürlich.«

»Aber du siehst es doch jetzt gar nicht.«

»Ich weiß es einfach.«

Papillo wiegte den Kopf.

»Ich würde sagen, du glaubst, dass du es weißt, so wie du abends, wenn du ins Bett gehst, einfach davon ausgehst, dass die Welt da draußen weiterhin vorhanden ist und es auch am nächsten Morgen noch sein wird. Würdest du mir zustimmen?«

»Ja«, antwortete Max und fragte sich, worauf Papillo hinauswollte. Der Erwachsene nickte zufrieden.

»Gut. Wir alle tun das ständig, wir sind davon überzeugt, dass die Dinge, die wir nicht sehen, trotzdem da sind, ganz einfach, weil wir uns so an sie erinnern: als etwas, das existiert. Jedes Lebewesen tut das, auch die Tiere. Stell dir vor, wir würden es nicht tun. Wir müssten ja die ganze Zeit davon ausgehen, dass wir im nächsten Moment ins Nichts stürzen könnten, nicht wahr?« Max versuchte sich vorzustellen, was Papillo gesagt hatte. Ein Schwindelgefühl ergriff ihn.

»Siehst du? Es fühlt sich gefährlich an. Aber das tut es nur deshalb, weil wir uns zu sehr an den Dingen festklammern. In Wirklichkeit bleibt etwas da, wenn ein Ding fort ist.«

»Was soll denn dableiben?«, fragte Max ungläubig.

»Was da bleibt, ist der Raum, den es vorher eingenommen hat. Der Raum bleibt immer da, Max. Wir stürzen nie ins Nichts. Aber das können wir erst sehen, wenn wir aufhören, so sehr auf die Dinge zu achten, und dafür mehr den Raum anschauen.« Er lächelte den Jungen freundlich an und wandte sich zum Gehen. »Ich gehe jetzt in meinen Raum. Gute Nacht, Max.« Mit diesen Worten kehrte er in seine Wohnung am Ende des Korridors zurück.

Max blieb am Fenster stehen und blickte hinunter zu den Phosphorschnecken. Inzwischen waren so viele hervorgekommen, dass die Straße von bunten Leuchtpunkten übersät war, soweit er nach links und rechts schauen konnte. Auch an den Wänden der Häuser leuchtete es. Als er den Blick steil nach unten richtete, sah er, dass auch an ihrem Gebäude Phosphorschnecken unterwegs waren. Im Waisenhaus waren sie mit Gift gegen die Tiere vorgegangen, doch wenn er Papillos Worte richtig verstanden hatte, dann würde der Erwachsene es nicht zulassen, dass sie die Schnecken töteten. Oder würde er es nicht verhindern, weil er dann auch gegen sie Gewalt anwenden müsste? Er stellte sich vor, wie Papillo mit ihnen schimpfte, weil sie Schnecken getötet hatten, und einen Moment lang erschien ihm dieser Glaube absurd. Es gab doch so viele davon! Er dachte an die Anomals, die er in eine tödliche Falle gelockt hatte und Niras Worte fielen ihm wieder ein: ›keinem Wesen Leid wünschen.‹ Plötzlich füllten sich seine Augen mit Tränen. Er hatte diesen Wesen Leid zugefügt. Ob das schuppige Anomal ihn deshalb bis zum Rand der Grube verfolgt hatte. Doch warum hatte es ihn nicht angefallen und getötet? Und warum war es ihm sogar bis hierher gefolgt?

Als Max endlich in die Wohnung trat, schlief Karm bereits. Er lag auf dem Rücken und atmete wie jemand, der träumt. Max setzte sich auf seine eigene Matte und betrachtete den anderen. Karm musste zwei oder drei Jahre älter sein als er selbst, vielleicht siebzehn oder achtzehn. Aber er wirkte viel reifer, wie ein richtiger junger Mann. Max hatte Karm von Anfang an gemocht. Seine ruhige, überlegte Art, seine Fürsorge und die unspektakuläre Weise, wie er die Führung übernahm, wenn Papillo nicht da war – all das imponierte ihm.

Aber die Sache mit den Anomals hatte ihn aufgeregt, das hatte Max bemerkt. Und er konnte es verstehen, schließlich waren sie für den Tod seiner Eltern verantwortlich. Er legt sich hin und verschränkte die Arme hinter dem Kopf. Draußen war es vollkommen still. Und wenn jetzt alles fort wäre? Keine Schnecken, keine Straße, keine Häuser, keine Stadt? Papillo hatte recht: Dann wäre immer noch der Raum selbst da. Aber war der Raum nicht dasselbe wie nichts?

Das Nachdenken machte ihn schläfrig. Er dachte an Dalmas Kuss, an Dalmas weichen Körper, den er in den Armen gehalten hatte. An Emilias Lächeln in Dalmas Gesicht oder umgekehrt. Er spürte wie sein Bewusstsein immer tiefer sank, bis es zu einem kleinen Punkt geworden war, der einfach erlosch.

7

Max träumte. Er träumte, dass er aufstand und in die Luft schwebte, durch die Wände bis zu Papillos Wohnung. Er träumte, dass Papillo noch wach war und tanzte, doch obwohl er wusste, dass der Tanzende eigentlich Papillo war, sah er nicht aus wie der Papillo, den er kannte. Der tanzende Papillo trug rote Frauenkleider, einen kurzen Rock, hohe Stiefel, ein enges Top, eine glänzende rote Lederjacke und auf dem Kopf eine brennende Krone. Der tanzende Papillo war gar kein Mann, sondern eine Frau mit einem sehr weiblichen Körper und großen runden Brüsten, die fast aus dem weiten Ausschnitt ihres Tops hervorquollen. Der tanzende Papillo mit dem Frauenkörper hatte ein wunderschönes Gesicht, doch er riss die Augen weit auf und bleckte die Zähne, dass Max die großen Reißzähne sehen konnte. Der tanzende Papillo mit dem Frauenkörper drehte sich und sprang zum Gesang einer Frauenstimme, und als Max sich umschaute, sah er, dass Nira am Boden saß und mit geschlossenen Augen sang. Sie war ganz rot im Gesicht und sie sang in einer unbekannten Sprache eine fremdartige Melodie, die Max anzog und abstieß, anzog und abstieß. Und plötzlich sah Max, dass aus Papillos rechter Halsseite ein weiterer Kopf wuchs, doch es war kein Menschenkopf, es war der Kopf eines Anomals.

Mit einem Ruck wacht er auf. Es dauerte eine Weile, bis er sich davon überzeugen konnte, dass er wirklich nur geträumt hatte, zum ersten Mal seit vielen Jahren. Er hörte noch die seltsame Melodie und erinnerte sich noch an die unverständlichen Worte. Und er spürte noch den Schreck, den der

Kopf des Anomals an Papillos Hals ihm eingejagt hatte. Doch zugleich fühlte er sich leicht und glücklich, weil er zum ersten Mal seit langer Zeit einfach nur geträumt hatte. Es konnte kein besseres Zeichen dafür geben, dass er Papillo und den anderen vertraute.

Er dachte über den Inhalt des Traums nach, als er plötzlich ein Geräusch vernahm. Jemand befand sich im Treppenhaus. Er hörte Schritte, viele Schritte von vielen Füßen. Kalte Angst packte ihn. Amsa Ras und seine bewaffneten Verbrecher waren gekommen, um ihn zu holen! Er sprang auf, rannte durch den Korridor und legte ein Ohr an die Stahltür, um zu lauschen. Zu seiner Überraschung kamen die Schritte nicht näher, sondern entfernten sich. Vorsichtig öffnete er die Tür. Das Geräusch von Schritten und gedämpften Stimmen ertönte von oben. Max schlich die Treppe hinauf. Die Stimmen drangen aus dem fünften Stockwerk. Als er dort ankam, stellte er fest, dass jemand einen Gegenstand in die Tür gelegt hatte, damit sie nicht ins Schloss fallen konnte. Er zog sie leise auf und schlüpfte hindurch.

Als er den langen Korridor betrat, sah er, dass auf der gesamten linken Seite brennende Kerzen auf dem Boden standen, die ein gelbliches, flackerndes Licht verbreiteten. Vom Ende des Korridors her, dort, wo die große Wohnung lag, drangen Stimmen. Max schlich bis zum Eingang der Wohnung. Vor der Tür fand er sieben Paar Schuhe – Stiefel von Erwachsenen, aber auch kleinere. Außerdem standen links neben der Tür feuchte Regenschirme. Max betrat die Wohnung. Dahinter lag der kleine Flur, der sich nach zwei Metern links in den großen Wohnraum öffnete. Vorsichtig näherte er sich, bis er einen Blick ins Innere werfen konnte.

Was er dann sah, versetzte ihn in Erstaunen. Die beiden

Throne an der hinteren Wand, die Papillo gebaut hatte, waren mit gemusterten Tüchern bedeckt. Auf dem höheren saß ein Junge in seinem Alter im Schneidersitz und blickte um sich. Er sah aus wie ein Halbasiate, in seiner linken Hand hielt er ein Trinkgefäß.

Rechts neben ihm auf dem niedrigeren Thron saß eine hochgewachsene Frau in einem weiten, dunklen Gewand. Sie hatte die Füße auf dem Boden und saß sehr aufrecht. Ihr Gesicht war länglich und von eigenartiger, fast furchteinflößender Schönheit, und ihre grünen Augen schienen von innen her zu leuchten.

Vor der Frau stand Papillo – in gebückter Haltung, das Gesicht zum Boden gerichtet. Mit beiden Händen hielt er ein Gefäß so hoch, dass es über seinen Kopf hinausragte. Die Frau, die sehr ernst ausgesehen hatte, lächelte jetzt und ihr Gesicht verändert sich auf so überraschende Weise, dass Max einen Moment lang glaubte, nicht richtig zu sehen. Er hatte das Gefühl, noch nie ein so warmes, liebevolles und mütterliches Lächeln gesehen zu haben. Eine unbekannte Sehnsucht erfasste ihn, die so stark war, dass sie fast schmerzte. Dann erlosch ihr Lächeln und sie verwandelte sich wieder zurück in jene unnahbare Majestät, die sie zu Anfang gewesen war.

Sie nahm das Gefäß mit beiden Händen entgegen und trank daraus. Papillo entfernte sich rückwärts und weiterhin in gebückter Haltung von ihr, bis er sich schließlich auf dem Boden niederließ. Dort saßen fünf andere Menschen im Schneidersitz, alle in weite, dunkle Gewänder gehüllt. Max konnte ihre Gesichter nicht sehen, doch nach ihren Oberkörpern zu urteilen, handelte es sich ausschließlich um Erwachsene.

Überall standen Kerzen, so dass der Raum hell erleuchtet

war. Das Balkonfenster und der Austritt aber waren durch große Tücher verhängt.

»Hattet Ihr eine sichere Reise, Eure Heiligkeiten?«. Das war Papillos heisere Stimme. Die Frau und der Junge nickten, und die Frau sagte:

»Der gefährlichste Teil war der Beginn der Reise.« Sie sprach Deutsch mit einem leichten Akzent, und ihre Stimme klang voll und melodiös. »Aber ich fürchte, dass unser Reiseziel inzwischen durchgesickert ist. Wir werden nicht lange bleiben können. Danke, Chatral, dass du uns trotz der großen Gefahr aufgenommen hast.« Papillo hob kurz die Hände wie zum Gebet und verneigte sich.

»Wie kann das sein? Gibt es Verräter?«, fragte er dann. Sie schüttelte langsam den Kopf.

»Ich glaube nicht. Aber wir gerieten bei der Einreise nach Deutschland in eine Kontrolle des Ordnungsamtes. Es ist nur eine Frage der Zeit, bis sie herausfinden, dass unsere Pässe gefälscht sind. Dann wird das Ethics Committee schnell erfahren, wo wir uns befinden.«

»Das sind ernüchternde Neuigkeiten. Ich hatte gehofft ...«

»Ich weiß, Chatral, ich weiß, und es tut mir sehr leid. Nach all den Jahren hätte ich mir gewünscht, dass wir mehr Zeit miteinander verbringen könnten. Aber dies ist eine Treibjagd, und unsere Verfolger verfügen über modernste Mittel, während wir mehr oder weniger zu Fuß flüchten. Zum Glück konnten wir unser Orakel mitnehmen, so dass wir bisher die blinden Flecken in der Satellitenüberwachung immer rechtzeitig gefunden haben und nutzen konnten.« Sie nickte einem der Sitzenden zu, der eine Verbeugung andeutete. »Doch die Schlinge zieht sich zu. Immerhin hat die Regenzeit früher als erwartet begonnen, das wird es den Behörden erschweren, uns allzu schnell aufzuspüren. Ich schätze, dass wir eine Woche haben. Und die müssen wir uns auch nehmen, denn das letzte Mo des Orakels hat ergeben, dass sich womöglich hier eine entscheidende Wendung ereignet.«

»Hier?« Papillos Stimme klang überrascht. Die Frau nickte.

»Es wird nicht gehen, ohne dass wir Opfer bringen, das hat es auch gesagt. Aber daran sind wir inzwischen ja gewöhnt.« Ihre Stimme ließ keine Gefühle erkennen, doch ihr Gesicht wirkte mit einem Mal uralt und leidgeprüft, und wieder war Max sich nicht sicher, ob er sich das nur einbildete.

Plötzlich erklang eine glockenhelle Frauenstimme. Sie sprach in einer Sprache, die Max nicht verstand, aber er wusste augenblicklich, dass es die Sprache aus Papillos Gebeten war. Sie sprach nur kurz, und jetzt sah Max, dass es die Person war, die als Orakel bezeichnet worden war.

Papillo hatte ihre Worte offenbar verstanden, denn er antwortete mit einer kurzen Frage, die sie mit einem Nicken beantwortete. Daraufhin begannen alle bis auf das Orakel, der Junge auf dem Thron und die Frau neben ihm, sich im Raum umzuschauen, als suchten sie nach etwas. Offenbar fanden sie nichts, denn nun erhoben sie sich vom Boden und begannen, den Raum zu durchsuchen.

Mit einem Schreck begriff Max, was das Orakel gesagt haben musste: dass sie belauscht wurden. Und jetzt suchten sie den Lauscher. Nicht auszudenken, was geschehen würde, wenn sie ihn erwischten. Langsam ging er Schritt für Schritt rückwärts, bis er wieder in der Wohnungstür stand.

Er wollte sich gerade umdrehen, um durch den Korridor zu rennen und in den ersten Stock zurückzukehren, als sich von hinten eine Hand schwer auf seine Schulter legte und ihn mit einer gebieterischen Geste herumdrehte. Vor ihm ragte ein riesiger Mann auf, der grimmig auf ihn herabblickte. Auch er trug einen dunklen, knöchellangen Umhang, der jedoch vorn geöffnet war und den Blick auf eine schwarze Hose, einen breiten Gürtel und ein ärmelloses schwarzes Hemd freigab. Max hatte noch nie so dicke, muskulöse Oberarme gesehen. Der Mann trug einen Vollbart und langes schwarzes Haar, das über seine Schultern fiel. Seine Augen standen schräg und seine Wangenknochen waren hoch, er musste Chinese oder etwas Ähnliches sein.

Der Mann sagte kein Wort. Er packte Max mit beiden Armen an den Schultern und drehte ihn erneut herum. Anschließend schob er ihn zurück in die Wohnung. Dort hatten sich inzwischen alle wieder niedergelassen. Als Max nun in den Schein der Kerzen trat, sagte der Hüne mit tiefer Bassstimme etwas. Alle wandten sich ihnen zu. Max glaubte, im Boden versinken zu müssen. Er hatte Angst, Papillo in die Augen zu schauen. Bestimmt würde er verjagt werden, weil er das Vertrauen enttäuscht hatte, dass in ihn gesetzt worden war.

Bevor einer der Älteren reagieren konnte, sagte der Junge auf dem Thron:

»Da ist die Wendung«, und grinste, als hätte er einen guten Witz gerissen. Alle Blicken waren auf Max gerichtet. Papillo trat auf ihn zu und sagte:

»Max. Das hätte ich mir ja fast denken können.« Der Junge wurde rot vor Scham und senkte den Kopf.

Die Frau erhob sich von ihrem Sitz und kam auf ihn zu. Sie war ein ganzes Stück größer als Max, doch ihr Körper war schmal und wirkte fragil. Sie legte ihre Hände sanft auf seine Schultern.

»Lass dich ansehen, mein Junge.« Sie beugte sich ein

wenig zu ihm herunter, um ihm besser in die Augen sehen zu können, so dass Max gezwungen war, den Kopf zu heben und ihren Blick zu erwidern, auch wenn er sich am liebsten in Luft aufgelöst hätte. Doch erneut überraschte sie ihn. Denn aus der Nähe wirkte ihr Gesicht noch einmal ganz anders, fast wie das eines jungen Mädchens. Er musste sie angegafft haben, denn plötzlich lachte sie, als hätte sie überhaupt keine Sorgen.

»Du hast Augen zum Sehen, das muss man sagen!«

»Nicht nur Augen«, pflichtete Papillo ihr bei. Er hatte noch immer keine Miene verzogen.

Die Frau ließ ihn los, wandte sich ab und kehrte an die Seite des Jungen auf dem Thron zurück, »Danke für die Unterbrechung, junger Mann, du hast uns daran erinnert, wie spät es ist.« Sie ließ sich auf dem Sitz nieder und wirkte jetzt wieder wie eine ältere Frau, »Wir sind müde und brauchen Rast.« Wie auf Kommando verneigten sich alle vor den beiden und verließen die Wohnung. Nur der Hüne hatte sich nicht geregt. Er stand noch immer mitten im Raum, als würde er dort den Rest der Nacht verbringen. Max versuchte, einen Blick auf ihre Gesichter zu erhaschen, doch die Kapuzen hingen ihnen tief in die Stirn. Allein das Orakel hielt kurz an, um ihm in die Augen zu schauen und Max sah das hübsche Gesicht einer jungen Frau von höchstens fünfundzwanzig Jahren. Dann ging auch sie weiter und war im nächsten Moment verschwunden. Nur zwei der Kapuzengestalten waren sitzen geblieben. Jetzt erhoben sie sich und begannen, den Raum für die Nacht vorzubereiten.

»Komm mit«, sagte Papillo im Vorbeigehen zu Max, und sie folgten den anderen aus der Wohnung.

Während die Neuankömmlinge sich auf die anderen Wohnungen des fünften Stocks verteilten, betraten Max und

Papillo das Treppenhaus und stiegen hinab. Papillo ging rasch voraus, ohne ein Wort zu sagen. Max folgte ihm besorgt. Er hatte nicht verstanden, worum es ging, und er befürchtete, doch noch eine Rüge einzustecken.

Papillo strebte auf seine Wohnung zu, machte jedoch keine Anstalten, Max zu entlassen. Dort angekommen, zog er einen der neun Stühle etwas vom Tisch zurück und machte eine Geste mit dem Kopf.

»Nimm Platz.«

Max gehorchte mit bangen Gefühlen. Papillo ließ sich neben ihm nieder und sah ihm anschließend mit undurchdringlichem Gesicht in die Augen.

»Ich wusste, dass du nicht zufällig zu uns gekommen bist«, sagte er endlich und lächelte mit einem Mal freundlich. Max atmete auf.

»Du hast vermutlich trotz deiner Spionage nicht verstanden, worum es eben ging, nicht wahr?« Der Junge schüttelte den Kopf. Papillo wirkte, als suchte er nach dem richtigen Anfang für eine Erklärung.

»Dieser Junge, der auf dem Thron saß, ist die höchste Wiedergeburt, die derzeit lebt, und es ist ein Wunder, dass er unter den gegebenen Umständen überhaupt gefunden werden konnte. Du weißt natürlich noch nicht, was das alles heißt, deshalb will ich versuchen, es dir zu erklären: Die historischen Kernländer unseres Glaubens waren Indien, Bangladesch, Pakistan, Nepal, Tibet, China und Bhutan. Alle diese Länder sind durch den Krieg verloren gegangen. Wer weiß, wie lange es dauern wird, bis jemand dorthin zurückkehren kann, ohne an der Strahlung zu sterben. Die großen Übertragungslinien unserer Lehre konnten fast alle rechtzeitig in den Westen fliehen. Es hatte viele Anzeichen gegeben, die auf eine überwältigende Katastrophe hinwiesen, bedeutende Orakel forderten die großen Lehrer auf, die heiligen Schriften zu sammeln und in Sicherheit zu bringen. So geschah es. Seitdem gibt es sie nur noch im Westen«

»Lehrer wie Sie?« Papillo, der bereits weitersprechen wollte, hielt inne und lächelte den Jungen an.

»Mehr oder weniger. Ein spiritueller Lehrer ist jemand, der dir die heiligen Lehren erklärt und dir sagt, was du tun musst, um deinen Geist zu befreien und auch ein Lehrer zu werden. Aber ein Lehrer ist immer auch jemand, der die Lehre des sitzenden Mannes selbst von einem Lehrer übertragen bekommen hat. Jeder Lehrer ist Schüler eines anderen Lehrers gewesen und bleibt es sein Leben lang, sogar nach dessen Tod und oft auch nach seinem eigenen Tod. Aber wir alle zusammen sind Schüler des sitzenden Mannes. Er fing damit an, das zu lehren, was er nach vielen Jahren der Meditation und des Nachdenkens entdeckt hatte. Die heutigen Übertragungslinien gehen alle auf ihn zurück. Sie sind ununterbrochen seit zweitausendneunhundert Jahren von Lehrer zu Schüler weitergegeben worden. Ich rede nicht von einer gewöhnlichen Religion, Max. Der sitzende Mann hat eine Methode gefunden, wie man sich von den Zwängen des Geistes befreien und wunschlos werden kann. Hast du nicht auch schon mal das Gefühl gehabt, dass die Dinge, die du unbedingt willst, dir eher im Weg stehen, als dass sie dir helfen?« Max überlegte. Seine Flucht fiel ihm ein. Wenn der Wunsch zu fliehen nicht so groß gewesen wäre, hätte er vielleicht noch warten können. Dann wäre Emilia jetzt bei ihm und er würde sich nicht fühlen wie ein Verräter. Doch in jener Nacht hatte er nicht einmal über diese Möglichkeit nachgedacht. Stattdessen hatte er sie einfach im Stich gelassen. Seitdem zermarterte er sich das Gehirn darüber, was das bedeutete. Waren seine Gefühle für sie überhaupt echt gewesen? Oder hatte er sie sich nur eingebildet, damit das Leben im Waisenhaus nicht so trostlos war? Er wünschte, er wäre so mutig und treu gewesen, bei ihr zu bleiben. Das wäre der größte Beweis seiner Liebe gewesen. Und außerdem würde er jetzt nicht so darunter leiden, dass er in Wahrheit nur ein ängstlicher Junge war, der im Notfall vor allem an sich selbst dachte.

Er nickte vage.

»Ich denke schon.«

»Der sitzende Mann fand eine Methode, wie man selbstlos wird, so dass man das Richtige tut, wenn es darauf ankommt. Und viele Menschen sind ihm seither gefolgt und haben nach seinen Anweisungen geübt. Doch seit dieser eine Mann den Präsidenten der Vereinigten Staaten getötet hat, versucht das amerikanische Ordnungsamt, das Ethics Committee, mit Unterstützung von vielen anderen Staaten und deren Geheimdiensten, die Übertragungslinien zu unterbrechen. Sie wissen genau, dass sie auf diese Weise die authentischen Lehren vernichten können. Und das ist ihr Ziel.«

»Sind sie auch ein spiritueller Lehrer?« Papillo nickte.

»Ja, das bin ich, Max. Meinen richtigen Namen dürftest du ja oben gehört haben, nicht wahr?« Max wurde heiß im Gesicht. Verlegen senkte er den Kopf und sagte leise:

»Es tut mir leid, dass ich gelauscht habe.«

»Das ist schon in Ordnung, mein Junge. Dass du da warst heißt nur, dass du da sein solltest, nicht mehr und nicht weniger.«

»Es tut mir trotzdem leid.« Papillo schwieg und betrachtete den Jungen so freundlich, dass Max noch mehr in Verlegenheit geriet.

»Ich wusste vom ersten Augenblick an, dass du mir nicht einfach so über den Weg gelaufen warst, Max.« Er erhob sich, verschwand in der Küche und kehrte mit einer Plastiktüte und einer Schüssel wieder. Die Schüssel stellte er auf den Tisch, dann riss er die Plastiktüte auf und schüttete den Inhalt in die Schüssel. Lauter dünne, unregelmäßig gekrümmte Plättchen rieselten mit einem Rascheln heraus und häuften sich in der Schüssel an. Ein eigenartiger, würziger Geruch erfüllte augenblicklich den Raum. Papillo grinste amüsiert über Max' erstauntes Gesicht.

»Ich wette, sowas hast du noch nie gegessen.« Der Junge schüttelte den Kopf.

»Was ist das?«

»Auf jeden Fall kein Anomal-Fleisch, das kann ich dir garantieren. Ich habe gesehen, wie schwer es dir fällt, die normalen Nahrungspacks zu essen. Ist ja auch kein Wunder, bei dem, was du erlebt hast.« Er langte in die Schüssel, zog mehrere der dünnen Plättchen zwischen seinen Fingerspitzen heraus und steckte sie in den Mund, um sie anschließend zu zerkauen. Es gab ein knisterndes Geräusch.

»Das sind Kartoffelchips mit Salz. Sehr lecker. Sie kommen aus einer Metastadt – ein kleines Mitbringsel von Khandro Padma. So heißt die Frau, die du oben gesehen hast. Sie ist meine Lehrerin.«

»Aber … ist sie nicht jünger als Sie?« Papillo wiegte den Kopf.

»Du glaubst, ein Lehrer muss immer älter sein als sein Schüler, oder?« Max zuckte mit den Schultern.

»Hast du schon mal etwas von einem Menschen gelernt, der jünger war als du?«

»Ja«, sagte Max, ohne nachzudenken. Von Emilia hatte er

so vieles gelernt, dass er niemals aufhören würde, ihr dankbar zu sein. Ein Grund mehr, warum er sich seit seiner Flucht nicht wirklich wohl in seiner Haut fühlte.

»Gut, du siehst also, es ist möglich. Nun stell dir vor, dass jemand viele Leben lang die heiligen Lehren praktiziert hat. Dann müsste er doch, wenn er erneut zur Welt kommt, in sehr jungen Jahren bereits mehr verstanden haben als ein Erwachsener, der erst in diesem Leben damit beginnt, oder?«

Max nickte zögerlich. Die Vorstellung vieler Leben, die man nacheinander absolvierte, kam ihm abergläubisch vor, doch er sagte nichts.

»Khandro Padma ist ein solcher Mensch. Sie wurde früh als eine sehr hohe Wiedergeburt erkannt und ausgebildet. Ich war fünfundzwanzig, als ich sie in New York kennenlernte. Damals war der Bund der Metastädte gerade gegründet worden und sie begannen ihre Mauern zu bauen. Khandro Padma stammt aus Deutschland wie ich, aber sie war als Kind mit ihrer Familie nach Amerika ausgewandert, weil ein wichtiger Lehrer sie in einer Vision gesehen hatte. Er konnte sehr gut zeichnen, und deshalb fertigte er ein genaues Porträt von ihr an. Ich habe dieses Bild selbst gesehen, es ist wirklich gut getroffen. Eine Delegation von Lehrern und Mönchen machte sich auf den Weg nach Deutschland, um sie mithilfe dieser Zeichnung zu suchen, und sie fanden sie, denn damals mussten die Anhänger unseres Glaubens sich noch nicht verstecken, so dass sie viele Helfer hatten. Zum Glück verehrten die Eltern auch den sitzenden Mann, deshalb fiel ihnen die Entscheidung umzuziehen leicht. So kam sie nach New York, und dort lernte ich sie kennen und wurde ihr Schüler.«

»Oh!«, machte Max. Nun verstand er, warum Papillo sich vor der Frau verbeugt hatte.

»Unsere Aufgabe ist es, dafür zu sorgen, dass der Junge, den du oben gesehen hast, in Sicherheit ist. Und wir müssen alles dafür tun, dass es so bleibt. Vor allem nachts.«

»Werdet ihr Wache halten?«

»Ja, ich und die Älteren – Karm, Dalma, Kaikura, Bo und Mohid.«

»Was ist so wichtig an ihm?«, wollte Max wissen. »Ist er eine Art Prinz oder so?«

»So ähnlich«, sagte Papillo. »Aber auch viel mehr. Er trägt eine sehr alte Übertragungslinie weiter. Im Moment befindet er sich noch in der Ausbildung. Die Männer und Frauen, die mit ihm reisen, sind nicht nur für seine Sicherheit zuständig, sondern auch für seinen täglichen Unterricht. Khandro Padma wacht darüber, dass er alles lernt, was seine frühere Wiedergeburt wusste. Sobald er mit ihrer Hilfe die vollständige Erinnerung erlangt hat, wird er seinerseits damit beginnen, andere Menschen zu unterrichten. Sollten das Ordnungsamt oder eine andere Behörde ihn aber erwischen, bevor es soweit ist, werden sie ihn wegsperren – oder Schlimmeres. Dann wird sein Wissen verloren gehen. Es ist also sehr wichtig, dass ihm nichts zustößt. Willst du mithelfen?« Max nickte. Ja, er wollte. Er hatte etwas wiedergutzumachen, nicht nur Papillo gegenüber. Er wollte beweisen, dass er ein guter Beschützer war, und dass man sich auf ihn verlassen konnte. Aber wie sollte er Papillo sagen, auf welche Art er Wache hielt? Papillo bemerkte sein Zögern.

»Was gibt's, raus mit der Sprache!«

»Ich … ich kann am besten aufpassen, wenn ich … also, wenn ich … schlafe.« Er blickte Papillo schüchtern an und erwartete, dass der Erwachsene ihn ungläubig anschauen würde. Außer Emilia hatte er niemandem je etwas darüber gesagt.

Doch Papillo nickte nur.

»Gut, du wirst im Schlaf aufpassen.« Dann allerdings lächelte er. »So erwischt dich wenigstens niemand mehr beim Spionieren.« Max senkte verlegen den Blick, aber Papillo schlug ihm freundschaftlich auf die Schulter.

»Du fängst am besten gleich damit an.«

Sie verabschiedeten sich und Max begab sich in die Wohnung, wo Karm am Balkonfenster stand und in die Nacht hinausblickte. Er wandte sich auch nicht um, als er Max hereinkommen hörte.

»Erzähl mir von den Anomals, die du kennengelernt hast, Max«, verlangte er.

Max setzte sich auf seine Schlafmatte. Er war müde von der vielen Aufregung und hatte eigentlich keine Lust mehr zu reden. Doch er spürte, dass Karm dringend Antworten benötigte. Aber wo sollte er beginnen?

»Sie haben Menschenaugen«, sagte er schließlich.

»Menschenaugen?« Karm fuhr herum. »Weißt du, wie meine Eltern und meine Schwester aussahen, als wir sie fanden? Sie waren bis auf die Knochen abgenagt!« Seine Stimme versagte und er wandte sich erneut ab. Draußen schlug der Regen auf den Balkon, und dort, wo er nass war – auf der Brüstung –, zeigten sich die ersten Phosphorschnecken. Nicht mehr lange und sie würden sämtliche Gebäude der verlassenen Stadt mit ihren schwachen Farben bunt erleuchten.

»Diese hier waren nicht so«, sagte Max leise. »Sie waren so wie das affenartige Anomal im toten Wäldchen, erinnerst du dich? Es streckte seine Hand aus, und als Papillo es erschreckte, lief es weg.«

»Weil es alleine war!«, entgegnete Karm aufgebracht. Sie schwiegen.

Nach einer Weile drehte Karm sich um und ließ sich auf seiner Schlafmatte nieder.

»Ich will dir ja glauben, Max«, sagte er, »aber wenn das wahr ist, was du sagst, haben sämtliche Leute in der verlassenen Stadt sich getäuscht.« Er schwieg erneut.

Max suchte nach Worten, die er sagen konnte. Er dachte an das schuppige Anomal, das ihm durch die Grube bis hierher gefolgt war. Nicht einmal er wusste, was es im Schilde führte. In jener Nacht, als Max geflohen war, hätte es die Gelegenheit gehabt, ihn zu töten. Aber warum es ihn verschont hatte, konnte er beim besten Willen nicht sagen. Und das machte ihm Angst.

»Gute Nacht«, sagte Karm irgendwann fast barsch und legte sich mit dem Rücken zu Max schlafen. Der Junge legte sich auf den Rücken und beschloss, dass er jetzt erst einmal seinen Auftrag erfüllen und aufpassen musste, ohne sich weitere Gedanken zu machen.

Doch so sehr er sich bemühte, er konnte nicht schlafen. Er lag auf seiner Matte und starrte an die Decke. Der Regen hörte auf, doch es blieb schwül und drückend, der nächste Tag würde bestimmt viel Regen bringen. Er wollte wirklich aufpassen, doch aus irgendeinem Grund gelang es ihm nicht. Zu viel ging ihm durch den Kopf. Seine Beichte vor versammelter Mannschaft, die drei Mädchen, die ihn nackt oben an der Tür zur Dachterrasse gesehen hatten, die Gesänge der Puja, Dalmas Kuss, die geheime Ankunft der Gruppe, der Riese, der ihn beim Lauschen erwischt hatte, das Gespräch mit Papillo, Karms Abwehr gegen die Möglichkeit, dass womöglich nicht alle Anomals böse waren, Emilia, die in panischer Angst davongelaufen, Emilia, mit der er nachts in die oberen Stockwerke geklettert war, um hinauszuschauen, Karms schmerzerfüllter Waisenblick, Emilias schmerzerfüllter Waisenblick – er lag da, während diese Bilder durch seinen Kopf rauschten und ihn nicht zur Ruhe kommen ließen.

Irgendwann geriet er in einen Dämmerzustand. Er bildete sich ein, durch einen tiefen Ozean zu schwimmen, und als er an sich herabsah, hatte er keinen menschlichen, sondern einen eigenartigen Fischkörper mit großen schwarzen Händen an den Flossenspitzen und einem kugelrunden Kopf. Er blickte sich um und sah, dass er von vielen solcher Fische umgeben war. Einer kam direkt auf ihn zu und öffnete ein breites mit Zähnen bewehrtes Maul. Max wollte zurückweichen, doch anstatt ihn zu beißen, sagte der Fisch:

»Willkommen, Fremder.«

Mit einem Ruck erwachte er. Einen Moment lang war er so verwirrt, dass er nicht wusste, ob er träumte oder nicht. Er setzte sich auf. Karm schlief unruhig neben ihm. Niemand außer ihm selbst schien heute Wache halten zu müssen. Da er spürte, dass er keinen Schlaf mehr finden würde, stand er auf und verließ auf Zehenspitzen die Wohnung, um Karm nicht zu wecken. Er hatte Papillo versprochen, Wache zu halten, und wenn er es nicht schlafend tun konnte, dann musste er eben selbst hinuntergehen.

Er blockierte zuerst die obere Stahltür, anschließend die untere, damit er hinterher wieder hineingelangte, und schließlich den Haupteingang.

Als er aus dem Gebäude trat, bereute er seine Entscheidung. Die Straße lag im Dunkeln, aber wegen der unzähligen Phosphorschnecken konnte man die Umrisse sämtlicher Gegenstände, die nass waren, gut erkennen. Auch die Fensteröffnungen waren gut zu erkennen. Da die Schnecken trockene Orte mieden, präsentierte sich die gegenüberliegende Häuserfront bunt gescheckt mit fünf Reihen schwarzer Vierecke.

Eine Brise wehte durch die Häuserschlucht und verursachte ein leises Brausen an den Hausecken. Wenn jetzt das Anomal angeschlichen kam, würde er es in diesem unwirklichen Zwielicht nicht bemerken, bis es zu spät war. Er blickte sich um. Das Vordach über dem Haupteingang bestand aus einer rechteckigen Betonplatte, die an beiden Seiten von einem in der Fassade verankerten Metallgestänge gehalten wurde. Mit etwas Geschick würde er daran emporklettern können. Er sprang hoch und versuchte, das Gestänge zu erreichen. Nach drei Versuchen gelang es ihm. Mit den Füßen ging er an der Hauswand hoch, bis er die Unterschenkel im Gestänge einhaken konnte. Jetzt hing er kopfüber, und er hatte keine Ahnung, wie es weitergehen sollte. Mühsam griff er mit den Händen höher ins Gestänge, und bekam nach einigen Anläufen die Kante des Vordachs zu fassen.

Als er es endlich geschafft hatte und auf dem Vordach hockte, war er ziemlich außer Atem. Aber hier fühlte er sich sicherer. Und wenn er sich mit dem Rücken gegen die Fassade kauerte, konnte ihn niemand so schnell entdecken. Um ihn herum zogen träge Farbklekse ihre Bahn, und er musste achtgeben, dass er nicht auf eine der Schnecken trat oder sich an sie lehnte.

Nach einer Zeit fiel ihm allerdings auf, dass er die anderen kaum würde warnen können, sollte wirklich jemand kommen. Er würde auf keinen Fall schnell genug von seinem Posten herunter und dann ins Gebäude gelangen. Außerdem waren alle drei Stahltüren nur angelehnt, so dass jeder Feind ungehindert eindringen konnte. Er hatte wieder nur an sich und seine eigene Sicherheit gedacht! Dieser Gedanke schien eine so furchtbare Wahrheit über ihn zu offenbaren, dass er sich einen Moment lang ganz trostlos fühlte. Dann riss er sich zusammen und begann, hinunterzusteigen, was zunächst unproblematisch erschien. Er musste nur von oben mit beiden Händen an die unterste Stange fassen und sich dann kopfüber hinunterschwingen. Doch das war leichter gesagt als getan. Es war eben etwas ganz anderes, im Traum überall herumschweben zu können, als mühsam den eigenen Körper zu bewegen. Am Ende gestaltete sich der Abstieg genauso schwierig wie das Hochklettern.

Nach ebenso komplizierten wie anstrengenden Verrenkungen hing er endlich der Länge nach an der untersten Stange. Er musste nur noch loslassen und hinunterspringen.

In diesem Augenblick sah er das Anomal. Es stand mitten auf der Straße und beobachtete ihn. In Panik versuchte Max, sich erneut hochzuziehen, doch ihm fehlte die Kraft in den Armen. Einen Moment lang hing er da und wusste nicht, was er tun sollte. Er befürchtete, dass es sich auf ihn stürzen würde, sobald er losließ. Die einzige Chance, die er hatte, bestand darin, so schnell wie möglich ins Gebäude und durch die Stahltür zu kommen. Doch wenn er nicht schnell genug war, würde er das Anomal geradewegs zu den anderen führen. Dann hätte er wieder nur an sich gedacht und andere dafür bezahlen lassen. Er fühlte sich so elend, so ängstlich und gleichzeitig so allein, dass seine Hände fast von selbst die Stange losließen und er zu Boden fiel.

Mit zitternden Beinen wandte er sich dem Tier zu, das immer noch bewegungslos dort stand wie ein schwarzer Schatten und ihn fixierte. Jetzt setzte es sich in Bewegung und kam langsam in seiner typischen, geduckten Haltung näher. Der Impuls wegzurennen war so stark, dass Max sich kaum beherrschen konnte. Doch er wusste, dass er keine Chance hatte, rechtzeitig durch die Tür zu kommen und sie hinter sich zu schließen.

Jetzt war das Anomal so nah, dass Max ihm in die Augen blicken konnte, diese eigenartigen Augen, die so gar nicht zu der Gesamterscheinung passten. Plötzlich hatte er wieder dieses starke Gefühl der Gemeinsamkeit, das er bei ihrer ersten Begegnung empfunden hatte.

Doch seine Furcht war stärker. Am ganzen Leib zitternd stand er da und wagte es nicht, sich zu regen. Das Anomal machte noch einen und noch einen Schritt auf ihn zu und stand jetzt genau vor ihm. Unbeweglich wie eine Statue verharrte es und fixierte den Jungen aus seinen Menschenaugen. Nur der lange Schwanz wirbelte unruhig hin und her.

Warum greift es nicht an, ging es Max durch den Kopf. Es soll endlich angreifen und Schluss machen. Ich habe es verdient, dachte er. Bestimmt hatte er eines seiner Jungen in den Tod gelockt, und jetzt war es da, um sich zu rächen. Ich habe es verdient. Tränen liefen ihm über die Wangen. Alles tat ihm leid, alles, was geschehen war, alles, was er, die anderen Kinder, Amsa Ras und seine Männer getan hatten. Der Junge, der auf der Flucht war und sich darauf verließ, dass er ihn beschützte, fiel ihm ein, und auch er tat ihm leid. Karm und seine Eltern, die von den Anomals getötet worden waren, die alten Leute im Gebäude, die vergessen worden waren und verhungern mussten, ihre Betreuer, die nur an sich selbst gedacht hatten, Emilia, die er im Stich gelassen hatte – alle taten ihm unendlich leid, und er war bereit zu sterben.

Das Anomal kam noch näher und beschnupperte ihn mit seiner schwarzen, glänzenden Nase, und Max weinte immer weiter, er hatte jetzt keine Angst mehr, er war sich sicher, dass das Anomal die anderen in Ruhe lassen würde, sobald es mit ihm fertig war, und dann war das der beste Weg, sie zu beschützen.

Plötzlich streckte das Tier seine schwarze Hand aus und hielt sie Max hin, und Max ergriff sie immer noch weinend. Als es seine Hand auch noch schüttelte, wie es das junge Anomal im Keller des Waisenhauses getan hatte, musste er lachen vor Erleichterung und Dankbarkeit. Das Anomal setzte sich auf seine Hinterläufe, der lange Schwanz peitschte nicht mehr, sondern lag ruhig auf dem Boden, und da endlich ließ es die Hand des Jungen los und blickte ihn aus seinen seltsamen Augen an. Es öffnete das Maul, stieß einen leisen Laut aus und legte den Kopf schief. Max glaubte zunächst, es wolle sein Wohlbehagen bekunden, doch das Tier wiederholte den Laut und zeigte dabei mit der Hand auf sich selbst:

»Vul.« Anschließend richtete es den gestreckten Zeigefinger auf Max und wartete. Der Junge verstand.

»Max, ich heiße Max.« Das Anomal versuchte, den Namen zu wiederholen, doch es klang eher wie ›Vak‹. Seine Stimme war rau und fast tonlos. Max lächelte das Tier mit dem Namen Vul an, wischte sich die Tränen von den Wangen und sagte:

»Du kannst mich auch Vak nennen, das ist völlig in Ordnung.«

Vul sagte:

»Vak«, und Max hatte den Eindruck, dass es sehr zufrieden war.

Plötzlich aber spitzte es die Ohren und blickte sich schnell um. Auch Max hörte ein Geräusch. Jemand näherte sich. Vul wandte sich ab und rannte hinaus in die Nacht, die es schon im nächsten Moment verschluckt hatte.

Max erhob sich, um ins Gebäude zurückzukehren. Doch da bog der Hüne, der ihn beim Lauschen erwischt hatte, von der Straße her auf den Weg zum Eingang ein und erblickte ihn. Er musste irgendwo Wache gehalten haben, denn er hielt ein Art Spazierstock in der Hand, aber nicht, wie man es von jemandem erwarten würde, der sich beim Gehen darauf stützt, sondern eher wie ein Schwert. Als er Max vor dem Haupteingang sah, blieb er stehen, wandte den Kopf dorthin, wo das Anomal verschwunden war, blickte erneut zu Max und schüttelte missbilligend den Kopf.

»Etsest ni orondoo or! Etsest ni orondoo or!«, rief er leise mit seiner tiefen Stimme und machte eine eindeutige Geste: Max sollte verschwinden. Das ließ der Junge sich nicht zweimal sagen. Er rannte hinein, riss die Stahltür auf, nahm gleich zwei Stufen auf einmal und war schon oben.

Als er endlich wieder auf seiner Matte lag, hatte er einen kurzen Moment lang das Gefühl, dass alles nur ein weiterer Traum gewesen war. Dann schlief er völlig erschöpft ein.

Am nächsten Morgen wurde er unsanft geweckt. Er wunderte sich über Karms Heftigkeit, doch als er die Augen öffnete, blickte er in das Gesicht des Hünen, der über ihm gebeugt stand und ihn mit dem langen Stock anstieß.

»Bos, noirmog tolgoi!« Max verstand zwar wieder kein Wort, doch der Hüne machte auch diesmal Gesten, die kein Missverständnis zuließen: Er sollte aufstehen, und zwar sofort. Max rappelte sich hoch und kam mühsam auf die Beine. Draußen regnete es, als würde der Himmel ganze Meere ausschütten. Schlaftrunken folgte er dem Hünen in den fünften Stock, wo sich bereits alle versammelt hatten. Das kleine Wohnzimmer war voller Menschen. Wie in der Nacht zuvor saßen die Frau und der Junge auf ihren Thronen. Alle anderen hatten auf dem Boden Platz genommen. Die Fenster waren auch jetzt verhängt, vom Regen und von der Luftfeuchtigkeit hingen die Tücher schwer herab. Alle Kerzen, die Papillo besaß, brannten und machten eine feierliche Stimmung. Der ganze Raum schien vor Erwartung zu vibrieren. Niemand sprach.

Max betrachtete die beiden eingehender. Der Junge trug dieselbe Kleidung wie in der Nacht zuvor, doch die Frau hatte ein langes, weißes Kleid angelegt. Auf ihrem Kopf lag eine Art Reif, ein schlichter silberfarbener Ring ohne jeden Schmuck.

Der Hüne blieb im Flur stehen und versetzte Max einen letzten kleinen Stoß, der ihm andeutete, dass er hineingehen und sich hinsetzen sollte. Vom Fenster aus winkte ihm Dalma zu. Sie saß mit dem Rücken zum Balkon. Vorsichtig ging er unter den aufmerksamen Blicken von Khandro Padma zwischen den Menschen hindurch und setzte sich neben das Mädchen.

Nun ließ die Frau ihren Blick über die Menschen, die zu ihren Füßen saßen, wie eine Königin schweifen, die Hof hielt. Max entdeckte Kaikura und Bo, die in der ersten Reihe saßen, gleich neben der Frau, die als Orakel bezeichnet worden war. Sie war ihm unheimlicher als der Hüne, obwohl sie so jung war und er ihre schöne Stimme noch immer im Ohr hatte.

Bestimmt wusste sie alles über jeden einzelnen der Anwesenden.

»Geht es dir gut?«, flüsterte Dalma und sah ihn fragend an. Max nickte flüchtig, während er die anderen suchte. Mohid und Firmin saßen ihnen gegenüber, fast unter dem Speisetisch, der ganz an die Wand gerückt worden war. Karm hatte sich in die dunkelste Nische am Kopfende des Tisches auf einen Stuhl gesetzt. Und wo war Nira? Er fand sie nicht.

»Nira ist in der Küche«, informierte ihn Dalma leise. Max spürte, dass er ihr gegenüber nicht so entspannt war, wie er tat. Doch er wollte nicht unfreundlich sein.

»Und wie geht es dir?«, fragte er sie.

»Sehr gut«, erwiderte Dalma und schenkte ihm ein Lächeln. »Es ist so toll, dass sie endlich eingetroffen sind. Du ahnst ja nicht, wie lange wir darauf gewartet haben.«

»Wie lange denn?«

»Fast ein Jahr.«

»Und was passiert jetzt?«

»Die Khandro wird uns unterrichten. Und später machen wir eine Puja.«

»Schon wieder?«

»Diesmal eine andere. Du wirst schon sehen,« sagte sie mit einem verschmitzten Grinsen und gab ihm einen flüchtigen Kuss auf den Mund, bevor er reagieren konnte.

In diesem Augenblick betrat Nira mit einem Tablett in den Händen den Raum. Darauf befanden sich eine Kanne und zwei Tassen. Sie navigierte geschickt durch die sitzenden Menschen hindurch, stellte das Tablett auf einen kleinen Schemel, der neben Khandro Padma stand, und goss anschließend ein dunkles, dampfendes Gebräu ein. Auf ihrem

Gesicht lag ein glückliches Lächeln, das Max sich nicht erklären konnte.

»Sie haben Tee mitgebracht«, informierte ihn Dalma im Flüsterton, und als Max sie ratlos ansah, ergänzte sie: »Das ist eine Pflanze, die ursprünglich aus Indien kommt. Man gießt sie mit heißem Wasser auf und lässt es eine Weile ziehen. Papillo sagt, dass es sehr gut schmeckt. Der sitzende Mann trank auch Tee.«

Nira ergriff eine der dampfenden Tassen mit beiden Händen und hob sie Khandro Padma entgegen, während sie gleichzeitig den Kopf senkte, wie Papillo es in der Nacht zuvor getan hatte. Obwohl die verhängten Fenster den Raum in ein dämmriges Licht tauchten, konnte Max deutlich sehen, dass Nira rot geworden war. Khandro Padma lächelte sie freundlich an und nahm die Tasse entgegen. Anschließend begab das Mädchen sich mit der anderen Tasse in gebückter Haltung zu dem Jungen, der bis zu diesem Augenblick völlig teilnahmslos gewirkt hatte. Jetzt nickte er ihr ernst zu und nahm ihr die Tasse aus den Händen. Nira entfernte sich gebückt und rückwärts gehend, bis sie sich neben den Speisetisch kniete.

Max verspürte einen plötzlichen Unwillen angesichts dieser Demutsbekundungen. Mit einem Mal hatte er das sichere Gefühl, dass er keiner von ihnen sein könnte. Jedenfalls würde er sich vor niemandem verneigen.

Jetzt erhob sich Papillo, der bislang hinter einem anderen Sitzenden verborgen gewesen war, in der ersten Reihe und wandte sich ihnen mit glänzenden Augen und feierlichem Gesichtsausdruck zu.

»Liebe Sangha, ich freue mich, euch alle begrüßen zu dürfen. Es ist ein Wunder, dass wir diesen Tag erleben, an dem ihre Heiligkeit, Khandro Padma Rinpoche und seine Heiligkeit, der Panchen-Prinzen, zugegen sind, um eine Feuer-Puja zu leiten und mit ihrem Erleuchtungsgeist zu unterstützen. In diesen Zeiten des Niedergangs bedeutet es so viel, dass dieses Treffen trotz aller Widerstände und Hindernisse stattfinden kann. Und ich sage dies besonders zu meinen Schülern: Die Tatsache, dass ihr dabei seid, erfüllt mein Herz mit großer Freude. Nicht ich, sondern euer gutes Karma hat euch hierhergeführt, und ich bin dankbar, dass ich dabei sein darf. Danken möchte ich auch den Begleitern ihrer Heiligkeiten, die sie beschützt haben und ihnen loyal zur Seite stehen, obwohl die Gefahren groß und vielfältig sind. Bevor wir mit der Puja beginnen, werden wir eine kurze Unterweisung von Khandro Padma Rinpoche hören. Danke.«

Papillo setzte sich und verschwand erneut aus Max' Blickfeld. Es entstand ein Rascheln, als mehrere sich noch einmal zurechtsetzten.

Khandro Padmas Augenlider flatterten. Sie schien ins Nichts zu starren, aber Max hatte das seltsame Gefühl, dass sie ihn trotzdem sah, ihn und alle anderen auch. Dann lächelte sie plötzlich in die Runde und begann mit einer klaren, fast mädchenhaft jungen Stimme zu sprechen:

»Nun sind wir also endlich zusammen!«, sagte sie und strahlte über das ganze Gesicht. Dabei funkelten ihre Augen. Dann wurde sie wieder ernst: »Wir wollten so lange nach Europa kommen, vor allem, weil euer Lehrer«, sie lächelte Papillo an, »darum bat. Und nun, da ich euch sehe, bin ich glücklich, seinem Ruf gefolgt zu sein.« Sie machte eine kleine Pause und ließ ihren Blick über die Köpfe der Anwesenden schweifen. Dabei lächelte sie so freundlich, dass Max ganz warm ums Herz wurde.

Plötzlich schien ihr etwas einzufallen:

»Danke, dass ihr dieses Gebäude für uns vorbereitet habt, so dass wir hier bequem und sauber wohnen können! Ich habe gehört, dass es ein Haus voller Toter war! Das ist sehr verheißungsvoll!« Sie saß da und strahlte Zuversicht aus. Max hatte den Eindruck, dass sie alles, was sie sagte, wirklich so meinte. Als hätte sie überhaupt keine Hintergedanken.

Im nächsten Moment veränderte sich ihr Gesichtsausdruck wieder, ihre Augen flatterten wie zuvor, und nun wirkte sie nicht mehr jung. Als sie erneut zu sprechen begann, klang ihre Stimme tiefer und auf eigenartige Weise entfernter:

»Es ist schwer, die Vergangenheit loszulassen, vielleicht ist es sogar das Allerschwerste. Man muss nicht einmal besonders lange gelebt haben, um das zu wissen.« Sie blickte sich im Raum um, ließ ihre Blicke von einem zum anderen gleiten, als wollte sie jeden einzelnen ansprechen. »In meiner Jugend war die Welt nicht besser als heute«, fuhr sie fort. »Aber wenn ich mich daran erinnere, fühlt es sich an, als wäre sie ein Paradies gewesen, und alle vernünftigen Argumente – der große Krieg, die Flüchtlingswellen, die Umweltzerstörung, meine eigenen Höhen und Tiefen – können nichts daran ändern. Vielleicht war ich glücklicher als heute. Aber war ich das wirklich? Wenn ich ganz ehrlich zu mir selbst bin, dann hatte ich damals genauso viele Ängste und Nöte wie heute. Als wir gebeten wurden, in die USA umzuziehen, hatte ich Angst davor, meine Freunde zu verlieren, ich hatte Angst vor dem fremden Land, vor der fremden Sprache. Als ich in die neue Schule gehen musste, hatte ich Angst vor meinen Klassenkameraden. Als man mir endlich erklärte, dass wir umgezogen waren, weil irgendein mir unbekannter spiritueller Lehrer eine Vision von mir gehabt hatte, geriet ich in Panik, weil ich mich beobachtet fühlte und weil ich befürchtete, dass meine Zukunft nicht mehr offen war, sondern vorherbestimmt.« Sie machte eine Pause und blickte in die Runde, als wollte sie sich vergewissern, dass alle verstanden, was sie sagte. »Und dann die Armut, die uns umgab. Sie war schon damals furchtbar, überall lebten Menschen auf der Straße, in den Außenbezirken der großen amerikanischen Städte gab es riesige Elendsviertel, in denen sich Inder und Chinesen gegenseitig bekämpften, als hätten sie nicht längst alles verloren. Und weil es so leicht war, an Waffen zu gelangen, kamen viele Menschen ums Leben, obwohl der Krieg schon beendet war.« Sie blickte bekümmert und ihr Gesicht veränderte sich erneut, als ob sie sich mit jedem neuen Gefühl vollständig veränderte. Sie räusperte sich und fuhr fort: »Meine Familie gehörte zu denjenigen, die auch damals ein sicheres Leben hatten. Wir wohnten in Manhattan, und weil das eine Insel war, entstand dort die Idee, die Brücken zu blockieren, damit die Armen nicht mehr in die Stadt kommen konnten. Das war die Geburt der Metastädte.« Sie nickte bestätigend. Dann wirkte sie plötzlich, als trügen die Erinnerungen sie fort: »Viele von den Armen waren so krank, dass sie auf offener Straße starben, und weil sie verstrahlt waren, konnten sie nicht einfach bestattet werden. Es gab Sondereinheiten, die nur damit beschäftigt waren, die Toten so zu entsorgen, dass ihre Leichname nicht zur Gefahr für die Umwelt wurden. Stellt euch das vor!« Sie riss die Augen auf und blickte so intensiv, als sähe sie alles, wovon sie sprach. »Und dann das Artensterben! Die Meere waren so warm geworden, dass es nicht mehr genug Sauerstoff im Wasser gab, ganze

Ozeane kippten um und verloren ihr Leben. An Land war es nicht besser. Gleichzeitig entstanden riesige Zoos, weil die Menschen versuchten, die Tierarten, die es noch gab, zu retten. Ich war höchstens sechzehn oder siebzehn Jahre alt, als es zum ersten Mal im Frühling kein Vogelgezwitscher mehr gab. Nicht ein einziger Vogel besang den Frühling! Aber die Menschen nahmen kaum Notiz davon. Sie hatten sich schon so sehr daran gewöhnt, dass alles immer schlimmer wurde, dass das Verschwinden der Vögel sie kaum berührte. Ich war wochenlang traurig.« Tränen standen ihr in den Augen, als wäre das, was sie sagte, eben erst geschehen. Sie schwieg eine Weile und schien ganz in sich gekehrt. Dann lächelte sie melancholisch und sagte: »Wenn man sich wirklich auf die Vergangenheit einlässt, dann sieht man, dass sie nicht besser war. Wann immer meine Mutter sich an ihre Kindheit erinnerte, sprach sie vor allem vom Krieg zwischen China und Indien, von den nuklearen Wintern, die er weltweit verursachte, von den ersten Flüchtlingswellen, vom Artensterben. Wenn meine Großmutter in Deutschland sich an ihre Kindheit erinnerte, dann sprach sie von Luftverschmutzung, von Epidemien, vom Artensterben, davon dass die Reichen immer reicher und die Armen immer ärmer wurden. Und von ihr weiß ich, dass es zur Zeit ihrer Eltern auch nicht besser gewesen war.« Sie hielt inne, als wäre sie erschöpft von ihrer Aufzählung. Dann fasste sie sich: »Und doch mischt sich in alle diese Erzählungen immer das Gefühl der Wehmut, als wäre auf eine geheimnisvolle, magische Weise früher trotzdem alles besser oder reiner oder unschuldiger gewesen.« Sie schüttelte ungläubig den Kopf. »Als ob wir Menschen das Gefühl bräuchten, dass wir etwas unwiederbringlich verloren haben.« Sie lächelte den Jungen, der neben ihr auf seinem Thron saß, kurz an. Dann wurde sie wieder ernst: »Inzwischen glaube ich, dass das ein Trick ist, mit dem wir es vermeiden, uns der Gegenwart wirklich zu stellen. Wenn früher alles besser war, was bringt es dann, dass wir uns um eine Verbesserung der Gegenwart bemühen? Nichts bringt es! Und dann können wir es auch gleich ganz unterlassen!« Sie war laut geworden. Jetzt machte sie eine Pause und ließ ihren Blick über die Anwesenden schweifen. Es war ganz still im Raum, alle hingen wie gebannt an ihren Lippen, auch Max, der sich fühlte, als spräche sie direkt zu ihm. Und sie saß da und strahlte eine Strenge aus, wie er sie noch nie bei einer Frau wahrgenommen hatte. Wie eine echte Königin, die ihre Untertanen rügte.

Als sie erneut fortfuhr, sprach sie leise und eindringlich: »Die Vergangenheit existiert nicht. Die Zukunft existiert nicht. Das Einzige, was existiert, ist die Gegenwart. Und weil nichts außer der Gegenwart existiert, kann sie mit nichts verglichen werden. Und weil sie mit nichts verglichen werden kann, bringt es auch nichts, sie zu bewerten, sie zu verurteilen oder zu verdammen. Das sind alles nur Gefühle, mit denen man sich daran hindert, die Gegenwart so zu nehmen, wie sie ist.« Sie schwieg kurz. Dann breitete sie die Arme aus, als wollte sie alles umfassen: »Dies ist eure Welt. Ihr könnt nur hier und jetzt das Beste aus eurem Leben machen, ganz gleich, was einmal war oder sein wird. Vergesst das nie!«

Sie schwieg. Anschließend lächelte sie entschuldigend und sagte: »Ich habe zu viel geredet. Lasst uns eine Pause machen.«

Max und die anderen erwachten erst allmählich aus dem Bann, in den sie gezogen worden waren. Einer nach dem anderen erhoben sie sich, um sich die Beine zu vertreten. Max folgte Dalma auf den Gang vor der Wohnung. Auf dem Weg erhaschte er einen Blick auf die Neuankömmlinge: zwei ältere Männer, die aussahen wie Deutsche oder Amerikaner – sie unterhielten sich mit Papillo; die junge Frau, die sie ›Orakel‹ nannten – sie blickte ihn kurz an, während sie sich erhob, und Max hatte das Gefühl, dass sie alle seine Geheimnisse kannte. Er senkte verlegen den Blick. Er sah sich suchend um, wo war der Hüne? Bestimmt hielt er unten auf der Straße Wache. Er blickte zurück, dorthin, wo der Junge noch immer auf dem Thron saß. Eine kleine, gedrungene Frau reichte ihm gerade einen Becher, den sie in beiden Händen hielt. Er nahm den Becher entgegen und schaute auf, als hätte er bemerkt, dass Max ihn beobachtete. Ihre Blicke begegneten sich kurz, bevor Max durch die Tür in den Vorraum trat.

Auf dem Korridor angekommen, fiel ihm auf, wie stickig die Luft in der Wohnung gewesen war. Er, Dalma und die anderen Jugendlichen lehnten sich an die Wand und schauten in den Regen, der so dicht fiel, dass er eine Art Nebel bildete und die gegenüberliegenden Häuserfassaden zu Schemen werden ließ. Es war kühler geworden und Max fröstelte ein wenig. Er dachte über seine Vergangenheit nach. War früher alles besser gewesen? Mit Emilia? Wenn die Vergangenheit nicht existierte, was bedeutete das dann für sie beide?

Er vertrieb den Gedanken und wandte sich dem Mädchen an seiner Seite zu.

»Was ist eine Feuer-Puja?«

Dalma erklärte es ihm, sie sprach von Hindernissen, die das Ritual aus dem Weg räumen würde, von symbolischen Opfergaben, von Verdunklungen und von Läuterung. Doch je länger sie sprach, desto weniger wollte Max dabei sein.

»Warum nicht?«, fragte sie überrascht. Er dachte nach. Die Wahrheit war, dass er nicht daran glauben konnte. Wie sollte ein Ritual irgendetwas dort draußen in der Wirklichkeit verändern? Es gab doch gar keine Verbindung zwischen beiden.

»Ich würde mir fehl am Platz vorkommen«, antwortete er ausweichend.

»Aber nein! Papillo sagt, ganz gleich, ob man etwas versteht oder nicht – wenn man einfach nur die Worte hört, hat das auch schon eine gute Wirkung.«

»Selbst wenn man die Sprache nicht beherrscht, in der die Worte gesagt werden?« Das Mädchen nickte, und Max sah ihr an, dass sie nicht den geringsten Zweifel hegte. Er beneidete sie fast um so viel Vertrauen.

Ein leiser Gong ertönte. Die Pause war zu Ende.

»Ich komme gleich nach«, log Max und gab vor, noch etwas erledigen zu müssen. Er ging nach unten in den ersten Stock und begab sich in Karms und seine Wohnung. Dort ließ er sich auf seine Matte fallen. Im nächsten Moment war er eingeschlafen.

Er kam wieder zu Bewusstsein, erhob sich und schwebte hinaus in den Regen. Die Hauswand war übersät von Phosphorschnecken, die jetzt, am Tag, nicht leuchteten, sondern alle die gleiche graue Färbung aufwiesen.

Im fünften Stock schwebte er durch die feuchten Tücher in die Wohnung. Der Raum dahinter war groß wie ein Palastsaal und hoch wie drei Stockwerke. Zwei Reihen dicker Marmorsäulen stützten ihn. Dazwischen saßen Papillo, Dalma, Karm, Nira, Bo, Kaikura, Fermin und Mohid und die Neuankömmlinge. Sie alle trugen prachtvolle rote, gelbe und weiße Gewänder von einer Machart, die Max noch nie gesehen hatte.

Ganz vorn saßen zwei Gestalten auf goldenen Thronen, ein Junge, der in kostbare, dunkelrote und gelbe Stoffe gekleidet war, und eine jugendliche Frau in einem feuerroten Kleid. Beide trugen mit Edelsteinen verzierte Kronen aus Gold auf ihren Häuptern. Die Frau hatte ein wunderschönes, völlig ebenmäßiges Gesicht. Strahlendes regenbogenfarbenes Licht umgab sie und den Jungen. Sie saßen vollkommen still, und als Max dem Jungen in die Augen schaute, wirkten sie wie zwei Fenster, hinter denen eine Landschaft lag. Er schwebte durch die Augen des Jungen hindurch und befand sich im nächsten Moment auf einer großen Wiese. Überall blühten Blumen, und weiter unten im Tal lag ein stiller See. Die Sonne schien und es war warm. Max blickte an sich herab. Er trug eine blaue Hose und ein blaues Hemd aus einem leichten, luftigen Stoff. In seiner Nähe sah er ein kleines Wäldchen, dorthin lief er und spürte dabei den weichen Boden unter seinen nackten Füßen. Im nächsten Moment stand er zwischen hohen Bäumen. Saftige grüne Blätter, dichtes Unterholz, starke Schlingpflanzen und kleine Tiere. Er sah ein kaninchengroßes Wesen mit schwarzen Händen, das an einem Ast baumelte und ihn aus großen, runden Augen beobachtete.

Er ging weiter und kam an das andere Ende des Wäldchens. Es duftete nach frischen Kräutern und nach blühenden Blumen. Er blickte in eine tiefe Ebene, die so weit war, dass er ihr Ende nicht sehen konnte. Weit hinten schwebten die Gipfel von Schneebergen in der flimmernden Luft.

»Hallo, ich bin Gendün.« Neben ihm stand ein Junge in seinem Alter. Er trug eine gelbe Hose aus leichtem Stoff, sein Oberkörper und seine Füße waren nackt. Der Junge zeigte auf die Ebene. »Gefällt es dir?«

»Sehr. Was ist es?«

»Ein Reines Land.«

»Und es ist in deinem Kopf?«

»Innen, außen, wo ist der Unterschied?« Der Junge grinste ihn an. »Wir können uns hier treffen und spielen. Willst du heute Nacht kommen?«

»Ich muss aufpassen.« Der Junge überlegte.

»Dann komme ich mit nach unten und wir spielen dort. Willst du?«

»Gerne. Was werden wir spielen?«

»Sinnspiele.«

Max schlug die Augen auf. Er lag auf seiner Matte, draußen ging der Regen nieder, der Tag war grau und kühl.

8

Das Abendessen fand in Papillos Wohnung statt. Anwesend waren nur der Erwachsene und die Jugendlichen. Als Max hinzukam, saßen sie bereits zu Tisch.

»Max!«, rief Papillo, als er ihn sah, »Komm her, setz dich zu uns! Du musst Stunden lang geschlafen haben.« Der Junge grüßte vage in die Runde und setzte sich zwischen Mohid und Bo. Dalma saß gegenüber. Sie warf ihm einen kurzen Blick zu, dann aß sie weiter.

»Ich hatte Karm gebeten, nach dir zu schauen, bevor wir begannen, doch da warst du noch am Träumen.« Er lächelte. »Wir haben hier gerade ein Spiel gespielt: Frage und Antwort. Möchtest du mitspielen?«

Max nickte, obwohl er keine Ahnung hatte, worum es ging.

»Nira ist an der Reihe. Nira?« Das Mädchen lief rot an, während es versuchte, sich zu konzentrieren. Dann sagte sie:

»Was ist ein Orbitalaufzug, und warum wird er gebaut?«

»Das sind aber zwei Fragen!«, rief Firmin mit vollem Mund. Max stellte erstaunt fest, dass er als einziger kein Nahrungspack vom Schwarzmarkt bekommen hatte, sondern einen Teller mit seltsamen weißen Würmern in einer roten Soße.

»Das sind Nudeln«, sagte Bo leise zu ihm, »aus Teig gemacht. Das Rote ist Tomatensoße. Die Lamas haben es mitgebracht. Man isst es so: ...« Sie nahm Max die Gabel aus der Hand, steckte sie in die Nudeln und drehte sie, bis sich ein paar der Nudeln um sie herum gewickelt hatten. Dann hielt sie die Gabel hoch, lächelte Max an und führte die Gabel an seinen Mund.

Max probierte vorsichtig. Es schmeckte gut. Erst jetzt bemerkte er, dass alle zugeschaut hatten. Doch nicht alle Gesichter waren freundlich. Karm, Kaikura und Dalma warfen ihm kritische Blicke zu. Er vermutete, es hing damit zusammen, dass er der Puja ferngeblieben war. Trotz regte sich in ihm. Sollten sie doch denken, was sie wollten.

»Also«, begann Papillo, »stellt euch ein Seil vor, das so lang ist, dass es bis in den Weltraum reicht. Ein solches Seil würde zur Hälfte von der Erdanziehung auf den Boden gezogen werden, und zur anderen Hälfte wäre es der Fliehkraft ausgesetzt und würde straffgezogen werden.«

»Das geht?«, fragte Firmin und machte große Augen.

»Theoretisch geht das schon seit dreihundert Jahren. Aber praktisch hat man nie ein Material gefunden, das nicht durch sein eigenes Gewicht reißen würde. So ein Seil müsste nämlich mindestens hundertvierzig Kilometer lang sein – fast so lang wie die Grube.«

»Aber jetzt plötzlich hat man es gefunden?«, fragte Mohid skeptisch. Papillo nickte.

»Und die Amerikaner wollen ein solches Seil bauen, um einen Aufzug daran nach oben fahren zu lassen, bis in den Weltraum.«

»Aber wozu?«, fragte Firmin ungeduldig.

»Sie wollen im Weltraum ein Raumschiff bauen, das groß genug ist, um mehr als 100 Menschen zu transportieren.«

»Und warum?« fragte Firmin erneut.

»Weil sie in ein anderes Sonnensystem fliegen und dort eine Kolonie gründen wollen.«

»Und wieviel kostet das alles?« fragte Kaikura verächtlich.

»Vermutlich mehr als wir uns vorstellen können«, antwortete Papillo. »Das fossile Plastik, das wir gesammelt haben, ist für dieses Projekt.«

»Sie sollten das Geld lieber in etwas Sinnvolles investieren«, versetzte der Junge missmutig. Papillo nickte.

»Was wäre denn sinnvoll?«, wollte Mohid wissen. »Schau dich um. Hier ist alles kaputt. Ich kann verstehen, dass sie woanders hinwollen. Ich wollte, ich könnte dabei sein.«

»Wozu praktizierst du dann überhaupt, Mohid?«, fragte Nira plötzlich. Ihr Tonfall war scharf, und sie starrte Mohid herausfordernd an.

»Wie meinst du das?« Mohid wirkte verunsichert. Nira war jetzt rot vor Zorn im Gesicht. Sie sagte:

»Wie ich es sage. Wenn du hier abhauen willst, um woanders ein besseres Leben zu haben, dann glaubst du offenbar gar nicht daran, dass das Leben hier lebenswert sein kann. Hast du nicht gehört, was die Khandro uns gesagt hat? Was glaubst du, warum sie es getan hat?«

»Wartet, Leute, wartet«, sagte Papillo ruhig. »Das eine schließt das andere nicht aus. Es stimmt: Wir praktizieren, um etwas anderes zu finden als das ewige Hin und Her zwischen Alles ist gut und Alles ist schlecht. Aber wer von euch kann Mohids Wunsch nicht nachempfinden?« Er blickte fragend in die Runde.

»Ich kann ihn verstehen«, sagte Karm langsam. Alle blickten ihn an. »Die Wahrheit ist doch«, fuhr er fort, »dass unser Planet ganz schön kaputt ist. Ich verstehe, dass sie einen neuen suchen wollen.«

»Aber ist es nicht das, was Khandro Padma gesagt hat?«, wandte Dalma aufgebracht ein. »Dass die, die immer nur in der Vergangenheit leben, alles dafür getan haben, dass es so weit gekommen ist, und jetzt machen sie genauso weiter, anstatt ihre Einstellung zu verändern?«

»Das hab' ich gar nicht gehört«, murmelte Bo. Max beobachtete Nira, die immer noch wütende Blicke Richtung Mohid sandte. Was hatte sie nur? Und warum sprachen sie über diese Weltraumsache? Was hatte die alte Frau ihnen erzählt?

»Kaikura, du bist an der Reihe«, unterbrach Papillo die Diskussion. Der Junge musste nicht lange überlegen.

»Ich hab' das mit der aufgehenden Sonne nicht verstanden. Was meinte sie damit?«, fragte er.

»Weiß jemand die Antwort?« Papillo blickte die Jugendlichen an.

»Dass alles, was man tut, ein Anfang ist?«, mutmaßte Firmin.

»Genau!«, pflichtete Nira ihm bei. »Alles ist ein Anfang und kein Ende. Kein Wunder, dass dir das schwerfällt«, sie grinste Kaikura an. Der große Junge wirkte irritiert.

»Aber sie hat doch selber gesagt, dass alles immer schlimmer geworden ist«, wandte er ein, »die Kriege, die Naturkatastrophen, das Artensterben – das hat sie doch alles erwähnt!«

»Nein, das hat sie nicht gesagt«, widersprach Max, der froh war, endlich etwas wiederzuerkennen. Alle schauten ihn an. Erst jetzt wurde ihm bewusst, dass er nun erklären musste, was er verstanden hatte. Dabei hatte er sich noch gar keine Gedanken gemacht!

»Also«, begann er zögernd und schluckte nervös, »ich habe es so verstanden, dass alle immer davon sprechen, wie schlimm es früher war, und sich trotzdem danach sehnen. Und dass das ein Widerspruch ist.« Er blickte Kaikura schüchtern an.

»So hab ich's auch verstanden«, meldete sich Dalma.

»Und was stimmt jetzt?«, wollte Kaikura wissen.

»Hm«, machte Papillo nachdenklich, »ich glaube, sie wollte uns sagen, dass es noch etwas anderes gibt als den Sonnenuntergang, dieses Lebensgefühl, dass alles zu Ende geht, dass die Erde es nicht mehr lange machen wird, all das.« Er schwieg kurz. »Diese Weltraumprojekte gibt es schon seit Jahrhunderten. Meistens sind es irgendwelche Leute, die in der Wirtschaft zu viel Geld gekommen sind. Aber dass jetzt auch eine staatliche Behörde daran arbeitet und so viel Geld investiert, ist schon ...«, er suchte nach Worten, »vermutlich hat die Regierung der USA es aufgegeben, für die Verbesserung der Lebensbedingungen zu kämpfen, und jetzt macht man halt das, was man schon immer gemacht hat: Man versucht, anderswo hinzugehen. Dabei könnte man das Geld bestimmt viel sinnvoller einsetzen.« Er machte eine kurze Pause. »Bo, deine Frage?«

Das Mädchen überlegte eine Weile. Dann lächelte sie und sagte:

»Ich möchte wissen, wie Ichlosigkeit sich anfühlt.« Papillo lachte.

»Sag mir Bescheid, wenn du es weißt. Denn dann hast du es geschafft.«

»Bist du denn nicht ichlos, Papillo?«, wollte sie wissen.

»Ich? Oh nein, ich bin genau wie ihr. Jeden Tag versuche ich, weiterzukommen auf dem Weg, und das klappt manchmal besser und manchmal schlechter.«

»Aber wie kannst du uns dann lehren?« platzte sie heraus. Jetzt blickte sie ihn verlegen und schuldbewusst an. Doch Papillo nahm überhaupt keinen Anstoß. Er lächelte und sagte:

»Ich bin ein bisschen weiter als ihr, weit genug, um euch zu sagen, wie es von dort, wo ihr euch befindet, weitergeht.

Aber am Ziel? Khandro Padma und der junge Prinz, die sind am Ziel. Fragt sie! Das meine ich ernst. Ihr könnt sie jederzeit fragen. Dafür habe ich sie eingeladen, und dafür sind sie hergekommen.« Er blickte freundlich zu Max. »Jetzt du, Max. Hast du eine Frage?« Max hatte eigentlich etwas zu dem Raumschiff fragen wollen, doch dann hätte Papillo bestimmt alles erklären müssen, was er verpasst hatte, weil er nicht in der Puja gewesen war. Das wollte er nicht riskieren. Er war im Begriff zu sagen, ihm falle nichts ein, doch stattdessen sagte er:

»Was ist ein Reines Land?« Papillo sah ihm forschend in die Augen.

»Wo hast du das gehört?«

»Och«, sagte Max ausweichend, »irgendjemand hat das mal erwähnt.« Der Erwachsene zog die Augenbrauen fragend hoch, aber als Max nichts sagte, nickte er.

»Das ist eine sehr gute Frage, aber um sie zu beantworten, muss ich ein wenig weiter ausholen.«

Er wollte gerade zu einer Erklärung ansetzen, als sie lautes Rufen hörten. Alle wandten sich hierhin und dorthin, um zu erkennen, woher es kam. Als das Rufen nicht aufhörte, erhob Papillo sich und verließ die Wohnung, gefolgt von den Jugendlichen.

Dann blickten sie vom Korridor auf die Straße hinab und erlebten eine Überraschung. Unten stand Amsa Ras im strömenden Regen mit mindestens dreißig bewaffneten Männern in schwarzen Uniformen, die sich auf der gesamten Breite des Gebäudes aufgestellt hatten, und blickte herauf zu ihnen.

»Was willst du?«, rief Papillo. Sein Gesicht war hart geworden. Zu Karm gewandt sagte er: »Geh in den fünften Stock und warne unsere Gäste. Sie sollen von den Fenstern wegbleiben. Und sieh zu, dass sie dich da oben nicht sehen!« Karm nickte und rannte los.

Amsa Ras breitete die Arme aus und lächelte, als könnte er keiner Fliege etwas zuleide tun.

»Ich will nur reden. Lass mich rein, dann setzen wir uns zusammen und kommen zu einem Kompromiss!«

»Ich wüsste nicht, dass es zwischen uns etwas zu verhandeln gäbe!«, erwiderte Papillo. Amsa Ras ließ die Arme sinken und schüttelte den Kopf.

»Papillo, Papillo. Schau mich an. Glaubst du, ich bin mit all diesen Herren gekommen, um mich einfach wieder wegschicken zu lassen?« Sein Blick heftete sich auf Max, der kreidebleich neben Papillo stand.

»Ich will den Jungen! Wenn du ihn mir gibst, lass ich euch in Ruhe. Wenn nicht ...« Er schwieg, aber seine Drohung war eindeutig.

»Ich gehe«, sagte Max mit bebender Stimme. »Er wird mich wieder einsperren und rennen lassen. Das ist nicht so schlimm.« Er schluckte trocken und versuchte, an seine eigenen Worte zu glauben. Ganz gleich, was mit ihm geschehen würde – noch einmal würde er nicht zulassen, dass andere Menschen für ihn büßen mussten.

»Er hat Recht«, sagte Mohid, »wenn er zurückgeht, sind wir alle sicher.«

»Halt den Mund, du Dummkopf!», zischte Nira ihn an. Dalma schlug die Hände vor den Mund. Firmin beobachtete ängstlich die Männer, die unten im Regen standen.

»Warum werden sie nicht nass?«, fragte er.

»Sie tragen Regenanzüge, die ein schwaches Kraftfeld

bilden«, antwortete Papillo, ohne den Blick von Amsa Ras abzuwenden.

»Und? Was sagst du, Papillo?«, rief dieser von unten. »Haben wir einen Deal?«

»Lass mich gehen!«, sagte Max erneut.

»Das bringt nichts«, mischte Kaikura sich ein. »Er muss davon ausgehen, dass du uns längst von seinem geheimen Geschäft erzählt hast.«

»Warum wartet er dann noch?«, wollte Mohid wissen.

»Er will mit mir reden, weil er herausfinden muss, ob ich schon mit anderen Leuten darüber gesprochen habe«, erklärte Papillo.

»Hast du aber nicht«, erwiderte Mohid.

»Nein, habe ich nicht«, bestätigte Papillo und rief hinunter:

»Nahindra weiß Bescheid. Was willst du noch mit dem Jungen?« Amsa Ras grinste breit.

»Schlechter Bluff, alter Mann! Nahindra weiß gar nichts, das habe ich bereits überprüft. Du hast also mit niemandem darüber gesprochen. Danke für die Information! Und jetzt lass uns ins Haus!«

»Wir sind geliefert!«, jammerte Mohid. Er blickte Max vorwurfsvoll an. »Und alles nur deinetwegen!« Ehe jemand reagieren konnte, ergriff Papillo den Jungen am Kragen und zog ihn zu sich, bis ihre Gesichter einander fast berührten.

»Alles nur wegen der Gier einiger Männer, die fühlende Wesen benutzen, um fühlende Wesen zu töten und an fühlende Wesen zu verfüttern«, sagte er leise. Dann ließ er den erschrockenen Mohid los und wandte sich an die ganze Gruppe:

»Hört mir jetzt gut zu: Ich habe dieses Haus ausgewählt,

weil es an ein unterirdisches Parkhaus angeschlossen ist. Es erstreckt sich unter dem gesamten Häuserblock und hat ein Dutzend Zugänge. Max, renn hoch und hol die Heiligkeiten und ihre Begleiter herunter. Wir gehen alle zusammen in den Keller und von dort ins Parkhaus.« Max rannte los, so schnell er konnte. Bevor er die Tür zum Treppenhaus erreichte, hörte er noch, wie Amsa Ras ungeduldig rief:

»Was ist denn nun? Muss ich mir wirklich mit Gewalt Zugang verschaffen?« Worauf Papillo antwortete:

»Wir kommen runter!« Max hörte noch, wie jemand nach den Rucksäcken fragte und Papillo antwortete:

»Keine Zeit.«

Dann war er auf der Treppe und nahm zwei Stufen auf einmal. Im dritten Stock begegnete er Karm, der gerade herunterkam.

»Was ist los?«, fragte der Junge mit schreckensgeweiteten Augen.

»Wir müssen durch den Keller fliehen!« rief Max außer Atem. »Lauf vor und hilf den anderen!« Karm nickte und stürzte die Treppe hinunter, indem er nur jede vierte Stufe benutzte.

Als Max oben ankam, stürmte er dicht an der Wand entlang durch den Korridor bis zur letzten Wohnung. Dort stand der Hüne und hielt ihn mit einer Geste auf.

»Öör neg jijig amitan. Ta yuu khüsch baina ve?«

»Wir müssen fliehen! Sie sind gleich drinnen!«, rief der Junge verzweifelt, weil er kein Wort verstanden hatte und glaubte, der Hüne werde auch ihn nicht verstehen.

Dieser ließ sich nicht aus der Ruhe bringen. Er spähte kurz nach unten und rief dann etwas in die Wohnung hinein. Im nächsten Moment erschienen Khandro Padma, der Junge, das Orakel und die anderen Begleiter. Sie schienen zur Abreise bereit zu sein. Khandro Padma lächelte Max an.

»Danke, dass du gekommen bist.« Dann sagte sie etwas zu dem Hünen. Der nickte und setzte sich augenblicklich in Bewegung. Sie folgten ihm.

Als sie das Treppenhaus betraten, hörten sie laute Schläge, die von unten heraufdrangen. Offenbar versuchten Amsa Ras und seine Männer, die Stahltür aufzubrechen.

Sie hatten gerade das erste Stockwerk passiert und waren auf dem Weg ins Erdgeschoss, als das Hämmern sich veränderte. Es klang nun nicht mehr dumpf und metallisch, sondern nach brechendem Gestein.

Dann konnten sie es sehen: Amsa Ras' Männer hatten ein Loch in die Mauer neben der Stahltür geschlagen, um das untere Scharnier herauszubrechen, und nun machten sie sich am oberen zu schaffen, wo bereits kleine Gesteinsbrocken herunterfielen. Nicht mehr lange, und die Männer hätten es geschafft. So schnell sie konnten, liefen sie an der Tür vorbei und in den hinteren Teil des Raumes. Auf der Rückseite der Treppe nach oben, verborgen in einer Nische, befand sich eine weitere Stahltür, die Max bisher nicht bemerkt hatte. Dort trafen sie auf Papillo.

Genau in diesem Moment fiel die Stahltür mit einem ohrenbetäubenden Lärm nach innen auf den Boden und sie hörten laute Männerstimmen.

»Rasch!«, sagte er und winkte sie herein. Nachdem der Hüne als letzter hindurchgegangen war, zog Papillo vorsichtig die Kellertür zu und schloss sie leise mit seinem Schlüssel ab. Von irgendwoher drang ein schwacher Lichtschein an ihre Augen, so dass sie nicht in vollkommener Dunkelheit standen.

»Wartet!«, flüsterte Papillo und lauschte. Wie zu erwarten,

machten sich die Eindringlinge unverzüglich an der zweiten Stahltür zum Treppenhaus zu schaffen. Erneut hörten sie laute Hammerschläge.

»Gut. Weiter!«, befahl Papillo.

Sie begaben sich über die schmale Treppe nach unten. Hier hatte niemand aufgeräumt, die Stufen waren von organischen Ablagerungen bedeckt, der leicht nachgab, wenn man darauf trat.

Die Treppe führte auf einen Zwischenabsatz und dann in die entgegengesetzte Richtung weiter nach unten. Nun sahen sie, woher der schwache Lichtschein rührte: Ganz unten standen Kaikura, Bo, Mohid, Nira, Karm, Firmin und Dalma und blickten mit ängstlichen Gesichtern zu ihnen hoch. Sie hielten Kerzen in den Händen. Als sie alle in dem kleinen kahlen Raum versammelt waren, sagte Papillo:

»Es wird nicht lange dauern, bis sie bemerken, dass wir uns nicht mehr im Gebäude befinden, und dann werden sie die Kellertür entdecken.« Er wandte sich an Khandro Padma und den Jungen: »Von euch wissen sie nichts, Eure Heiligkeiten, deshalb schlage ich vor, dass wir uns trennen, sobald wir einen Fluchtweg für euch und eure Begleiter gefunden haben.«

»Und wir?«, fragte Mohid. Er blickte Papillo so panisch an, als hätte der ihn bereits zurückgelassen.

»Sei unbesorgt«, erwiderte der Erwachsene mit ruhiger Stimme, »wir finden einen anderen Weg für uns. Aber zuerst müssen wir die Verfolger auf unsere Fährte locken. Seid ihr dazu bereit?« Die Mädchen, Kaikura, Karm und Max nickten entschlossen. Mohid schien sich eher ins Unvermeidliche zu fügen, und Firmin sah einfach nur ängstlich aus.

»Gut«, sagte Papillo. »Ich habe noch ein Ass im Ärmel,

eines, das ich ungern benutze, weil es gefährlich ist, aber wenn nichts anderes mehr geht ... Los jetzt!«

Papillo öffnete die Tür zum Parkhaus. Sie hatten völlige Dunkelheit erwartet, doch stattdessen sahen sie oben, unten und an den Seiten so viele bunt glimmende Phosphorschnecken, dass sie die Orientierung verloren.

Als Papillo den ersten Schritt machte, gab es ein platschendes Geräusch. Karm, der neben Papillo stand, hielt seine Kerze nach unten. Der Boden war knöcheltief mit Wasser bedeckt, und im Wasser bewegten sich kleine Tiere die ebenfalls leuchteten.

»Du meine Güte!«, rief Nira ängstlich, »Das ist ja eine eigene Welt!« Langsam betraten sie einer nach dem anderen diese nasse, dunkle Welt, in die offenbar seit langer Zeit kein einziger Lichtstrahl mehr gefallen war. Die Wand hinter ihnen, die nächsten Betonsäulen, die das Parkdeck abstützten, und die niedrige Decke waren übersät von Phosphorschnecken, und zwischen den Schnecken sahen sie eigenartige Gebilde.

»Die sehen aus wie Pflanzen«, sagte Dalma. »Aber das ist doch unmöglich!«

»Es sei denn, sie leben vom Licht der Schnecken«, vermutete Firmin, der seine Angst vorübergehend vergessen hatte und sich mit großen, neugierigen Augen umsah.

»Sind das Fische?«, hörten sie eine klare Jungenstimme. Alle drehten sich um, denn es war das erste Mal, dass der Junge, der nur als ›eure Heiligkeit‹ angesprochen werden durfte, etwas gesagt hatte. Er zeigte auf ein kleines, durchscheinend weißes Tier, das zu seinen Füßen herumschwamm.

»Hm«, machte Max, der in die Hocke ging, »es hat vier Beine und einen langen Schwanz. Sehen Fische so aus?«

»Nein«, sagte Papillo, der sich immer noch umschaute, um zu entscheiden, welchen Weg sie nehmen würden, »das sieht eher aus wie ein Molch oder ein anderes amphibes Tier. Fasst nichts an, vor allem nicht die Phosphorschnecken.« Er bot Khandro Padma seinen Arm an. Sie hatte ihr Kleid mit einer Hand gerafft und hakte sich nun mit der anderen bei ihm unter.

»Erinnert ihr euch an den schmalen Weg, der hinterm Haus entlangführt?«, fragte Papillo anschießend. »Wir müssen quer unter ihm hindurchgehen, damit wir zu den Ausgängen der gegenüberliegenden Häuserzeile gelangen. Dort werden Amsa Ras und seine Männer uns nicht finden.«

Max hatte sich wieder aufgerichtet, als sich plötzlich jemand bei ihm einhakte. Es war das Orakel. Die junge Frau trug eine brennende Kerze in der Hand und blickte ihn kurz aus ihren schräg stehenden Augen an, bevor sie den Blick nach vorn richtete.

Max verstand. Langsam folgte er Papillo und Khandro und versuchte, auf den Boden zu achten, um Hindernissen oder seltsamen Tieren aus dem Weg zu gehen. Und gleichzeitig hatte er das eigenartige Gefühl, nicht neben einem Menschen, sondern neben einem Wesen zu gehen, das verborgene Augen besaß, mit denen es Dinge sehen konnte, die für andere unsichtbar waren. Er blickte sich nach den anderen um. Sie hatte sich in Paare aufgeteilt, damit es genug Kerzen für alle gab.

So begaben sie sich Schritt für Schritt mit nassen Füßen in die fremdartige, schillernde Nacht des unterirdischen Parkhauses.

Sie hatten erst ein paar Meter zurückgelegt, als das Orakel mit ihrer glockenklaren Stimme etwas sagte, was Max nicht verstand. Der junge Prinz, der hinter ihm ging, übersetzte:

»Du sollst wissen: Obwohl es so aussieht wie das, was die beiden alten Leute vor uns tun, ist es etwas völlig anderes.«

»Was meint sie damit?«, fragte Max verdutzt.

»Keine Ahnung«, erwiderte der andere, und Max glaubte, ein Grinsen in seiner Stimme zu hören.

»Höre ich da ›alte Leute‹?«, fragte Khandro Padma von vorne.

»Vergib ihnen, sie wissen es nicht besser«, erwiderte Papillo mit einem Lächeln. Das Orakel sprach ungerührt weiter.

»Sie sagt, dass sie auf dich aufpasst, Max«, erklärte der Prinz.

»Auf mich?«, fragte Max verwundert und sah sie von der Seite an. Sie kicherte nur und sprach schon wieder.

»Sie sagt, sie braucht dich noch.«

»Aha«, machte Max ratlos.

»Aha«, imitierte sie ihn amüsiert. Max wusste nicht, was er denken sollte. Diese Frau schien überhaupt keine Angst zu haben. Ob es daran lag, dass sie sowieso schon wusste, wie alles ausgehen würde?

»Hier ist schon wieder so ein weißer Molch, nur größer!« Kaikura wies nach rechts, und jetzt sahen es die anderen. Es schien ein ganzes Stück größer zu sein. Papillo blieb stehen.

»Das ist kein Molch. Das sieht eher aus wie …« Er hielt inne. Das Tier, das sich mit watschelnden Bewegungen genährt hatte, hielt etwa drei Meter entfernt an. Es war so groß, dass es zur Hälfte aus dem Wasser ragte, und mit dem Schwanz etwa so lang wie der Stock des Hünen.

»Seht mal seine Augen!« rief Kaikura. Beim Klang seiner Stimme zuckte das Tier zusammen und machte zwei Schritte rückwärts.

»Sieht aus, als wäre eine Haut darüber gewachsen«, vermutete Firmin interessiert.

»Es ist blind«, sagte Papillo, »es hat sich an die Dunkelheit angepasst. Ich nehme an, es hat uns gehört oder gefühlt und sich deshalb genähert.«

»Das Maul ist aber sehr groß«, meldete sich Dalma besorgt. Das fand Max auch. Im Waisenhaus hatte es ein paar wenige Bücher gegeben, darunter einen alten Fotoband. Dort hatte er die Abbildung eines ganz ähnlichen Wesens gesehen. Doch jenes Tier war grün gewesen.

»Es ist ein Alligator«, sagte Karm. »Dieser hier ist noch nicht ausgewachsen.«

»Wie groß werden die denn?«, fragte Nira mit banger Stimme.

»Dich werden sie nicht fressen, so ungenießbar wie du bist.« Das war Mohid, der sich offenbar von seiner Panik erholt hatte.

»Könnt ihr nicht einmal jetzt aufhören, euch zu bekriegen?«, meldete sich Kaikura mit genervter Stimme.

»Das ist eine private Angelegenheit, halt dich da raus«, versetzte Mohid.

»War es das auch, als du Max ausliefern wolltest, du Dummkopf?«, sagte Nira wütend, und Max konnte sich vorstellen, dass sie jetzt wieder rot im Gesicht war.

Das Orakel kicherte und sagte leise:

»Dakini.«

»Was hat sie gesagt?«, wollte Max wissen. Der junge Prinz wiederholte das Wort, aber Max verstand es nicht. Da sagte der andere:

»Wenn wir uns das nächste Mal zum Spielen treffen, zeige ich dir welche. Aber ich glaube, du hast sie schon gesehen.«

Max zuckte mit den Schultern. Er wusste nicht, wovon der Prinz sprach, aber der wortlose Blickwechsel zwischen Papillo und Khandro Padma war ihm nicht entgangen.

Plötzlich blieb Papillo stehen.

»Seht ihr das?« Er wies voraus. Dort schien das Wasser noch dunkler zu werden. »Das muss eine Rampe sein, die ins nächste Parkdeck hinabführt. Wir haben Glück, dass wir erst am Beginn der Regenzeit stehen.«

»Was glaubst du, wie tief das geht?«, fragte die Khandro.

»Die Anzeige über den Aufzügen reichte bis -4 – also vier Kellergeschosse.«

»Das reinste Aquarium!«, schwärmte Firmin schräg hinter Max. »Ich wollte immer ein Aquarium haben.«

»Dieses hier ist definitiv zu groß für meinen Geschmack«, sagte Mohid trocken.

»Ich nehme an, die Tiere wandern mit dem Wasser«, vermutete Papillo. »In der Trockenzeit dürfte der Pegel weit unter uns liegen. Aber jetzt …« Er wies erneut voraus. Dort, am Beginn der Rampe sahen sie nun mehrere weiße Leiber, die ihnen lange, schmale Mäuler und blinde Augenpaare entgegenstreckten und sich langsam aber zielstrebig näherten.

»Sind die groß!«, sagte Firmin mit einer Mischung aus Faszination und Furcht.

In diesem Moment ertönte hinter ihnen ein lautes Wummern.

»Sie haben die Kellertür gefunden!«, rief Mohid.

»Wir müssen die Rampe und die großen Alligatoren umgehen«, fuhr Papillo in ruhigem Ton fort. »Kommt!« Er beschleunigte seinen Schritt und bog nach links ab. Die anderen folgten ihnen.

Die Alligatoren waren durch die lauten Geräusche, die

Amsa Ras und seine Männer verursachten, offenbar eingeschüchtert oder verwirrt, denn sie hörten auf, der Gruppe zu folgen und zogen sich stattdessen wieder an den Rand der Rampe zurück.

Nun musste es schnell gehen. Mit lauten platschenden Geräuschen bahnte sich die Gruppe einen Weg durch das Wasser, bis alle auf der gegenüberliegenden Seite der Rampe angekommen waren. Dort konnten sie über eine Betonbrüstung ins zweite Kellergeschoss hinunterschauen.

»Das wimmelt nur so vor Viechern!«, sagte Dalma mit Abscheu in der Stimme.

»Da sind auch Fische, große Fische!«, rief Firmin begeistert und zeigte hinunter. »Bestimmt ernähren sich die Alligatoren von ihnen!« Einen Moment lang vergaß er, dass sie verfolgt wurden und wirkte so glücklich, dass Max, der neben Firmin stand, den Jungen beinahe bewunderte für seine Sorglosigkeit.

Von der anderen Seite ertönten nun regelmäßige Hammerschläge, die durch den großen Raum in ihrer ohrenbetäubenden Wucht noch verstärkt wurden.

»Kommt weiter!«, sagte Papillo. Er setzte sich wieder in Bewegung, doch jetzt watete er im Laufschritt durch das Wasser, das ihnen hier bis zu den Waden reichte und davon zeugte, dass das Erdbeben nicht spurlos am Parkhaus vorübergegangen war, weil sich der Boden offenbar geneigt hatte.

Dann sahen sie eine bunt leuchtende Wand vor sich – sie hatten die andere Seite des Parkdecks erreicht.

»Löscht die Kerzen!«

Keine Sekunde zu spät befolgten sie Papillos Befehl, denn kaum hatte Bo als letzte ihr Licht ausgeblasen, als die Kellertür auf der anderen Seite mit einem lauten Platschen ins

Wasser fiel. Dann strömte gleißendes, weißes Licht elektrischer Taschenlampen in den Raum.

»Duckt euch!« flüsterte Papillo. Zum Glück war die Reichweite der Lampen beschränkt. Geschützt durch die Dunkelheit hockte die Gruppe bis zu den Hüften im Wasser und wartete, was geschehen würde.

Das Orakel hatte Max' Arm nicht losgelassen. Sie hockte dicht neben ihm, und obwohl er ihr Gesicht in der Dunkelheit kaum erkennen konnte, sah er, dass sie die Augen geschlossen hatte. Max fragte sich erneut, ob sie dies alles vorausgesehen hatte und bereits wusste, wie es weitergehen würde.

Als hätte sie seine Gedanken gehört, öffnete sie die Augen, blickte ihn an und sagte leise etwas, das wie ein Gebet klang, obwohl Max kein Wort verstand. Ihre Worte gingen allerdings im Gebrüll von Amsa Ras' Stimme unter:

»Sucht alles ab, sie müssen hier irgendwo sein!« Offenbar hatten auch ihre Verfolger ein paar Sekunden benötigt, um die ungewohnten Eindrücke zu verarbeiten, die dieser Keller bot. Jetzt aber schwärmten sie aus und suchten die Umgebung mit ihren Taschenlampen ab.

»Hier gibt's irgendwelche Tiere, Boss!«

»Interessiert mich nicht! Findet sie! Papillo! Ich weiß, dass du mich hören kannst! Wenn ich dich und deine Schützlinge hier unten finde, wird nie jemand erfahren, was aus euch geworden ist! Hörst du mich?«

Max hörte ein leises Wimmern hinter sich, gefolgt von Papillos Flüstern:

»Schaut euch eure Furcht an, schaut sie euch genau an als das, was sie ist: reine Energie, sonst nichts. Schaut hin!«

In der Zwischenzeit hatte Amsa Ras offenbar nachgedacht, denn er rief seinen Männern zu:

»Verteilt euch auf der ganzen Breite! Wir gehen quer durch und treiben sie in die Enge!« Max sah, wie die Lichtkegel sich voneinander entfernten, bis sie eine lange Kette entlang der gegenüberliegenden Wand des Parkdecks bildeten. Dann ertönte wieder Amsa Ras' Stimme:

»Los!«

Nun setzten sich die Lichtkegel in Bewegung. Nicht mehr lange und sie würden die Gruppe entdecken.

»Was sollen wir tun?«, hörte Max rechts neben sich Firmins angstvolle Stimme. Dalma – wenn sie es war – hatte wieder zu weinen begonnen. Er versuchte, Mohid herauszuhören, doch der Junge war vollkommen still. Wo war der Hüne? Würde er es mit dreißig bewaffneten Männern aufnehmen können? Und Papillo? Konnte er mehr als reden und nachts in Frauenkleidern tanzen? Khandro Padmas leise Stimme sprach jetzt, und das Orakel antwortete.

»Bleibt, wo ihr seid!«, meldete sich Papillo anschließend wieder. »Im Moment gibt es nichts zu tun.«

Max schloss die Augen und versuchte, sich auf das Gefühl der Angst zu konzentrieren. Doch stattdessen jagten sich seine Gedanken gegenseitig. Er würde Emilia nie wiedersehen. Er würde mit dem Wissen sterben, dass er den Tod von fünfzehn unschuldigen Menschen verursacht hatte. Er war aus einem Keller geflohen, um in einem anderen Keller zu sterben. Er hätte wissen müssen, dass Amsa Ras ihn verfolgen würde. Er hätte wissen müssen, dass Leute, die solche Dinge tun, niemanden entkommen lassen. Der Alte fiel ihm ein, und der wahre Grund, warum er den Alten verlassen hatte. Egoist, schimpfte er sich, verdammter Egoist.

Plötzlich ergriff das Orakel seinen Kopf mit beiden Händen und brachte ihre Stirn an seine, ohne die Augen zu öffnen. So hockten sie jetzt voreinander. Mit einem Mal sah Max den gesamten Raum, in dem sie sich befanden, nur dass er nicht mehr dunkel, sondern hell erleuchtet war. Es war, als träumte er und schwebe körperlos durch die Gegend. Er sah, wie die Männer langsam voranschritten, er sah, wie ihr Blickfeld durch die Taschenlampen, die sie schwenkten, eingeengt wurde, er sah, wie sie nicht sahen, dass sich ihnen langsam aber zielstrebig große, weiße Leiber mit langen, schmalen Schnauzen und blinden Augen im flachen Wasser näherten, er sah, dass die Männer jetzt, wo sie sich voneinander getrennt hatten, leichte Beute waren, er hörte, wie einer ihrer Verfolger sich ahnungslos einem der wartenden Mäuler näherte, während er im leeren Raum darüber nach Menschen suchte. Und jetzt sah er, dass der Mann genau auf die Rampe zulief, die sie umgangen hatten. Er hörte seine platschenden Bewegungen, als würde er selbst unter Wasser lauern, jetzt waren es nur noch ein paar Schritte.

Das Orakel ließ Max los, und die Vision verschwand. Er hockte in der Dunkelheit, er war nass bis auf die Haut und fror, und vor ihm schwebte der Kopf dieser seltsamen Frau, die immer noch die Augen geschlossen hatte. Sie war höchstens vier oder fünf Jahre älter als er, fast noch ein Mädchen, aber zugleich viel mehr als das – oder etwas völlig anderes.

Ein Schrei ertönte in der Dunkelheit. Max zuckte zusammen, nicht vor Überraschung, sondern weil er wusste, was geschehen war. Im nächsten Moment gab es laute platschende Geräusche und anschließend ertönten ohrenbetäubende

Schüsse. Das Orakel rührte sich nicht, und Max starrte sie wie gebannt an, weil er wusste, was hinter ihrer Stirn vor sich ging.

Jetzt ertönte weiter entfernt ein anderer Schrei, und dann noch einer, und wieder Schüsse, immer mehr Schreie und immer mehr Schüsse. Dazwischen Amsa Ras' Stimme, die etwas brüllte. Amsa Ras, der in der Nähe der Kellertür stehengeblieben war, ob aus Schlauheit oder Feigheit oder einer geschickten Kombination aus beidem. Amsa Ras, der einen hervorragenden Überlebensinstinkt besaß, und der jetzt blind in der Dunkelheit stand und sah, wie die Lichtkegel seiner Männer einer nach dem anderen nach unten fielen und im Wasser oder in einem Gemisch aus Wasser und Blut erloschen. Amsa Ras, der sein ganzes Leben lang gekämpft hatte, um nach oben zu kommen, und der gehofft hatte, mit dem Zusatzgeschäft reich genug zu werden, um eines Tages die Macht über das Ost-Magistrat an sich zu reißen, Amsa Ras hatte Angst, und Max, der nichts mehr von dem sah, was jetzt auf der gesamten Breite des Parkdecks geschah, konnte diese Angst fühlen. Und er konnte die entsetzliche Furcht der Männer fühlen, Todesfurcht. Dort draußen in der Dunkelheit fand ein ungleicher Kampf statt, denn es waren nur dreißig bewaffnete Männer, aber unzählige hungrige Alligatoren, die in der Regenzeit normalerweise mit den Schnauzen nach unten gerichtet auf den Rampen lauerten, weil die Fische sich in die Tiefen der anderen Kellergeschosse zurückziehen konnten, während ihre Jäger zum Luftholen immer wieder an die Oberfläche mussten.

Als der Lärm abebbte, entstand eine unheimliche Stille, die nur vom eifrigen Platschen der fressenden Tiere unterbrochen wurde. Ein einziger Lichtkegel war noch zu sehen – genau gegenüber, dort, wo sich der Zugang des Gebäudes befand, das eben noch ihr Regen-Quartier gewesen war. Dieser Lichtkegel suchte nun hektisch die unmittelbare Umgebung ab und zog sich langsam zurück, bis er verschwand. Amsa Ras hatte die Kellertreppe betreten und hastete nach oben.

»Bleibt noch«, hörten sie Papillos leise Stimme. »Die Tiere sind jetzt im Blutrausch. Wenn sie uns entdecken, ergeht es uns genauso.«

Es dauerte eine Ewigkeit, bis die platschenden Geräusche aufhörten. Max war inzwischen völlig durchgefroren. Die junge Frau neben ihm zitterte unaufhörlich. Aber irgendwann erhob sie sich und sprach leise mit Khandro und Papillo, der sich anschließend an die Gruppe wandte:

»Steht auf, aber versucht, euch so lautlos wie möglich zu bewegen. Wir sind fast an der Wand angekommen, dort muss es eine Tür geben.« Er zündete seine Kerze an und ging mit Khandro langsam auf die bunt leuchtende Wand zu. Die anderen folgten ihnen.

Und tatsächlich: Mitten in dem blauen, gelben, roten und grünen Glimmen und den flechtenartigen Pflanzen, die davon lebten, sahen sie eine Vertiefung in der Wand. Sie hatten die Tür gefunden.

Doch die Tür war verschlossen. Papillos Schlüssel passte nicht.

»Natürlich passt er nicht«, sagte er lakonisch. »Warum sollten die Bewohner der anderen Gebäude Zugang zu diesem haben oder umgekehrt?« Er wandte sich leise an die Gruppe: »Es tut mir leid, dass ich euch in diese Sackgasse geführt habe. Wir werden wohl oder übel zurückgehen müssen.« Im Schein der Kerze sah Max die erschrockenen Gesichter seiner

Gefährten. Mohid brachte schon lange keinen Ton mehr heraus, Nira hatte schreckensgeweitete Augen, Dalma wirkte, als würde nur noch ihr eiserner Wille sie aufrechthalten, Firmin hatte endgültig die Faszination für diesen Ausflug verloren und klammerte sich an alles, was Papillo sagte. Einzig Karm, Kaikura und Bo schienen ihre Gefühle noch unter Kontrolle zu haben.

»Und wie geht es dir?« Max wandte sich überrascht um. Vor ihm stand die Khandro und blickte ihn an. Der Junge versuchte seine Gefühle zu ordnen. Dass ihn in dieser Situation jemand fragte, wie es ihm ging, während ihn in all den Jahren im Waisenhaus kaum jemand irgendetwas gefragt hatte, war auf eigenartige Weise schön.

»Es kommt mir vertraut vor«, sagte er leise und dachte an den Keller im Waisenhaus und an die Grube. Doch hier half schnelles Laufen kaum. Oder etwa doch? Das Bild der Alligatoren, die zurückwichen, weil das Wummern von Amsa Ras' Männern an der Kellertür sie erschreckt hatte, kam ihm wieder in den Sinn.

Plötzlich hatte er eine Idee:

»Wenn wir laut schreiend hinüberlaufen, dann bekommen sie vielleicht Angst und greifen uns nicht an.«

Papillo sah ihn an und überlegte, dann nickte er langsam.

»Aber wir müssen alle dicht zusammenbleiben«, mahnte er, »sonst erwischen sie uns auf die gleiche Weise, wie sie Amsas Männer erwischt haben. Macht eure Kerzen an und seht zu, dass sie nicht ausgehen. Wir laufen und schreien dabei so laut wir können. Aber wir laufen nur so schnell wie die langsamsten von uns. Und das sind Khandro Padma und ich. Bleibt also hinter uns und dicht zusammen. Wir müssen den Eindruck erwecken, dass wir ein sehr großes Tier sind und nicht viele kleine, verstanden?« Die anderen nickten und zündeten der Reihe nach ihre Kerzen an. Am Anfang würde es nicht leicht sein zu laufen, weil das Wasser so tief war. Doch hinter der Rampe, wo die Alligatoren gerade erst ihren Festschmaus genossen hatten, kämen sie schneller voran.

»Wir halten uns aneinander fest«, schlug Max vor, »dann sind wir wirklich ein Körper.« Er sagte es auch, weil er befürchtete, dass manchen die Nerven versagen würden.

»Guter Vorschlag«, lobte Papillo.

Sie nahmen den jungen Prinzen, Mohid, Firmin, das Orakel und Dalma in ihre Mitte und scharten sich um sie so gut sie konnten. Papillo und Khandro Padma bildeten die Spitze, der Hüne stand ganz hinten. Nun fassten diejenigen, die keine Kerze hielten, die anderen an den Händen und an den Schultern, so dass sie wirklich eine Art kompaktes Wesen aus vielen Beinen bildeten.

»Auf Drei«, sagte Papillo, als sie bereit waren. »Eins … Zwei … Drei!«

Sie rannten los und schrien aus Leibeskräften. Das knietiefe Wasser spritzte nach allen Seiten. Das schrille Kreischen der Mädchen und Frauen vermischte sich mit Papillos Reibeisenstimme, dem Bassgetöse des Hünen und den fast noch kindlichen Tonlagen der Jungen. Die Einzige, die keinen Laut von sich gab, war das Orakel, das, gehalten von Max' und Mohids Händen, mit geschlossenen Augen rannte und irgendetwas vor sich hin murmelte. Im aufgewühlten, dunklen Wasser konnte Max nichts erkennen, doch allein der Blick zur Seite machte ihm soviel Angst, dass er es lieber nur auf den Rücken der Khandro starrte, die genau vor ihm lief.

Plötzlich hörte er durch sein eigenes Gebrüll hindurch,

dass Khandro und ihre Begleiter nicht einfach nur schrien – was sie schrien, waren Worte, und er zweifelte keinen Moment lang daran, dass diese Worte etwas mit dem sitzenden Mann zu tun hatten.

Es dauerte höchstens fünf Minuten, bis sie das Parkdeck durchquert hatten und am Ausgang ankamen. Kein Alligator hatte sich blicken lassen. So schnell sie konnten, begaben sie sich ins Trockene und stiegen anschließend die Treppe hinauf. Auch die obere Kellertür war herausgebrochen und lag neben dem zerstörten Rahmen. Vorsichtig betraten sie den Vorraum mit den Aufzügen. Draußen war es längst dunkel geworden. Der Hüne schob sich vor und erkundete die Straße, während sie in der Deckung warteten. Kurze Zeit später kam er zurück und hob den Daumen zum Zeichen, dass die Luft rein war. Das Orakel sagte etwas und Khandro übersetzte:

»Heute Nacht können wir hier schlafen. Aber ab morgen müssen wir uns einen anderen Ort suchen.«

Müde begab sich die Gruppe auf ihre jeweiligen Stockwerke. Kaum jemand hatte noch die Kraft, sich zu verabschieden. Dalma streichelte Max kurz mit der Hand über die Wange und schenkte ihm ein müdes Lächeln, dann gingen sie und Nira weiter. Mohid und Firmin schlurften wortlos und mit leeren Blicken an ihm vorbei. Kaikura und Bo waren bereits verschwunden, Papillo nicht zu sehen.

Als Max und Karm ihre Wohnung betraten, fanden sie alles unverändert vor. Völlig erschöpft entkleideten sie sich, um ihre Sachen zum Trocknen über die Möbel zu hängen, und schlüpften anschließend unter ihre Decken.

Max dachte, er würde sofort einschlafen, doch er war so

aufgewühlt, dass er sich unruhig hin und her wälzte. Vor seinem inneren Auge tauchten blinde weiße Alligatoren mit riesigen Mäulern auf, die nach menschlichen Beinen schnappten, um sie nicht mehr loszulassen. Mit einem Mal empfand er Mitleid mit den Männern, die dort unten einen so grausamen Tod erlitten hatten. Und wofür? Damit Amsa Ras' schmutzige Geschäfte nicht aufflogen. Bestimmt hatte er sie sogar angelogen, um sie gefügig zu machen.

»Ich möchte dir danken«, sagte Karm plötzlich in die Dunkelheit.

»Danken? Wofür?«, fragte Max überrascht.

»Dafür, dass du zu uns gekommen bist.«

»Aber das war nur Zufall.«

»Oh, nein, das war es nicht. Und du hast es längst bewiesen. Aber ich möchte dir persönlich danken. Du hast einiges ins Wanken gebracht in meinem Kopf. Anfangs habe ich das nicht gemocht, doch als wir heute da unten im Keller festsaßen, begriff ich, dass es so kommen musste. Und dass es mir hilft auf meinem Weg.«

»Wie hilft es dir denn?«

»Es hilft mir, Überzeugungen aufzugeben. Wie zum Beispiel die Überzeugung, dass die Anomals böse sind, weil sie meine Familie getötet haben. Jetzt sehe ich, dass ich sie alle über einen Kamm geschert habe. Das war nicht nur ungerecht, sondern es hat vor allem mich selbst unglücklich gemacht. Deine Geschichte hat mich so durcheinandergebracht, dass ich erst einmal dir die Schuld gab.« Er lachte auf. »Obwohl du nur die Wahrheit sagtest.«

Max überlegte, ob er sagen sollte, dass ihm Karms Reaktion nicht entgangen war, doch er entschied sich dagegen. Stattdessen sagte er:

»Ich bin froh, dass du es so siehst.«

»Ich auch. Gute Nacht, Max.«

»Gute Nacht, Karm.«

Max schlief ein und kam sofort wieder zu Bewusstsein. Er erhob sich aus seinem schlafendem Körper und schwebte durch das Fenster hinaus. Es regnete kaum noch, die Außenwände des Gebäudes waren nun bereits bis ins vierte Stockwerk mit Phosphorschnecken übersät. Er wollte so gerne noch einmal in das unterirdische Parkhaus zurück, um in die tieferen Stockwerke hinab zu schweben und zu sehen, was es dort gab.

Doch er musste auf die anderen aufpassen. Heute Nacht war es wichtiger denn je, weil die schützenden Türen alle zerstört waren. Er durchquerte die Wände des Gebäudes und kam auf der Straßenseite wieder heraus. Unten im Eingang stand der Hüne still wie eine Statue und hielt Wache mit dem Stab in der Hand. Neben ihm saß Papillo auf dem Boden im Schneidersitz mit geschlossenen Augen – fast wie der sitzende Mann auf dem Stein. Max hielt sich nicht mit ihnen auf. Stattdessen begann er, das Gebäude zu umrunden.

Nach der zweiten Umrundung sah er plötzlich den Jungen mit der feinen gelben Stoffhose und dem nackten Oberkörper. Er stand mitten auf der Straße und sah ihm entgegen.

»Schläfst du auch?«, fragte er ihn.

»Ja«, sagte der Junge, ohne den Mund zu bewegen. »Jetzt können wir spielen und aufpassen.«

»Wie denn?«

»Schau!«, sagte der Junge. Im nächsten Augenblick veränderte sich die gesamte Umgebung. Es war immer noch dieselbe Straße mit denselben Gebäuden, doch aus der Nacht war ein strahlender Tag geworden, und überall standen Bäume und blühten Blumen.

»Wie machst du das?«

»Ich mache das nicht. Was du siehst, das machst auch du.« Er lächelte. »Wenn du schläfst, kannst du alles tun, was du willst. Du kannst zum Beispiel ein Vogel sein.« Im nächsten Moment verwandelte sich der Junge in einen großen Raubvogel.

»Versuch es einmal.« Max wusste nicht, wie er es versuchen sollte, doch kaum hatte er das gedacht, war er bereits ein großer schwarzer Vogel.

»Ich habe noch nie Vögel gesehen.«

»Doch, hast du. Nicht in diesem Leben vielleicht, aber davor. Wie solltest du dich sonst in einen Raben verwandeln? Lass uns fliegen!« Der Raubvogel erhob sich in die laue Sommerluft, und Max folgte ihm. Sie schraubten sich immer weiter nach oben, und jetzt konnte Max die gesamte verlassene Stadt überblicken. Er sah den Müllplatz, die Dammstraße, die Abbruchkante der bewohnten Oberstadt mit ihrer Mauer gegen die Hauser. Alles war wunderschön. Überall blühte es und standen Bäume, zwitscherten Vögel.

»Was sehe ich? Eine Illusion?«

»Nein. Was du siehst, ist ohne Zeit. Genieß es!«

Und wie er es genoss!

Dann sah er in der Ferne die Grube, er sah das Wäldchen, und als sein Blick weiter nach Norden schweifte, sah er das Waisenhaus. Jetzt würde er gerne dorthin fliegen, um Emilia zu sehen. Aber er musste aufpassen.

Er sah das Hauptquartier des Ost-Magistrats, er sah die Menschen, die dort hin und her gingen. Er sah Amsa Ras auf der Straße hinter dem Tor. Fast wäre er vor Schreck aufgewacht, doch der Raubvogel sagte:

»Ich muss jetzt wach werden. Wir werden eine Praxis für die gestorbenen Männer machen und sie in ein Reines Land schicken. Und dann werden wir eine Praxis machen, damit es morgen nicht so schlimm wird.«

»Was meinst du damit?«

»Das Orakel hat ein Mo gemacht. Es ist nicht so gut ausgefallen. Jetzt müssen wir versuchen, das Schlimmste zu vermeiden. Mit einer bestimmten Praxis ist das möglich. Weißt du wie bei Dornröschen: Anstatt zu sterben, schläft man hundert Jahre. So ähnlich.«

»Ich kenne Dornröschen nicht.«

»Macht nichts. Du kannst jetzt traumlos schlafen, oder hochkommen und mitpraktizieren, wie du willst. Heute wird hier unten nichts passieren.« Max wollte gerade seine Entscheidung mitteilen, aber im nächsten Moment befand er sich in einem dämmrigen Licht ohne Konturen, ohne Gedanken, ohne Gefühle und ohne Zeit. Bis zum Morgen.

9

»Max! Wach auf!«

Max öffnete mühsam die Augen. Papillo hockte neben ihm und rüttelte unsanft an seiner Schulter. Neben ihm rieb sich Karm die Augen. Draußen war es noch dunkel, doch es hatte bereits zu nieseln begonnen.

»Was ist los?«

»Ich muss mit dir reden. Setz dich!« Max rappelte sich mühsam auf. Seine Glieder waren steif und er fühlte sich zerschlagen.

»Ich will, dass du die Situation verstehst, bevor du eine Entscheidung triffst«, sagte der Erwachsene leise. »Also hör genau zu: Amsa Ras wird seine Suche nach uns fortsetzen, sobald er kann. Ich kenne seine Routine. Um nicht aufzufallen, muss er sie einhalten, und das bedeutet, dass er heute morgen mit seinen Männern zur Müll-Deponie fährt, um den Sektor zu sichern, der den Deponiebesitzern des Ost-Magistrats gehört. Selbst wenn er die Macht an sich reißen wollte, müsste er es tun, denn sonst würden die anderen Magistrate diesen Sektor sofort für sich beanspruchen. So läuft es nun mal in einer Stadt, die von Gangstern regiert wird. Amsa Ras hat also keine Wahl. Er benötigt aber nicht viel Zeit dafür, denn er muss nur seine Männer in Stellung bringen und die Händlerposten sichern. Danach kann er sofort ins Hauptquartier zurückkehren oder etwas anderes tun. Das ist seine Gelegenheit, hierher zurückzukommen und dich zu suchen.«

»Aber er will uns doch alle töten«, wandte Karm ein. Papillo schüttelte den Kopf.

»Wir sind nicht wichtig. Max schon. Er kommt aus dem Waisenhaus und kann bezeugen, was er gesehen hat. Das macht ihn zur Gefahr. Wenn die Bezirksverwaltung in Köln von diesen Vorgängen erfährt, ist Amsa Ras geliefert. Aber wenn er Max beseitigt, durchtrennt er die Verbindung zwischen uns und den Ereignissen im Waisenhaus. Dann haben wir keine Möglichkeit mehr, irgendetwas zu behaupten. Und wer sollte uns auch zuhören? Wir sind eine von vielen Gruppen, die in dieser Stadt hausen. Glaubt mir, ohne Max ist Amsa Ras in Sicherheit. Deshalb muss er um jeden Preis versuchen, ihn von uns zu trennen, bevor wir irgendjemanden über seinen geheimen Schlachthof informieren können.« Er machte eine Pause und zog einen kleinen, schwarzen Apparat aus seiner Manteltasche. »Aber genau das habe ich getan. Erinnert ihr euch, dass ich gestern im Keller sagte, ich hätte noch ein Ass im Ärmel, aber eine gefährliches? Nun, es ist dieses Telefon. Ich habe vorhin jemanden angerufen, dem ich vertraue – eine alte Freundin. Ihr Name ist Carmina Burana.« Er verzog das Gesicht. »Eine Art Künstlername, ich habe keine Ahnung, wie sie wirklich heißt.« Das Bild einer eleganten Frau mit sehr roten Lippen und einer Sonnenbrille huschte an Max' innerem Auge vorbei.

»Carmina«, fuhr Papillo fort, »hat sich zur Finanzchefin des Ost-Magistrats hochgearbeitet. Als ich vor zwanzig Jahren aus Amerika floh und hier strandete, bot sie mir Arbeit an. Ich stand vor ihrer Tür, während sie ihre Kundschaft bediente.«

»Wie Bos Mutter?«, fragte Karm.

»Ja. Ich musste mehr als einmal in ihr Schlafzimmer gehen, um ihr Kunden vom Hals zu schaffen, deren Wünsche, sagen wir mal, zu ungewöhnlich waren.« Er machte eine vage

Handbewegung. »Das ist alles lange her, aber sie und ich … wir verbrachten eine intensive Zeit miteinander, bis sie sich entschied, ihr Geschäft unter den Schutz des Ost-Magistrats zu stellen, während ich begann, mich um dich, Karm, zu kümmern, nachdem deine Eltern getötet worden waren. Die Frauen in Nahindras Hauptquartier – das waren früher ihre Frauen. Sie hat sich Nahindras Unterstützung für ihre Ambitionen erkauft. Und Nahindra hat Ja gesagt, weil er auf diese Weise eine mögliche Verbündete hat.« Er schüttelte den Kopf. »Gier und Stolz.« Einen Moment lang wirkte er wehmütig. Dann fasste er sich.

»Ich habe Carmina angerufen und ihr die ganze Geschichte erzählt. Aber die Lage ist nicht so einfach. Carmina hat mir erklärt, wie das Magistrat seinen Sicherheitschef unter Kontrolle hält: indem sie ihn finanziell knapphalten. Er bekommt nur so viel Geld, wie er benötigt, um seine Truppe unter Waffen zu halten und eine Woche lang zu ernähren. Wenn sie ihm den Hahn zudrehen, hält er keine vier Tage durch. Und da jedes Mitglied des Magistrats noch seine eigene kleine Schutztruppe hat, ist es für Amsa unter diesen Umständen zu riskant, einen Putsch zu versuchen.«

»Das heißt, er benutzt die Anomals, um an Geld zu kommen, damit er unter der Hand Waffen kaufen kann?«, fragte Max.

»So ist es. Carmina ist sich sicher, dass er seit langem Ambitionen hegt, auch Nahindra hat ihm nie vertraut. Aber bislang dachten sie, am längeren Hebel zu sitzen. Doch wie es aussieht, können sie Amsa nicht mehr ohne weiteres loswerden. Er ist zu mächtig geworden, seine Leute sehen in ihm den Leitwolf, sie sind loyal, zumal zu erwarten ist, dass er sie zusätzlich bezahlt, um sich ihre Treue zu sichern. Kurz:

Carmina hat mir zu verstehen gegeben, dass keine unmittelbare Entmachtung von Amsa Ras zu erwarten ist, weil sie erst Nahindra über die Vorgänge im Waisenhaus informieren und mit ihm weitere Schritte besprechen muss. Sie sagte mir, sie sei sich nicht einmal sicher, ob Amsa Ras wirklich eigenmächtig handelt oder ob nicht doch einer der Händler, Stadtverwalter oder Deponiebesitzer hinter allem steckt. Oder sogar mehrere. Ihr seht, die Sache ist viel größer, als wir dachten.«

»Und jetzt?«, fragte Karm und blickte Papillo ratlos an.

»Für uns ist erstmal nur wichtig, was heute geschieht«, antwortete Papillo ruhig. »Carmina wird mir zwei Autodrohnen schicken, die unseren Befehlen folgen. Sie müssten demnächst eintreffen. Damit werden wir die Stadt verlassen. Seid ihr damit einverstanden?«

»Natürlich!«, sagte Karm sofort, »ich will schon lange hier raus.«

»Und du, Max?«

»Ich ... ich kann nicht.«

»Aber warum denn nicht?«, fragte Karm überrascht. Dann sah er Max' Blick und verstand. »Oh, du willst nicht wegen Emilia, nicht wahr?«

»Ich kann sie nicht da drinnen lassen und einfach weggehen.«

»Gut«, sagte Papillo und erhob sich. »Dann wissen wir ja, wohin wir fahren müssen.«

»Aber der Prinz!«, rief Max erschrocken. »Und die Khandro! Und das Orakel! Müssen wir sie nicht erst in Sicherheit bringen?« Papillo lächelte den Jungen an und sagte:

»Ich habe bereits mit ihnen gesprochen. Sie wollen dir helfen.«

»Wussten Sie längst, was ich sagen würde?«, fragte der Junge mit großen Augen.

»Ich konnte es mir denken, Max. Wenn du dich gesehen hättest, als du von deiner Flucht erzähltest und wie du Emilia zurücklassen musstest, dann hättest du es dir auch denken können.« Er machte eine Geste in Richtung ihrer Schlafmatten. »Packt jetzt eure Sachen. Ach, und, Max: Du hast von diesem alten Mann erzählt, der in der Nähe des Waisenhauses lebt. Vertraust du ihm?« Max starrte Papillo betroffen an, als er begriff, worauf diese Frage hinauslief.

»Ich … ich weiß nicht. Es war nicht so toll, wie ich dort weggegangen bin.«

»So wenig toll, dass du nicht mehr zurückkommen kannst? Noch dazu mit fünfzehn Begleitern?« Der Junge schüttelte den Kopf und machte ein zerknirschtes Gesicht.

»Aber das Haus, in dem er lebt, steht leer. Und viele anderen auch. In der Gegend will niemand wohnen, wegen der Anomals.«

»Hm«, machte Papillo, »dann würde ich sagen, wir ziehen um.« Er erhob sich. »Beeilt euch, die Autos müssten bald kommen.«

Max und Karm begannen, ihre Matten aufzurollen und ihre Decken zu falten, um alles in die Rucksäcke zu stopfen. Dann mussten sie die Zähne zusammenbeißen und ihre Kleider anziehen, die immer noch klamm und kalt waren.

»Eigentlich sollte ich in der Lage sein, Feuchtigkeit oder Trockenheit nicht zu bewerten«, sagte Karm und machte eine säuerliche Miene. »Aber das hier ist einfach nicht schön.« Max war nicht nach Lachen zumute. Die Aussicht, in die Nähe des Waisenhauses, des Alten und Emilias zurückzukehren, erfüllte ihn mit so vielen widerstreitenden Gefühlen, dass er nicht wusste, was er denken sollte.

»Was ist eigentlich mit dir und Dalma?«, fragte Karm plötzlich.

»Was soll mit uns sein?«

»Komm schon! Da war von Anfang an etwas.« Er hob abwehrend die Hände. »Ich bin nicht eifersüchtig oder so, versteh mich nicht falsch. Dalma ist wie eine Schwester für mich. Aber ..., ich meine ..., sie mag dich, und du denkst vor allem an Emilia. Verstehst du, was ich meine?« Max hielt inne. Er wollte diese Frage lieber nicht beantworten. Doch der Junge hatte Recht. Irgendwann würde er sich dieser Frage stellen müssen.

»Ich weiß es nicht, Karm«, sagte er langsam. »Dalma ist ... ich finde sie toll. Aber ich werde vermutlich erst wissen, was wirklich los ist, wenn ich Emilia wiedersehe.« Der andere nickte.

»Klingt realistisch.« Er klopfte Max auf die Schulter. »Es gibt schlimmere Probleme.«

Papillo steckte den Kopf zur Tür herein.

»Die Wagen sind da. Kommt!«

»Sofort!«, rief Karm. In aller Eile rafften sie ihre Schlafsachen zusammen und stopften sie in die Rucksäcke.

»Ich habe auch eine Frage, bevor wir gehen«, sagte Max. »Was läuft zwischen Nira und Mohid? Warum ist sie plötzlich so wütend auf ihn?« Zur Antwort verdrehte Karm die Augen.

»Sie sind Geschwister. Kaum zu glauben, nicht wahr? Nira so emotional und Mohid so zynisch.«

»Geschwister?«, sagte Max mit großen Augen. »Ich dachte schon, sie hätten mal was miteinander gehabt.« Karm schüttelte den Kopf.

»Der größte Streitpunkt zwischen den beiden ist unser Glaube. Nira ist vollkommen überzeugt – du hast sie ja gesehen, als sie den Lamas den Tee brachte.«

»Oh ja. Rot bis in die Haarspitzen.« Karm lachte.

»So ist sie eben. Aber ihr Bruder ist so ziemlich das Gegenteil. Mohid glaubt immer noch, dass es einen bequemeren Weg gibt, einen, der ihn nicht zwingt, seine coole Distanz aufzugeben. Manchmal wird sie dann wütend auf ihn. Ich glaube, das hängt auch mit ihrer Periode zusammen. Dann wird sie besonders kompromisslos.« Er machte eine wegwerfende Handbewegung. »Achte einfach nicht darauf. Es geht auch wieder vorbei.« Sie hörten gedämpfte Stimmen von draußen. »Jetzt müssen wir aber.«

Draußen hatte die Dämmerung eingesetzt. Durch den Nieselregen, der nun dichter fiel, sahen sie einen trüben Tag heraufziehen. Im Korridor trafen sie auf die anderen. Alle wirkten übermüdet, niemand hatte gut geschlafen. Entsprechend matt fielen die Begrüßungen aus. Kaikura wirkte so übernächtigt, als hätte er die ganze Nacht Wache gehalten, was Max ihm durchaus zutraute. Je besser er ihn kennenlernte, desto mehr mochte er ihn. Kaikura konnte sicher misstrauisch und pessimistisch sein, aber er war grundehrlich, und das war etwas sehr Gutes.

Mohid schwieg und blickte zu Boden, während er an Max vorbei Richtung Treppenhaus trottete. Firmin blickte neugierig nach unten, wo zwei schwarz glänzende Autodrohnen standen. Er hatte seinen kindlichen Enthusiasmus offenbar zumindest zum Teil wiedererlangt. Einem Impuls folgend gesellte Max sich zu Dalma, die ihn aus verschlafenen Augen anlächelte. Bo und Nira wirkten klein und zerbrechlich mit ihren großen Rucksäcken.

Nacheinander folgten sie Papillo ins Treppenhaus. Dort trafen sie auf die andere Gruppe. Zu Max' Überraschung hatten sie sich völlig normal gekleidet. Khandro Padma trug eine ausgebleichte Jeans, Stiefletten, einen dunkelgrünen Filzmantel und darüber eine durchsichtige Regenfolie mit Kapuze. Der junge Prinz wirkte mit seiner alten braunen Cordhose und seinem blauen Pullover wie ein ganz gewöhnlicher Teenager. Das Orakel guckte aus einem grünen Overall mit enger Kapuze hervor und sah beinahe aus wie ein kleines Mädchen.

Am seltsamsten aber war die Verwandlung des Hünen, der in einem langen, schwarzen Mantel mit hochgeklapptem Kragen steckte und einen viel zu kleinen Hut auf dem großen Kopf trug. Seinen Stab benutzte er als Spazierstock. Auch die drei anderen Begleiter – die zwei älteren Männer, die wie Brüder wirkten, und die Frau, von der Max noch kein einziges Wort vernommen hatte – trugen unauffällige Sachen.

Auch sie hatten große, aus Stoffresten zusammengeflickte Rucksäcke geschultert, sogar die Khandro und der Prinz. So sahen sie alle zusammen wie eine Gemeinschaft von müllsammelnden Hausern aus.

Schweigend gingen sie die Treppe hinunter, traten hinaus in den Regen und begaben sich zu den schwarzen Gefährten, die aus der Nähe viel länger und größer wirkten.

»Wow! Das sind Flugdrohnen!«, rief Firmin begeistert.

»Wir werden aber leider am Boden bleiben«, entgegnete Papillo. »Mein Telefonat ist garantiert zurückverfolgt worden. Auch ein Grund, weshalb wir so schnell wie möglich hier wegmüssen. Karm, Max, Dalma, Nira, Bo, Kaikura und Firmin – ihr fahrt mit mir im ersten Auto. Mohid, du fährst bei den anderen.« Mohid warf Papillo einen Blick zu, als hätte er ihn soeben verstoßen.

»Sie kennen die Stadt nicht«, erklärte Papillo. »Falls wir getrennt werden, brauchen sie jemanden, der sie führt. Niemand kennt sich hier so gut aus wie du. Willst du ihnen helfen, Mohid?« Der Junge nickte stumm.

Papillo wandte sich dem zweiten Wagen zu:

»Wagen Zwei, übertrage Stimmkontrolle jetzt.« Er machte Mohid ein Zeichen, etwas zu sagen.

Der Junge nickte und rief:

»Türen öffnen!« Alle vier Türen schoben sich zu den Seiten und gaben den Blick in das Innere mit seinen drei Sitzreihen frei. Mohids Augen wurden groß und seine Miene hellte sich ein wenig auf.

»Gut«, sagte Papillo, »Wagen Zwei gehorcht jetzt auf dein Kommando.«

»Ob das eine gute Idee ist«, murmelte Nira, die neben Max stand und zusah, wie Khandro Padma, der Prinz, das Orakel und die anderen in den Wagen stiegen.

»Papillo tut das auch für Mohid«, erwiderte Bo. Dalma nickte.

»Er wendet geschickte Mittel an«, erklärte sie und klang dabei ein wenig, als wiederholte sie Gelerntes.

»Hoffentlich klappt's«, entgegnete Kaikura skeptisch.

Als sich die Türen des zweiten Wagens schlossen, kam Papillo zu ihnen.

»Türen öffnen!«, rief er der Drohne zu. Die Türen glitten auf, und sie stiegen ein. Max nahm ganz vorne zwischen

Papillo und Karm Platz. Er hatte noch nie in einem Automobil gesessen. Vor Papillo, der links neben ihm saß, befand sich eine Konsole mit einem Bildschirm, auf dem eine Karte zu sehen war.

»Das ist ein Navigationssystem. Wenn ich jetzt mit dem Finger auf eine beliebige Stelle tippe, erscheint der Name des Ortes. Sieh hier: das Waisenhaus.« Er tippte auf die Karte. Ein Name erschien: ›Kantstraße 24‹. »Das Ziel liegt etwas südlich davon.«

»Muss du das nicht Mohid sagen?«, fragte Nira von hinten.

»Keine Sorge«, erwiderte Papillo, der nun mit dem Finger über die Karte fuhr und einen blauen Streifen erzeugte, »die beiden Wagen folgen meiner Navigation. Erst wenn ich die Verbindung aktiv trenne, hat er Zugang.«

»Ein Glück«, sagte Nira und atmete erleichtert auf.

»Wagen Eins: Los!«, sagte Papillo. Mit einem kleinen Ruck setzte sich das Gefährt in Bewegung. Sie rollten über die nasse Straße, Scheibenwischer hielten die Sicht nach allen Seiten frei. Obwohl der Asphalt verrottet war und zahlreiche Schlaglöcher aufwies, rumpelte das Auto kaum.

»Das ist toll!«, schwärmte Firmin. Er saß mit strahlenden Augen in der letzten Reihe und sah aus, als wäre er am Ziel seiner Träume angelangt.

Die Autos beschleunigten allmählich.

»Das gute an den Wagen vom Magistrat ist, dass sie vor Beobachtung durch Satelliten und Drohnen geschützt sind«, sagte Papillo. »Dem Ordnungsamt schmeckt das nicht, aber sie können nichts tun, wenn sie wollen, dass die Magistrate ihnen die Arbeit abnehmen.«

»Das heißt, wir sind gerade unsichtbar?«, fragte Firmin begeistert.

»Sozusagen«, antwortete Papillo. »Allerdings kann der Magistrat seine Fahrzeuge auf andere Weise orten. Ich hoffe, Carmina hat sich darum gekümmert.«

»Weiß Amsa Ras, dass Sie und Carmina sich kennen?«, fragte Max, während er sich mit den Händen am Sitz festhielt. Der Wagen bog in hohem Tempo nach rechts in eine schmale Straße, in der lauter Stahlcontainer verstreut herumlagen, so dass die Fahrzeuge immer wieder in den Flugmodus umschalten mussten, um Hindernisse zu überwinden. Max fühlte eine Übelkeit in sich aufsteigen, sein Kreislauf sackte ab, ihm wurde schwarz vor Augen. Doch als Papillo der Drohne befahl, langsamer zu fahren, ging es allmählich besser.

»Das habe ich mich auch schon gefragt«, sagte Papillo im Plauderton, während er den Jungen aus den Augenwinkeln beobachtete, um zu sehen, wie es ihm ging. »Wir haben immer versucht, die Natur unserer Verbindung geheim zu halten. Aber ...« Er machte eine Geste, die Ungewissheit ausdrücken sollte.

Die Wagen bogen erneut rechts ab und fuhren jetzt durch eine hohe, enge Häuserschlucht.

»Ich habe eine Route eingegeben, die fast nur durch Seitenstraßen führt«, sagte Papillo. Er wandte sich um. Hinter ihnen fuhr das andere Fahrzeug.

Allmählich fand Max Gefallen an der Fahrt. Die Geschwindigkeit hatte etwas Berauschendes. Die Häuser flogen geradezu vorbei. Fast wie im Traum, dachte er. Nur dass es nicht grün und sonnig war. Ein seltsames Heimwehgefühl hatte Besitz von ihm ergriffen, jetzt, da er sich dorthin begab, wo seine Irrfahrt durch die verlassene Stadt vor fast sieben Monaten begonnen hatte. Wer hätte gedacht, dass ihm diese Menschen helfen würden, Emilia zu befreien, obwohl sie ihn kaum und sie gar nicht kannten.

»Ihr müsst eine Sache verstehen«, sagte Papillo plötzlich. »Die Waisenhäuser sind die einzigen städtischen Einrichtungen, die es in der verlassenen Stadt noch gibt. Eigentlich sollten sie wie Internate funktionieren, also Schulen für Waisenkinder sein.« Er wandte sich an Max. »Hast du jemals Unterricht im Waisenhaus gehabt?« Der Junge schüttelte den Kopf. Es war zwar immer wieder davon gesprochen worden, aber einen Lehrer hatten sie nie zu Gesicht bekommen.

»Ihr hattet keinen Unterricht, weil niemand in einem Waisenhaus unterrichten will, das in einer verlassenen Stadt liegt, die von Kriminellen regiert wird. Es ist euch vielleicht nicht bewusst, aber die verlassene Stadt ist berüchtigt in ganz Deutschland, vielleicht sogar in ganz Europa. Sie ist ein Symbol dafür, dass die Nationalstaaten ihre Macht über ihre eigenen Territorien verloren haben. Früher einmal war Deutschland einer der stärksten Staaten der Welt. Nicht nach außen – da gab es andere Staaten, wie die USA, die lange Zeit die westliche Welt dominierten. Deutschland war keine Großmacht, aber der deutsche Staat war sehr stark nach innen. Die Gesetze, die dieser Staat erließ, wurden befolgt, denn es waren vernünftige Gesetze, die von der Mehrheit akzeptiert werden konnten. Macht funktioniert nur, solange die Regierenden und die Regierten sich weitgehend einig sind. Und das funktionierte fast hundertfünfzig Jahre ziemlich gut in Deutschland. So gut, dass viele deutsche Gesetze von anderen Staaten übernommen wurden. Doch gleichzeitig befand sich hier eines der Zentren der weltweiten Umweltzerstörung. Obwohl es nach und nach immer mehr Leute gab, die etwas daran ändern wollten, gelang es ihnen nie in ausreichendem Maß, weil die Mehrheit nichts verändern wollte.«

Der Regen war jetzt so stark geworden, dass sie kaum noch etwas durch die Seitenscheiben erkannten. Nur die Front- und die Heckscheibe blieben trocken. Max vermutete, dass sie, ähnlich wie Amsa Ras und seine Männer, von einem Kraftfeld umgeben waren.

»Wusstet ihr, dass es in Deutschland früher gar keine Regenzeit gab?«, begann Papillo erneut. »Es gab vier Jahreszeiten, nicht nur zwei. Es gab den Sommer, der warm war und Regen brachte, den Herbst, wenn die Bäume ihre Blätter verloren, und anstelle der Regenzeit gab es den Winter. Im Winter wurde es so kalt, dass es schneite. Es regnete nicht, sondern die Wassertropfen gefroren in der Luft und fielen als Eisflocken zur Erde. Dann war das ganze Land manchmal mit Schnee bedeckt und alles war weiß. Das war wunderschön. Aber schon Ende des 21. Jahrhunderts hörte das auf.«

»Und die vierte Jahreszeit?«, fragte Firmin.

»Das war der Frühling«, sagte Papillo lächelnd. »Der Frühling war vielleicht die schönste Jahreszeit überhaupt. Alle Blumen blühten, der Himmel war blau, an den Ästen der Bäume sprossen neue Blätter, die ganze Natur erwachte aus ihrem Winterschlaf. Und die Vögel zwitscherten den ganzen Tag. Das muss wunderbar gewesen sein.«

Er schwieg eine Weile, während die Wagen durch die verlassene Stadt schwebten und der Regen unablässig niederging. Inzwischen war es so hell, wie es an einem Tag in der Regenzeit werden konnte, ohne dass man hätte ausmachen können, wo sich die Sonne befand. Max dachte an seinen Traum mit dem jungen Prinzen, oder Gendün, wie er sich selbst genannt hatte. Er fragte sich, ob der blaue Tag mit den blühenden Blumen und den grünen Bäumen der Frühling gewesen war? Machte es einen Unterschied, so etwas wirklich zu erleben und nicht bloß zu träumen?

»Als die Umweltzerstörung ein solches Ausmaß erreicht hatte, dass das Klima sich änderte«, fuhr Papillo schließlich fort, »begannen Kriege um saubere Wasserquellen. Der Krieg zwischen China und Indien war ein solcher Krieg. Anfangs ging es nur um ein paar Grenzregionen, die seit Jahrhunderten strittig waren. Doch weil diese Grenzen hoch im Gebirge lagen, gab es dort kostbares Wasser, und weil sauberes Wasser knapp geworden war, weitete sich der Krieg aus, bis Atomwaffen zum Einsatz kamen. Durch die Flüchtlingswelle, die dann einsetzte, verloren die westlichen Staaten vollkommen die Kontrolle über ihre Territorien, auch Deutschland, denn Deutschland war reich und deshalb eines der begehrtesten Ziele der Flüchtlinge, die alle von der Hoffnung getrieben wurden, ihr altes Leben an anderer Stelle fortsetzen zu können. Aber so kam es nicht. Heute muss ich jeden Monat teure Chemikalien auf dem Schwarzmarkt kaufen, damit wir das Regenwasser reinigen und trinken können. Landwirtschaft, wie wir sie früher hatten – auf offenem Feld – ist nicht mehr möglich. Alles muss mit hohem Energieaufwand in Treibhäusern oder unterirdisch angebaut werden. Auch deshalb haben sich die Staaten immer weiter aus ihren ländlichen Gebieten zurückgezogen. Die Waisenhäuser in der verlassenen Stadt sind nur ein Überbleibsel, dessen, was früher einmal in öffentlicher Hand war. Und der Grund, dass es sie immer noch gibt, ist ein politischer: Die Bezirksregierung in Köln wird von einer christlichen Partei regiert. Ihre Gegner würden ihr sofort unmoralisches Handeln vorwerfen, wenn sie die Waisenhäuser aufgäben. Die Folge wäre ein Aufschrei in den Medien, und die christliche Partei hätte Angst, Wähler zu verlieren. Versteht ihr? Die Waisenhäuser sind vor allem ein Symbol, eine Schwachstelle im politischen Ringkampf. Was hier wirklich geschieht, interessiert niemanden, weil alle wissen, dass dieses Gebiet sich in Wahrheit nicht mehr unter ihrer Kontrolle befindet. Aber das können sie nicht zugeben, denn dann stünden sie auch wieder schlecht vor ihren Wählern da.« Er lächelte plötzlich. »Amsa Ras ist sehr schlau. Dass er ausgerechnet ein Waisenhaus benutzt, um seine Macht auszubauen, ist nur logisch, denn der Magistrat lässt die Finger davon, um keinen Ärger mit Köln zu haben, und Köln lässt die Finger davon, weil sie keine Lösung haben. Es gab also keinen besseren Ort für ein geheimes Unternehmen als ein städtisches Waisenhaus.«

Wieder bogen sie ab, diesmal nach links. Diese Straße unterschied sich von den bisherigen. Die Häuser waren niedriger und bildeten keine geschlossene Fassade mehr. Außerdem befanden sich viele in sehr schlechtem Zustand, manchen fehlte das Dach, anderen Teile der Außenmauern. Einige konnte man nur noch als Ruinen bezeichnen.

Max kam die Gegend bekannt vor. Und dann fiel es ihm wieder ein: Hier waren er und Papillo sich zum ersten Mal begegnet, nachdem er den Alten verlassen hatte. Er warf dem Erwachsenen einen kurzen Blick zu, doch dessen Gesicht ließ nicht erkennen, ob er sich erinnerte. Max fühlte zum ersten Mal ein schlechtes Gewissen wegen der Art und Weise, wie er die ›Zufälligkeit‹ dieses Treffens herbeigeführt hatte. Eines Tages würde er es Papillo erzählen müssen.

Plötzlich ertönte ein Lautsprecher über ihren Köpfen. Die gehetzte Stimme einer Frau erklang:

»Papillo? Hör mir gut zu: Amsa hat viel schneller reagiert,

als wir dachten. Er hat das Hauptquartier besetzt, wir haben ihn falsch eingeschätzt. Er hat nicht Waffen gekauft, sondern Leute – unsere Leute, die privaten Schutztruppen der Magistratsmitglieder. Nicht alle, aber genügend, um jeden Widerstand zu unterbinden. Ich sitze bei Nahindra in der Dachwohnung. Er wird jeden Augenblick hier sein. Wo Nahindra ist, weiß ich nicht. Ihr seid auf euch gestellt, hörst du! Das Ordnungsamt ist mit mehreren Drohnen unterwegs in die verlassene Stadt. Ich weiß nicht, warum. Vielleicht hat es mit deinem Telefonat zu tun. Vielleicht mit Amsas Putsch. Seid auf der Hut! Ihr müsst aus den Autos raus, sofort! Ihr müsst …« Man hörte Lärm und Rufe im Hintergrund. Dann noch einmal die Stimme der Frau, die sich erkundigte, was denn los sei. Anschließend brach die Verbindung ab.

Hinter Max begann jemand zu weinen. Es war Bo. Kaikura hatte den Arm um sie gelegt. Papillo sagte:

»Deiner Mutter wird nichts passieren, mach dir um sie keine Sorgen. Amsa Ras hat es auf Leute wie Carmina abgesehen, die Frau, die uns diese Autos zur Verfügung gestellt hat. Wie es aussieht, überstürzen sich die Ereignisse.« Er blickte sich um. Die Wagen schwebten jetzt andauernd im Flugmodus, weil die Straße von tiefen Schlaglöchern durchzogen und mit Trümmerteilen übersät war. Die Häuser ringsum befanden sich in einem erbärmlichen Zustand. Sie mussten sich bereits weit im Nordosten der verlassenen Stadt befinden. Bis zum Waisenhaus dauerte es jetzt nicht mehr lange.

»Wir haben keine Zeit mehr«, sagte Papillo kurz entschlossen. »Wenn Amsa entdeckt, dass ein Transport im Gang ist, wird er die Kontrolle über die Fahrzeuge übernehmen. Dann sind wir hier drinnen gefangen, und fliegen geradewegs ins Hauptquartier. Wagen Eins: Anhalten und Türen öffnen!«

Die Drohne ging tiefer, doch im nächsten Moment ertönte eine metallisch klingende Computerstimme:

»Untergrund nicht geeignet. Suche sicheren Ausstiegsort.« Papillo atmete tief durch.

»Ich habe keine Ahnung, wie man die Sicherheitsprotokolle umgeht. Wir werden warten müssen.« Die Wagen schwebten jetzt im Schritttempo durch die Straße. Max saß angespannt auf seinem Sitz und stellte sich vor, dass Amsa Ras zur selben Zeit die elegante Carmina Burana mit den roten Lippen durch Nahindras Haus abführte, vorbei an Bos Mutter und den anderen Frauen. Es musste eine Art Kontrollraum im Hauptquartier geben, wo man ihre beiden Drohnen sehen konnte. Max erinnerte sich, dass es das auch im Waisenhaus gab. Manchmal war er nachts dorthin geschwebt, um die Männer zu beobachten und von ihnen zu lernen – von ihren Aktivitäten und ihren Unterhaltungen. Bestimmt waren Amsa Ras' Männer ausgeschwärmt, um das Hauptquartier so schnell wie möglich unter ihre Kontrolle zu bringen. Er stellte sich vor, dass sie genau jetzt mit den Waffen im Anschlag den Kontrollraum mit seinen Bildschirmen betraten. Im nächsten Moment würden sie versuchen zu verstehen, was dort zu sehen war. Bestimmt gab es Bildschirme, auf denen Straßenkarten zu sehen waren, die derjenigen in der Konsole des Wagens ähnelten. Und auf einer dieser Straßenkarte würden sie genau jetzt zwei Punkte sehen, die sich hoch im Nordosten auf das Waisenhaus zubewegten. Jetzt würde einer der Männer sagen: ›Ruf Amsa Ras, er muss das sehen!‹ Und jetzt würde einer der bewaffneten Männer losrennen, um Amsa in Nahindras Haus aufzusuchen. Und genau jetzt …

Plötzlich schwenkte die Drohne nach rechts und setzte

vor einem baufällig wirkenden, eckigen Betonbau mit breiter Fassade und drei langen Fensterreihen auf den Boden. Die Türen öffneten sich. Alle sprangen hinaus in den strömenden Regen. Die zweite Drohne schwebte dahinter.

»Warum landet sie nicht?«, fragte Nira.

»Der Platz ist zu klein«, vermutete Firmin. Er behielt recht. Kaum hatten sich die Türen von Drohne Eins geschlossen, hob sie ab und gab den Platz frei. Dann schwebte die zweite Drohne heran. Max hatte während dieser Zeit nicht aufgehört, sich vorzustellen, was gleichzeitig im Hauptquartier geschehen könnte. Inzwischen war er so nervös, dass er es kaum noch aushielt. ›Ihr müsst sofort aus den Autos raus‹, hatte Carmina gesagt. Das war inzwischen schon mindestens zehn Minuten her!

Endlich setzte die zweite Drohne auf. Max stellte sich genau vor die Schnauze des Fahrzeugs. Er würde nicht zur Seite gehen, bis alle draußen waren. Vermutlich war das kindisch, denn die Drohne konnte einfach nach oben schweben, doch er war entschlossen, nichts unversucht zu lassen.

Jetzt öffneten sich die Türen der Drohne. Als erster sprang Mohid heraus. Er ging zur zweiten Tür, um Khandro Padma zu helfen. In Max' Kopf betrat Amsa Ras zur gleichen Zeit den Kontrollraum des Hauptquartiers. Jetzt zeigte man ihm den Bildschirm mit den zwei Punkten, die im Nordosten der Stadt Halt gemacht hatten. Das Orakel stieg aus, Gendün folgte ihr, anschließend die stumme Frau und die beiden Amerikaner. Nun war der Hüne an der Reihe. Und genau jetzt sagte Amsa Ras: ›Schließt die Türen dieser Drohne!‹

Aber es war zu spät. Alle hatten es geschafft, rechtzeitig auszusteigen. Die Türen der Drohne Zwei schlossen sich, sie hob senkrecht ab, überflog Max und schloss sich der ersten

Drohne an. Sie schwebten knapp über der Straße wie zwei große Tiere, die auf den Befehl ihres Gebieters warteten. Papillo rief ihnen zu:

»Drohne Eins und Zwei: Rückflug zum Hauptquartier!« Und schon setzten sie sich in Bewegung und traten die Heimreise an.

Max war so erleichtert, dass er einen Moment lang glaubte, keine Kraft zum Stehen mehr zu haben. Dann aber sah er vor seinem inneren Auge, wie Amsa Ras einen Tobsuchtsanfall bekam, und eine wilde Freude stieg in ihm auf. Gleichzeitig spürte er etwas Neues: Er spürte, dass er diesen Mann mindestens ebenso sehr hasste, wie er ihn fürchtete.

»Wir müssen so schnell wie möglich hier weg!«, sagte Papillo, während er sich umschaute.

»Sie kommen zurück!«, schrie Dalma plötzlich. Tatsächlich: Die beiden Drohnen, die sich eben noch mit hoher Geschwindigkeit entfernt hatten, kehrten nun ebenso schnell zurück.

»Das kann nichts Gutes bedeuten«, hörte Max jemanden sagen.

»Wir müssen von der Straße runter, kommt schnell!«, rief Papillo und rannte auf den Betonbau zu. Die anderen folgten ihm, so schnell sie konnten.

Sie liefen auf die breiten Flügeltüren des Gebäudes zu, die vor langer Zeit einmal prächtige Glastüren gewesen sein mussten, und jetzt wie leere, verrostete Bilderrahmen wirkten. Auf halbem Weg blieb Papillo stehen und wartete auf Khandro Padma und ihre Begleiter. Er machte den Jüngeren Gesten, weiterzurennen.

»Versteckt euch!« rief er ihnen zu. Im Innern des Baus sahen sie allerdings, dass außer der Fassade kaum noch etwas intakt war. Während des Erdbebens musste das Dach eingestürzt sein. Teile der darunter liegenden Stockwerke waren mitgerissen worden. Hinter dem Haupteingang hatte sich ein offenes Treppenhaus befunden, doch davon zeugte nur noch ein Trümmerberg.

»Hier entlang!«, rief Kaikura aus einem rechts gelegenen Durchgang. Sie betraten einen quadratischen Raum, in dem es regnete. Die Decke fehlte und alle Decken darüber auch. Im Fußboden klaffte ein großes, unregelmäßiges Loch, in das von allen Seiten Stahlträger hineinragten. Sie hatten keine Zeit, sich zu fragen, ob das, was vom Boden übrig war, sie tragen würde. Hinter ihnen schossen die beiden Drohnen heran, im nächsten Augenblick würden ihre Kameras sie erfassen, und dann wüsste Amsa Ras, wen sie transportiert hatten und wo sie sich befanden. Hastig drängten sich alle in den Raum und verteilten sich entlang der Wand. Max befand sich an einer besonders schmalen Stelle, bis zur Kante des Lochs fehlte höchstens ein Meter. Dalma stand dicht neben ihm. Sie hatte seine Hand ergriffen und drückte sie fest. Der Prinz zu seiner Linken blickte in die Dunkelheit des Untergeschosses hinab. Sein Gesicht zeigte keine Gefühle, es wirkte entspannt und konzentriert. Max versuchte, in den Gesichtern der anderen zu lesen – Khandro Padma, der Hüne, das Orakel und ihre drei stummen Begleiter. Doch sie alle wirkten ebenso entspannt wie der Prinz. Ließen sie sich einfach nichts anmerken, oder konnte sie wirklich nichts aus der Ruhe bringen?

Plötzlich erklang ein leises Surren. Die Drohnen mussten jetzt dicht vor dem Haupteingang schweben und hineinspähen. Ganz still stand die Gruppe da und versuchte, nicht das geringste Geräusch zu verursachen. Die Drohnen schwebten hin und her, das Surren kam näher, entfernte sich, kam wieder näher. Der Regen prasselte hernieder, er rann von den Wänden, tropfte von den Vorsprüngen, den nackten Stahlträgern, den abgerissenen Mauerstücken – alles troff vor Nässe.

Dann endlich schien derjenige, der die Drohnen steuerte, seine Suche aufzugeben, denn das Surren wurde leiser, bis es nicht mehr zu hören war.

Plötzlich ertönte ein ohrenbetäubender Lärm, und als sie erschrocken Richtung Ausgang spähten, sahen sie, dass eine der Drohnen mit voller Wucht in den Haupteingang geflogen war. Sie waren nicht weggeflogen, sondern hatten Anlauf genommen. Irgendwo stürzte Gestein herab und landet mit einem lauten Knall auf der Drohne.

In diesem Moment setzte das Orakel sich in Bewegung. Es ging dicht an der Kante des Lochs vorbei und begab sich an eine Stelle, wo der Boden bis zur Wand weggebrochen war. Ohne Vorwarnung sprang es auf ein kleines Stück Boden in der äußersten hinteren Ecke des Raums. Dort gab es einen weiteren Durchgang. Ehe Max einen klaren Gedanken fassen konnte, hatten sich Khandro Padma, der Prinz und ihre Begleiter ebenfalls dorthin begeben, sprangen der Reihe nach hinüber und verschwanden im Nebenraum. Kaikura fasste sich als erster. Er zog Bo mit sich und die beiden folgten den anderen.

»Los!«, sagte Papillo.

Kaum hatten sie es alle hinübergeschafft und den nächsten Raum betreten, als die zweite Drohne mit voller Wucht in den Raum brach. Nun begann die gesamte darüberstehende Wand zu kollabieren. Große Gesteinsbrocken fielen auf die Drohne, die schwer beschädigt in das Loch hinabstürzte.

»Wir müssen hier raus, bevor das Haus in sich zusammenfällt!«, rief Papillo. Der neue Raum erwies sich als ein

Korridor, der parallel zur Fassade zwischen vielen Türen hindurchführte. Abgesehen von ein paar kleineren Löchern in der Decke und einigen Trümmerteilen, wirkte er weitgehend erhalten. So schnell sie konnten, liefen sie auf ein hohes Fenster am Ende des Korridors zu, das bis auf den Fußboden reichte.

Sie hatten es fast erreicht, als sie erneut das Surren hörten. Die andere Drohne war offenbar um das Haus herumgeflogen. Wieder mussten sie sich verstecken, bevor die Drohne das Fenster erreichte und sie sehen konnte. Wahllos öffneten sie die Türen links und rechts. Sie führten in kleine Räume mit verrotteten Schreibtischen und uralten Computern. Max landete gemeinsam mit den beiden stummen männlichen Begleitern der Khandro und des Prinzen in einem Raum.

Die Drohne schwebte surrend vor dem Fenster und spähte hinein. Max stellte sich vor, dass Amsa Ras die Sicherheitsprotokolle der Drohnen ausgeschaltet hatte, um sie als Waffen benutzen zu können, und dass er jetzt höchstpersönlich am Steuer saß, um sich an ihm und an Papillo zu rächen. Sein ganzer Körper war nass vom Regen, doch er fror nicht – er schwitzte vor Angst.

Plötzlich flüsterte einer der stummen Männer:

»If we wait too long, they will send reinforcements.«

»You're probably right«, sagte der andere mit einem Nicken. Max, der kein Englisch konnte, wunderte sich trotz seiner Furcht darüber, dass die beiden überhaupt sprechen konnten. Noch mehr aber wunderte er sich, als einer der Männer sich an ihn wandte und mit starkem amerikanischem Akzent sagte:

»Amsa Ras weiß jetzt schon, dass du und Papillo hier seid. Sonst wäre er nicht so – what's the word? – hartnäckig. Was denkst du, Max?« Er hatte Amsas Name wie ›Ämssa Räss‹ und Max wie ›Mäx‹ ausgesprochen, und sein ›R‹ war so weit hinten auf der Zunge gesprochen, dass es fast kehlig klang.

Aber Max verstand auf Anhieb, was der Mann hatte sagen wollen. Sie mussten diesen Ort so schnell wie möglich verlassen. Fieberhaft suchte Max nach einer Möglichkeit. Wenn er nur draußen wäre! Dann könnte er rennen, wie er in der Grube vor den Anomals davongerannt war.

»Ich habe eine Idee!«, flüsterte er plötzlich aufgeregt. Dies war seine Chance, etwas Wichtiges für die ganze Gruppe zu tun. Ohne ein weiteres Wort stellte er seinen Rucksack ab und begab er sich auf den Korridor.

»Warte Max!« und »Das ich zu gefährlich!«, riefen ihm die beiden Amerikaner nach, doch es war zu spät. Genau vor dem Fenster schwebte die große schwarze Drohne mit der Schnauze voran. Eben noch waren die Automobile ihm wie gutmütige Diener erschienen – jetzt starrte dieses ihn böse an.

Bevor die Furcht ihn lähmen konnte, rannte Max den Weg, auf dem er gekommen war, zurück. Der erste Raum war nicht mehr wiederzuerkennen. Das Heck der völlig verbeulten Drohne ragte steil aus dem Loch, es roch nach Moder, Schimmel und Staub, und immer wieder stürzten kleinere Gesteinsbrocken herab. Die Lücke im Boden war nun doppelt so breit. Max musste Anlauf nehmen, um über sie hinwegzuspringen.

Als er zum Haupteingang gelangte, sah er die Drohne nicht. Sie musste hinter dem Haus sein. Er rannte auf die Straße. Dort hatte sich eine einförmige schlammige Wasseroberfläche gebildet, so dass er die Untiefen nicht mehr von den flacheren Stellen unterscheiden konnte. Während er lief, versank er immer wieder in tiefen Pfützen, aus denen er mühsam heraussteigen musste. Fieberhaft sah er sich nach einem neuen Unterschlupf um. Schräg gegenüber stand ein kleines Haus, es lag weiter zurückgesetzt als die umliegenden Gebäude, und wirkte älter. Darauf hielt Max zu. Er lief gerade über eine schlammige Fläche, die früher einmal ein großer Vorgarten gewesen sein mochte, als er das Surren der Drohne hinter sich hörte. Sie war tatsächlich hinter dem Haus entlang geflogen und kam jetzt vom anderen Ende des Gebäudes herangeprescht. Max fehlten noch gut zehn Meter bis zum Eingang des Häuschens. Er rannte um sein Leben und hatte plötzlich das Gefühl, dass er seit langer Zeit nichts anderes als dies getan hatte.

Blindlings übersprang er die Trümmerteile, die im Eingang des kleinen Hauses lagen und rannte ins Innere des Gebäudes. Hinter dem Eingang befand sich ein zweiter, schmälerer Durchgang. Dort lagen größere Trümmerteile, doch Max gelang es, sich am rechten Türrahmen vorbei zu quetschen. Im nächsten Moment hörte er hinter sich das Geräusch von Metall, das mit voller Wucht gegen Gestein gerammt wird. Doch die Drohne folgte ihm nicht. Stattdessen zog sie sich zurück und donnerte an einer anderen Stelle gegen das Haus. Immer weiter zog sie ihren Kreis um das Haus, und immer wieder rammte sie ihre Schnauze in das aufgeweichte, verrottete Gestein. Als Max begriff, dass die Drohne das Haus zum Einstürzen bringen wollte, um ihn lebendig zu begraben, geriet er in Panik. Ohne zu überlegen, versuchte er, wieder zur Hauptstraße zu gelangen. Doch das war aussichtslos. Die Drohne hatte alles zerstört. Er wandte sich um und rannte durch das Haus bis zur Rückseite. Jeden Moment würde die Drohne mit ihrem Vernichtungswerk dort beginnen. Der ununterbrochene Lärm und die Furcht davor, erschlagen zu werden, machten ihn kopflos. Auf der Rückseite befand sich eine weitere Tür. Max wollte sie aufreißen, doch sie war abgeschlossen. Verzweifelt rüttelte er an ihr, aber seine Kräfte waren zu gering. Fieberhaft blickte er sich um. Nach rechts führte eine Tür in einen anderen Raum, aus dem Licht drang – ein Fenster. Er hastete hinein und sah, wie die Drohne Anlauf nahm, um das Fenster einzurammen. Er machte Kehrt, rannte an der verschlossenen Tür vorbei in einen gegenüberliegenden Raum. Auch hier befand sich ein Fenster.

Genau in dem Augenblick, als die Drohne das erste Fenster einstieß, sprang Max aus dem Haus und rannte an der Außenmauer entlang. In seinem Kopf war nichts als Angst – und eine seltsame Klarheit. Er wusste, dass die Drohne ihn verfolgen musste, damit sie nicht zu den anderen zurückkehrte. Er wusste, dass er vielleicht sterben würde.

Dann rannte er um die Hausecke und stand plötzlich vor einer hohen Mauer. Hinter ihm ertönte das Surren der Drohne. Max wandte sich um. ›Hier werde ich sterben‹, dachte er. In seinem Inneren gab etwas nach. Es gab keinen Ausweg mehr, es hatte keinen Sinn, noch etwas zu versuchen oder zu befürchten. Die Zukunft endete hier und jetzt. Er spürte den Regen auf seiner Haut, das Gewicht seines Körpers, die Bewegung seines Atems. Er fühlte seine Lebendigkeit, sein Dasein.

Mit dem Rücken gegen die Mauer gedrückt beobachtete Max, wie die Drohne ihre völlig verbeulte Schnauze um die Ecke schob. Die Windschutzscheibe war zerstört und das Dach eingedrückt. Das Surren ihres Motors klang unregelmäßig. Dann schwebte sie genau vor ihm und wirkte wie ein Wesen, das sein Gesicht verloren hatte. Sie war nur noch eine schwebende Ruine. Und dann fiel sie genau vor Max auf den Boden. Schlamm spritzte nach allen Seiten weg und traf Max an der Brust. Das Surren des Motors war noch einige Sekunden lang zu hören, bevor es erstarb.

Max stand da und spürte noch immer den Regen auf seiner Haut. Nicht er war gestorben, sondern die Drohne. Ganz langsam begann sein Kopf wieder zu funktionieren. Wo waren die anderen? Vorsichtig machte er einen Schritt auf die zerstörte Drohne zu, als könnte sie sich wie ein tödlich verwundetes Tier doch noch einmal aufbäumen. Doch nichts geschah. Sie war nur noch eine kaputte Maschine, und derjenige, der sie gesteuerte hatte – Max sah Amsa Ras vor seinem inneren Auge –, musste genau jetzt sehr wütend sein.

Ohne Eile ging Max hinter dem Häuschen entlang und betrachtete das Zerstörungswerk der Drohne. Die Außenmauern waren übel zugerichtet, lange würde es bestimmt nicht mehr dauern, bis es in sich zusammenfiel. Doch zumindest heute war es nicht passiert. Max fühlte plötzlich eine tiefe Dankbarkeit diesem alten, verlassenen Häuschen gegenüber. Es hatte ihn gerettet, und sie hatten gemeinsam überlebt.

»Danke, altes Haus«, murmelte er, während Tränen über seine Wange liefen, die sich sofort mit dem Regen vermischten.

Als er auf die Straße trat, sah er die anderen. Sie hatten das breite Gebäude verlassen und standen jetzt dicht gedrängt an dessen rechter Flanke. Als sie ihn sahen, kamen sie auf ihn zu gerannt. Max ging auf sie zu, und dabei fühlte er sich so leicht, als würde er im nächsten Moment abheben.

Als erster war Papillo bei ihm. Er umarmte ihn kurz und fest, und anschließend hielt er ihn von sich, tastete seinen Kopf und seinen Oberkörper ab und rief:

»Bist du unverletzt? Geht es dir gut?« Max nickte und lächelte den Erwachsenen an und bemerkte im selben Moment, dass er das noch nie getan hatte: Papillo anlächeln. Er lächelte Papillo an und war glücklich, es zu tun, und gleichzeitig war er glücklich, dass er am Leben war, und dass so viele Menschen mit Freude in ihren Gesichtern auf ihn zugerannt kamen.

Er wurde umarmt und man klopfte ihm so oft auf die Schulter, dass es ihm peinlich wurde. Nira drückte ihm vor der ganzen Gruppe einen Kuss auf die Wange und wurde knallrot. Die beiden Amerikaner schüttelten ihm die Hand, riefen »Well done!« und überreichten ihm den Rucksack, den er zurückgelassen hatte.

Khandro Padma nahm seinen Kopf in ihre Hände, beugte sich zu ihm herab und drückte ihre Stirn an seine. Der Prinz legte ihm eine Hand auf die Schulter und sagte:

»Ich glaubte schon, ich müsste mich auf die Suche nach dir machen.« Max verstand nicht, was er damit meinte, doch er kam nicht dazu nachzufragen, denn im nächsten Moment donnerte die Pranke des Hünen auf seine Schulter. Er lachte dröhnend und rief:

»Byatskhan tom er!«

Plötzlich stand Dalma vor ihm. Sie umarmte ihn so fest, als würde er wegfliegen, wenn sie es nicht täte.

»Ich dachte, du bist tot«, flüsterte sie.

»Ich auch«, sagte Max, dem nichts anderes einfiel als die Wahrheit. Dann erwiderte er die Umarmung, was dazu führte, dass Nira applaudierte und einige andere einstimmten. Max fühlte sich seltsam. Einerseits genoss er die Umarmung, doch andererseits hatte er den Eindruck, in eine Falle getappt zu sein. Sein Blick fiel auf das Orakel. Die junge Frau stand etwas im Hintergrund und sah ihm mit ihrem klaren Blick in die Augen, und er hatte einen Moment lang das Gefühl, dass sie weder Hoffnung noch Furcht empfand.

»Wir müssen hier weg«, sagte Papillo. »Amsa Ras wird Verstärkung schicken.« Er zeigte die Straße entlang, nach Nordosten. »Das Waisenhaus liegt in dieser Richtung. Aber wir werden zwischen den Häusern hindurch gehen, um unentdeckt zu bleiben, auch wenn das andere Gefahren birgt.«

Sie machten sich auf den Weg.

10

So plötzlich Max' Ruhm gekommen war, so schnell wurde er von den Erfordernissen der Gegenwart wieder verschluckt. Papillo rechnete damit, dass Amsa Ras kleinere Spähdrohnen senden würde. Deshalb begaben sie sich auf die Rückseite der Häuserzeile, die den rechten Straßenrand säumte, und versuchten, durch ehemalige Gärten, Parkplätze und Hinterhöfe voranzukommen. Fast überall stand das Wasser hoch und war so trüb, so dass sie nicht sehen konnten, was sich darunter befand.

Diesmal ging der Hüne voran. Er stocherte mit seinem langen Stab wie ein Blinder im Wasser, bevor er den nächsten Schritt machte, und die anderen folgten ihm in einer langen Reihe, einer hinter dem anderen, um genau in seiner Spur zu gehen.

Sie kamen nur langsam voran, denn Khandro Padma und die andere Frau hatten Schwierigkeiten, auf dem unebenen Untergrund sicheren Tritt zu finden. An manchen Stellen musste der Hüne sie einzeln auf seinem Rücken durch tiefere Pfuhle tragen, während die anderen ihm folgten oder versuchten, über den Schutt auf beiden Seiten zu klettern. Immer wieder gelangten sie an solche Wasserstellen, eine war sogar so tief, dass selbst der Hüne zurückkehren und einen Umweg nehmen musste. Papillo vermutete, dass diese Pfuhle nach unten hin offen waren und sich über unterirdische Kanäle nach und nach in die Grube entleerten.

An anderen Stellen ragten längs ihres Weges Mauerreste

auf, die so hoch waren und gleichzeitig so zerbrechlich wirkten, dass Papillo es vorzog, sie im weiten Bogen zu umgehen. Währenddessen ging unaufhörlich ein dichter, prasselnder Regen nieder, der die Sicht erschwerte und alle Oberflächen schlüpfrig machte.

Nachdem sie eine Stunde lang auf diese Weise mehr schlecht als recht vorangekommen waren, gelangten sie an eine Stelle, die Max mit einem kleinen Schreck wiedererkannte: Hier endete die Stadt abrupt an einer großen in nordöstlich-südwestlicher Richtung verlaufenden Straße, die zweihundert Meter weiter vor dem Tor einer ehemaligen Industrieanlage endete. Ein einziges neunstöckiges, graues Bürogebäude aus Glasstahlbeton hatte das große Erdbeben überstanden, umgeben von einer zwei Meter hohen Mauer, die mit Stacheldraht und einzementierten Glassplittern bewehrt war – die ehemalige Begrenzung der Industrieanlage, die an mehreren Stellen nachträglich wieder instandgesetzt worden war, wie die vielen gemauerten Flicken zeigten. Von den eigentlichen Produktionsstätten war bis auf eine Lagerhalle und einem gleich daneben liegenden Presswerk nicht viel mehr als ein Dutzend kleinere und größere Ruinen übrig. Im Laufe der Zeit hatten zunächst bedürftige Menschen und später große Unternehmen das Metall abgebaut und an anderer Stelle neuen Zwecken zugeführt. Das Bürogebäude aber war in den Zeiten der großen Flüchtlingsströme nach dem indisch-chinesischen Krieg von der Stadt Köln erworben worden und hatte erst als Flüchtlingswohnheim und später als Waisenhaus gedient.

Die Gruppe stand zwischen zwei hohen Mauern – rechts die Garage eines Wohngebäudes, links die Hauswand einer Ruine – und spähte über die Straße hinweg.

»Das ist dein Waisenhaus?«, fragte Mohid ungläubig. Max nickte beklommen. Ja, das war es.

»Nicht unbedingt das, was man sich unter einem Waisenhaus vorstellt«, stellte Karm sachlich fest.

»Nur das Erdgeschoss und die ersten drei Stockwerde werden genutzt – und natürlich der Keller«, erklärte Max. »Der Rest«, er machte eine Geste in Richtung der oberen Geschosse, »steht leer.«

»Was jetzt?«, wollte Kaikura wissen. Es war inzwischen Nachmittag, sie hatten weder gegessen noch getrunken und waren erschöpft.

»Wo wohnt der alte Mann, bei dem du nach deiner Flucht gewohnt hast?«, fragte Papillo. Max wies nach rechts. Sie würden am Tor vorbeigehen müssen, was sie jedoch unmöglich auf der Straße tun konnten. Es blieb ihnen nichts anderes übrig, als erneut hinter den Häusern entlangzugehen. Dort war nun nicht mehr viel Platz bis zur Grube, denn die Straße, der sie parallel gefolgt waren, hatte sich diagonal der Abbruchkante genähert.

»Was wurde dort früher produziert?«, wollte Dalma wissen, während sie sich ein Stück von der großen Straße entfernten, um einen Weg nach links zu finden. Max zuckte mit den Schultern.

»Irgendwelche Plastikbehälter. Früher konnten wir manchmal dort herumstöbern, da sah ich alle möglichen leeren Kisten in Containern. Sie sind bestimmt immer noch da.«

»Fossiles Plastik?«, fragte das Mädchen interessiert wie eine Hauserin, die eine gute Gelegenheit witterte. Max musste lächeln.

»Vermutlich«, sagte er. »Aber jetzt ist es wohl zu spät, um

noch ein Geschäft mit Nahindra zu machen. Was wohl aus ihm geworden ist?«

»Unterschätz den Schrott-Inder nicht«, mischte sich Mohid von hinten ein. »Er ist viel klüger als Amsa Ras, er wird ihn am Ende doch aufs Kreuz legen.« Max äußerte sich nicht dazu. Mohid schien seine Krise überwunden zu haben. Jetzt verhielt er sich wieder wie zuvor.

»Warum nennst du ihn ›Schrott-Inder‹?«, wollte Dalma wissen.

»Ich darf das, weil ich selbst einer bin«, entgegnete Mohid spitz.

»Das ist kein Privileg«, widersprach Dalma. »Du machst Dir etwas Negatives zu eigen, um etwas Positives daraus zu ziehen, aber das funktioniert nicht.«

»Was ist denn los mit dir?«, beschwerte sich Mohid. »Früher fandest du sowas doch lustig.«

»Hört auf zu streiten!«, unterbrach Kaikura. »Seht mal!« Er wies voraus. Keine fünfzig Meter entfernt erhob sich ein Trümmerhaufen, wo früher einmal ein Rückgebäude gestanden hatte. Und ganz oben stand ein Tier und schaute ihnen entgegen.

»Ganz ruhig, Leute!«, sagte Papillo, »Wir sind eine große Gruppe. Es wird uns nicht angreifen – wenn das überhaupt seine Absicht ist.« Eine Hand legte sich auf Max' Schulter. Es war der Hüne. Er zeigt mit dem Stab auf das Anomal und sagte etwas mit seiner tiefen Stimme. Neben ihm tauchte das Orakel auf und übersetzte:

»Er fragt, ob es dasselbe Tier ist, das dich vor ein paar Nächten besucht hat.« Max nickte stumm mit dem Kopf. Er hatte es sofort erkannt.

»Es hat dich besucht?«, fragte Papillo mit gerunzelter Stirn.

»Ja. Es kam jede Nacht, glaube ich.«

»Das ist ja interessant«, murmelte Papillo und beobachtete das Tier, das dort oben unbeweglich wie eine Statue stand und sie ansah.

Als sie sich näherten, verschwand es. Kurze Zeit später sahen sie es ein Stück weiter voraus. Es blickte kurz über die Schulter zurück und trottete dann weiter.

»Ich glaube, es will, dass wir ihm folgen«, sagte Bo. Die anderen nickten zustimmend. Die Gesten des Anomals waren eindeutig.

»Aber wo will es uns hinführen?«, fragte Dalma.

Keine fünfzehn Minuten später sahen sie es: Zwischen den Häusern öffnete sich eine breite Schneise. Wo sich früher mehrgeschossige Mietshäuser aneinandergereiht hatten, befand sich nun ein steiler Abhang aus Trümmern und Geröll, der geradewegs in die Grube hinabführte. Als sie dort eintrafen, war das Anomal bereits bis nach unten gelangt. Jetzt stand es da und blickte zu ihnen hoch.

Hinter dem Tier dehnte sich die Grube aus. Doch nun, in der Regenzeit, bot sie ein völlig anderes Bild: Aus der staubtrockenen, unwirtlichen Tiefebene war eine Seenlandschaft geworden. Kleinere und größere Inseln reihten sich wie Perlen einer Kette aneinander und bildeten einen regelrechten Archipel. Die Oberflächen der Inseln waren von dichter Vegetation überzogen.

»Das ist neu«, sagte Max überrascht. Papillo nickte zustimmend.

»Sieht aus, als hätte der aufgeweichte Erdboden nachgegeben«, mutmaßte er. »Die Häuser sind einfach abgesackt und in die Grube gerutscht.« Er wandte sich Max zu. »Hat der alte Mann in einem dieser Gebäude gelebt?« Max blickte sich um. Die Schneise war so breit, dass er keine Orientierung mehr hatte. Dann fiel sein Augenmerk auf die Häuserzeile links von ihnen.

»Da ist es!«, rief er erleichtert. »Das dritte Haus!« Er zeigte auf ein sechsstöckiges Mietshaus mit zwei Reihen winziger Balkone. Es stand genau am Rand der Schneise.

»Bei dem Regen wird es auch bald abrutschen«, sagte Nira. »Wir sollten deinen alten Mann warnen.«

»Er ist nicht mehr da.« Alle wandten sich um. Das Orakel hatte den Blick nicht von dem Anomal abgewendet, das immer noch am Fuß des neuen Abhangs stand und zu ihnen hochschaute. Neben ihr standen Khandro Padma, der Prinz und der Hüne. Die Khandro sagte:

»Unser Weg führt nach unten. Wir müssen uns beeilen.« Dann setzte sie sich in Bewegung, unterstützt von dem Hünen, bei dem sie sich untergehakt hatte.

»Also los!«, sagte Papillo und begann seinerseits, den Abhang hinabzuklettern.

»Tun wir jetzt, was *sie* sagt?«, fragte Mohid unwillig. »Da unten werden wir nur nass.«

»Das sind wir längst«, entgegnete Nira kurzangebunden, die sich anschickte, den anderen zu folgen.

Der Abstieg wurde schwieriger, als es zunächst den Anschein hatte. Der Untergrund war weich und bot wenig Widerstand.

Trümmer und Schlamm waren stellenweise immer noch in Bewegung. An manchen Stellen rann Wasser in schnellen Bächen hinunter.

»Verteilt euch!«, rief Papillo. »Geht nicht hintereinander, sondern nebeneinander!«

Dalma und Max machten sich gemeinsam an den Abstieg. Es gab Überhänge, wo große Trümmerteile den Weg versperrten, so dass sie darüber hinwegkletterten mussten, nur um festzustellen, dass es anschließend fast senkrecht nach unten ging. Dann mussten sie soweit seitwärts gehen, bis sie an eine Stelle gelangten, wo das Trümmerteil im Schlamm versank. Erst dort konnten sie den Abstieg fortsetzen.

Nachdem sie sich bereits eine Ewigkeit abwärts gekämpft hatten, ertönte plötzlich ein Ruf:

»Drohne!« Max und Dalma befanden sich gerade an einer ungeschützten Stelle, umgeben nur von Schlamm und Geröll. Sie konnten nichts anderes tun, als sich zu ducken. Max blickte sich suchend um. Noch war die Drohne nicht zu sehen.

»Verbirg dein Gesicht«, sagte Dalma. Sie kauerte sich mit angezogenen Beinen in den Schlamm, legte den Körper auf die Oberschenkel, steckte den Kopf zwischen die Knie und legte die Arme an, so dass sie fast vollkommen unter ihrem Rucksack verschwand. Max verstand: Je weniger ihre menschliche Form sichtbar wurde, desto größer war die Chance, dass die Drohne sie in dem Durcheinander schlicht übersah.

Kaum hatte Max sich in dieselbe Position begeben, hörte er das vertraute Surren. Doch es klang heller, die Drohne musste klein sein, vielleicht eine der Spähdrohnen, von denen Papillo gesprochen hatte. Mit pochendem Herzen lag Max am Boden, seine Kleidung war seit Stunden durchnässt, sein Magen so leer, dass er schmerzte. Und irgendwo über ihnen schwebte eine Drohne, vor der sie nicht einmal in Deckung gehen konnten.

Aber was immer die Drohne suchte – sie kam nicht den Abhang herunter, sondern flog oben entlang und verschwand wieder. Mühsam rappelten Max und Dalma sich hoch. Als sie einander ansahen, mussten sie lachen. Dalmas Gesicht war voller Schlamm, ihre Hosenbeine waren schlammig und ihre Arme und Hände auch. Max sah nicht viel anders aus.

»Ob es noch schlimmer kommen kann?«, fragte sie lachend.

»Natürlich«, sagte Max, nahm Schlamm in die Hand und beschmierte sein Gesicht damit. Dalma tat es ihm gleich. Jetzt konnte man sie nicht einmal mehr erkennen.

»Geht mal lieber weiter, ihr beiden!«, rief ihnen Kaikura zu. Er und Bo stießen zu ihnen. Sie blickten sich um. Weiter unten und etwas rechts kletterten Nira und Karm, ein ganzes Stück darüber und als letzte der gesamten Gruppe waren Firmin und Mohid unterwegs. Khandro Padma, der Hüne das Orakel und der Panchen-Prinz würden bald unten ankommen. Die beiden Amerikaner und die schweigsame Frau befanden sich ganz in ihrer Nähe, ein Stück weiter unten.

»Wo ist Papillo?«, fragte Bo.

»Hier«, sagte eine Stimme rechts von ihnen. Papillo erhob sich, auch er war voller Schlamm.

In diesem Augenblick gab es ein knirschendes Geräusch und der gesamte Abhang setzte sich in Bewegung. Nur ein wenig, dann kam er erneut zum Stillstand.

»Wir müssen hier weg, sofort!«, rief Papillo.

Sie kletterten hastig weiter, als der Abhang erneut zu rutschen begann. Plötzlich ertönte ein neues Geräusch vom südlichen Rand des Abhangs her. Eines der dort stehenden

Gebäude, eine von vielen gleichförmigen Mietskasernen, die hier einst für die Arbeiter und Angestellten der Verpackungsfabrik erbaut worden waren, neigte sich ein wenig nach vorn, als zögerte es noch. Plötzlich fiel einer der Balkone herunter und prallte mit einem Knall auf den Boden. Im nächsten Moment gab das gesamte Gebäude nach. Der untere Teil sackte mit einem Grollen in sich zusammen. Eine Staubwolke quoll hervor, deren Ausbreitung durch den strömenden Regen unterbunden wurde. Dann donnerte der obere Teil des Gebäudes auf den Abhang und zerfiel, keine zwanzig Meter von ihnen entfernt. Bevor sie sich rühren konnten, geriet die gesamte Schlammlawine ins Rutschten.

Sie rannten jetzt blindlings nicht mehr nach unten, sondern nur noch weg von dem kollabierten Gebäude.

»Hierher!«, schrie Papillo. Er hatte ein größeres Trümmerteil ausgemacht. Sie kletterten darauf und klammerten sich fest, während es von den Erdmassen nach unten getragen wurde und sich dabei langsam um die eigene Achse drehte. Doch lange dauerte die Reise nicht. Ein Stück weiter unten prallte das Trümmerteil gegen einen anderen Brocken, drückte ihn allmählich nach unten und geriet dabei ins Kippen. Sie mussten abspringen und landeten im Schlamm. Dalma versank augenblicklich bis zur Hüfte, während neue Massen von oben nachdrängten. Zu dritt zogen Papillo, Kaikura und Max sie heraus, dann rauschte eine Betonplatte heran, der sie gerade noch ausweichen konnten. Sie versuchten, zum nördlichen Rand des Abhangs zu gelangen, doch auch dort hatte das Rutschen eingesetzt. Ohne sich weiter auf den Abstieg konzentrieren zu können, waren sie nur noch damit beschäftigt, dem Geröll auszuweichen, das herunterkam.

»Da!«, schrie Bo plötzlich und wies nach oben. Eine

Drohne war über ihren Köpfen aufgetaucht, ihre Türen hatten sich geöffnet, Hände streckten sich ihnen entgegen. Ohne zu zögern, ergriffen sie diese und wurden nach oben gezogen. Keine Sekunde zu spät, den schon kollabierte auch der Nordrand des Abhangs. Mit letzter Kraft kletterten sie in die Drohne und blieben erschöpft auf dem Boden liegen.

Als Max sich aufsetzte, blickte er in lauter Frauengesichter. Ganz hinten saßen die beiden Amerikaner und ihre stumme Begleiterin, die ebenso entkräftet wirkten wie sie selbst. Max wandte sich nach vorn und sah, wie Bo sich an den Piloten der Drohne klammerte, und erkannte im nächsten Moment, dass es sich um Künsang, Bos Mutter handelte, die Prostituierte aus Nahindras Hauptquartier, die sie nachts auf der Straße empfangen hatte. Sie trug jetzt keine verführerische Kleidung, sondern einen grauen Overall, und ihr Haar war nicht offen, sondern zu einem strengen Zopf gebunden.

Papillo hatte neben ihr Platz genommen und wies dorthin, wo das Gebäude zusammengestürzt war. Er wandte den Kopf und rief über die Schulter nach hinten:

»Helft mit!« Sie robbten an die Fenster der Drohne und blickten hinaus. Von hier oben wirkte die Schlammlawine geradezu träge. Der obere Teil des Gebäudes war nicht vollständig zerfallen, sondern bildete eine kompakte Masse, die den Fluss der Lawine etwas abbremste.

Mit einem Aufschrei entdeckte Bo zwei Gestalten am Boden. Es waren Mohid und Firmin, die auf einem Stahlträger balancierten. Bos Mutter steuerte das Fahrzeug tiefer, bis die anderen sie hochziehen konnten. Firmin blutete am Kopf. Mohid schrie:

»Meine Schwester! Meine Schwester!« In seinen Augen stand pure Angst.

»Sie war mit Karm zusammen, weiter unten!«, rief Dalma. »Wir müssen über das Gebäude hinweg!« Bos Mutter folgte der Anweisung. Sie überflogen das Gebäude und sahen jetzt, dass sich in der Mitte der Betonmasse ein Riss auftat, der die Trümmer bald in zwei große Blöcke trennen würde.

»Da unten!«, schrie Mohid, plötzlich. Etwa zehn Meter unterhalb des eingestürzten Gebäudes trieb ein großer Betonblock im Schlamm. Darauf lag eine Gestalt, die andere hockte daneben.

Bos Mutter ging in den Sinkflug und versuchte, genau über dem driftenden Block zu bleiben. Doch Mohid hatte keine Geduld. Sobald sie tief genug waren, sprang er hinunter. Er landete genau neben dem Block im Schlamm und musste sich zuerst mühsam hochziehen. Nira lag regungslos da.

»Tiefer!«, rief Kaikura jetzt. Die Drohne ging so tief, dass sie fast neben dem Block schwebte. Mohid und Karm hoben Nira hoch und reichten sie in die Fensteröffnung der Drohne, wo sie von vielen Händen in Empfang genommen wurde.

Plötzlich sackte der Block ab, er musste in eine Art Schlammloch gesunken sein.

»Noch tiefer!«, schrie eine der Frauen. Bos Mutter senkte die Drohne so tief, dass die Schlammmassen, die von oben nachrutschten, auf ihrer Höhe waren. Die beiden Junge reckten die Arme hoch und klammerten sich an der Drohne fest.

»Hoch!«, riefen die Frauen. Die Drohne hob sich genau in dem Augenblick aus dem Loch, als der Betonblock von den Erdmassen verschluckt wurde.

Karm und Mohid hingen immer noch an der Drohne, nur ihre Hände waren zu sehen, und während die Frauen versuchten, sie an den Handgelenken festzuhalten, steuerte Bos Mutter das Gefährt so schnell wie möglich nach unten.

Am Fuß der Schlammlawine sahen sie die anderen. Sie waren ins Wasser gewatet, während das Anomal ein Stück weiter vor ihnen auf einer der ersten Inseln stand. Hinter ihnen näherte sich die Lawine mit ihren tausend verschiedenen Gegenständen und ihrer braunen, erdigen Masse wie ein gefräßiges Monstrum. Ein Gesteinsbrocken löste sich von einem der größeren Trümmerfragmente, die gerade im Begriff waren, ins Wasser zu rutschen. Wie ein Ball sprang er von Trümmerteil zu Trümmerteil und landete schließlich genau hinter dem Prinzen im Wasser. Der Junge schrie auf und versank kurz in der Welle, die von dem Einschlag ausgelöst wurde. Der Hüne machte zwei Schritte zurück, griff in das trübe Wasser, tauchte für eine bange Minute unter und zog den Prinzen wieder heraus. Anschließend legte er ihn sich über die Schulter und folgte der Khandro, die inzwischen weitergewatet war.

Dann hatten sie es auf die Insel geschafft. Das Anomal war währenddessen weitergelaufen. Die Schlammlawine hatte den äußersten Zipfel der Insel erreicht und begrub ihn unter sich. Nun trafen die großen Betontrümmer des eingestürzten Gebäudes ein. In Sekundenschnelle verschwand die Insel unter einem hässlichen Berg aus Bruchstücken und Erdreich, während die Khandro, das Orakel und der Hüne mit dem Prinzen bereits auf der Rückseite der Insel ins Wasser gewatet waren und nun ein Stück schwimmen mussten.

Die Drohne überholte sie und setzte an der Spitze der nächsten Insel auf. Mohid und Karm konnten endlich loslassen. Erschöpft ließen sie sich zu Boden fallen und blieben liegen.

Keuchend und prustend erreichten die Schwimmenden kurz darauf das Ufer. Hinter ihnen versank die Lawine im

Wasser und kam kurz darauf zum Erliegen, als hätte sie sich allein deshalb in Bewegung gesetzt, um sie zu töten und sähe nun ein, dass es keinen Zweck mehr hatte.

Plötzlich war es still. Nur die Schritte der klatschnassen Khandro Padma und ihrer Begleiter waren zu hören. Der Hüne legte den Prinzen vorsichtig auf dem Boden ab, und die Khandro kniete sich neben ihn.

Nira lag immer noch bewusstlos in der Drohne. Ihr Kopf ruhte im Schoß einer jungen, blonden Frau, die ihr Haar streichelte. Eine große Platzwunde an Niras Schläfe zeugte davon, dass sie offenbar von einem Gegenstand getroffen worden war. Mohid kniete neben ihr. Er hielt ihre Hand, seine Augen hingen an ihrem Gesicht, das aussah, als schliefe sie. Tränen liefen über seine Wangen, er schien es nicht wahrzunehmen.

Eine zierliche Asiatin war damit beschäftigt, Niras Körper mit den Händen abzureiben und ihre Gelenke zu massieren.

»Wie sieht es aus?«, fragte Papillo, der sich aus seinem Beifahrersitz erhoben hatte und zu ihnen kam.

»Sie hat eine schwere Gehirnerschütterung«, sagte die Asiatin. »Gibt es hier einen Verbandskasten?« Papillo suchte und fand einen kleinen roten Koffer. Die Frau ergriff ihn und begann, Niras Kopfwunde zu versorgen.

Max war inzwischen aus der Drohne gestiegen und hatte sich zum Prinzen begeben. Der Junge lag auf dem Rücken und lächelte ihn an. Seine Kleidung war blutdurchtränkt, offenbar hatte das Trümmerteil ihn doch am Körper getroffen.

Khandro Padma kniete neben ihm mit ausdruckslosem Gesicht. Ihre Lippen bewegten sich, doch Max verstand nicht, was sie murmelte. Der Hüne kniete an seinem Kopf und wirkte konzentriert. Die beiden Amerikaner und die stumme Frau saßen etwas abseits.

»Komm her, setz sich zu mir«, forderte der Junge Max auf. Dann ergriff er seine Hand. »Erinnerst du dich an unser letztes Spiel?« Max nickte. »Am Ende musste ich fort, um eine Praxis zu machen, weißt du noch?«

»Ja. Du fragtest mich, ob ich mitpraktizieren will.« Der Junge nickte schwach und lächelte.

»Ich hätte lieber geschlafen, wie du.« Er hustete. Max sah, dass sein Mund blutig war. »Aber so kann ich noch einmal mit dir sprechen. Denn du musst mir helfen. Willst du?« Max nickte verwirrt. Der Junge sagte:

»Schau mich an, Max, schau mir ganz fest in die Augen. So fest, dass du bis auf den Grund siehst. Schau!« Max beugte sich herunter zu ihm und blickte ihn an, während die anderen sich zurückzogen. Auch die Khandro erhob sich und verschwand aus Max' Blickfeld. Er sah dem Jungen so konzentriert in die Augen, wie er konnte. Die Erinnerung an eine wunderschöne Landschaft, die sich hinter diesem Blick befand, stieg wie eine Blume aus seiner Erinnerung auf. Dann sah er, dass die Augenfarbe des Jungen sich veränderte. Sie wurden zuerst strahlend blau und nahmen anschließend die Farben des Regenbogens an.

Plötzlich fühlte er eine Woge, die auf ihn zukam, mächtig wie das Meer selbst, doch unsichtbar und ohne Substanz. Bevor er einen klaren Gedanken fassen konnte, war sie um ihn herum wie gleißendes Licht. Als er sich umschauen wollte, war sie fort, als wäre sie nie dagewesen.

Max fühlte sich schwindelig. Er schloss kurz die Augen. Als er sie wieder öffnete, lag der Prinz da und schlief.

Jemand legte eine Hand auf seine Schulter.

»Wir werden heute hierbleiben«, sagte die Khandro leise, die wieder hinzugetreten war. »Geh jetzt zu den anderen, Max.«

Der Junge gehorchte.

»Was ist passiert?«, fragte Karm, der die Szene aus der Entfernung beobachtet hatte. Max schüttelte den Kopf, nicht, weil er es nicht wusste. Und auch nicht, weil er es wusste aber nicht sagen wollte. Er schüttelte den Kopf, weil er nicht sprechen konnte. Benommen setzte er sich auf den schlammigen Boden der Insel.

»Hier sind wir ein leichtes Ziel«, hörte er Kaikura sagen.

»Aber es muss sein«, antwortete Papillo.

»Warum?«, fragte eine der Frauen aus Nahindras Haus.

»Weil der junge Prinz im Sterben liegt.«

Nun war es gesagt, und er, Max, hatte es sofort gewusst. Er blickte auf. Siebzig Meter über ihnen ragte die verlassene Stadt mit ihren verrotteten Gebäuden empor. An vielen Stellen ergossen sich kleine Wasserfälle in die Grube, manche sogar mitten aus der Steilwand, womöglich gespeist von den vielen tiefen Pfuhlen, an denen sie vorbeigekommen waren.

Ein Stück weiter rechts sah er das hohe Gebäude, in dem sein Waisenhaus untergebracht war. Und im Norden, etwa fünf Kilometer entfernt, erhob sich die nördliche Abbruchkante, die in west-östlicher Richtung verlief. Dort oben lag die Welt, die sie kannten. Und sie waren hier unten gestrandet, in einer von Menschenhand erschaffenen Unterwelt, in der Fabelwesen lebten, die auch von Menschenhand erschaffen waren. Sie waren hier gestrandet, weil diese heruntergekommene Stadt sie ausgespuckt hatte wie einen Fremdkörper.

Verwirrt wandte er den Blick ab. ›Was für Gedanken!‹, dachte er. In seinem Rücken stand die Drohne. Er fühlte Mohids Furcht, allein auf der Welt zurückzubleiben, und am liebsten wäre er aufgestanden und hätte zu ihm gesagt: ›Sei unbesorgt, Nira geht es gut.‹ Denn er fühlte ihr Wesen ruhig und unbeschadet in ihrem Körper. Es vibrierte vor Kraft und Klarheit.

Doch Max war zu verwirrt von seinen Eindrücken. Er schloss die Augen und fühlte jeden einzelnen seiner Begleiter, Dalmas Erschöpfung, ihre Angst vor der Einsamkeit, Kaikuras Stärke, seine Fürsorge, aber auch das tiefe Loch in seinem Inneren, das an seiner Zuversicht nagte und vor dem er sich fürchtete. Papillos Unerschütterlichkeit. Khandros Trauer. Die Trauer des Hünen. Die Trauer des Orakels. Die Trauer ihrer Begleiter. So viel Trauer fühlte er, dass er überwältigt war und in Tränen ausbrach, während er auf dem nassen Boden der Insel saß und die Blicke verborgener Wesen auf sich fühlte, die ihn und seine Schicksalsgenossen aus dem Dickicht der nahen Büsche heraus beobachteten, mit Furcht und Hoffnung im Herzen.

Doch da war noch etwas, etwas Ruhiges, Klares, vollkommen Sicheres. Da war noch er selbst. Nie zuvor hatte Max seine eigene Gegenwart wahrgenommen, nicht einmal, wenn er im Traum auf seinen schlafenden Körper hinabgeschaut hatte. Fast wunderte er sich darüber, denn er war sich selbst zutiefst bekannt und hatte doch nie einen Blick auf sich geworfen.

»Geht es dir gut?« Dalma, die aus der Drohne gestiegen war und sich ihm vorsichtig genähert hatte. Er blickte auf und lächelte sie durch seine Tränen hindurch an. ›Wird es nun keine Überraschungen mehr geben?‹, fragte er sich. Doch das war nur ein unvermeidlicher Gedanke dieses Kopfes, der nichts anderes konnte, als Eins und Eins zusammenzuzählen.

»Ja, es geht mir gut«, sagte er. »Willst du dich zu mir setzen?« Dalma nickte, er spürte ihre Erleichterung und freute sich mit ihr und mit sich selbst, und wunderte sich gleichzeitig über diese eigenartigen Vorgänge in seinem Inneren.

***

»Dass man uns bisher nicht entdeckt hat, grenzt an ein Wunder«, sagte Kaikura. Mit Ausnahme der Khandro, des Hünen, des Orakels, der beiden Amerikaner und der stummen Frau saßen sie alle vor der Drohne auf ihren Matten in einem großen Kreis und aßen. Papillo hatte Mohid überredet, Nira eine Weile allein zu lassen und sich zu ihnen zu setzen. Nun saß er da, knabberte an seinem Nahrungspack und blickte immer wieder zu dem Fahrzeug hinüber.

Bo saß neben ihrer Mutter, die einen Arm um ihre Tochter gelegt hatte. Beiden sah man an, dass sie glücklich waren, einfach so beisammen sein zu können.

Dicht am Wasser, dort wo sie an Land gegangen waren, saßen die Khandro, das Orakel und der Hüne gemeinsam mit ihren drei Begleitern und beteten seit Stunden. Papillo hatte kein Wort darüber verloren, und Nahindras Frauen hatten nicht nachgefragt.

Max versuchte, sich vom Gewirr der Stimmungen nicht ablenken zu lassen. Er fühlte sich dem Prinzen so eng verbunden, dass er die Trauer der anderen wie etwas Unnötiges empfand. Doch gleichzeitig konnte er sie nur zu gut nachempfinden, so dass er traurig mit der Trauer der anderen wurde und immer wieder zu weinen begann, obwohl er keinen Grund dafür sah.

Auch die anderen weinten von Zeit zu Zeit, sogar Bo, die doch so glücklich über die Nähe ihrer Mutter war und versuchte, sich keine Sorgen darum zu machen, ob Kaikura sich nun alleingelassen fühlte. Der einzige, den das Sterben des jungen Prinzen nicht berührte, war Mohid, denn der Zustand seiner Schwester erfüllte ihn mit so viel Sorge um sich selbst, dass sein enges Herz nichts anderes wahrnahm. Für ihn empfand Max ein fast väterliches Mitgefühl, wann immer er Mohid Aufmerksamkeit schenkte.

Die Dämmerung hatte eingesetzt. Der Himmel war dunkelgrau, die verlassene Stadt wurde zur schwarzen Silhouette, die hoch über ihnen thronte. Der Regen ließ nach.

Bos Mutter erzählte von der Lage im Hauptquartier.

»Dein Anruf, Papillo, hat uns vor dem Schlimmsten bewahrt«, sagte sie. »Nahindra reagierte sofort und machte sich aus dem Staub, bevor Amsa losschlug. Ich weiß nicht, wo er ist. Er sagte, wir sollten bleiben, um keinen Verdacht auf uns zu ziehen. Schließlich sind wir nur Prostituierte. Aber dann hörte ich von Carmina, dass Amsa Jagd auf euch macht. Deshalb habe ich diese Drohne aus Nahindras Garage genommen. Und die Mädchen wollten mit – keine Lust auf den neuen Magistrat, nehme ich an.« Sie lächelte den anderen Frauen zu. Wie ein Geheimbund wirkten sie auf Max – Kriegerinnen, die sich getarnt hatten mit weiblicher Schwäche.

»Weißt du, was mit Carmina ist?«, fragte Papillo besorgt. Bos Mutter schüttelte den Kopf.

»Sie hat ihre Verbindung zu dir und Nahindra immer geheim gehalten. Aber du weißt ja, wie es ist: Wir alle haben eine Vergangenheit, und irgendjemand redet immer. Die einzige Chance, die sie hat, ist ihr Wissen – keiner der Grobiane um Amsa hat Ahnung von den Finanzgeschäften des Magistrats. Carmina war Nahindras rechte Hand. Sie hat den Deal mit den Amerikanern angebahnt, an dem auch die anderen

Magistrate beteiligt sind. Amsa ist darauf angewiesen, dass die Geschäfte weiterlaufen, sonst steigt ihm der Senat aufs Dach. Ohne Carmina ist er hilflos.«

»Was ist der Senat?«, fragte Bo. Niemand unter den jungen Leuten hatte je davon sprechen hören.

»Der Senat besteht aus Abgesandten der vier Magistrate«, erklärte Papillo. »Er kommt nur zusammen, wenn die Probleme nicht mehr anders zu lösen sind.« Er machte eine wegwerfende Handbewegung. »Solche Dinge denken sich Verbrecher aus, wenn sie sich den Anschein der Legalität verleihen wollen«, sagte er. »Soweit ich weiß, ist er noch nie zusammengekommen, weil es meistens doch nach dem Prinzip des Kräftegleichgewichts läuft: Solange sich keiner eine Blöße gibt, verschwenden die anderen lieber nicht ihre Ressourcen mit möglicherweise sinnlosen Angriffen. Jeder Magistrat weiß, dass es sein Ende sein könnte, die anderen nicht mit dem ersten Schlag zu erledigen. So gesehen, war es in den letzten zwanzig Jahren geradezu friedlich.«

»Dahinter steckt Köln«, meldete sich die blonde Frau, in deren Schoß Niras Kopf gelegen hatte. »Die Kölner sorgen auf ihre Weise dafür, dass keine der Verbrecherbanden zu stark wird. Nach dem Motto ›Teile und herrsche‹.« Sie grinste säuerlich.

»Stimmt«, sagte Bos Mutter. »Erinnerst du dich, wie das Ordnungsamt vor ein paar Jahren plötzlich den größten Händler des West-Magistrats vorlud? Anschließend stieß er große Aktienpakete ab und zog sich aus dem operativen Geschäft zurück. Bestimmt hatten die Kölner ihm die Pistole auf die Brust gesetzt, weil er zu mächtig geworden war. Seitdem darf niemand ohne festen Wohnsitz Aktien kaufen.« Sie lachte. »Und die verlassene Stadt ist kein Wohnsitz, egal, wie lange du schon hier lebst.«

»Aber sie könnten doch irgendwo anders einen Wohnsitz nehmen«, erwiderte Bo. Papillo schüttelte den Kopf.

»Das lassen die Behörden nicht zu. So mächtig die Schrotthändler, Hausverwalter und Deponiebesitzer auch sind – sie stecken ebenso in der verlassenen Stadt fest wie die anderen Hauser. Vielleicht sogar noch mehr.«

»Dann sind sie ja eigentlich zu bedauern«, sagte Bo.

»Vor allem, weil sie sich so große Illusionen machen«, fügte Bos Mutter hinzu. »Wie kleine Jungs, die im Sandkasten Burgen bauen und sich anschließend deshalb prügeln.« Sie schüttelte den Kopf und wirkte wie eine verständnisvolle Mutter, die über die Flausen in den Köpfen ihrer Söhne sprach.

»Wenn sie nur nicht solche Arschlöcher wären«, sagte die blonde Frau und lachte. »Das macht sie dann doch wieder unerträglich!« Die anderen Frauen, Papillo und Bos Mutter stimmten ein, während die Jungen ein wenig ratlos dabeisaßen und den lachenden Frauen zusahen.

Aber Max verstand, worum es ging: darum, dass jemand, der seine Ziele nicht aus Liebe verfolgte, nicht in der Lage war, im Bett plötzlich den Schalter umzulegen und zum guten Liebhaber zu werden. Diese Frauen wusste das besser als jeder andere, denn die meisten der Männer, die aus Geltungssucht und Gier ihre kleinen Imperien in der Ruinenstadt aufgebaut hatten, gehörten zu ihren Kunden.

Max begriff allerdings nicht, warum er es verstand. Er fühlte sich wie ein Kind, in dessen Körper ein uraltes Herz schlug. Immer wieder wanderte sein Blick zu der kleinen Gruppe an der Spitze der Insel. Dann stiegen Tränen in seine

Augen und er wandte rasch den Blick ab, um nicht aufzufallen.

Inzwischen war es fast dunkel geworden. Es bestand kaum noch Gefahr, von der verlassenen Stadt aus entdeckt zu werden, solange sie kein Licht machten. Es hatte aufgehört zu regnen und die Temperatur war angenehm.

Als sie einander kaum noch erkennen konnten, löste sich der Kreis allmählich auf. Die Frauen um Bos Mutter zogen sich in die Drohne zurück, wo sie übernachten würden. Nira war noch immer nicht aufgewacht, doch sie atmete tief und regelmäßig wie jemand, der fest schlief.

Von der Inselspitze hörten sie immer noch leisen Gesang. Kaikura, der nun wieder neben Bo saß, fragte Papillo, was dort geschah.

»Sie helfen dem jungen Prinzen, den Weg in ein Reines Land zu finden«, erklärte er. »Obwohl ich sicher bin, dass er diese Hilfe nicht benötigt.«

»Wie macht man das?«, wollte der Junge wissen.

»Das erzähle ich euch, wenn ihr eingeweiht seid«, war Papillos Antwort. »Es ist anders als das, was wir im Regen-Quartier für die alten Leute taten, die dort gestorben waren. In der Nacht nach Amsas Angriff haben wir es auch für die Männer gemacht, die von den Alligatoren gefressen worden waren. Aber dafür braucht man mehr Wissen, mehr Verständnis und größere Kapazitäten.«

Er wünschte allen eine gute Nacht und ermahnte sie, nicht allzu lange wach zu bleiben, weil der nächste Tag anstrengend werden würde. Zuletzt kam er zu Max und Dalma:

»Max«, sagte er leise, »ich möchte, dass du heute Nacht aufpasst. Auf deine Weise.« Max nickte.

»Ich könnte sowieso nichts anderes tun«, erwiderte er.

»Ich weiß«, sagte Papillo. »Gib auf jeden Fall auch auf Tiere acht. Diejenigen, die du kennengelernt hast, mögen ungefährlich sein. Aber es gibt hier unten noch andere Anomals. Ich habe mit Künsang gesprochen. Sie wird die hintere Tür der Drohne offenlassen, damit wir im Notfall hineinkönnen. In Ordnung?« Die jungen Leute nickten Papillo zu. Dann zog er sich zum Schlafen zurück.

»Was meinte er damit, dass du auf deine Weise aufpassen sollst?«, fragte Dalma, als er gegangen war.

»Ach, wenn ich schlafe, kann ich gleichzeitig wach bleiben und die Umgebung im Auge behalten«, sagte Max, der nicht sicher war, wie zutreffend seine Erklärung für das war, was geschah, wenn er schlief.

»Wie meinst du das?«, fragte Dalma verständnislos. »Schläfst du mit offenen Augen?«

»Das nicht. Es ist eher so, als würde ich das, was wirklich da ist, träumen.«

Diesmal reagierte Dalma nicht sofort. Es war jetzt so dunkel, dass er ihr Gesicht nicht sehen konnte, obwohl sie direkt neben ihm saß. Ihr Schweigen machte ihn nervös, und als er das bemerkte, war er noch verwirrter. Hatte er nicht bis vor kurzem die Gefühle aller Wesen in seinem Umfeld wahrnehmen können?

»Alles in Ordnung?«, fragte er unsicher.

»Heißt das«, sagte Dalma endlich, »du kannst Traumyoga?« Max zuckte mit den Schultern.

»Keine Ahnung.«

»Du träumst doch, richtig?«

»Na ja, nicht wirklich. Ich weiß, dass ich schlafe und träume.«

»Und dann?«

»Dann schwebe ich meistens durch die Gegend und schaue mir alles an.«

»Hast du das auch schon in unserem Regen-Quartier gemacht?«

»Ja, klar.«

»Und warst du da auch bei mir und Nira im Zimmer?«

»Nein, natürlich nicht!«, log Max.

»Komm schon, sag die Wahrheit!«

»Also gut. Ja, ich war bei euch.«

»Ich hab' dich gespürt!«, rief Dalma leise. »Gleich in der ersten Nacht, nicht wahr?«

»Ja«, gab Max zu. Er fühlte sich ertappt.

»Und wie sah ich aus?«, fragte Dalma mit einem Lächeln in der Stimme.

»Sehr schön«, antwortete er leise.

»Okay, du bist entschuldigt«, sagte Dalma und kicherte.

Sie schwiegen eine Weile.

»Das fing im Waisenhaus an«, begann Max das Gespräch erneut. »Die Nächte waren … nicht ungefährlich. Man konnte sich nicht schützen, weißt du. Irgendwann setzte es einfach ein. Zuerst begriff ich es gar nicht. Aber eines Nachts wollten sie mich holen …«

»Wer?«, fragte Dalma leise.

»Die Chinesen. Sie hatten Krieg mit den Deutschen und wollten sich rächen. Und obwohl ich nicht zur deutschen Bande gehörte, hatten sie mich ausgewählt. Aber sie konnten nicht ahnen, dass ich bei ihnen war, während sie alles besprachen. Als sie sich dann auf den Weg zu meinem Schlafplatz machten, wachte ich auf und versteckte mich.«

»Wow!«, machte Dalma. »Das ist toll.«

»Na ja, es ist schon ganz praktisch.«

»Und du bist nicht müde am nächsten Morgen?«

»Nein. Ich hab' ja geschlafen.«

»Wahnsinn! Das will ich auch können. Kannst du es mir beibringen?«

»Keine Ahnung. Ich wüsste gar nicht, was ich dir sagen sollte.«

»Aber Papillo weiß es bestimmt.«

»Wieso Papillo?«

»Weil es eine Praxis ist, verstehst du nicht? Ausgerechnet ein Waisenjunge, der Traumyoga kann, kommt zu uns, der einzigen Gruppe in der ganzen verlassenen Stadt, die den Lehren unseres Glaubens folgt. Ist dir klar, was das für ein Zufall wäre, wenn es ein Zufall wäre?«

»Ich muss dir was gestehen«, sagte Max zögernd.

»Was denn?«

»Ich habe auch euch im Traum gesehen, bevor ich Papillo traf.«

»Und?«

»Na ja. Meine Begegnung mit Papillo war wirklich kein Zufall. Ich meine ... ich habe dafür gesorgt, dass wir uns begegnen.«

»Oh«, machte Dalma. »Du hast es wie einen Zufall aussehen lassen, obwohl es gar keiner war?«

»Ja, so ungefähr.«

»Wow!«, machte sie wieder. »Dann hast du uns ja eigentlich angelogen.«

»Ihr wart die einzigen, die mir keine Angst eingejagt haben. Auch die einzigen in meinem Alter, bis auf Papillo. Und Papillo – ich konnte mir vorstellen, ihm zu vertrauen.«

»Das war der Grund?«

»Ja, natürlich. Der alte Mann, bei dem ich wohnte, begann, mir zu drohen, dass er mich im Waisenhaus verpfeift, wenn ich ihm nicht alles besorgte, was er wollte. Und er wollte ständig etwas. In seinen Augen verdankte ich ihm alles und musste dafür bezahlen. Immer beklagte er sich darüber, dass seine Rente zu niedrig sei für uns beide. Anfangs musste ich nur im Lager des Waisenhauses einbrechen und ihm Kleinigkeiten stehlen. Das war schon gefährlich genug. Aber mit der Zeit wollte er immer mehr. Bis er von mir verlangte, die Kasse aufzubrechen.« Er schwieg. Er wusste, dass es nicht in Ordnung war, seine Fähigkeit ohne Not zu benutzen, um sich einen Vorteil zu verschaffen. Das hatte er von Emilia gelernt. Doch er war in Not gewesen – mehr, als er sich damals klargemacht hatte.

Dalma schwieg eine Weile. Max glaubte schon, sie sei wütend, als sie eine Hand ausstreckte und ihm über die Wange streichelte.

»Ich bin froh, dass du uns ausgewählt hast«, flüsterte sie.

Sie breiteten ihre Matten nebeneinander aus und legten sich dicht aneinander.

»Fällt dir etwas auf?«, flüsterte Dalma in sein Ohr.

»Nein, was denn?«

»Schau dich um: Keine Phosphorschnecken.« Max stützte sich auf die Ellenbogen. Tatsächlich, nirgends waren die typischen bunten Lichtpunkte zu sehen. Und jetzt erinnerte er sich wieder, dass er und Emilia das schon früher bemerkt hatten, wenn sie nachts in die oberen Stockwerke geklettert waren, um hinauszuschauen.

»Was glaubst du, was das bedeutet?«, fragte Dalma.

»Hm, ich glaube, es bedeutet, dass wir jetzt wissen, was die Anomals fressen.«

Sie legte einen Arm um seinen Hals und zog ihn zu sich. Dann küssten sie sich und vergaßen alles andere.

11

Mitten in der Nacht wurde Max wach. Er hatte traumlos und bewusstlos geschlafen, zum ersten Mal seit langer Zeit. Neben ihm lag Dalma. Er lauschte eine Weile ihrem regelmäßigen Atem.

Dann setzte er sich leise auf. Ganz plötzlich wurde es taghell vor seinen Augen. Vor ihm stand der Junge mit nacktem Oberkörper und gelber Seidenhose. Gendün.

»Sieh dich um«, sagte Gendün, ohne die Lippen zu bewegen. »Erkennst du es?« Max blickte sich um. Er sah blühende Büsche, klares Wasser und eine weite Tiefebene. Sein Blick wanderte hinauf zur Stadt. Und dann erkannte er es.

»Es ist die Ebene aus deinem Reinen Land, stimmt's?« Der Junge lächelte.

»Stimmt. Ich bin jetzt immer hier.«

»Dann hast du es geschafft?«

»Ach, es gab gar nichts zu schaffen. Eher im Gegenteil.« Er lächelte. »Du hast sicher schon bemerkt, dass sich die Dinge anders anfühlen, nicht wahr?« Max nickte.

»Warst du das?« Gendün nickte.

»Ich habe dir alles übertragen, was ich konnte. Aber du kannst mich immer fragen. Wir sind jetzt eins. Ich bin froh, dass wir uns begegnet sind. Bis bald, Max!«

So plötzlich, wie es hell geworden war, kehrte die Nacht zurück. Nur über der Inselspitze schien ein blasser Schimmer zu schweben. Dort saßen die Khandro, das Orakel, der Hüne und die stumme Frau immer noch und sangen leise. Max überlegte, ob er ihnen sagen sollte, dass sie aufhören konnten. Doch im selben Moment überkam ihn eine bleierne Müdigkeit und er schlief ein – traumlos und bewusstlos.

Die ersten kleinen Regentropfen in der Frühe weckten ihn wieder. Als er die Augen aufschlug, sah er das Gesicht der stummen Frau dicht über sich. Er erschrak, doch dann sah er ihren Gesichtsausdruck. Die Frau betrachtete ihn mit so viel Liebe und Zuneigung, dass Max sie nur anschauen konnte, ohne zu wissen, was er denken oder fühlen sollte.

»Gendün«, sagte die Frau leise. Dann sprach sie in der unbekannten Sprache, und Max verstand jedes Wort.

»Mein Gendün«, sagte die Frau. »Ich bin traurig, weil du deinen Körper so jung verloren hast. Aber ich bin froh, weil du nicht mehr in dieser Leidenswelt wanderst. Mein Gendün.« Sie erhob sich und ließ ihn allein.

Max stützte sich verwundert auf und blickte ihr nach. Diese Frau, die bisher so unscheinbar gewesen war, musste eine ganz besondere Rolle im Leben des Prinzen gespielt haben.

Er blickte sich um. Die meisten waren bereits auf den Beinen. Sachen wurden gepackt, der Aufbruch vorbereitet. Die Dämmerung hatte eingesetzt, und es nieselte leicht.

Dalma schlief noch. Sie lag auf der Seite, ihm zugewandt und atmete lautlos. Max dachte an die vergangene Nacht zurück. Ob sein bewusstloser Schlaf mit dem zusammenhing, was sie miteinander getan hatten? Das Mädchen erschien ihm schöner als je zuvor.

Er dachte an Emilia und fühlte Ratlosigkeit in seinem Herzen, aber auch den Entschluss, sie nicht zurückzulassen, ganz gleich, welche Konsequenzen das für ihn und Dalma haben würde. Ohne Emilia wäre sein Leben anders verlaufen, dessen war er sich sicher. Er musste sie einfach retten.

Stimmen drangen an sein Ohr. Er blickte auf. In einiger Entfernung stand Papillo mit Khandro zusammen und sagte gerade:

»Ich wäre sowieso durch die Grube gegangen, weil sie nicht von Satelliten überwacht wird.«

»Was ist mit dem Jungen?« Die Khandro wandte den Kopf und sah Max an. Als Papillo bemerkte, dass der Junge wach war, winkte er ihn zu sich. Max stand auf, reckte die steifen Glieder und ging zu den beiden Erwachsenen. Die Khandro betrachtete ihn schweigend von oben bis unten, als schätzte sie seine Körpermaße ab. Dann sagte sie:

»Der Panchen hat uns einen großen Dienst erwiesen. Sein Bewusstsein hat den Körper heute Nacht verlassen. Wir können also aufbrechen.« Sie betrachtete ihn noch einmal lange, doch diesmal forschte sie in seinem Gesicht. Max verstand ihre unausgesprochenen Fragen: Bist du bereit für etwas Großes? Für etwas, das so groß ist, dass es weit über dich selbst hinausgeht? Hast du den Mut, alle Gewissheiten über Bord zu werfen?

Er hielt ihrem Blick stand und tat, was Gendün bei ihrem letzten Blickwechsel getan hatte: Er öffnete sein Inneres für die Khandro. Sollte sie ruhig alles sehen, was er war. Die Frau nahm das Angebot an und drang tief in ihn hinein. Es war, als blickten sie gemeinsam in seine tiefsten Geheimnisse, seine schwächsten Momente, seine größten Ängste, bis hinunter in die bodenlose Einsamkeit, die sein Leben von Anfang an begleitet hatte, dorthin, wo zwei leere Bilderrahmen hingen – kein Vater, keine Mutter, niemand, der für ihn alles gegeben hätte, niemand, der ihn bedingungslos geliebt hätte.

Nachdem sie dies alles gemeinsam gesehen hatten, zog die Khandro sich zurück. Die Welt, die aufgehört hatte, ein Außen und ein Innen zu haben, erhielt ihre Normalität zurück, und obwohl sie beide nun wussten, dass diese Normalität in Wahrheit eine Illusion war, akzeptierten sie sie als die eine Bedingung für die Erkenntnis dessen, was keiner Bedingung unterworfen war: die Erkenntnis des Geistes und seiner wahren Natur.

Papillo hatte schweigend dabeigestanden und aufmerksam gewartet. Nun wandte sich die Khandro ihm zu und sagte:

»Er muss noch viel lernen.« Papillo nickte.

»Zweifellos, eure Heiligkeit.«

»Er muss lernen, seine Gelübde zu wahren.« Papillo nickte bestätigend.

»Er muss lernen, seinen Geist zu kontrollieren.« Wieder nickte Papillo.

»Er muss lernen, wechselseitige Abhängigkeit und Vergänglichkeit zu erkennen.«

»Ja, eure Heiligkeit.«

»Er muss lernen, dass nicht er wichtig ist, sondern das, was ihm übertragen wurde.«

»Das wird er, eure Heiligkeit.«

»Er muss Demut entwickeln. Ich sehe vor allem verletzten Stolz.«

»Ist das ein Wunder?«

»Er hat keinen Glauben.«

»Aber er hat die Kapazität, eure Heiligkeit.«

»Er muss sich erinnern.«

»Ihr könnt ihm dabei helfen.«

»Weiß er etwas über das Ziel unserer Reise?« Papillo schüttelte den Kopf.

»Er ist gerade erst zu uns gestoßen. Sein Herz flattert im Wind.«

»Das kann ich sehen. Sag mir, Max: Was willst du in diesem Leben erreichen?« Max, der einigermaßen entwaffnet war von diesem Gespräch über ihn und seine Schwächen, versuchte, sich auf die Frage zu konzentrieren. Nach einer Weile sagte er:

»Ich will frei sein.«

»Wovon willst du frei sein?«, fragte die Khandro. Wieder dachte Max nach. Dieses Gespräch war eine Prüfung, das spürte er, und er wollte sie bestehen, auch wenn er nicht wusste, was daraus folgte.

»Von meiner Furcht«, sagte er schließlich.

»Wovor fürchtest du dich?« Die Khandro erschien ihm nun nicht mehr wie eine königliche ältere Frau, sondern wie ein Raubvogel, der darauf wartete, in den Sturzflug zu gehen, um seine Beute zu ergreifen. Ihr scharfer Blick ruhte unentwegt auf ihm, und Max wusste, dass es keinen Sinn hatte, ihr irgendetwas vormachen zu wollen. ›Und wovor fürchte ich mich nun wirklich?‹, fragte er sich. Vor seinem inneren Auge tauchten Dalma und Emilia auf.

»Nicht zu wissen, was ich wirklich will«, sagte er schließlich.

»Ist das alles?« Der Junge überlegte wieder. Wenn er nicht wusste, was er wollte, dann ... Er schüttelte den Kopf.

»Nein. Ich fürchte mich davor, dass andere leiden müssen, weil ich nicht weiß, was ich will.«

»Und warum fürchtest du das?« Wieder musste Max nachdenken.

»Ich fürchte mich davor, als Verräter dazustehen. Ich fürchte mich davor, weil Verräter keinen Respekt verdienen.

Und ich will respektiert werden. Ich wurde nie respektiert. Fast nie.«

»Was ist Respekt, Max?« Ohne zu überlegen, sagte der Junge:

»Nicht gedemütigt zu werden.«

»Deine Vorstellung von Respekt gründet auf Furcht, siehst du das?« Der Junge nickte widerwillig. Ja, er sah es, und es schmerzte ihn.

»Und was, wenn ich dir sage, dass alle diese Gefühle nur wichtig sind, solange du glaubst, dass du wirklich existierst?«

»Ich weiß nicht, was das bedeutet.«

»Warum kannst du deine Umgebung sehen, obwohl du träumst?« Max zuckte mit den Schultern. Er wusste es nicht, und er hatte sich noch nie Gedanken darüber gemacht.

»Schau dich um! Glaubst du, dass dies alles unabhängig davon existiert, dass du es anschaust? Schließ die Augen! Ist alles, was du eben gesehen hast, noch immer da?«

»Ja.«

»Woher weißt du das?«

»Ich gehe davon aus.«

»Aber du weißt es nicht.«

»Nein.«

»Du glaubst es nur.«

»Ja.«

»So ist es mit allem. Mach die Augen auf! Du siehst mich und alles, was deine Augen erfassen können, so, wie du es siehst. Du hörst mich und alles, was du hören kannst, so, wie du es hörst. So ist es mit allem. Alles mag unabhängig von dir existieren, doch du bist auf deine Sinne beschränkt. Du kannst nur das wahrnehmen, was du wahrnehmen kannst. Und du glaubst daran, dass es wirklich so ist, wie du es wahrnimmst. Wissen wirst du es nie.« Sie wandte sich ab. Im Weggehen sagte sie:

»Ich hoffe, mein Leben ist noch lang genug für diesen störrischen Geist.« Dann ließ sie die beiden stehen und begab sich zur Spitze der Insel, wo das Orakel, der Hüne und die stumme Frau damit beschäftigt waren, Gendüns Körper aufzubahren.

Max hatte kaum etwas verstanden, von dem, was sie gesagt hatte. Umso mehr verunsicherte ihn ihr letzter Kommentar.

Papillo aber grinste ihn an.

»Sie mag dich.«

»Wirklich?«

»Mach dir keine Gedanken. Du musst nur an eine Sache fest glauben: dass sie das Beste für dich will. Egal, wie es sich gerade anfühlt. Meinst du, du kannst das?« Max zögerte. Emilia war auch manchmal ungeduldig geworden, wenn er ihre Erklärungen nicht auf Anhieb begriffen hatte. Aber nur, weil sie unbedingt wollte, dass er sie verstand. Mit Khandro war es vielleicht ähnlich. Obwohl er nicht verstand, welches Interesse sie an ihm hatte. Mit Emilia war es einfach: Er beschützte sie, und sie brachte ihm alles bei, was sie wusste. Dass daraus mehr wurde, war ein glücklicher Zufall. Zumindest hatte er es bisher so gesehen. Doch plötzlich war er sich dessen nicht mehr so sicher. Denn vielleicht war es von Beginn an umgekehrt gewesen, vielleicht hatten sie einander von Anfang an geliebt und es erst allmählich gemerkt. Oder gab es Dinge, die noch älter waren?

»Und?«, fragte Papillo.

»Ich will's versuchen«, sagte Max endlich.

»Gut. Und jetzt müssen wir darüber reden, wie es weitergeht. In fünf Minuten versammeln wir uns alle an der Drohne, packt eure Sachen, damit wir direkt danach aufbrechen können.« Er wandte sich ab.

Max kehrte zu Dalma zurück, die inzwischen aufgewacht war.

»Was wollte die Khandro von dir?«, fragte sie verschlafen.

»Keine Ahnung. Sie hat mich ein paar Dinge gefragt, und ich habe geantwortet. Am Ende meinte sie, ich sei störrisch.«

Dalma grinste ihn an.

»So kann man's auch sehen.« Max ignorierte ihren Kommentar und begann, seine Matte einzurollen. Er blickte zur verlassenen Stadt hoch. Sein Blick wanderte zum Waisenhaus. Wie nah es war! Höchstens zweitausend Meter Luftlinie, vielleicht ein wenig mehr.

»Denkst du an sie?«, fragte Dalma, die selbst damit beschäftigt war, ihre Sachen zu packen und innegehalten hatte.

»Ja«, sagte Max und schluckte. Instinktiv wusste er, dass ihm nur die Wahrheit half, wenn es um diese Angelegenheit ging.

»Vermisst du sie?«

»Ich schätze schon«, sagte Max ausweichend.

»Du schätzt?«

»Ich verdanke ihr viel. Sie stammt aus ganz anderen Verhältnissen als ich. Sie kam erst mit zwölf Jahren ins Waisenhaus, nachdem ihre Eltern und ihre kleine Schwester bei einem Unfall gestorben waren. Ihre Eltern waren verschuldet, deshalb wurde das Haus, in dem Emilia lebte, gepfändet, und sie landete im Waisenhaus. Zuerst in Köln, und dann da oben.« Er streckte den Finger aus und zeigte auf das Gebäude. »So lernten wir uns kennen. Sie brachte mir Lesen, Schreiben und Rechnen bei, erzählte mir von der Welt, unterhielt sich mit mir. Und ich passte auf, wenn wir schliefen.«

Dalma nickte stumm.

»Dagegen komme ich nicht an«, sagte sie schließlich und packte weiter. Max beobachtete sie eine Weile. Hatte es Sinn, ihr seine Gefühle zu erklären? Er dachte an sein Gespräch mit der Khandro. Worum ging es ihm? Wollte er lieben, oder wollte er vor allem geliebt werden? Konnte er das überhaupt unterscheiden? Er seufzte und schulterte seinen Rucksack. Dann begaben sie sich gemeinsam zur Drohne, wo die meisten bereits versammelt waren.

Die allgemeine Stimmung war gedrückt. Alle hatten erfahren, dass der Prinz in der Nacht gestorben war. Max sah, dass Bos Mutter und einige der anderen Frauen weinten, obwohl sie den Jungen gar nicht gekannt hatten. Auch Kaikura, Karm und Fermin machten traurige Gesichter.

Plötzlich hörten sie aufgeregte Stimmen aus der Drohne. Mehrere Frauen riefen nach Mohid. Der Junge rannte los und fiel seiner Schwester um den Hals, die gerade aufgewacht war. Als sie sah, wie viel Aufmerksamkeit ihr geschenkt wurde, errötete sie bis über beide Ohren, was zu ihrem Leidwesen wohlwollendes Gelächter hervorrief. Jemand rief:

»Sie ist noch sie selbst!« Die Stimmung löste sich ein wenig.

Währenddessen sah Max, wie Bos Mutter Papillo zu sich winkte. Die beiden besprachen etwas miteinander. Anschließend wartete Papillo einen geeigneten Moment ab, bevor er zu sprechen begann:

»Wie schön, dass jetzt alle wach sind! Dann können wir ja anfangen. Künsang hat im Radio ihrer Drohne gehört, dass die Bezirksregierung in Köln den Ausnahmezustand über die verlassene Stadt verhängt hat.« Es entstand ein gedämpftes

Stimmengewirr. »Nicht wegen Amsa Ras' Putsch«, fuhr Papillo fort, »sondern weil eine Zelle religiöser Fanatiker in der Stadt vermutet wird. Mehrere Polizeieinheiten sind unterwegs, um alles zu durchkämmen.« Er machte eine Pause und blickte vor allem seine Schüler an.

»Wissen Nahindras Frauen eigentlich, was ihr seid?«, fragte Max Dalma leise. Sie zuckte mit den Schultern.

»Bos Mutter vermutlich schon. Aber die anderen? Keine Ahnung.« Mit einer Handbewegung bat Papillo um Ruhe und fuhr anschließend fort:

»Das bedeutet, dass wir auf keinen Fall in die Stadt zurückkehren können.« Sein Blick streifte Max. »Es bedeutet aber auch, dass Amsa Ras vorerst nicht mehr offen agieren kann. Die Frage ist nun: Wie gehen wir damit um? Khandro Padma und ich haben uns folgendes überlegt: Sie und ihre Begleiter sind auf der Durchreise. Sie waren zu uns gekommen, um eine Verschnaufpause auf ihrer langen Reise einzulegen und uns Unterweisungen zu geben. Aus beidem wurde leider nichts. Stattdessen betrauern wir heute den Tod des Panchen.« Er schwieg kurz. Niemand sagte etwas. Nur der Regen war zu hören, der jetzt stärker wurde und platschend auf die Wasseroberfläche fiel, die sie umgab.

Unter all den Gefühlen, die Max wahrnahm, stach die Frau hervor, die ihn am Morgen ›Gendün‹ genannt hatte. Erstaunt stellte er fest, dass er sich ihr zutiefst verbunden fühlte, fast, als wäre er ein Teil von ihr. Fast, als wäre sie ...

»Seine Mutter«, flüsterte er.

»Was?«, fragte Dalma. Bevor er antworten konnte, sagte Papillo:

»Unter diesen Umständen halte ich es für das Beste, wenn wir sie ein Stück des Weges begleiten. Was denkt ihr?«

Erneut erhob sich ein Stimmengewirr. Künsang ergriff das Wort:

»Wir Frauen müssen zurückfliegen, bevor das Ordnungsamt eintrifft, sonst wird man unsere Flugroute überwachen und euch finden.«

»Was werdet ihr Amsa sagen?«, fragte Papillo. Künsang machte eine vage Geste.

»Uns wird schon etwas einfallen. Wir sind ja nur Frauen ohne Macht. Wenn wir ihm erzählen, wir hätten uns gefürchtet, wird er das schon schlucken. Schließlich sind wir den Herrschaften lieb und teuer.« Sie grinste schief, die anderen Frauen lachten verhalten.

»Gut«, sagte Papillo. Er machte eine Verbeugung in Richtung der Frauen. »Im Namen meiner Gruppe, Khandro Padmas und ihrer Begleiter danke ich euch für eure mutige Tat. Ohne euch wären gestern viel mehr von uns gestorben.« Jemand applaudierte. Es war Mohid. Die anderen stimmten ein. Als Firmin anfing, laut zu jubeln, sagte Papillo mit einem Lächeln:

»Schsch, Leute! Da oben ist immer noch die Stadt.« Dann umarmte er Künsang. Auch die anderen begannen sich zu verabschieden. Alle hatten das Bedürfnis, ihren Retterinnen noch einmal persönlich zu danken. Karm, Kaikura, Mohid, Firmin, Nira, Dalma und Max standen förmlich Schlange.

Die Frauen nahmen die vielen Dankesbezeugungen ohne Scham, aber auch ohne große Gefühlsaufwallungen entgegen. Als die blonde Frau zum dritten Mal umarmt wurde, sagte sie:

»Immer langsam! Das Retten ist unser Beruf. Nur dass wir normalerweise andere Mittel benutzen.« Dann grinste sie verschmitzt, was Firmin, dem jüngsten unter ihnen, die Röte ins Gesicht trieb.

Vor ihrer Abreise begaben sich die Frauen gemeinsam zum Prinzen. Die Khandro und seine Mutter hatten ihn mithilfe des Hünen gewaschen und gekämmt. Er trug saubere Kleidung und lag mit gefalteten Händen auf dem Rücken.

Künsang und ihre Frauen knieten sich vor ihn. Max sah, dass einige sich bekreuzigten, andere hielten einfach nur die Handflächen gegeneinander. Die zierliche Asiatin, die Nira massiert hatte, beugte sich vor und legte die Stirn auf den nassen Boden.

Sie verabschiedeten sich von der Khandro und den anderen und kehrten zu ihrer Drohne zurück. Max sah, dass Papillo noch etwas mit Künsang besprach. Dann stieg auch sie ein. Kurz darauf ertönte das elektrische Surren, das Gefährt hob ab, sie sahen winkende Hände und lächelnde Gesichter durch die Fensterscheiben. Die Drohne nahm Fahrt auf und entfernte sich langsam. Mit wachsender Geschwindigkeit schwebte sie über das Wasser Richtung Südwesten auf die verlassene Stadt zu. Die Zurückgebliebenen schauten ihr nach, bis sie auf Höhe der Häuser war und zwischen ihnen verschwand.

Als die Drohne fort war, nahm Papillo Max zur Seite.

»Meine kleine Ansprache galt der Gruppe«, sagte er leise. »Es bedeutet nicht, dass wir nicht versuchen werden, Emilia zu befreien.« Max nickte. Er hatte bereits verstanden.

»Wir werden uns heute nur so weit entfernen, dass wir von der Stadt aus nicht mehr zu sehen sind.« Er wandte der Stadt den Rücken zu und blickte über die Tiefebene Richtung Osten. In etwa einem Kilometer Entfernung wurde die

Vegetation höher und dichter. Dort schien es so etwas wie einen Wald zu geben.

»Siehst du das?«, fragte Papillo.

»Ja«, antwortete Max. »Ich kenne es.«

»Wurdet ihr dort als Köder ausgesetzt?« Max nickte. Er hatte die Gegend zwar immer nur nachts und im Licht der Scheinwerfer gesehen. Doch die Formation der Bäume hatte sich tief in sein Gedächtnis eingebrannt.

»Hm«, machte Papillo. »Dann lass uns hoffen, dass alle Anomals, die dort leben, so friedlich sind, wie die, die du kennengelernt hast.« Das hoffte Max auch. Er dachte daran, wie Karms Eltern gestorben waren. Irgendwo mussten auch jene Anomals leben, die Menschen angriffen und töteten.

»War Karms Mutter Ihre Tochter?«, fragte er, ohne zu überlegen. Papillo, der sich eigentlich schon abgewandt hatte, um sich um den Aufbruch zu kümmern, hielt inne.

»Ja«, sagte er. »Wir waren gemeinsam aus Amerika geflohen. Und hier lernte sie Karms Vater kennen. Nur deshalb blieben wir so lange. Als seine Eltern von den Tieren getötet wurden, war Karm gerade mit mir unterwegs. Das ist jetzt dreizehn Jahre her.«

»Hassen Sie die Anomals nicht?« Papillo machte ein erstauntes Gesicht.

»Sollte ich alles Wasser der Welt hassen, weil ein Regenguss mich nass gemacht hat?« Damit ließ er Max stehen und ging zur Spitze der Insel, wo die Khandro gerade damit beschäftigt war, ihre Sachen zu packen. Der Hüne hatte seinen Rucksack bereits geschultert. Das Orakel wirkte winzig an seiner Seite. Die Frau, die am Morgen zu Max gekommen war, kniete noch neben dem aufgebahrten Körper des Prinzen und betrachtete ihn. Sie hatte eine Hand auf seine Brust gelegt. Er war mit etwas Gestrüpp notdürftig getarnt. Von der Stadt aus sollte man ihn nicht allzu leicht entdecken können.

Schließlich kamen die Khandro und ihrer Begleiter herüber zu den jungen Leuten um Papillo, die ihnen mit geschulterten Rucksäcken entgegenblickten. Hinter ihnen blieb der junge Prinz allein zurück.

»Was wird mit ihm passieren?«, fragte Max Dalma.

»Sein Körper wird vermutlich von Tieren gefressen werden«, sagte sie mit Tränen in den Augen. »Das ist eine alte asiatische Tradition. Eigentlich sollten es Geier sein – aasfressende Vögel. Aber jedes andere Tier tut es auch.«

Der Moment war so traurig, dass niemand etwas sagte. Aber am traurigsten musste die Frau sein, die als letzte beim Prinzen geblieben war und die nun langsam nachkam. Jeder ihrer Schritte wirkte, als ginge sie einen steilen Berg hinauf. Max dachte daran, dass sie ihn ›Gendün‹ genannt hatte.

Plötzlich begriff er, dass er der einzige Mensch auf der Welt war, der ein Stück dieses verlorenen Lebens in sich trug. Es würde fortan seine Aufgabe sein, dieses Leben, das nicht mehr nur seines war, sicher durch die Welt zu führen, damit es nicht auch noch verschwand. Vielleicht gelang es ihm ja, Gendüns Tod weniger sinnlos zu machen.

Die Insel, auf der sie sich befanden, war etwa zweihundert Meter lang, höchstens dreißig Meter breit und erstreckte sich von Westen nach Osten. Nur in ihrer Mitte standen ein paar stachelige Kakteen und niedrige, buschartige Bäume, die über und über bedeckt waren von kleinen, dunklen Beeren.

Die Gruppe ging der aufgehenden Sonne entgegen, doch die dichte Wolkendecke und der starke Regen ließen dieses Naturereignis im Verborgenen stattfinden.

Im Boden gab es regelrechte Schlammlöcher, in denen man bis zu den Knien oder tiefer versank, wenn man nicht achtgab. Immer wieder mussten sie Halt machen und sich vorsichtig mit den Füßen vortasten. Der Schlamm war hellgrau und an manchen Stellen sogar weißlich. Dazwischen gab es oft hellgelbe Streifen, die sich wie Adern verzweigten.

Als sie an der anderen Inselspitze angekommen waren, lag vor ihnen eine breite Wasserfläche, die nichts über die Beschaffenheit ihres Untergrunds preisgab. Bis zur nächsten Insel waren es mindestens hundert Meter.

Papillo und die Khandro berieten sich kurz und beschlossen, dass der Hüne als erster gehen sollte. Er nickte und setzte seinen Rucksack ab, bevor er losging.

Anfangs war das Wasser nur knöcheltief und der Untergrund erwies sich als erstaunlich fest. Doch plötzlich versank der Hüne bis zur Hüfte im Wasser und musste im nächsten Moment schwimmen. Die Gruppe sah, dass er langsam nach Norden abgetrieben wurde. Der Hüne kehrte zurück, hatte aber Schwierigkeiten, wieder an Land zu kommen, weil der Untergrund nachgab. Erst nach mehreren Versuchen gelang es ihm, auf allen Vieren ans Ufer der Insel zu klettern.

Als er triefend nass vor ihnen stand, schüttelte Papillo den Kopf.

»So geht es nicht.« Er wandte sich an Max.

»Ihr seid mit Lastwagen dorthin gefahren worden, nicht wahr?« Der Junge nickte. »Kannst du dich ungefähr an die Route erinnern? Ging es so steil hinab wie hier?« Max überlegte. Dann schüttelte er den Kopf.

»Nein. Es war alles ganz eben.« Papillo blickte nach Norden.

»Ihr müsst weiter nördlich gefahren sein. Das würde Sinn ergeben. Die Rampe ist ja auch im Norden. Also los!«

Sie bogen nach Norden ab und gelangten schnell wieder ans Wasser. In höchstens zwanzig Metern Entfernung befand sich eine Insel, deren Form identisch zu ihrer war. Auch ihre östliche Spitze mündete in den breiten Kanal.

Diesmal probierten sie es alle gleichzeitig. Und tatsächlich: Das Wasser war hier so flach, dass sie problemlos hinübergehen konnten.

Sie waren gerade auf der Insel angekommen, als plötzlich ein lautes Surren die Luft erfüllte. Aus östlicher Richtung näherte sich ein großer Drohnenverband.

»Schnell! Versteckt euch unter den Bäumen!«, rief Papillo. Hastig kamen die letzten an Land und eilten über den matschigen Boden zur Inselmitte. Der Hüne hob die Khandro kurzerhand wie ein Kind hoch und trug sie bis zu den Bäumen. Dort mussten sie sich dicht an den Boden pressen, um unter die untersten Äste zu passen.

Kaum hatten sich alle versteckt, als die Drohnen auch schon über sie hinwegflogen. Das Surren wurde so laut, dass es in den Ohren vibrierte.

Max lag auf dem Rücken und blickte durch die Zweige nach oben. Eine Drohne nach der anderen raste über sie hinweg. Aber es waren keine normalen Gefährte wie Carminas schickes Auto oder das der Frauen, die sie aus der Schlammlawine gerettet hatten. Diese Drohnen waren länger und breiter als die Supermarktdrohnen, die früher das Waisenhaus versorgt hatten.

Als die letzte Drohne vorbeigeflogen war, krochen sie mühsam wieder hervor und blickten dem Geschwader nach.

»Das war ein Truppentransport«, sagte Papillo.

»Seht!« rief Kaikura. »Sie gehen am Waisenhaus runter!«

»Was bedeutet das?«, wollte Firmin wissen.

»Ich weiß es nicht«, erwiderte Papillo nachdenklich. Er blickte Max an und fügte hinzu: »Aber ich schätze, wir werden es bald herausfinden.«

Sie waren nun alle von oben bis unten voll mit hellgrauem und weißlichem Schlamm.

»Die arme Khandro«, sagte Dalma, als sie ihren Weg nach Norden fortsetzten. »Sie hat sogar im Haar Schlamm.« Sie zeigte auf die alte Frau, die ein Stück vor ihnen am Arm des Hünen ging.

»Du auch«, erwiderte Karm, der mit Firmin hinter ihnen ging.

Als Dalma das hörte, versuchte sie vergeblich, den Schlamm mit den Händen zu entfernen. Er verteilte sich nur.

»Wie ein Lotos«, sagte Firmin mit schwärmerischer Stimme. Dalma schnitt eine Grimasse in seine Richtung.

»Was ist ein Lotos?«, fragte Max.

»In Indien gab es Lotosblumen«, erklärte Karm. »Sie wachsen im Schlamm, sehen aber immer sauber aus.«

»Auf uns trifft das nicht unbedingt zu«, erwiderte Max.

»Die Khandro ist zwar schmutzig«, hörten sie Papillos Stimme hinter sich. »Aber seht sie euch an. Sie könnte jetzt das Gewand einer Königin tragen – für sie würde sich nichts ändern.«

In diesem Moment blieb die Khandro stehen und wandte sich zu ihnen.

»Dieser Lotos hat außerdem sehr scharfe Ohren«, sagte sie und ging weiter.

An der nördlichen Küste der Insel dehnte sich wieder eine Wasserfläche aus, und erneut gelangten sie mühelos hinüber. Auch die nächste Insel war den beiden vorhergehenden zum Verwechseln ähnlich.

»Wie kommt das?«, wunderte sich Firmin.

»Ich nehme an, es hängt damit zusammen, wie früher die Erde abgetragen wurde, um die Kohle freizulegen«, vermutete Kaikura. Er und Bo hatten sich zu ihnen gesellt. Max blickte sich um. Ein Stück hinter ihnen gingen Mohid und Nira. Der Junge war nicht mehr von ihrer Seite gewichen, seit sie aufgewacht war.

Dalma, die ihn beobachtet hatte, sagte:

»Interessant, nicht wahr? Der sarkastische Mohid ist in Wahrheit ein zartes Pflänzchen.«

»Auch ein Lotos«, scherzte Firmin.

»Fragt sich nur, wie lange das anhält«, entgegnete Kaikura.

»Wieso?«, fragte Dalma.

»Er gibt der Khandro die Schuld daran, dass wir in die Schlammlawine geraten sind, weil sie nicht oben entlang gehen wollten.«

»Das hat er gesagt?«, fragte Karm. Kaikura nickte.

»Ich war dabei«, bestätigte Firmin.

»Sie hat nur das kleinere Übel gewählt«, schaltete Max sich ein.

»Und was wäre das größere gewesen?«, wollte Kaikura wissen. Max dachte an sein letztes Gespräch mit dem sterbenden Prinzen. ›So kann ich noch einmal mit dir sprechen‹ hatte er gesagt. Das konnte nur bedeuten, dass er so oder so gestorben wäre. Oder aber, jemand anderes wäre gestorben. Vielleicht hatte er sich sogar geopfert, um sie alle zu retten. Aber Max wusste nicht, wie er das den anderen erklären sollte, zumal es gar nichts Beweisbares gab, was er ihnen hätte zeigen können.

Er zuckte mit den Schultern.

»Keine Ahnung«, sagte er leichthin. Die anderen fragten nicht nach, aber Dalma sah ihn einen Moment lang von der Seite an, als hätte sie gemerkt, dass er ihnen etwas vorenthielt.

Hinter der dritten Insel veränderte sich das Terrain. Es stieg leicht an, und obwohl der Kanal, an dem sie entlanggingen, nicht schmaler wurde, war das Wasser hier so flach, dass sie an manchen Stellen den Untergrund sehen konnten.

»Das muss die Furt sein, über die du mit dem Lastwagen gefahren bist«, sagte Papillo. Sie bogen erneut nach Osten ab, und diesmal kamen sie ohne Schwierigkeiten hinüber. Nach einer Viertelstunde hatten sie das andere Ufer erreicht. Es war steiler, gut zwei Meter hoch, so dass sie durch aufgeweichtes Erdreich mühsam hinaufklettern mussten.

Oben erwartete sie undurchdringliche Vegetation, die fast bis an die Böschung gedrängt wuchs – hohe, stachelige Kakteen, kleine Bäume mit dunklen, harten Blättern, sehnige Schlingpflanzen, die sich bis in die Baumspitzen rankten. Und erneut die Bäume mit den dunklen Beeren, die sie bereits auf den kleinen Inseln angetroffen hatten.

Sie gingen zurück in südliche Richtung zwischen Waldrand und Böschung, was sich als äußerst beschwerlich erwies, denn das Gelände war sehr uneben und wurde immer wieder von kleineren und größeren Wasserrinnen unterbrochen.

Plötzlich blieb Papillo, der die Vorhut bildete, stehen. In der Vegetation befand sich eine Öffnung, breit wie ein Pfad. Papillo hockte sich hin und untersuchte den Erdboden.

»Hier sind Spuren«, sagte er nach einer Weile.

»Was für Spuren?«, fragte Firmin sofort. Seine Neugier war geweckt.

»Ich kann es nicht deutlich erkennen. Aber es sieht aus wie Hufe oder etwas Ähnliches.« Er erhob sich und spähte in den Pfad hinein, der wie ein dunkles Loch anmutete.

»Ich fürchte, wir haben keine Wahl«, sagte er mit einem prüfenden Seitenblick auf das Orakel. Das Mädchen sah ihn an, sagte aber nichts.

»Also gut«, verkündete er, »Wir gehen hinein. Bleibt dicht zusammen. Wer etwas Ungewöhnliches bemerkt, meldet sich sofort.« Er betrat den Pfad, der eine Art Hohlweg in der Vegetation bildete.

Max konnte sich nicht daran erinnern, dass die Pflanzen hier so dicht waren. Sie mussten seit Beginn der Regenzeit in die Höhe geschossen sein. Und das wiederum bedeutete, dass dieser Durchgang sehr jungen Datums war.

Im Inneren des Hohlwegs herrschte grünes Dämmerlicht. Außer dem prasselnden Regen und ihren Schritten war nichts zu hören. Die Luft duftete geradezu nach Erdreich und nach etwas, das Max zum ersten Mal wahrnahm. Es musste der Geruch der Pflanzen sein. Er war herb und frisch, so ganz anders als die vielen üblen Gerüche der verlassenen Stadt.

»Ich war noch nie in einem Wald«, sagte Dalma andächtig. Sie ging vor Max und sah sich mit großen Augen um.

»Früher waren die Wälder voller Tiere«, ließ Firmin von hinten wissen. »Überall raschelte es, und man hörte ständig das Gezwitscher von Vögeln.«

»Woher weißt du das?«, fragte Kaikura. In seiner Stimme schwang Unbehagen über diesen ungewohnten Ort.

»Ich hab's in einer Doku gesehen«, erwiderte Firmin. »Damals, als ich noch ein ordentlicher Einwohner war.«

»Diese Stille ist wirklich ein bisschen gruselig«, gab Bo zu.

»Was raschelt denn da?«, fragte Mohid plötzlich von ganz hinten. Sie erstarrten. Dann hörten sie Mohids Gelächter.

»Aha, es geht ihm also wieder gut«, versetzte Kaikura trocken.

Nach ein paar Minuten öffnete sich der Hohlweg und mündete in eine kleine Lichtung, nicht größer als sechs Meter im Durchmesser und fast kreisrund. Ringsum wuchs die Vegetation so dicht, dass sie sich verwundert umschauten. Warum gab es ausgerechnet an dieser Stelle keine Pflanzen?

»Das ist keine natürliche Lichtung«, sagte Papillo, der am Boden hockte. »Hier!«, Er wies auf kleine Löcher, aus denen noch Wurzelwerk ragte. »Jemand hat die Pflanzen herausgerissen.«

»Seht mal, der Weg führt weiter!«, hörten sie Firmin sagen. Er stand am gegenüberliegenden Rand der Lichtung neben einer Öffnung in der Pflanzenwand.

Papillo tastete den Boden mit den Händen ab. Er sammelte etwas auf und betrachtete es eingehend. Es handelte sich um kleine Fruchtkerne. An manchen Stellen war noch die dunkle Farbe der Haut zu sehen.

»Das sind diese Beeren, die wir auf den Inseln gesehen haben«, sagte er dann. »Offenbar sind sie genießbar.« Sie sahen sich um, doch keiner der umstehenden Bäume trug solche Beeren.

»Vielleicht pflücken die Anomals sie mit ihren Händen und bringen sie her, um sie in Ruhe zu essen«, vermutete Firmin. Der Junge war vollkommen in seinem Element.

Papillo nickte.

»Dann ist das hier womöglich eine Art Wohnstätte.«

»Aber das heißt ja, dass diese Tiere jeden Moment zurückkommen können«, sagte Nira mit einem Zittern in der Stimme.

»Vermutlich«, entgegnete Firmin sachlich. Als er begriff, was er soeben gesagt hatte, hielt er abrupt inne und blickte sich ängstlich um.

Plötzlich ertönte die ruhige Stimme der Khandro:

»Es sind Vegetarier.«

»Aber es gibt auch Vegetarier, die Kriege führen und Atombomben werfen«, warf Mohid ein. Das war nur als Anspielung auf Indien und den Krieg mit China gedacht, verfehlte aber seine Wirkung nicht.

»Er hat Recht«, sagte Kaikura. »Wenn sie es nicht mögen, dass wir einfach in ihre Wohnstätte eingedrungen sind, greifen sie uns vielleicht an.«

»Aber ich bin müde«, ließ Nira sich vernehmen. »Und ich habe immer noch ziemliche Kopfschmerzen.« Sie setzte sich auf den Boden.

»Damit ist es entschieden«, verkündete Papillo. »Wir bleiben heute hier, ruhen uns aus und überlegen, wie es weitergehen soll.« Er legte seinen Rucksack ab und kramte darin.

»Unter den praktischen Dingen, die ich mit mir herumschleppe, befindet sich auch das hier«. Mit diesen Worten zog er eine zusammengefaltete Plastikfolie heraus und begann, sie auszubreiten. Sie war zwar nicht so groß wie die Lichtung, bedeckte aber den größten Teil des Bodens.

Karm, der verstanden hatte, was Papillo damit bezweckte, rief vom Rand der Lichtung:

»Dieser Baum hier müsste groß genug sein!« Papillo zog

seine Machete aus dem Rucksack und ging hinüber zu dem Jungen.

»Der ist sogar sehr gut«, sagte er und hieb kurzerhand dicht über dem Boden auf den Stamm ein.

Nach ein paar kräftigen Hieben mit dem Messer knickte der Baum um und neigte sich langsam zur Lichtung hin. Karm fing ihn auf und hielt ihn fest, damit Papillo die Äste beseitigen konnte.

Bald hielten sie einen armdicken, sich nach oben verjüngenden und sehr gerade gewachsenen Pfahl in der Hand. Sofort machte Papillo sich daran, das dicke Ende mit der Machete anzuspitzen. Als auch das geschafft war, suchten er und Karm eine geeignete Stelle in der Mitte der Lichtung, um ihn aufzustellen.

Papillo beförderte einen Kunststoffteller aus seinem Rucksack und setzte ihn auf die Spitze des Pfahls. Bo und Dalma hatten in der Zwischenzeit die Plane so gerafft, dass sie sie nun über die Pfahlspitze werfen konnten, während Papillo den Teller festhielt. Nun musste das ganze Gebilde so aufgerichtet werden, dass der Teller nicht herunterfiel und die Plane nicht durchbohrt wurde. Kaikura hockte sich währenddessen neben den Pfahl auf den Boden, um ihn zu fixieren.

Jetzt mussten alle helfen. Jeder nahm seinen Platz an der Plastikplane ein, um sie nach allen Richtungen gleichmäßig straffzuziehen, sogar die Khandro, das Orakel und Gendüns Mutter. Auch Max half mit. Dabei entdeckte er, dass die Plane an ihren Rändern kleine, mit Plastikringen verstärkte Ösen besaß.

Papillo ging nun der Reihe nach außen herum und zog dünne Seile durch diese Ösen, um sie anschließend an den umstehenden Pflanzen zu befestigen. So wurde die Plane allmählich zu einem richtigen Zeltdach, unter dem sie nicht nass wurden.

»Und jetzt kommen gleich die Anomals und verjagen uns, um es selbst gemütlich zu haben«, sagte Mohid, als sie sich alle im Trockenen versammelt hatten und in einem großen Kreis saßen.

»Wir werden ihnen dich zum Fraß vorwerfen«, entgegnete die Khandro vollkommen ernst. »Vielleicht lassen sie uns dann eine Weile hier wohnen.« Mohid starrte die alte Frau erschrocken an. Mit einem solchen Kommentar hatte er nicht gerechnet. Papillo aber saß da und grinste in sich hinein.

»Genau!«, rief Firmin mit kindlicher Begeisterung. »Und wenn die Zeit um ist, muss der nächste dran glauben. Bis keiner mehr übrig ist.«

»Toller Plan«, sagte Nira leise. Sie wirkte blass und angestrengt.

Papillo förderte nun mehrere Nahrungspacks aus seinem Rucksack hervor und begann, sie zu verteilen.

»Hoffen wir mal, dass keines davon nach einem Verwandten unserer Gastgeber riecht«, sagte die Khandro ungerührt und riss ihr Pack auf.

Diesmal entstand ein ungemütliches Schweigen. Alle waren einigermaßen überrascht von dieser neuen Seite der alten Frau. Und was sie gesagt hatte, verunsicherte sie noch mehr, denn wer wusste schon, ob die Anomals nicht wirklich einen so scharfen Geruchssinn hatten.

Die Khandro selbst allerdings schien sich nicht die geringsten Sorgen zu machen. Herzhaft biss sie in ihr Zuchtfleisch und kaute darauf herum, ohne der Wirkung ihrer Worte Beachtung zu schenken. Mit zwei kleinen Kommentaren hatte sie allen klargemacht, wer hier die das Sagen hatte. ›Wie eine Königin‹, dachte Max.

Er ließ die vergangenen Tage seit ihrer Ankunft in der verlassenen Stadt Revue passieren. So viel war geschehen. Und in dieser ganzen Zeit hatte die Khandro kaum etwas gesagt, wenn sie nicht gerade auf ihrem Thron gesessen hatte. Bis zu diesem Tag. Ob dieser Wandel etwas mit Gendüns Tod zu tun hatte?

»Sieh mal«, flüsterte Dalma plötzlich und deutete mit dem Kopf auf die Pflanze hinter Bo. Das Mädchen saß ihnen gegenüber zwischen Kaikura und den beiden Amerikanern. Dort bewegte sich etwas in den Blättern, genau über ihrem Kopf.

Auch Papillo hatte es inzwischen bemerkt. Ohne etwas zu sagen, erhob er sich und begab sich hinter den Sitzenden vorbei zu der Stelle.

Die ganze Gruppe hielt den Atem an, als er die Hand ausstreckte und zwischen die Zweige steckte. Zunächst geschah nichts. Dann kam ein kleines, pelziges Wesen zum Vorschein, das sich mit zwei winzigen schwarzen Händen an Papillos Arm festhielt. Es hatte eine schwarze, glänzende Stupsnase, die unentwegt in Bewegung war, zwei große, sehr runde Augen, zwei kleine spitze Ohren und einen etwas pummeligen Körper, an dessen Ende ein buschiger Schwanz hin und her wackelte.

Das Tier wagte sich vorsichtig hervor und beäugte die Menschen, wobei es den Kopf nach allen Seiten drehte.

Als Bo das Wesen erblickte, stieß sie einen leisen Schreckenslaut aus und zuckte zusammen, was dazu führte, dass das Tier den Kopf einzog und langsam den Rückzug antrat.

Als Papillo es mit der freien Hand streichelte, entspannte es sich wieder und streckte den Hals vor.

»Ist das süß!«, rief Firmin und sprang auf, um es als erster anzufassen. Alle erwarteten, dass es sich wieder vor Schreck zurückziehen würde. Aber das kleine Tier zeigte keine Angst, als der Junge beide Hände ausstreckte, um es von Papillos Arm zu heben.

»Das ist ein Mausaffenhund«, verkündete Firmin und kicherte. »Der Name ist ziemlich albern, aber er passt.« Er drückte das kleine Tier an seine Brust, wo es sich augenblicklich anschmiegte.

»Ein Mausaffenhund?«, wiederholte Mohid ungläubig und mit verächtlichem Gesichtsausdruck.

»Affe ist da nicht drin«, widersprach Karm ernst. »Das wurde nur behauptet, damit die Leute keine Bedenken hatten.«

»Ich will ihn behalten!«, sagte Firmin, der bereits hoffnungslos verliebt war.

»Es ist eine Sie«, korrigierte Papillo ihn.

»Oh«, machte Firmin überrascht, doch dann riss er die Augen auf und rief:

»Sie soll Puschel heißen!«

»Puschel?«, wiederholte Mohid in demselben ungläubigen Tonfall wie zuvor.

»Ja!«, sagte Firmin unbeeindruckt. »Sie ist so puschelig!«

»Solange sie bei dir bleibt, kannst du sie behalten«, sagte Papillo. »Aber du solltest sie nicht festhalten, wenn sie weg will.«

Firmins Augen leuchteten.

»Ich versprech's hoch und heilig!«, sagte er glücklich und streichelte das kleine Wesen, das sich offenbar sehr wohl bei ihm fühlte.

Langsam setzten sich alle wieder auf den Boden. Sie bildeten jetzt kleinere Gruppen. Karm, Kaikura und Bo saßen bei Max und Dalma.

»Diese Tiere wurden auf Empathie gezüchtet«, sagte Karm. »Man stellte sich vor, dass sie auf diese Weise gut zu Kindern passen würden.«

»Ich habe noch nie ein so kleines Anomal gesehen«, sagte Bo.

»Die waren früher alle so«, erwiderte Karm.

»Nicht alle«, entgegnete Kaikura. »Es gab auch Wach-Anomals und Jagd-Anomals.«

»Und es gab Anomals für den Krieg«, ergänzte Papillo, der mit der Khandro, dem Orakel und Gendüns Mutter zusammensaß.

Max blickte sich um. Die beiden Amerikaner saßen schweigend zusammen und taten anscheinend nichts. Firmin hockte bei Mohid und versuchte, ihn für seine Puschel zu gewinnen, was, nach Mohids Gesichtsausdruck zu urteilen, nicht von Erfolg gekrönt war. Nira lag neben den beiden und schien zu schlafen.

»Wo ist denn der Hüne?«, fragte Max. Sie sahen sich um. Dalma entdeckte ihn dort, wo der Weg weiter in den Wald hineinführte.

»Wow! Der ist wirklich unermüdlich«, sagte Kaikura anerkennend.

»Er hat einen Eid geleistet«, erwiderte Karm.

»Einen Eid?«, fragte Bo.

»Ja.«, antwortete Karm. »Bevor Khandros Gefährte Jasper Jackson, den Präsidenten der USA, tötete, ließ er seinen Bodyguard schwören, dass er sie mit seinem Leben beschützen würde. Damals war er gerade erst achtzehn Jahre alt – ein

Jahr älter als Kaikura und ich –, aber schon ein Meister in mehreren Kampftechniken.«

»Hat Papillo dir das erzählt?«, fragte Kaikura, der sichtlich beeindruckt war. Karm nickte.

»Wie heißt er eigentlich?«, wollte Max wissen.

»Chagan.« Max wiederholte den Namen leise. Er passte zu der imposanten Erscheinung des Hünen, fand er.

»Und was für eine Sprache spricht er?«

»Mongolisch. Seine Großeltern waren aus der Mongolei geflüchtet, bevor die radioaktive Wolke aus China ihr Land erreichte.«

»Irgendwie hat alles immer mit diesem verdammten Krieg zu tun«, beschwerte sich Kaikura.

»Ich frage mich, wie es jetzt weitergeht«, warf Bo ein, die offenbar keine Lust auf das Thema hatte.

Sie musste nicht lange auf die Antwort warten, denn im nächsten Moment schien der Wald ringsum in Bewegung zu geraten. Überall raschelte es, Bäume bewegten sich. Sie waren umzingelt.

Chagan sprang ein Stück zurück und ging breitbeinig in Kampfstellung, wobei er den langen Stab, den er immer mit sich führte, schlagbereit in der Hand hielt.

Instinktiv kamen alle so schnell sie konnten auf die Füße und drängten sich Rücken an Rücken. Puschel stieß einen spitzen Schrei aus, sprang von Firmins Arm und flüchtete ins Unterholz.

Eine ganze Zeit lang hörten sie nur lautes Rascheln von allen Seiten, ohne etwas zu sehen.

Dann wurde es wieder still. Plötzlich ertönte ein tiefes, heiseres Bellen. Dann wieder Stille.

»Hallo?«, rief eine helle Stimme. »Hallo?«

Bevor sie begriffen, was geschah, erschien in dem Hohlweg, durch den sie vom Wasser hergekommen waren, ein Junge von höchstens dreizehn Jahren.

»Hallo«, sagte er erneut. Max starrte den Jungen wie eine Erscheinung an. Durch seinen Kopf schossen Bilder schnell wie Blitze. Er sah einen Jungen im Scheinwerferlicht, der schreiend von einem Anomal ergriffen wird.

»Jonas?«, sagte er unsicher. »Bist du das, Jonas?«

»Max?«, sagte der Junge mit seiner hellen Knabenstimme.

»Jonas, wie kommst du denn hierher?«

»Mit den Anomals«, sagte der Junge, als wäre es das Normalste der Welt. »Erinnerst du dich nicht mehr?«

»Doch«, sagte Max, »aber ich dachte, du wärest …«

»Tot, nicht wahr?«, vollendete der Junge den Satz. In seiner Stimme schwang Zufriedenheit mit. »Aber hier stehe ich, schau!« Er drehte sich einmal um seine Achse wie ein Tänzer und grinste breit.

»Und die Anomals?«, schaltete Papillo sich ein.

»Wer sind diese Leute?«, fragte Jonas, ohne auf Papillos Frage einzugehen.

»Das sind … Freunde. Sie sind in Ordnung.«

»Sag dem Großen, er soll den Stab runternehmen. Das macht die Vul nervös.«

»Hast du gerade ›Vul‹ gesagt?«, fragte Max.

»Ja, so nennen sie sich.« Der Junge kam jetzt vorsichtig näher. »Warum steht ihr da so in der Mitte zusammengepfercht? Hier ist doch Platz für alle.«

»Oh, das ist nur, weil wir zu Tode erschrocken waren«, erwiderte Papillo beiläufig. Der Junge lachte.

»Die Vul waren auch ganz schön erschrocken, als sie euch

bemerkten«, erklärte er. »Das hier ist nämlich ihr Lieblingsplatz.«

»Das haben wir uns schon gedacht«, sagte die Khandro und setzte sich wieder. Das Orakel und Gendüns Mutter taten es ihr nach. Nach einigem Zögern setzte sich auch Chagan und legte den Stab aus der Hand.

»Willst du ihnen nicht sagen, dass sie jetzt aus der Deckung kommen können?«, schlug die Khandro vor.

»Das kann ich nicht«, erklärte der Junge leichthin. »Sie hören nicht auf mich.«

»Aha. Und hörst du auf sie?«, wollte die Frau wissen. Der Junge überlegte.

»Eigentlich nicht. Sie behandeln uns eher wie Gäste.«

»Uns?«, fragte Max.

»Ja. Die Kinder, die sie geschnappt haben, leben alle hier irgendwo mit den Vul-Familien zusammen.«

»Sie haben niemanden gefressen?«, fragte Karm ungläubig. Der Junge schüttelte den Kopf.

»Nein, sie fressen vor allem kleine Tiere und diese scheußlichen Beeren. Alles, was große Hände hat, rühren sie nicht an. Ich glaube, sie denken, dass wir wie sie sind.«

»Das sind wir ja auch«, sagte die Khandro. Dann wandte sie sich dem Wald zu und rief laut: »Vul!« Ihre Stimme klang dabei genauso heiser bellend wie die des Anomals, dem Max an ihrem Regen-Quartier die Hand gegeben hatte. Die Khandro blickte ihn an und zwinkerte ihm mit einem Auge zu.

»Du bist nicht der Einzige, der nachts herumstreunt«, sagte sie leichthin. »Wie hat es dich genannt? Vak, nicht wahr?«

Max starrte die Khandro verwirrt an, als der Wald erneut in Bewegung geriet. Und dann traten nacheinander die seltsamsten Geschöpfe auf die kleine Lichtung. Das erste Anomal, das sich aus der Deckung wagte, war eine Art Pony, das tatsächlich Hufe an den Hinterläufen besaß. Auch sein Kopf erinnerte an den eines Pferdes, doch er war sehr viel schmaler und verjüngte sich zu einem Maul, das nicht größer als ein menschlicher Mund war. Es hatte Schlappohren, und sein kräftiger Körperbau war eher der eines kleinen Bären. Dazu passte auch das braune, glänzende Fell.

Das Anomal war vom Weg in den Wald her auf die Lichtung getreten. Dort blieb es stehen und blickte sie aus grünen Augen an. Diese Augen wirkten so menschlich, dass die Gruppe das Wesen fasziniert betrachtete.

Mitten aus dem Gestrüpp zur Rechten dieses Tieres kam ein weiteres Anomal zum Vorschein. Es hatte einige Mühe, die vielen Äste zur Seite zu biegen, um zwischen zwei kleinen Bäumen hindurchzupassen. Sein Kopf war kugelrund, groß wie ein Fußball und von weißem Fell bedeckt. Die spitzen, weit auseinanderstehenden Ohren muteten winzig an. Auch die kleine Stupsnase mit schwarzer Spitze und der Mund wirkten im Verhältnis zu klein. Die Arme allerdings waren lang wie die eines Affen. Es ging auf zwei stämmigen, kurzen Beinen, die in zwei Elefantenfüßen mündeten. Auch dieses Anomal sah sie aus Augen an, die menschlich wirkten.

Hinter Jonas betrat ein weiteres Anomal die Lichtung. Es war niedrig wie ein Dachs aber viel länger und breiter und ging auf vier Händen. Seine Nase glich dem Rüssel eines Tapirs, die Ohren standen lang nach oben ab wie die eines Hasen, und das Fell war hellgrau und kurz. Es blieb neben dem Jungen stehen und betrachtete die Menschen aus großen braunen Menschenaugen.

Während Menschen und Anomals einander unsicher und neugierig beäugten, saß die Khandro auf dem Boden, schauten niemanden im Besonderen an und sagte:

»Lang zu, Vak!«

Max benötigte einen Moment, bis er begriff, was die Khandro von ihm wollte. Dann gab er sich einen Ruck und wandte sich dem Anomal zu, das in seiner Nähe stand. Es war das weiße mit dem großen runden Kopf. Langsam und mit klopfendem Herzen machte er einen Schritt auf das Wesen zu, und dann noch einen und noch einen.

Das Anomal hatte seine Bewegungen aufmerksam beobachtet. Seine kleine Nase zitterte aufgeregt, und sein gesamtes Fell schien zu vibrieren.

Als Max vor dem Tier stand, stellte er fest, dass er nur einen halben Kopf größer war aber viel schmächtiger. Wenn dieses eigenartige Lebewesen ihn angreifen wollte, könnte es ihn mit seinen langen, kräftigen Armen oder mit seinen riesigen Hinterpfoten vermutlich problemlos töten.

Er nahm all seinen Mut zusammen und blickte dem Tier in die Augen. Dann streckte er langsam die rechte Hand aus und hielt sie dem Anomal hin.

Das Tier betrachtete die ausgestreckte Hand, blickte Max erneut in die Augen, und dann stieß es einen hohen, heiseren Laut aus, der Max zusammenzucken ließ. Im nächsten Moment ergriff es seine Hand mit beiden Händen und schüttelte sie so heftig, dass Max' ganzer Körper mitgeschüttelt wurde. Immer wieder stieß es den Laut aus, und jetzt raschelte es erneut im Gebüsch und eine unübersichtliche Zahl kleinerer und größerer Tiere kam zum Vorschein. Manche glichen einander, doch die meisten waren so unterschiedlich, dass die Menschen in immer neues Erstaunen versetzt wurden. Das

Einzige, was sie alle gemeinsam hatten, waren die schwarzen Hände und die Menschenaugen, als ob eines mit dem anderen in Zusammenhang stünde.

Die Tiere stießen nun alle möglichen Laute aus und begannen, allen Menschen die Hand zu geben. Manche stießen einander zur Seite, um als erste an der Reihe zu sein.

Das weiße Anomal hatte Max Hand noch nicht losgelassen, sondern schüttelte sie immer weiter. Hinter ihm erschien ein weiteres Tier, etwas kleiner und zu Max großer Verwunderung ganz unbehaart, mit einer hellbraunen, sehr glatten Haut. Es ging aufrecht auf zwei Hinterhufen und hatte einen fast menschlich anmutenden Oberkörper mit zwei relativ kurzen Armen, auffallend hellen Händen und einem Giraffenkopf, der zugleich als einziges mit Fell überzogen war. Endlich ließ das weiße Anomal seine Hand los, doch nur, um das nackte Anomal um die Taille zu fassen, an sich zu ziehen und einen neuen, leiseren Laut von sich zu geben. Dann streckte er seinen linken Arm aus und schob Max zu dem nackten Anomal, das ihm nun die Hand reichte.

Max ergriff sie brav und sah dem Wesen in die Augen. Er hatte den verwirrenden Eindruck, dass es ihn sogar anlächelte.

Plötzlich gab es erneut Geraschel hinter den beiden Anomals, und im nächsten Moment kamen vier kleine Tiere hervor, die Max auf Anhieb als die Jungen dieses ungleichen Paares erkannte. Sie stellten unterschiedliche Mischungen zwischen ihnen dar, aber keines war unbehaart.

Als das Weibchen ihn losließ, wandten sich die beiden den anderen Menschen zu und er konnte aufatmen. Die kleine Lichtung war erfüllt von Leben, überall standen und gingen die seltsamsten Geschöpfe herum und streckten ihre Hand aus. Max sah, dass sie in der Aufregung auch einander immer wieder die Hand gaben.

»Sie lieben das Händeschütteln«, sagte Jonas fröhlich. Er hatte sich zu Max gesellt. Max nickte stumm.

»Komm, wir geben uns auch die Hand. Das mögen sie.« Der Junge streckte seine Rechte aus und Max ergriff sie abwesend. Er war noch immer sprachlos vom Anblick der vielen Formen und Farben, die diese Tiere aufwiesen. Immer wieder musste er einem neuen Anomal die Hand geben, und auch die Kleinen wollten, dass man sie begrüßte. Sie bauten sich vor den Menschen auf, reckten ihre Rechte hoch und stießen auffordernde Laute aus. Dann mussten sich die Menschen hinunterbeugen und winzige Hände ergreifen, die manchmal gerade groß genug waren, um sich um einen Zeigefinger zu schließen.

Max blickte sich suchend in dem Trubel um, doch er konnte Puschel nirgends entdecken. Auch Firmin suchte mit sorgenvollem Gesichtsausdruck nach dem kleinen Tier, wann immer er gerade keine Hand schütteln musste. Max ahnte, was in dem Jungen vorging: Puschel hatte zwar keine Furcht vor ihnen gezeigt, doch sie hatte niemandem die Hand gegeben, und sie war bei der Ankunft der Anomals geflüchtet. Das konnte nur bedeuten, dass sie zu den kleinen Tieren gehörte, von denen sich die Händeschüttler ernährten.

»Ich glaube, sie geben sich die Hand, um sicher zu sein, dass sie zusammengehören«, sagte er. Jonas überlegte kurz.

»Manchmal töten sie eines ihrer Jungen«, sagte er dann. »Ich dachte, sie tun das nur, wenn es keine Hände hat. Aber ich hab' schon gesehen, dass sie auch welche mit Händen ersäufen. Ich glaube, sie tun das, wenn ihre Kinder keine Hände schütteln können.«

»Oh«, sagte Max überrascht. Er stellte sich vor, was passierte wäre, wenn sie sich geweigert hätten, den Anomals die Hand zu geben. Vielleicht wären dann auch sie getötet worden.

Nun kamen noch mehr Anomals auf die Lichtung, doch diese waren anders. Manche hatten verkrüppelte Beine, andere schiefe Köpfe. Viele hinkten, einige schienen kaum etwas sehen zu können. Auch sie waren begierig den Menschen die Hand zu geben. Mehrere dieser fehlgebildeten Anomals wurden von gesunden Tieren gestützt, die nicht von ihrer Seite wichen.

Die Lichtung war jetzt so überlaufen, dass man sich kaum noch bewegen konnte. Es roch streng, und die ständige Bewegung der Anomals war ermüdend. Seitdem Max wusste, dass sie Anomals, die nicht die Hand gaben, töteten, empfand er einen Zwang, der ihm die Freude an der Geste nahm.

»Was willst du? Sie sind wie wir«, hörte er eine Stimme. Sie schien nicht von außen zu kommen, sondern von innen. Verwirrt sah er sich um. Dort, im Getümmel, saß die Khandro ganz ungerührt und blickte ihm in die Augen. Keines der Anomals versuchte, ihr die Hand zu geben, als spürten sie, dass die Frau mit anderen Dingen beschäftigt war.

Er setzte sich auf den Boden. Sofort wurde er in Ruhe gelassen. Allmählich begriffen auch die anderen, was sie tun mussten, um die Begrüßungszeremonie zu beenden. Je mehr Menschen sich setzten, desto mehr Tiere ließen sich nieder.

Endlich kehrte Ruhe ein. Sie saßen nun beengt zwischen den Anomals, die sich auf der Lichtung aneinanderdrängten. Manche hatten sich der Länge nach ausgestreckt, andere lagen halb aufeinander. Die Familien blieben dicht zusammen, aber auch die behinderten Anomals und ihre Helfer.

»Sind wir jetzt Teil ihrer Sippe?«, fragte Nira mit schmerzverzerrtem Gesicht. Sie wurde immer noch von starken Kopfschmerzen geplagt. Jonas machte eine abwehrende Handbewegung.

»Nein, nein!«, sagte er. »Sie haben keine festen Gruppen. Nur die Familien.«

»Das heißt, du kennst hier auch nicht alle?«, fragte Mohid. Der Junge schüttelte den Kopf.

»Sie gehören irgendwie alle zusammen, aber irgendwie auch nicht. Außer natürlich die Vuna.«

»Die Vuna?«, erkundigte sich Karm.

»Ja«, antwortete Jonas. »So nennen die Vul sie. Manchmal kommen sie von da.« Er streckte den Arm aus und zeigte nach Süden. Er verzog das Gesicht. »Die Vuna sind ziemlich schrecklich. Zum Glück habe ich sie erst einmal gesehen.« Er überlegte. »Irgendwann mitten in der Trockenzeit wurde ich von den Vul geschnappt. Vielleicht drei Wochen später kamen die Vuna.« Er schüttelte sich. Jetzt bemerkten die Jungen, dass die älteren Vul bei der Erwähnung der Vuna aufgehorcht hatten und ihnen nun zusahen. Jonas schien das nicht zu stören.

»Sie kamen im Morgengrauen, als die Vul noch schliefen. Mindestens zwanzig oder mehr. Wenn ihr noch nie Vuna gesehen habt – sie haben solche Mäuler!«, er machte eine theatralische Geste mit den Händen. Die Vul reagierten mit erregten Lauten, manche schlugen die Hände auf den Boden. Jonas lachte:

»Sie mögen Geschichten, auch wenn sie, glaube ich, kein Wort verstehen.«

»Vielleicht nehmen sie die Emotionen wahr«, vermutete Karm. Max dachte an Puschel und ihre angezüchtete Empathie. Die Vul wirkten wirklich sehr emotional. Aber andererseits waren sie in der Lage, ihre eigenen Jungen zu töten. Warum taten sie das? Spürten sie vielleicht, dass sie zwischen Mensch und Tier schwankten? Hatten sie Angst, allmählich ihre Menschlichkeit zu verlieren, wenn ihr Nachwuchs zu dumm war, das Händeschütteln zu verstehen?

»Also, wie war das mit dem Angriff der Vuna?«, wollte Mohid wissen.

»Sie überraschten uns«, sagte Jonas. »Aber ich hatte Glück. Ich schlief an einem der Plätze, die weiter in diese Richtung liegen.« Er wies nach Südosten. »Viele der Vul, die am Waldrand schliefen, wurden schwer verletzt oder getötet.« Er machte ein trauriges Gesicht. »Darunter auch das Vul, das mich damals geschnappt hatte. Wir waren richtig gute Freunde geworden. Ich war nur deshalb nicht bei ihm, weil ich gerade Shayan besuchte.«

»Shayan ist auch hier?«, fragte Max. Vor seinem inneren Auge tauchte das Gesicht eines kleinen Jungen mit wildem schwarzem Haar und wachem Blick auf.

»Natürlich! Ich hab' doch gesagt, dass wir alle hier leben.«

»Warum bleibt ihr denn nicht zusammen?«, fragte Karm.

»Ach, lieber nicht«, sagte Jonas ausweichend. »Ich hab' sie so lange jeden Tag gesehen.« Er druckste ein wenig herum und fügte dann hinzu: »Außerdem sind nicht alle Freunde von mir.«

»Ist Emilia auch hier?«, fragte Max, einer plötzlichen Eingebung folgend. Die Hitze stieg ihm ins Gesicht. Unwillkürlich blickte er zu Dalma hinüber, die ein wenig abseits bei Nira saß. Warum war er nicht früher auf den Gedanken gekommen?

Jonas überlegte kurz. Dann schüttelte er den Kopf:

»Keine Ahnung. Ich habe nicht alle gesehen, die nach mir geschnappt wurden.«

»Jetzt erzähl doch mal von dem Angriff«, warf Mohid ungeduldig ein.

»Als die Vul, bei denen ich schlief, den Lärm hörten, gruben sie ihre Waffen aus, so schnell sie konnten, und rannten los, um den anderen zu Hilfe zu kommen.«

»Sie haben Waffen?«, fragte Karm und runzelte die Stirn.

»Ja. Sie klauen Eisenstangen und Ketten und alles, was man gut zum Schlagen benutzen kann und vergraben es an ihren Plätzen.« Er blickte zum Rand der Lichtung. »Ich wette, hier sind auch jede Menge.«

»Und dann?«, fragte Mohid.

»Dann schlagen sie auf die Vuna ein. So.« Er sprang auf und tat, als hätte er einen Knüppel in beiden Händen, mit dem er auf ein imaginäres Vuna einschlug. Die Vul gerieten ganz außer sich, und Max dachte schon, sie würden sich im nächsten Moment auf Jonas stürzen. Doch sie blieben, wo sie waren.

Der Junge wiederholte seine Kampfgesten mehrfach, und die Vul reagierten jedes Mal auf die gleiche Weise. Sogar der sonst so ernsthafte Karm musste lachen.

»Sie sind auf jeden Fall ein tolles Publikum!«, sagte er.

»Okay, okay!«, rief Mohid, der sich vor Ungeduld kaum noch beherrschen konnte. »Und dann?« Jonas hörte auf, die Vul zu unterhalten und setzte sich wieder. Augenblicklich beruhigten sich die Tiere. Max blickte sich um. Die Khandro saß mit Papillo, dem Orakel und Gendüns Mutter im Kreis. Sie schienen irgendeine Praxis zu machen. Die Vul, die bei ihnen saßen und lagen, störten sich nicht daran. Neben der

Khandro hockte ein schwer behindertes Anomal, dessen Körper völlig verunstaltet war. Es hatte die Augen geschlossen und lehnte sich an die alte Frau.

Chagan saß etwas abseits und beobachtete alles, was auf der Lichtung vor sich ging. Das Anomal mit dem Ponykörper, das als erstes auf die Lichtung getreten war, saß dicht an ihn gedrängt und tat es ihm gleich. Die beiden Amerikaner waren so eingeklemmt von Anomals, die sich an sie schmiegten, dass sie sich kaum rühren konnten. Bo zeigte einem kleinen Anomal, einer eigenartigen Mischung aus Hund, Koala und Schimpanse, Fingerspiele, die es erstaunlich geschickt nachahmte. Kaikura saß daneben und wirkte angespannt. Max wunderte sich, bis er sah, dass hinter ihm ein Anomal hockte und ihm immer wieder in sein krauses Haar fasste. Er betrachtete die Anomals eingehender. Keines besaß Haupthaar. Vermutlich waren sie deshalb so interessiert.

Er suchte Firmin und fand ihn mit dem Rücken zu Papillo direkt am Rand der Lichtung sitzend und traurig dorthin blickend, wo Puschel verschwunden war. Das unbehaarte Anomal-Weibchen hockte neben ihm und strich unablässig mit einer Hand über sein Haar, was ihn aber nicht zu trösten schien.

Max hatte Jonas' Erzählung nur mit halbem Ohr zugehört. Der Junge erzählte jetzt davon, dass die Vul kaum in der Lage waren, Verletzungen zu behandeln, weshalb sie den verwundeten Anomals nicht hatten helfen können.

»Haben die Vuna keine Hände?«, unterbrach Max ihn. Jonas schüttelte den Kopf.

»Ich hab' nur die toten Vuna gesehen, und von denen hatte kein einziges Hände. Aber sie sahen furchtbar aus.« Er schüttelte sich erneut.

»Sind sie auch so unterschiedlich wie die Vul?«, fragte Karm. Jonas schüttelte den Kopf.

»O nein! Viel ähnlicher! Als wären sie wirklich eine Tierart. Aber eine, die es in den Bilderbüchern im Waisenhaus nicht gab. Erinnerst du dich, Max?« Max nickte. Ja, er erinnerte sich an die wenigen Bücher, um die sie sich gestritten hatten.

»Wie eine Mischung aus Tigern, Löwen, Leoparden und Wölfen oder so ähnlich«, schloss Jonas.

»Das sind vielleicht die Jagd-Anomals«, sagte Karm.

»Oder die militärischen«, erwiderte Mohid.

»Ihre Augen sind das Einzige, was so ist wie bei den Vul«, sagte Jonas. »Augen wie von Menschen. Gruselig!«

»Ob die Vuna auch in der Regenzeit angreifen?«, fragte Max sich laut. Jonas zuckte mit den Schultern.

»Weiß ich nicht. Aber hier gibt es noch andere gefährliche Tiere.«

»Und welche?«, fragte Mohid.

»Die Gorgor. Ich hab' erst vorgestern drei gesehen.« Bei dem Wort Gorgor gerieten die Vul ganz aus dem Häuschen. Einige erhoben sich sogar, um ihre Erregung kundzutun. Das Pony-Anomal stampfte mit den Hinterhufen auf den Boden, das weiße Anomal mit dem runden Kopf vibrierte am ganzen Leib, und alle stießen unterschiedliche Laute aus, manche bellten, andere pfiffen, wieder andere kreischten regelrecht.

Die Amerikaner, die ganz von Anomals umzingelt waren, hielten sich die Ohren zu.

Als sich die Tiere wieder beruhigt hatten, erzählte Jonas ungerührt weiter:

»Die Gorgor leben im Wasser. Irgendwie verbringen sie die Trockenzeit im Boden und kommen erst heraus, wenn alles aufgeweicht ist.«

»Und was tun sie?«, fragte Mohid. Diese neue Tierart beunruhigte ihn mehr als sie ihn faszinierte. Max konnte ihn gut verstehen. Fast wären sie durch den breiten Kanal geschwommen. Bei dem Gedanken lief ihm ein Schauer über den Rücken.

»Sie lauern am Ufer dicht unter der Wasseroberfläche«, erklärte Jonas. »Die meisten sind nicht groß genug, um Menschen oder große Anomals anzugreifen. Aber die Vul haben trotzdem höllische Angst vor ihnen. Und sie sind ziemlich hässlich.« Er verzog das Gesicht. »Wie eine Mischung aus Krokodilen, Fischen und Kröten – aber riesigen Kröten.«

»Wir sollten Papillo darüber informieren, bevor wir weitergehen«, sagte Karm.

»Ihr bleibt nicht?«, fragte Jonas verwundert.

»Hier bleiben? Bist du verrückt?«, rief Mohid, was zu irritierten Reaktionen seitens der Anomals führte.

»Hier ist es doch gut«, erwiderte Jonas arglos. »Niemand, der einem das Essen wegnimmt, keiner, der einen verhaut, weil man ihn zu lange angesehen hat. Keine Bandenkämpfe. Und keine Männer, die einen zwingen, die armen Vul in ihre scheußlichen Schlachtkeller zu locken.« Max nickte. Alles hing davon ab, woher man kam.

Sie schwiegen eine Weile.

Die Gruppe um die Khandro hatte ihre Praxis beendet. Sie erhob sich und bahnte sich vorsichtig einen Weg zwischen den liegenden und sitzenden Anomals hindurch. Chagan wollte sie begleiten, doch mit einer Geste gebot sie ihm, sitzenzubleiben. Als sie die Öffnung erreicht hatte, die in den Wald hineinführte, blickte sie sich noch einmal um, und betrat anschließend den Hohlweg.

Die Anomals hatten sich nicht geregt. Offenbar betrachteten sie die Menschen als Mitglieder ihrer Sippe, die sich frei bewegen konnten. Die beiden Amerikaner hatten diesen Vorgang genau beobachtet. Erleichtert erhoben sie sich, um ein wenig Abstand zu den Tieren zu gewinnen.

Der Regen war stärker geworden, und obwohl die Plane sie schützte, weichte der Boden immer mehr auf.

»Was meint ihr, wie spät es ist?«, fragte Karm.

»Die Anomals werden bald auf Nahrungssuche gehen«, antwortete Jonas. »Am Abend kommen sie dann wieder hierher, fressen und schlafen anschließend.«

»Ich frage mich, wie wir alle hier schlafen sollen«, sagte Mohid und warf einen besorgten Blick zu seiner Schwester, die vor Dalma saß und sich von ihr den Nacken massieren ließ.

»Oh, das ist gar kein Problem!«, sagte Jonas. »Ein Stück weiter gibt es noch einen Platz. Hier sind überall Plätze. Die Vul sind ganz versessen darauf, Lichtungen anzulegen.« Er grinste schief. »Es könnte nur sein, dass sie dann alle mitgehen, weil sie euch nicht allein lassen wollen.«

»Und wie können wir das verhindern?«, fragte Karm. Jonas zuckte mit den Schultern.

»Weiß ich nicht. Ich hab' noch nie versucht, sie loszuwerden.«

Das unbehaarte Vul-Weibchen hatte sich seit einiger Zeit für Nira und Dalma interessiert und die zwei Mädchen aufmerksam von ihrem Platz aus beobachtet. Jetzt erhob sie sich, ging zwischen den Tieren hindurch und setzte sich direkt vor die beiden. Mohid beobachtete das Anomal argwöhnisch.

Plötzlich zeigte das Anomal mit der Hand auf sich selbst

und dann auf Dalma. Als Dalma nicht verstand, wiederholte es die Geste.

»Möchtest du auch massiert werden?«, fragte sie ratlos und näherte sich dem Tier versuchsweise. Doch es machte eine verneinende Geste mit den Händen und zeigte auf Nira.

»Du möchtest Nira massieren?«, fragte sie ungläubig. Ob das Anomal sie verstand oder nicht – Dalma hatte den Platz hinter Nira freigemacht, und so setzte sich das Tier nun dorthin.

»Ich will aber nicht, dass es mich massiert!«, sagte Nira ängstlich und wandte sich dem Vul-Weibchen zu, um es auf Abstand zu halten. Mohid, der die Szene verfolgt hatte, erhob sich nun und kam auf das Anomal-Weibchen zu.

»Lass sie in Ruhe!«, herrschte er das Tier an.

Die anderen Vul hatten angefangen, sie zu beobachten, verhielten sich aber ruhig. Das Vul-Weibchen kam auf die Hinterläufe und richtete sich zu voller Größe auf. Es war einen Kopf größer als Mohid und viel kräftiger. Die imposante Erscheinung des Vul und seine fast menschliche Nacktheit verunsicherten den Jungen. Dalma sagte rasch:

»Vielleicht ist sie ja wirklich eine gute Masseurin.« Nira hatte offenbar ähnliche Gedanken. Sie drehte dem Anomal erneut ihren Rücken zu und sagte mit angespannter aber zugleich fester Stimme:

»Also gut, sie kann es mal probieren.« Das Vul-Weibchen schien zu begreifen, was die Mädchen ihr anboten. Es wandte sich von Mohid ab und setzte sich mit hoch aufgestellten Hinterläufen hinter Nira.

Alle warteten gebannt, was nun geschehen würde. Langsam legte das Vul-Weibchen seine Hände auf Niras Schultern. Das Mädchen erzitterte leicht, als es die Berührung spürte.

Vorsichtig begannen die Hände des Anomals sich mit den Fingerspitzen voranzutasten. Nach einer Weile hielt es inne, blickte Dalma an, zeigte auf Niras Nacken und schüttelte den Kopf. Es begann, Niras Kopf mit den Händen zu bearbeiten, zuerst vorsichtig, dann mit immer kräftigeren Bewegungen, bis es schließlich den Kopf des Mädchens an der Stirn und am Hinterkopf packte und so fest zusammendrückte, dass das Mädchen einen kleinen Schrei ausstieß. Anschließend ließ es Nira los und ließ die Arme sinken.

Einen Moment lang rührte Nira sich nicht. Dann wandte sie den Kopf zu Dalma und Mohid und sagte:

»Ich habe keine Kopfschmerzen mehr.« Sie drehte den Kopf versuchsweise hin und her, hoch und runter und schräg zu den Seiten. »Nichts! Keine Kopfschmerzen mehr!«, rief sie und strahlte über das ganze Gesicht. Die anderen Anomals schienen zu begreifen, denn sie applaudierten frenetisch und stießen ihre vielen verschiedenen Laute aus. Nira wandte sich dem Vul-Weibchen zu und reichte ihr die Hand. Doch anstatt sie zu ergreifen, umarmte das Anomal sie und streichelte ihr über den Kopf, bevor es sich wieder zu dem weißen Anomal mit dem runden Kopf und ihren gemeinsamen Kindern begab.

»Sie sind so menschlich«, sagte Dalma, als sie sich zu Max setzte. »Erinnerst du dich an das, was die Khandro sagte, als sie zum ersten Mal zu uns sprach? Dass alle Wesen heilig sind, ob sie nun aus der Natur oder aus dem Labor kommen?« Max machte eine vage Geste. Sie musste das gesagt haben, während er geschlafen hatte und mit Gendün unterwegs gewesen war. »Wie lange ist das eigentlich her?«, fuhr Dalma fort. »Es kommt mir so vor, als wäre seitdem eine Ewigkeit vergangen.« Max überlegte. Die Khandro war nachts gekommen.

Am folgenden Tag hatte sie die Unterweisung gegeben und die Feuer-Puja geleitet. Am selben Abend waren Amsa Ras und seine Männer aufgekreuzt und sie hatten ins Parkhaus flüchten müssen, wo die weißen Alligatoren Amsas Männer gefressen hatten. Dann waren sie zurückgegangen und hatten noch einmal in dem Gebäude geschlafen, bevor sie am frühen Morgen mit den beiden Drohnen, die Carmina Burana geschickt hatte, geflohen waren. Noch auf der Fahrt hatten sie von Amsas Umsturz erfahren und waren anschließend von denselben Drohnen verfolgt worden. Anschließend waren sie in die furchtbare Schlammlawine geraten, die sie ohne Bos Mutter und die anderen Frauen nicht überlebt hätten. Sie hatten mit dem schwer verletzten Prinzen auf der kleinen Insel übernachtet, wo er gestorben war, hatten ihn am nächsten Tag dort zurückgelassen und waren hierhergekommen.

»Drei Tage«, sagte er.

»Erst drei Tage?« Dalma schüttelte ungläubig den Kopf. »Verrückt«.

12

Plötzlich kam Bewegung in die Anomals. Als hätten sie ein geheimes Kommando erhalten, erhoben sie sich geräuschvoll, reckten und streckten sich, gähnten laut und gaben alle möglichen Geräusche von sich. Den verkrüppelten und behinderten Tieren wurde aufgeholfen, die Jungtiere, die noch liegen bleiben wollten, erhielten die entsprechenden Stupse oder wurden hochgezogen.

Als sie alle auf den Beinen waren, begann wieder das Händeschütteln. Es schien den Tieren so viel Spaß zu machen, dass viele von ihnen immer wieder kamen.

Mittendrin betrat die Khandro, von ihrem Ausflug in den Wald zurückgekehrt, die Lichtung, und als sie Menschen wie Tiere im händeschüttelnden Abschiedstrubel vorfand, bekam sie einen Lachanfall, der so ansteckend war, dass die gesamte Gruppe in Gelächter ausbrach, während die Anomals eigenartige Laute ausstießen, ohne auch nur einen Moment lang in ihrem Eifer nachzulassen.

Die einzige Verabschiedung, der nichts Albernes anhaftete, ereignete sich zwischen Nira, Mohid und dem unbehaarten Vul-Weibchen. Es hatte den anderen nur einmal die Hand gegeben und wandte sich erst ganz zum Schluss an Nira. Mohid, der dabei stand, nutzte die Gelegenheit, um eine Art Entschuldigung zum Ausdruck zu bringen. Er verbeugte sich etwas linkisch vor dem Vul und gab ihm erst anschließend die Hand. Das Tier gab einen leisen, röhrenden Laut von sich, streichelte Mohid über den Kopf und tat anschließend dasselbe bei Nira. Als es sich abwenden wollte, gab sich das

Mädchen einen Ruck und umarmte das Tier, das überrascht innehielt und ein wohliges Brummen vernehmen ließ.

Endlich hatten die Anomals genug und zogen hintereinander in den Wald, angeführt von dem Pony-Anomal. Auch Jonas, der eine Weile gedöst hatte, verabschiedete sich von den Menschen.

»Willst du nicht bei uns bleiben?«, fragte Karm ihn. »Du könntest mit uns ziehen.« Aber der Junge schüttelte den Kopf. »Mir geht's gut hier. Ich will nicht weg.« Dann winkte er ihnen zu und folgte den Tieren.

Mit einem Mal erschien den Menschen die kleine Lichtung riesig.

»Puhh!«, machte der Amerikaner, der Deutsch konnte. »Was gut, dass diese freundliche Wesen fortgegangen sind«, sagte er aufatmend. Einige lachten zustimmend.

»Ist euch aufgefallen, dass Papillo, die Khandro und die anderen überhaupt nicht an Jonas interessiert waren?«, fragte Karm die anderen Jugendlichen, die sich in einen großen Kreis gesetzt hatten, während die Älteren abseits beisammensaßen.

»Stimmt!«, sagte Nira, »als hätten sie von Anfang an gewusst, dass sein Karma ihn nicht zu ihnen führen würde.«

»Vielleicht sind einige der Tiere ja Verwandte von ihm aus einem früheren Leben«, scherzte Mohid.

»Ja, wer weiß«, pflichtete Kaikura ernsthaft bei. »Und vielleicht war das Vul-Weibchen, das Nira die Schädelplatten wieder zurechtgerückt hat, im früheren Leben ihr Geliebter, der noch etwas wiedergutzumachen hatte.«

»Mein Geliebter?«, rief Nira aus und lachte.

»Habt ihr die behinderten Anomals gesehen?«, fragte Firmin, der offenbar seinen Kummer wegen Puschels Flucht überwunden hatte. »Manche waren ganz furchtbar missgestaltet.«

»Die Armen«, erwiderte Dalma mitfühlend, »das hängt bestimmt damit zusammen, dass sie genetisch so instabil sind.«

»Ich finde es furchtbar, wie wir Menschen alles miteinander vermischt haben«, sagte Kaikura.

»Wie meinst du das?«, wollte Mohid wissen.

»Schaut euch doch um: Alles ist überall. Das Öl, die Kohle und sämtliche Bodenschätze sind überall verteilt, der Müll ist überall verteilt – wir haben alles aus seinem natürlichen Ort herausgerissen und verbraucht. Und dasselbe haben wir mit den genetischen Informationen gemacht: Wir haben einfach alles miteinander vermischt.«

»Das nennt man Entropie«, sagte Firmin und kam sich sehr gelehrt vor.

»Ist mir egal, wie man das nennt«, versetzte Kaikura bitter. »Mich haben diese Tiere vor allem traurig gemacht, weil sie das ausbaden müssen, was irgendwelche idiotischen Forscher sich ausgedacht haben, um viel Geld zu verdienen.«

»Aber gute Masseure haben sie«, sagte Mohid, der keine Lust auf Kaikuras Weltuntergangsstimmung hatte.

Plötzlich stand die Khandro neben Max und sagte leise:

»Komm mit!« Bevor der Junge reagieren konnte, ging sie auch schon voraus, so dass er sich beeilen musste, ihr zu folgen. Die Jugendlichen warfen ihm neugierige Blicke zu.

»Noch eine, die was von dir will«, feixte Mohid, doch sein Scherz kam nicht gut an, und Nira schlug ihm tadelnd aufs Knie.

Die Khandro ging auf die Öffnung zu, die tiefer in den Wald führte, und den die Anomals gerade erst benutzt hatten, um sich auf Nahrungssuche zu begeben. Chagan, der auch diesmal Anstalten machte, sie zu begleiten, gab sie ein Zeichen zu bleiben.

Sie betraten den schmalen Hohlweg hintereinander, die Khandro voraus, Max dicht hinter ihr. Von den Tieren war nichts mehr zu hören, und nach ein paar Schritten verschluckte die Vegetation auch die Geräusche der Menschen.

Weiter vom Ufer entfernt bestand der Wald hauptsächlich aus mittelgroßen Bäumen mit stacheligen Ästen und dicken, dunkelgrünen Blättern, die ledrig wirkten. Ab und zu kamen sie an dichten, weit ausladenden Gebüschen vorbei, in denen es raschelte, als wären dort kleine Tiere zugange.

»Diese Bäume«, sagte die Khandro beiläufig, »klonen sich selbst. ich kenne sie aus Amerika. Sie wurden gezüchtet, als das Klima sich immer schneller änderte und die normalen Pflanzen es nicht mehr schafften, sich geschlechtlich zu vermehren. Später gab man das Projekt auf, weil sie keine essbaren Früchte hervorbrachten.« Sie blickte sich nachdenklich um. »Ich frage mich nur, wie sie hierhergekommen sind.«

»Pflanzen vermehren sich geschlechtlich?«

»Oh ja«, sagte die Khandro. »Nicht alle taten das, aber sehr viele. Doch inzwischen sind sie fast ausgestorben. Das hängt auch mit dem Verschwinden der Insekten zusammen.«

»Mit den Insekten?«, fragte Max verwundert

»Ja, natürlich«, sagte die Khandro. »Die Blüten vieler Pflanzen lockten Insekten mit einem süßen Saft, dem Nektar, an. Während die Insekten den Nektar tranken, taten sie unbewusst das, was die Pflanzen wollten, nämlich den

Blütenstaub von Blüte zu Blüte weitertragen. So konnten sich viele Pflanzen geschlechtlich fortpflanzen.«

»Was ist denn eine Blüte?«, fragte Max weiter und erinnerte sich im selben Moment an die blühenden Wälder, die Gendün ihm gezeigt hatte.

Die Khandro blieb stehen und legte dem Jungen eine Hand auf die Schulter.

»Ich hoffe sehr, dass du in diesem Leben einmal eine Blüte sehen wirst, Max. Sie sind wunderschön und sehr vergänglich – ein perfektes Symbol für das Leben.« Dann wandte sie sich um und ging weiter.

Der Weg schlängelte sich wie ein Tunnel durch die undurchdringliche Vegetation. Nachdem sie eine ganze Weile schweigend gegangen waren, begann Max, sich Sorgen zu machen. Wusste die Khandro, was sie tat? Er versuchte, irgendwelche Anzeichen von Unsicherheit zu finden, doch die alte Frau ging zielsicher immer weiter, ohne nach rechts oder links zu schauen.

Plötzlich öffnete sich der Wald und sie standen am Rand einer natürlichen Lichtung, die sehr viel größer war als der Rastplatz der Anomals. Der Boden war felsig und uneben, das Gestein schroff, kantig und von dunkelgrauer Färbung, in einiger Entfernung stieg das Gelände zu einem kleinen, tafelartigen Gipfel an. Die Khandro setzte sich erneut in Bewegung und begann, den flachen Hang zu besteigen. Max folgte ihr, während er sich umblickte. Nach und nach gewannen sie einen Überblick über die Gegend, in der sie sich befanden.

Als sie die höchste Stelle des kleinen Plateaus erreicht hatten, drehte die Khandro sich um und sagte:

»Sieh dich um!«

Max gehorchte. Nach Südosten schien die Grube endlos zu sein – eine von schmalen und breiten Kanälen durchzogene Insellandschaft. An manchen Stellen sah er Wasserflächen, die groß wie Seen wirkten. Im Westen, keine vier Kilometer entfernt, thronte die verlassene Stadt. Max sah das Waisenhaus und ein Stück weiter links die Schlammlawine, die wirkte, als wäre sie noch breiter geworden.

Er blickte auf den Wald zu seinen Füßen. Dort war die kleine Lichtung – eine kreisrunde kahle Stelle mit der weißlich-grau glänzenden Plastikplane, die sie als Regendach aufgespannt hatten.

Im Norden erlebte er eine Überraschung: Keine fünfhundert Meter entfernt stieg das Gelände jäh an, wenn auch nicht so hoch wie unterhalb der Stadt. Dies war die nördliche Abbruchkante der Grube, die er eigentlich in größerer Entfernung vermutet hatte. Max kannte diese Gegend von der Aussicht aus dem obersten Stockwerk des Waisenhauses. Von dort aus hatte er auch zum ersten Mal die vielen schmalen Wasserfälle gesehen, die sich während der Regenzeit in die Grube ergossen und ihre Seen speisten.

Deshalb wusste Max, was er vor sich hatte. Und er wusste, dass die nördliche Abbruchkante fast schnurgerade von Westen nach Osten verlief, und dass es dann nicht mehr weit bis zur nächsten bewohnten Stadt war.

Er hatte aber nie bemerkt, dass es an dieser Stelle auch eine Rampe gab, einen relativ schmalen Weg, der sich den felsigen Untergrund zunutze machte, um sich in engen Serpentinen bis hoch auf die Ebene der normalen Landschaft zu winden. Der Weg dorthin sah frei aus, und er war kaum von Vegetation bewachsen.

Die Khandro hatte ihm Zeit gelassen, die Eindrücke zu verarbeiten. Jetzt sagte sie:

»Heute Nacht – das ist deine Unternehmung. Ich werde dir das Orakel mitgeben. Chatral, den ihr Papillo nennt, wird mitkommen, und ich nehme an, dass Kaikura und Karm es sich nicht nehmen lassen werden, dir ebenfalls zu helfen.« Sie blickte ihn ernst an.

»Ihr riskiert viel für dieses Mädchen. Erzähl mir von ihr.«

Max sah die Khandro überrascht an.

»Emilia ist ... war ...«, stammelte er. Dann besann er sich. Natürlich wollte die Khandro wissen, für wen sie das Orakel und Papillo in die verlassene Stadt zurückschickte. Doch wer war Emilia? Nur irgendein Mädchen, das durch Zufall in sein Leben getreten war und es weniger traurig hatte erscheinen lassen. Nur jemand, der ihm allein wichtig war. Konnte er es zulassen, dass so kostbare Menschen wie das Orakel oder Papillo ihr Leben für sie riskierten?

Max erschrak über seine eigenen Gedanken. Bis zu diesem Moment hatte er sich diese Dinge nicht vor Augen geführt. Nun fühlte er sich verantwortungslos, naiv – und gleichzeitig hatte er ein schlechtes Gewissen, weil er Emilia mit diesen Menschen verglich und herabwertete, und weil er trotzdem bereit war, andere zu opfern, um sie zu befreien. Was für ein Durcheinander! Er seufzte.

»Ich könnte mit Papillo allein gehen«, sagte er.

»Und es wäre doch dasselbe«, erwiderte die Khandro ruhig. Sie hatte Recht. Er würde immer noch Papillos Leben aufs Spiel setzen. Und wenn Papillo etwas zustieß, würden Nira, Mohid, Dalma, Karm, Bo, Firmin und Kaikura den einzigen Mann verlieren, auf den sie sich jemals hatten verlassen können. Das würde er sich niemals verzeihen. Max fühlte sich elend, als ihm das alles klar wurde.

»Ich könnte allein gehen«, versuchte er es noch einmal, fast verzweifelt. »Ich nehme diese Serpentinen, gehe den Weg zurück bis zum Waisenhaus und breche ein – das habe ich schon oft gemacht, ich weiß, wie das geht. Die erwischen mich nicht.« Er hatte den Weg mit ausgestrecktem Finger angezeigt. Bestürzt bemerkte er nun, dass die Khandro Tränen in den Augen hatte.

»Sie ist dir sehr teuer, nicht wahr?«, sagte sie leise.

»Ja!«, antwortete Max. »Ich … ich liebe sie. Sie hat mich gerettet«, antwortete er mit heißen Augen. Die Frau nickte, während sie ihn nachdenklich betrachtete.

Plötzlich lächelte sie ihn freundlich an und sagte leichthin:

»Gut, dann bleibt es also dabei. Ich möchte, dass du jemanden triffst.« Und schon wandte sie sich ab und begann, den Hügel auf der anderen Seite hinabzusteigen.

»Wie?«, fragte Max verwirrt. »Jetzt? Hier?«

»Ja, natürlich! Wo denn sonst? Komm!«, rief sie über die Schulter zurück. Max folgte ihr neugierig. Wen in aller Welt konnte man hier treffen?

Das Gelände neigte sich sanft zum östlichen Rand der freien Fläche. Etwa sechzig Meter entfernt standen zunächst vereinzelte Büsche und Bäume, die nach und nach dichter wurden und weiter hinten einen richtigen Wald bildeten.

Zwischen einem dichten stacheligen Busch und einem niedrigen Baum stand ein Tier und sah ihnen entgegen. Max blieb überrascht stehen. Er hatte auf Anhieb den eigenartigen, hässlichen Kopf – halb Hund, halb Katze – erkannt, die ausgewinkelten Beine, den abgeflachten Körper, die

Reptilienhaut, die schwarzen Hände an den Vorderpfoten, die Menschenfüße an den Hinterläufen, den langen, peitschenden Schwanz. Es war das Vul, das ihm in der Nacht seiner Flucht gefolgt war. Das Vul, das ihn von der Grube aus beobachtet hatte, als er Papillos Gruppe gerade erst begegnet war. Das Vul, das nachts zu ihrem Regen-Quartier gekommen war und ihn nicht gefressen, sondern ihm die Hand gegeben hatte. Das Vul, das ihnen den Weg zur Schlammlawine gezeigt hatte und seitdem verschwunden war. Jetzt stand es dort und blickte ihnen entgegen.

Max beeilte sich, zur Khandro aufzuschließen. Er war jetzt sehr neugierig. Dieses Vul schien anders zu sein als die Tiere, mit denen sie die letzten Stunden verbracht hatten. Es war ein Einzelgänger. Und es schien etwas von ihm zu wollen, sonst wäre es ihm nicht so lange gefolgt. Doch was konnte es sein?

Als sie das Vul erreichten, streckte es die Hand aus und sagte mit seiner rauen, tonlosen Stimme:

»Ando.« Die Khandro ergriff die Hand des Anomals, lächelte es freundlich an und sagte:

»Sei gegrüßt, Vul. Hier bringe ich dir Max.« Das Tier wandte sich dem Jungen zu und sagte:

»Vak.«

»Hallo, Vul«, erwiderte Max schüchtern. Er hätte nie gedacht, dass dieses Tier richtig sprechen konnte.

»Vul schlau mit Ando, mit Vak«, sagte das Anomal, als hätte es die Gedanken des Jungen erraten.

»Vul hat mir erzählt, dass sie weiß, wen du suchst. Emilia ist nicht mehr im Waisenhaus«, sagte die Khandro. Das Anomal nickte.

»Kleine Frau alle Haus hinter Haus.« Max verstand nicht.

»Kleine Frauen, Mädchen«, erklärte die Khandro.

»Haus hinter Haus?«, fragte Max ratlos. Das Vul nickte.

»Haus hinter Haus«, sagte es. »Vul Vak führen.« Es zeigte auf den Boden. »Nacht.«

»Heute Nacht«, übersetzte die Khandro. Das Vul nickte.

»Vul bei Vak.« Wieder verstand Max nicht, was das Anomal sagte. Die Khandro seufzte.

»Das ist ihre Bedingung. Sie will bei dir bleiben.«

»Bei mir?«, rief Max erschrocken und blickte abwechselnd von der Khandro zu Vul. »Warum?« Vul breitete die Arme aus und wandte den Blick von links nach rechts. Anschließend öffnete es eine Hand, streckte sie Max entgegen und drückte sie gegen seine Brust.

»Ich verstehe nicht.« Der Junge blickte die Khandro hilfesuchend an.

»Sie sagt, du hast ein großes Herz.« Max blickte das Tier, das ganz offensichtlich kein Tier war, stumm an. Er und ein großes Herz? Er wusste nicht, was er denken sollte. Er schüttelte den Kopf.

»Aber«, begann er, »ich habe gar kein …«

»Du weißt noch nicht, was du hast oder nicht hast, Max«, unterbrach die Khandro ihn sachlich. Der Junge blickte die Frau ratlos an. Er hatte das Gefühl, einen großen Irrtum aufklären zu müssen, damit er nicht schon wieder jemanden enttäuschte. Aber das Vul blickte ihn unverwandt aus seinen Menschenaugen an und die Khandro stand daneben und sah ihn so ausdruckslos an, als wäre auch sie nur zur Hälfte ein Mensch. Er seufzte und gab sich geschlagen.

»In Ordnung«, sagte er und nickte. Vul hob den Kopf, heulte kurz auf und klatschte zweimal in die Hände. Der lange Schwanz peitschte durch die Luft. Dann schüttelte es den Kopf.

»Vul schlau. Vak gehen. Vul hier.« Diesmal glaubte der Junge, verstanden zu haben.

»Also nicht für immer? Nur, bis es gelernt hat? Dann gehe ich weiter und Vul bleibt in der Grube?« Die Khandro und Vul nickten gleichzeitig.

»Ich habe mir Folgendes gedacht«, sagte die Khandro nun geschäftig und blickte Vul und Max an. »Wir müssen durch die Grube nach Köln gehen, um von dort einen Weg an die Küste zu finden. Vul könnte uns begleiten und lernen. Sobald wir aus der Grube gehen, trennen sich unsere Wege. Ganz einfach, nicht wahr?«

Diesmal hatte das Anomal Verständnisschwierigkeiten. Es schüttelte den Kopf und zeigte auf seine kleinen, spitzen Ohren. Ohne lange zu überlegen, benutzte die Khandro eine Zeichensprache vermischt mit einzelnen Worten.

Diesmal verstand Vul. Sie legte den Kopf zurück, heulte kurz auf und applaudierte, während ihr langer Schwanz durch die Luft sauste. Sie war einverstanden.

»Sie hatten schon früher Kontakt zu Anomals, die sprechen konnten, nicht wahr?«, sagte Max. Die Khandro warf ihm einen Seitenblick zu, antwortete aber nicht. Stattdessen sagte sie an Vul gerichtet:

»Dann ist es also abgemacht. Wir sehen uns heute Nacht, wenn der Regen aufhört hier an diesem Ort.« Sie hatte ihre Worte mit Gesten begleitet. Für Regen hatte sie beide Hände über ihren Kopf gehoben und anschließend nach unten geführt, wobei ihre Finger sich bewegten.

Vul schien verstanden zu haben. Sie nickte und streckte der Khandro ihre Hand entgegen. Die Khandro ergriff sie und lächelte das Anomal an. Dann war Max an der Reihe. Er fühlte sich noch immer benommen von dieser neuen Wendung.

Vul ergriff seine Hand und blickte ihn lange aus ihren Menschenaugen an. Und dann rollten Tränen aus diesen Augen. Im nächsten Augenblick wandte sie sich ab und verschwand im Wald.

Max schaute dem Tier verwundert nach. Kaikuras Worte kamen ihm in den Sinn: ›Wir haben alles miteinander vermischt.‹ Was war Vul? Ein Menschentier? Ein Tiermensch? Ein Mensch in Tiergestalt? Ein Tier mit dem Geist eines Menschen?

»Es spielt keine Rolle«, sagte die Khandro, als hätte sie seine Gedanken gehört. »Nur weil es spricht wie wir, heißt das noch nicht, dass die Tiere, die nicht sprechen können, anders sind als wir.«

»Wie meinen Sie das?«, fragte Max verwirrt. Er hatte damit gerechnet, dass sie sagen würde: ›Nur weil es spricht, heißt es noch nicht, dass es so ist wie wir‹. Die alte Frau lächelte ihn freundlich an.

»Hast du gesehen, wie Puschel zu Firmin Vertrauen fasste und dann vor den Anomals floh?« Der Junge nickte. Ja, natürlich hatte er es gesehen. Die Khandro hob kurz die Augen, als wollte sie einen weiten Blick haben für das, was sie ihm nun erklären würde.

»Alle Wesen sind so«, sagte sie dann. »Früher hatten die Menschen Hunde und Katzen als Haustiere. Vielleicht hast du sie ja auf Bildern gesehen.« Max nickte. In den Büchern im Waisenhaus, und manchmal im Fernsehen der Aufseher, wenn er nachts im Schlaf durch das Gebäude geschwebt war und mitgeschaut hatte – bevor Emilia in sein Leben gekommen war und er für sie beide Wache halten musste.

»Die Menschen in den Metastädten haben noch immer Katzen, Hunde, Hamster, Kaninchen, Wellensittiche,

Kanarienvögel. Manche halten sogar Hühner. Sie alle vertrauen dem, der sie gut behandelt und fürchten sich vor denen, die ihnen Schaden zufügen wollen.« Sie schwieg kurz. »Auf dem Land sind sie praktisch ausgerottet«, sagte sie dann. »Durch die Armut derer, die nach dem chinesisch-indischen Krieg hier strandeten, und durch die Anomals.« Sie blickte sich noch einmal um. Dann sah sie den Jungen an, rieb sich den Bauch und sagte:

»Bist du auch so hungrig? Lass uns zurückgehen!« Sie setzte sich in Bewegung.

Max musste sich anstrengen, um Schritt zu halten, denn die Khandro bewegte sich mit einem Mal erstaunlich schnell.

»Seit wann gibt es die Anomals eigentlich schon?«, fragte er, während sie das Plateau auf der Südseite umrundeten, um zum Hohlweg zu gelangen.

»Lass mich überlegen«, antwortete sie. »Bestimmt schon seit hundert Jahren. Ich selbst kann mich an keine Zeit erinnern, in der es sie nicht gab. Als Kind hatte ich eines – es war mein bester Freund.«

»Oh«, machte Max, der von dieser verspäteten Antwort auf seine Frage überrascht war. Die Khandro nickte, ohne ihn anzusehen.

»Sie hieß Lisa und war eine große Philosophin – aber meine Eltern durften nichts davon bemerken, sonst hätten sie Angst vor Lisa bekommen.« Sie kicherte wieder. »Wir waren ein eingeschworenes Team.« Sie lächelte jetzt wie jemand, der an eine ferne schöne Zeit zurückdenkt. »Sie war es, die mich lehrte, dass alles Leben heilig ist.« Tränen stiegen in ihre Augen, während sie immer noch lächelte. Max wollte wissen, was aus Lisa geworden war, doch er unterließ es, weil er das Gefühl hatte, dass es keine schöne Geschichte war.

Sie erreichten den westlichen Rand der Lichtung und betraten den Hohlweg.

»Gibt es in den Metastädten denn noch Leute, die Anomals halten?«, fragte Max nach einer Weile. Die Khandro schüttelte den Kopf.

»Nein. Sie gerieten in Verruf und wurden verboten. Vor allem, weil man befürchtete, sie würden wegen des menschlichen Genmaterials zu schlau werden und eines Tages die Macht übernehmen.« Sie lachte auf. »Als ob Menschen und Tiere so unterschiedlich wären, dass Monster entstehen, wenn man sie vermischt!«

»Aber sie sind schon ... seltsam«, erwiderte Max vorsichtig.

»Achte nicht auf Körper, Max. Körper sind vergänglich, sie kommen und gehen. Wir stecken eine Weile in ihnen fest, und dann verlieren wir sie und geraten in einen neuen Körper, der wieder anders ist.«

»Glauben Sie daran?«

»Oh, ich glaube nicht daran – ich weiß, dass es so ist.«

»Aber wie können Sie das wissen?«

»Ich erinnere mich.«

»Woran denn?«

»Daran, dass ich einmal ein Mann war – ein Säufer übrigens.« Sie kicherte vergnügt. »Aber ich war kein böser Säufer. Ich war sogar ganz liebenswert und half gerne anderen Menschen. Und weil ich unglücklich war, soff ich, bis ich an Leberzirrhose starb.« Sie zuckte mit den Schultern. »So war das.«

»Wirklich?«, fragte Max ungläubig.

Die Khandro blieb stehen und sah Max in die Augen wie eine Mutter, die im nächsten Moment mit ihrem Kind schimpfen wird.

»Schau, Max: Du träumst und siehst Dinge, die es wirklich gibt. Hast du dich nie gefragt, was das im Hinblick auf deine fünf Sinne bedeutet? Benötigst du sie wirklich, um die Wirklichkeit zu erkennen? Offenbar doch nicht.« Sie ging weiter. »Komm jetzt! Ich habe wirklich schrecklichen Hunger.«

Als sie ins Lager zurückkehrten, fanden sie die Gruppe bestens gelaunt in einem großen Kreis um den glücklichen Firmin sitzend vor. Auf seinem Arm hielt er das kleine Tier, das er Puschel getauft hatte. Es hatte sich zusammengerollt und gab brummende Laute des Wohlgefühls von sich.

Als Firmin Max erblickte, rief er:

»Puschel ist zu mir zurückgekommen! Sieh mal, ist sie nicht süß!« Er strahlte geradezu vor Glückseligkeit.

Das Tierchen hatte den Kopf gehoben und beobachtete Max aufmerksam. Es schien ihn zu erkennen, denn es gab ein winziges, hohes Bellen von sich und ließ seinen buschigen Schwanz erzittern.

»Sie freut sich, dich zu sehen!«, rief Firmin. Papillo lachte.

»Firmin hat ihre Sprache schon verstanden.«

»Ist ja auch ganz leicht«, sagte der Junge glücklich.

Max setzte sich zu Dalma. Er dachte an Khandros Worte: ›Alle Wesen sind so.‹ Und dann dachte er an das, was er über Emilia gesagt hatte: dass er sie liebte. Er warf einen Seitenblick zu Dalma, die sich mit Firmin freute und sich wie selbstverständlich an ihn gelehnt hatte. Er fühlte, dass er Dalma liebte, wenn auch auf eine ganz andere Weise. Doch zugleich kam es ihm so vor, als würde er beide Mädchen miteinander betrügen. Was würde erst geschehen, wenn die beiden einander begegneten? Er fürchtete sich davor. Einen Moment lang blitzte in ihm die Hoffnung auf, diesen Konflikt zu vermeiden, indem er Emilia gar nicht erst fand. Als er das bemerkte, erschrak er und schimpfte im Stillen mit sich selbst. Doch das half nicht, und ihm wurde elend zumute.

Plötzlich sprang Puschel von Firmins Arm und krabbelte auf Max' Schoß. Dort rollte es sich ein und gab seine brummenden Laute von sich. Gedankenverloren streichelte er das Tier und bemerkte erst nach einer Weile, dass Firmin ihm halb lächelnd, halb empört zuschaute. Max wollte das kleine Tier schon hochheben und wieder zu Firmin tragen. Doch dann fiel ihm ein, dass der Junge geschworen hatte, Puschel nie festzuhalten. Also ließ er sie auf seinem Schoß und streichelte sie weiter. Im Stillen bedankte er sich bei dem Anomal, weil es ihn von seinen widerstreitenden Gefühlen abgelenkt hatte. Er fühlte sich wirklich schon besser.

Kaum hatte er das gedacht, als das Tierchen sich erhob und zu Firmin zurückhoppelte, der Max wie ein siegreicher Nebenbuhler ansah, während er die Arme ausstreckte, um Puschel in Empfang zu nehmen. Fast kam es Max so vor, als hätte das Anomal gespürt, dass es ihm nicht gut ging. So betrachtet musste das bedeuten, dass es Firmin am schlechtesten von allen ging. Und vielleicht stimmte das sogar, überlegte er, während er den Jungen betrachtete, der jetzt wieder wunschlos glücklich wirkte.

»Wo wart ihr denn, du und die Khandro?«, fragte Dalma beiläufig und riss ihn aus seinen Gedanken. Er erzählte ihr rasch, was geschehen war. Das Mädchen machte große Augen. Inzwischen hörten auch die anderen zu.

»Ich treffe mich nach Sonnenuntergang mit dem Vul«, schloss Max.

Einen Moment lang sagte niemand etwas.

»Ich werde dich nicht allein gehen lassen«, stellte Papillo dann freundlich aber bestimmt klar.

»Ich komme mit«, meldete sich Kaikura.

»Ich auch«, sagte Karm.

Max sah die beiden Jungen an und blickte anschließend zu Khandro hinüber, die etwas abseits mit Gendüns Mutter, dem Orakel und Chagan saß. Die alte Frau zwinkerte ihm zu.

»Nein«, sagte Max mit fester Stimme. »Ihr müsst hierbleiben und auf die anderen aufpassen.« Er suchte nach einem unwiderlegbaren Argument. »Das Vul ist stark für drei«, behauptete er, »es wird uns beschützen.«

Die Jungen fügten sich schweigend. Auch sonst äußerte niemand Einwände. Papillo nickte Max zu. Anschließend blickte er in die Runde.

»Lasst uns essen!«

13

Der Tag neigte sich seinem Ende entgegen, als sie mit dem Essen fertig waren. Papillo hatte eine ausreichende Menge Wasser entgiftet und anschließend verkündet, der Proviant werde allmählich knapp.

»Wir werden das eine mit dem anderen verbinden müssen«, sagte er zu Max. »Und dafür ist es vielleicht doch notwendig, die beiden mitzunehmen.« Papillo überlegte kurz, während er das gereinigte Wasser in Kunststoffbecher füllte und verteilte. »Der Schwarzmarkt kommt für uns nicht in Frage. Erstens ist er zu weit weg. Zweitens steht er jetzt komplett unter Amsas Kontrolle. Und drittens ist das Ordnungsamt in der Stadt. Da haben wir gar keine Chance.«

»Wir könnten das Waisenhaus bestehlen«, schlug Max vor. »Das habe ich oft genug für den alten Mann gemacht.« Papillo sah ihn skeptisch an. Als er den letzten Becher ausgeteilt hatte, setzte er sich im Schneidersitz zu Max, nahm einen Schluck aus seinem eigenen Behälter und sagte:

»Wir können das Waisenhaus nicht bestehlen, Max. Sieh mal, wie viele wir sind. Du hast nur für dich und den alten Mann gestohlen, aber wenn wir uns an deren Lebensmittelvorräten bedienen, dann fällt es auf.«

»Und was sollen wir tun?«

»Uns wird schon etwas einfallen. Ich möchte folgendes vorschlagen: Kaikura und Karm kommen mit ihren leeren Rucksäcken mit. Wir gehen auf jeden Fall am Waisenhaus vorbei. Ich habe da so eine Ahnung.« Er blickte zum Orakel hinüber. Die junge Frau saß da und schien mit offenen Augen zu dösen. Inzwischen hatten sie sich an die eigenartige Mischung aus Anwesenheit und Abwesenheit, die von ihr ausging, gewöhnt.

»Wie heißt sie eigentlich?«, fragte Max im Flüsterton. Bevor Papillo antworten konnte, sagte das Orakel:

»Claire Sagong.« Sie blickte Max an und lächelte. »Aber ich werde ›Nechung-Orakel‹ genannt. Es ist eine offizielle Bezeichnung. Und Ja, ihr solltet Kaikura und Karm mitnehmen, und ihr solltet am Waisenhaus vorbeigehen. Aber zu Emilia geht ihr am besten nur mit Vul.« Ihr Lächeln erlosch und sie kehrte zurück in ihren vorherigen Zustand. Bevor sie ganz abtauchte, sagte sie noch:

»Ihr müsst Vul helfen.«

»Vul helfen?«, wiederholte Max und sah Papillo fragend an. »Ich dachte ...«

»Wir werden uns einfach gegenseitig helfen«, unterbrach Papillo den Jungen.

Als die Dämmerung einsetzte, ließ der Regen nach und es wurde wärmer. Die Anomals waren nicht zurückgekehrt. Mohid vermutete, dass es auch ihnen zu eng geworden wäre auf der kleinen Lichtung. Kaikura, Karm und Papillo hatten ihre Rucksäcke komplett entleert und geschultert. Max sollte ohne Rucksack aufbrechen, um beweglich zu bleiben.

Dann war es Zeit, sich zu verabschieden.

»Falls ihr aus irgendwelchen Gründen nicht hierbleiben könnt«, wies Papillo sie an, »versucht auf jeden Fall in der Nähe auf uns zu warten! Und geht nicht ans Wasser, bleibt im Wald! Hört auf Khandro Padma!« Alle versprachen zu tun, was er gesagt hatte. Anschließend umarmte Papillo jeden einzelnen, auch die beiden schweigsamen Amerikaner.

Dann legte er seine Stirn an die Stirn von Gendüns Mutter und tat das Gleich bei Claire Sagong und Chagan, der sich weit hinabbeugen musste. Zuletzt verabschiedete er sich von der Khandro, indem er sich mit zusammengelegten Handflächen tief vor ihr verbeugte.

»Ach, lass das, Chatral! Komm her!«, sagte sie abwehrend und umarmte Papillo fest. »Pass gut auf dich auf, alter Mann, hörst du?«, ermahnte sie ihn. »Wenn wir dich verlieren, verlieren wir die Lehre in diesem Land, sei dir dessen bewusst!« Papillo nickte artig wie ein Schüler.

»Das werde ich, eure Heiligkeit«, versprach er.

Dalma und Max hatten die ganze Zeit Hand in Hand nebeneinandergestanden und zugeschaut. Max hätte gerne etwas Hoffnungsvolles gesagt, doch er wusste nicht, was.

Als es nun soweit war, dass sie aufbrechen mussten, um noch vor Einbruch der Nacht aus der Grube zu gelangen, war es Dalma, die sich einen Ruck gab. Sie umarmte Max und flüsterte in sein Ohr:

»Ganz gleich, was geschieht – es war schön mit dir.«

»Mit dir auch«, erwiderte Max. Er war erleichtert, dass Dalma ihm die Last abgenommen hatte, etwas zu sagen, doch gleichzeitig fühlte er sich wie ein dummer Junge, weil er nicht selbst dazu in der Lage gewesen war. Das Mädchen küsste ihn auf die Wange und ließ ihn los.

In der Zwischenzeit hatten sich Kaikura und Karm von den anderen verabschiedet. Nun war Max an der Reihe. Als erste fiel Nira ihm um den Hals. Das Mädchen drückte ihn fast stürmisch und rief:

»Hol sie dir!« Die anderen lachten, was die Stimmung etwas löste. Anschließend umarmte er der Reihe nach die anderen und verabschiedete sich sogar von Puschel. Firmin war zu beschäftigt, um ihn richtig zu verabschieden. Stattdessen sagte er:

»Schau, ich habe ihr beigebracht, die Hand zu geben. Puschel! Gib die Hand!« Er streckte dem kleinen Tier seinen Zeigefinger hin, den es mit seinen großen Kulleraugen einen Moment lang beäugte. Dann ergriff es ihn mit seinen zwei winzigen Händchen.

»Hast du das gesehen?«, rief Firmin glücklich. »Wenn die Anomals zurückkommen, werden sie sich wundern!« Wieder lachten alle.

Anschließend streckte Mohid seine Hand aus und hielt sie Max hin.

»Von Anomal zu Anomal«, sagte er ironisch. »Passt auf euch auf.« Dann wandte er sich rasch ab.

Die Amerikaner klopften ihm fest auf den Rücken, während sie ihn umarmten. Bo stellte sich auf die Zehenspitzen und gab Max einen schnellen Kuss auf die Wange, ohne etwas zu sagen.

Gendüns Mutter nahm sein Gesicht in ihre Hände und lächelte ihn genauso liebevoll an, wie sie es am Morgen getan hatte. Das Orakel aber verneigte sich vor Max, als er gerade im Begriff war, dasselbe zu tun.

»Warum tust du das?«, fragte er verwirrt. Ohne den Kopf zu heben, sagte sie:

»Ich verneige mich vor der Zukunft.« Bevor Max darauf reagieren konnte, trat die Khandro hinzu. Sie trug etwas in der Hand. Es sah aus wie eine Kette mit Anhänger. Sie streifte die Kette über seinen Kopf und steckte ihm den Anhänger in den Ausschnitt seines Hemdes, ehe er einen genaueren Blick darauf werfen konnte.

»Wir dürfen keine eindeutigen Symbole mit uns führen, um nicht erkannt zu werden. Aber dies wird dich beschützen, wenn du daran glaubst«, sagte sie. Dann legte sie ihre Stirn gegen seine. Als sie ihm anschließend in die Augen blickte, sah Max, dass sie strahlend blau waren.

Als letzter verabschiedete sich Chagan von ihm. Er lachte ein kurzes Lachen mit seinem tiefen Bass und ließ seine Pranke auf Max' Schulter herabfallen. Dann gab er ihm die Hand, schüttelte sie kräftig und sagte dröhnend:

»Ta bol tom zürkhtei jijig amitan yum!«[1]

»Was hat er gesagt?«, fragte Max. Doch die beiden Frauen schmunzelten nur.

»Keine Ahnung«, log die Khandro.

Winkend und begleitet von guten Wünschen, die ihnen vielfach hinterhergerufen wurden, betraten sie den Hohlweg, der zum Felsplateau führte. Max, der die Nachhut bildete, blickte ein letztes Mal zurück. Seine Augen suchten Dalma, doch das Mädchen stand abgewandt. Nira hatte einen Arm um sie gelegt und sprach leise mit ihr.

Der Anblick schnürte Max die Kehle zu. Am liebsten wäre er zurückgegangen und hätte Dalma gesagt, dass er sie immer lieben würde, ganz gleich, was geschah.

Doch er konnte nicht. Mit dem Gefühl, für ihre Trauer verantwortlich zu sein, folgte er den anderen.

Diesmal erschien Max der Weg viel kürzer. Als sie am Felsplateau eintrafen, trat Vul aus der Deckung des Waldes und kam

---

1. »Du bist ein kleines Tier mit einem großen Herzen!«

ihnen entgegen. Sie gaben einander wortlos die Hand. Anschließend übernahm das Anomal die Führung und schlug den Weg zu den Serpentinen ein.

Das Licht nahm jetzt schnell ab, so dass sie sich beeilen mussten, um vor Einbruch der Nacht aus der Grube herauszukommen. Max glaubte, sich erinnern zu können, dass es entlang der nördlichen Abbruchkante eine Straße gab, er hatte sie vom Waisenhaus aus gesehen. Doch über ihren Zustand wusste er nichts.

Da die Serpentinen in den Felsen gehauen worden waren, befanden sie sich in gutem Zustand. Hier und da lagen kleinere und größere Gesteinsbrocken im Weg, doch es fiel der kleinen Gruppe nicht schwer, sie zu umgehen.

Als sie nach der dritten Kehre erneut Richtung Westen hochgingen, blieb Max plötzlich stehen.

»Seht mal!«, sagte er und zeigte auf das Waisenhaus, das sich wie ein Turm zwischen den niedrigeren Gebäuden des Industriegeländes heraushob. Die anderen begriffen augenblicklich, was er meinte. Das gesamte Gebäude war bis unter das Dach hell erleuchtet und offenbar voller Menschen, denn sie erkannten unzählige Gestalten, die sich unablässig hin und her bewegten.

»Deshalb sind sie dort gelandet!«, rief Karm. Papillo nickte bestätigend.

»Sie benutzen das Waisenhaus als Quartier, während sie die Stadt nach uns durchsuchen«, stellte er sachlich fest. »Das ergibt Sinn. Soweit ich weiß, ist das östliche Waisenhaus das einzige städtische Gebäude in der verlassenen Stadt, das über so viel ungenutzten Platz verfügt.«

»Was bedeutet das denn jetzt?«, wollte Kaikura wissen. Papillo zuckte mit den Schultern.

»Wir werden sehen.«

Der Schwanz des Anomals sauste ungeduldig durch die Luft, als es ebenfalls die Hand ausstreckte, aber auf den Himmel zeigte und mit seiner tonlosen Stimme sagte:

»Nacht«, und anschließend die Handfläche zu Boden führte. Max erkannte die Geste – es bedeutete ›jetzt‹ oder ›bald‹. Er nickte Vul zu und sie setzten ihren Weg zügig fort.

»Ich wette, es war ein Wach-Anomal«, flüsterte Kaikura zu Karm, während sie gingen. Vul schien ein sehr scharfes Gehör zu haben, denn sie wandte den Kopf zurück und sagte:

»Ja. Wach. Immer wach.«

Die beiden Jungen sahen einander an, unsicher, ob das Anomal sie richtig verstanden hatte.

»Oder ein Hüte-Anomal«, mutmaßte Max, ohne die Stimme zu senken. Aber Vul schüttelte den Kopf.

»Wach«, sagte sie bestimmt, »immer wach.«

»Schläfst du nicht?«, wollte Karm wissen. Ohne sich umzudrehen schüttelte das Vul den Kopf und wiederholte:

»Wach. Immer wach.«

»Wow!«, machte Kaikura leise, als er begriff: Vul schlief nie, um immer Wache halten zu können.

»Meint ihr, die Wissenschaftler wollten das so?«, fragte Kaikura.

»Gut möglich«, antwortete Max. Es konnte aber auch sein, dass Vul nur von einem Wach-Anomal abstammte, das sich mit einem ganz anderen Vul gekreuzt hatte. Wenn diese Wesen seit hundert Jahren existierten, dürfte von den ursprünglichen Anomals kaum noch etwas in Reinform übrig sein. Das Vermischte hatte sich weiter vermischt.

Endlich kamen sie oben an. Tatsächlich verlief eine Schotterstrecke entlang der Grube, die sie im Dämmerlicht kaum noch erkennen konnten. Was sie aber auf Anhieb wiedererkannten, waren die unendlich vielen farbigen Lichtpunkte der Phosphorschnecken, die aus der Nacht ein buntes Spektakel machten. Der Übergang war so abrupt, dass Max sich wunderte. Bis Papillo ihn darüber aufklärte, dass es für jedes erlegte Anomal eine Belohnung gab.

»Und da sie anscheinend ziemlich klug sind, haben sie wohl irgendwann begriffen, dass es nicht so gut für sie ist, sich aus der Grube zu wagen.«

»Gilt das mit der Belohnung auch in der verlassenen Stadt?«, fragte Kaikura.

»Natürlich. Aber da ist es leichter für sie, sich zu verstecken«, erwiderte Papillo. »Das eigentlich Seltsame«, fuhr er fort, »ist diese Grube. Ich glaube, sie ist der einzige Ort, wo Anomals nicht verfolgt werden.«

»Was glaubst du, warum das so ist?«, fragte Karm. Papillo schürzte nachdenklich die Lippen.

»Ehrlich gesagt, weiß ich es nicht so genau. Aber es ist mir immer so vorgekommen, als wäre dieser stillgelegte Tagebau eine so große Narbe in der Landschaft, dass die Menschen lieber nicht hinschauen. Als würden sie hoffen, dass sie dann von selbst verschwindet.« Er wiegte den Kopf. »Es gab eine Zeit, in der ich mir gewünscht hätte, dass die Behörden nicht beide Augen verschließen, wenn es um die Grube geht.«

»Sie meinen, als Karms Eltern …«, begann Max, vollendete den Satz aber nicht.

»Ja«, sagte Papillo nach einer Pause. »Selbst jemand, der so lange wie ich praktiziert, stößt immer wieder auf Situationen, in denen er nicht frei von festen Vorstellungen ist. Du hast mich gefragt, ob ich die Anomals hasse. Nein, ich habe sie nie gehasst. Aber meine alte Wut auf die Behörden und die Politiker kochte wieder hoch und ich war gezwungen, mir diese Wut noch einmal genau anzuschauen.«

Sie gingen schweigend weiter.

Vul schien sich über die vielen Phosphorschnecken zu freuen, denn sie galoppierte ein Stück voraus und naschte ein paar der Schnecken, bevor die Menschen sie eingeholt hatten.

»Wenn man herausfinden könnte, wie sie es schaffen, das Gift zu neutralisieren, wäre es vielleicht möglich, sie doch zu essen«, sagte Karm, der die ganze Zeit über kein Wort von sich gegeben hatte.

»Du willst Phosphorschnecken essen?«, fragte Kaikura ungläubig. »Igitt!« Sie lachten und entspannten sich ein wenig.

Max blickte in die Grube, die nun links von ihnen lag und an der sie noch eine ganze Weile entlanggehen würden. Wie ein großes schwarzes Loch lag sie unter ihnen. Es musste zahllose Anomals dort geben, sonst wäre sie nicht so frei von Schnecken.

Die vielen Lichtpunkte halfen den Menschen, die dunkle Landschaft einigermaßen zu erahnen, so dass sie Vul nicht vollkommen blind folgen mussten. Das Anomal schien die Gegend sehr gut zu kennen, denn es wirkte ganz unbekümmert. Vielleicht aber konnten sie seine Wachsamkeit nicht gut einschätzen, weil sein Äußeres so fremd war, überlegte Max. ›Achte nicht auf die Körper‹, hatte die Khandro gesagt. Doch wie sollte er das anstellen? Gab es eine Möglichkeit, die

Welt im Wachzustand wahrzunehmen, ohne die fünf Sinne zu benutzen? Wie das Orakel? Oder ging es um etwas ganz anderes? Er blickte zu Papillo hinüber, der schräg vor ihm ging. Wie er wohl die Welt sah?

Nachdem sie eine ganze Weile nach Westen gegangen waren, gelangten sie an die Stelle, wo die west-östlich verlaufende Abbruchkante an die Nord-Süd-kante stieß. Trotz des Glimmlichts, das die Phosphorschnecken spendeten, mussten sie nun sehr achtgeben, denn genau in der Biegung nach Süden befand sich die große nördliche Rampe – eine fast fünfzig Meter breite Aufschüttung, über die früher einmal pausenlos Lastwagen gefahren sein mussten, um Erdreich und Braunkohle abzutransportieren.

Nun floss dort ein reißender Strom. Schon von Weitem hörten sie das Rauschen. Er speiste sich aus dem Regenwasser, das, dem Gefälle folgend, aus der gesamten Umgebung zusammenlief und sich in die Grube ergoss. Max hatte ihn oft gemeinsam mit Emilia vom obersten Stockwerk des Waisenhauses gesehen. Von ihr wusste er, dass man solche Regenflüsse ›Wadi‹ nannte.

»Jetzt könnte Amsa Ras sowieso keine Anomals mehr jagen«, sagte Papillo, während sie darauf zugingen. »Er hätte auf jeden Fall zu Beginn der Regenzeit zuschlagen müssen, sonst wäre ihm das Geld ausgegangen, um die Wacheinheiten der anderen Magistratsmitglieder zu schmieren. Es sei denn …« Er brach ab. Max wollte fragen, was Papillo hatte sagen wollen, doch er unterließ es. Er hatte das ungute Gefühl, dass Papillo aus Rücksichtnahme schwieg.

Das Gelände fiel zur Rampe hin ab und wurde unwegsam. Von der ehemaligen Schotterstrecke war an dieser Stelle nichts mehr übrig. Frühere Wasserläufe hatten tiefe, unregelmäßige Furchen in den Boden gegraben.

Sie folgten dem Anomal nun hintereinander und blieben dicht zusammen, denn inzwischen war es so dunkel, dass sie kaum noch etwas sahen. Lediglich das hell erleuchtete Waisenhaus, das höchstens einen Kilometer entfernt war, spendete ein wenig Licht und ließ sie die dunklen Schatten der Ruinen erahnen, die hinter der Rampe begannen. Es waren kleine alte Arbeiterhäuschen, die keine geschlossene Fassade bildeten, sondern in versetzten Viererreihen standen. Wenn man sie durchquerte, gelangte man zu der ehemaligen Kunststofffabrik, auf deren Gelände das Waisenhaus stand.

Sie hatten sich nun eine Böschung hinuntergearbeitet und standen so dicht an der Rampe, wie das aufgeweichte Erdreich es zuließ. Das Tosen des hinabströmenden Wassers war ohrenbetäubend, so dass sie einander anbrüllen mussten, um sich verständlich zu machen. Im matten Schein des künstlichen Lichts, das vom Waisenhaus herüberstrahlte, glänzte das Wasser schwarz.

»Hier kommen wir niemals hinüber!«, schrie Papillo. Vul nickte. Sie zeigte nach unten in die Grube und bellte:

»Gogo unten!« Papillo verstand nicht. Aber Kaikura brüllte:

»Es meint die Gorgor! Diese Fischmonster, von denen die anderen Anomals sprachen!«.

»Und jetzt?»", rief Karm. Mit einer Geste forderte Vul sie auf, ihr zu folgen. Dann begann sie, am Flussufer entlangzugehen. Das war äußerst beschwerlich, denn die steile Böschung bot keinen festen Tritt.

»Warum gehen wir nicht oben entlang?«, brüllte Kaikura.

Ohne sich umzudrehen oder anzuhalten, schüttelte Vul den Kopf.

Plötzlich tauchte in einiger Entfernung aus der Richtung, in die sie gingen, ein heller Lichtpunkt auf, der sich rasch näherte. Es musste sich um eine Drohne handeln. Sie schwenkte einen Scheinwerfer hin und her, der für Sekunden Ausschnitte der Umgebung in harten Kontrasten zeigte.

Vul blieb wie angewurzelt stehen und presste den Körper an den Boden. Die vier Menschen waren instinktiv in die Hocke gegangen. Jetzt sahen sie, dass der Scheinwerfer systematisch das Flussufer absuchte. Fieberhaft blickten sie sich um, doch es war zu dunkel, um auf die Schnelle einen Unterschlupf zu finden, und die Scheinwerfer der Drohne blendete so stark, dass sie noch weniger sahen als zuvor. Sie waren eingekeilt zwischen dem reißenden Wadi und der Böschung. Zurück konnten sie nicht, dafür fehlte ihnen die Zeit, denn die Drohne näherte sich schnell – schon war sie nur noch zwei- oder dreihundert Meter entfernt. Papillo warf sich in die Böschung und blieb flach auf der Erde liegen. Bevor die Jungen ihm folgen konnten, setzte Vul sich in Bewegung. Mit einem großen Satz sprang sie aus dem Stand die Böschung hinauf und blieb dort stehen.

Die Drohne schwebte heran. Ihr elektrisches Surren wurde vom tosenden Wasser übertönt. Der Schweinwerfer schwenkte hin und her. Von ihrer Angst gelähmt, hockten die Jungen am Boden und starrten Vul nach, die jetzt auf die Hinterbeine ging und sich zu voller Größe aufrichtete.

Als der Scheinwerfer sie erfasste, ließ sie sich auf die Hände fallen und galoppierte vom Fluss weg in die Dunkelheit. Die

Drohne folgte ihr. Im nächsten Moment war Papillo bei ihnen und brüllte:

»Kommt schnell!«. Sie kraxelten die schlammige Böschung hinauf und rannten blindlings in die Richtung, aus der die Drohne gekommen war. Rechts von ihnen sahen sie Vul im Lichtkegel flüchten, dicht gefolgt von einem Fluggerät, wie sie noch keines gesehen hatten: Anstelle der üblichen Rundungen wies dieses lauter Ecken auf. Außerdem hatte es an den Seiten lange dünne Fortsätze auf, die ein gutes Stück aus dem Rumpf ragten.

Vul rannte im Zickzack durch eine kahle Landschaft, wo früher einmal ein Feld gewesen sein mochte.

Max war stehengeblieben und sah der Verfolgungsjagd besorgt zu. Auch die anderen hörten auf zu rennen – es war einfach zu dunkel.

»Wir müssen weiter!«, rief Papillo, »Vul weiß, was sie tut, die werden sie schon nicht erwischen.«

»Aber ohne sie finden wir das Haus nicht, in dem Emilia ist!«, entgegnete Max.

»Wir schlagen uns zum Waisenhaus durch und warten dort auf sie!«, schlug Papillo vor. Max sah ein, dass sie keine andere Wahl hatten. Hier konnten sie nicht bleiben.

Vorsichtig gingen sie weiter. Ohne Vul tasteten sie sich blind voran. An den Phosophorschnecken erkannten sie zumindest einigermaßen das Bodenprofil.

Immer wieder mussten sie kleine, schnellfließende Bäche durchwaten, die auf den großen Fluss zu eilten, so dass sie nach kurzer Zeit völlig durchnässt waren.

Je weiter sie kamen, desto weniger rauschend und reißend wurde der Fluss. Von der Drohne war nichts mehr zu sehen.

»Ich glaube, hier können wir es wagen, den Fluss zu

durchqueren«, sagte Papillo. Die anderen waren einverstanden.

»Was war das für eine Drohne?«, wollte Kaikura wissen, während sie vorsichtig die Böschung hinuntergingen, die hier nicht mehr ganz so steil war. Auf dem gegenüberliegenden Ufer erhoben sich dunkle Schatten – Häuser, die direkt am oder im Wasser standen.

»Das war eine amerikanische Militärdrohne«, sagte Papillo, während er versuchte, in der Dunkelheit eine geeignete Furt zu finden. »Die langen Fortsätze an den Seiten waren Kanonen.«

Das Wasser gluckerte hier nur noch, doch es floss noch immer sehr schnell.

»Wir werden abgetrieben werden«, sagte Papillo, »deshalb müssen wir zusammenbleiben.« Er, Kaikura und Karm näherten sich dem Ufer, bereit, hineinzugehen.

»Was ist los, Max?«, fragte Papillo, als er bemerkte, dass der Junge zurückblieb. Max antwortete nicht sofort.

»Komm schon!«, drängelte Kaikura, »sei kein Angsthase!«

»Ich kann nicht schwimmen«, erwiderte Max leise.

Es entstand ein Schweigen.

»Kein Problem«, sagte Papillo dann. »Wir gehen einfach noch ein Stück flussaufwärts.« Er wollte sich gerade vom Wasser abwenden, als sie etwas Schwarzes im Fluss sahen, das sich auf sie zubewegte. Erschrocken wichen sie zurück. Im nächsten Augenblick ging ein klatschnasses Anomal an Land und schüttelte sich wie ein Hund.

»Vul!«, rief Max erleichtert und bemerkte im selben Moment, dass dieses rätselhafte Wesen inzwischen viel mehr für ihn war als bloß ein Mittel, um Emilia zu finden.

Auch die anderen freuten sich, das Vul wohlbehalten wiederzusehen. Papillo gab ihr die Hand und klopfte ihr anerkennend auf den Rücken.

»Wie hast du das gemacht?«, fragte Kaikura beeindruckt. »Du musst uns ja überholt haben und flussaufwärts in den Fluss gesprungen sein!«

Vul setzte sich hechelnd hin. Dann sagte sie:

»Vul schnell, sehr schnell.« Das klang so selbstzufrieden, dass die Menschen lachen mussten. Zu ihrer Überraschung gab auch Vul eigenartig bellende Laute von sich, als würde sie mitlachen.

Nun übernahm das Anomal wieder die Führung. Ein Stück weiter flussaufwärts floss das Wasser mitten durch einen breiten Backsteinbau, der quer zur Fließrichtung stand. Es passierte einen Torbogen, der so groß war, dass die Jungen verwundert stehenblieben und sich fragten, wozu dieses Gebäude einmal gedient hatte.

Papillo aber rief:

»Jetzt weiß ich wieder, wo wir sind! Das war die Einfahrt zu einem uralten Güterbahnhof!« Er machte eine Geste, die alles umfassen sollte, was sich jenseits des Torgebäudes befand. »Er war schon lange vor dem Erdbeben stillgelegt worden und diente als Künstlerdorf.«

»Was ist ein Künstlerdorf?«, fragte Max.

»Das hat man oft mit ehemaligen Industrieanlagen gemacht, wo sonst niemand leben wollte. Dann sind Maler, Bildhauer oder Musikgruppen eingezogen und hatten dort ihre Studios und Ateliers, wo sie wohnten und arbeiteten.« Max nickte stumm. Emilia hatte ihm von Künstlern erzählt – Menschen, die nichts anderes machten, als Geschichten zu erzählen, Bilder zu malen oder Musik zu komponieren, und die manchmal sehr viel Geld verdienten.

»Gibt es immer noch Künstler?«, fragte er.

»Natürlich«, antwortete Papillo. »Vielleicht stelle ich dir eines Tages sogar mal einen vor.«

Vul näherte sich dem Gebäude und ging dicht an der Mauer entlang zur dessen Rückseite. Die Menschen folgten ihr.

»Es ist gar nicht mehr so dunkel«, wunderte sich Karm.

»Sieh mal nach oben«, erwiderte Kaikura und zeigte in den Himmel. Durch die Wolkendecke schimmerte das silberne Licht des Mondes, der hoch am Himmel stand und der Umgebung vage Konturen verlieh.

»Das ist ein gutes Zeichen«, sagte Karm. Sie alle wussten, wie selten der Mond während der Regenzeit zu sehen war.

»Das mag sein«, entgegnete Papillo, »aber jetzt kann man uns leichter sehen. Gebt also gut acht.«

Mit einem mächtigen Satz sprang das Anomal an der Hauswand empor und hielt sich an einem Mauervorsprung fest. Anschließend wandte es den Kopf und sagte mit seiner tonlosen Stimme:

»Vak hoch!«

Unschlüssig standen die Jungen da und blickte zu Vul hinauf.

»Was sollen wir tun?«, fragte Karm.

»Das«, sagte Papillo, ergriff die Hinterläufe des Anomals, und begann, an der Mauer hochzulaufen, während er das Tier als Kletterhilfe benutzte, als wäre es ein dicker Ast oder ein Seil.

Mit Mühe gelangte Papillo auf den Mauervorsprung, wo er außer Atem sitzenblieb.

»Also, Jungs«, sagte Kaikura und rieb sich die Hände, während er zu Papillo hochblickte, »wenn ein fast Sechsundachtzigjähriger das kann, dann können wir das erst recht!« Er überwand seinen Widerwillen, packte Vul um die Hüfte und zog sich nach und nach hoch.

Als nächster war Karm an der Reihe. Er hatte Mühe, sich an Vuls Körper hochzuziehen. Als das Anomal bemerkte, dass der Junge nicht weiterkam, ließ es zum Schrecken der Menschen mit einer Hand den Mauervorsprung los, griff hinter sich und zog Karm an dessen Oberarm hoch. Der Junge winselte vor Schmerz wie ein Welpe, doch er beschwerte sich nicht. Nach wenigen Sekunden konnten er den Mauervorsprung ergreifen und sich, unterstützt von Vul, daran hochziehen.

Nun blickten die zwei Jungen gespannt zu Max herunter, während Papillo die Umgebung betrachtete. Vorsichtig legte der Junge seine Hände auf die Schuppenhaut des Anomals. Zu seiner Überraschung war sie ganz weich und geschmeidig. Das Tier erzitterte leicht bei der Berührung.

Als Max zu klettern begann, staunten sie alle, denn seine Bewegungen waren so schnell und sicher, dass er bereits oben war, bevor sie begriffen hatten, wie er es angestellt hatte.

»Wow!«, sagte Kaikura anerkennend. »Du bist ein Naturtalent.«

»Ach was«, wehrte Max ab, »ich habe nur viel Übung. Emilia und ich kletterten ziemlich viel im Waisenhaus herum. Sie ist viel besser als ich. Das Geheimnis besteht darin, nie den Schwung zu verlieren, sondern immer in Bewegung zu bleiben.«

»Das merke ich mir«, versicherte Kaikura.

Papillo zeigte voraus.

»Jungs, seht mal! Deshalb müssen wir diesen Weg nehmen.« Im schwachen Licht des Mondes sahen sie, dass das Torgebäude innen völlig leer war – keine Wände, keine Fußböden, nichts. Nur noch die Außenmauern standen. Das Gelände des ehemaligen Güterbahnhofs stand weitgehend unter Wasser, nur hier und da ragten Mauerreste heraus.

»Das Wasser sammelt sich hier, bevor es weiterfließt Richtung Grube«, sagte Papillo. Vul nickte und sagte:

»Gogo.« Dann suchte sie die Wasseroberfläche ab. Ihr Schwanz peitschte durch die Luft. Plötzlich gab sie einen leisen, bellenden Laut von sich und zeigte auf eine Stelle auf der schwarzen Wasseroberfläche. Die Menschen folgten seinem Finger. Und tatsächlich – neben einem kleinen Ziegelmäuerchen, das aus dem Wasser ragte, höchstens zwanzig Meter vom Torgebäude entfernt, glommen zwei hellgrüne Punkte auf, die auf sie gerichtet waren.

»Gogo viel!«, sagte Vul heiser und breitete die Arme aus. »Immer hier! Unten nein.«

»Du meinst, sie schwimmen nie nach unten in die Grube?«, fragte Papillo. Vul nickte. Sie zeigte auf den Fluss dort, wo er sich in die Grube ergoss und fügte hinzu:

»Angst.« Dann zeigte sie auf Papillo, fletschte die Zähne und zeigte anschließend auf Max. Dabei machte sie wütende Geräusche und schüttelte den Kopf mit gefletschten Zähnen.

Die Menschen verstanden nicht. Plötzlich aber sagte Karm fassungslos:

»Die Gorgor sind so viele, dass sie sich gegenseitig fressen.« Vul nickte heftig und schüttelte anschließend langsam den Kopf. Es wirkte beinahe traurig. Sie zeigte auf Kaikuras Kopf.

»Vul, Gogo, Vak – Augen.«

»Ah!«, rief Karm, »Vul achtet nicht auf Hände, sondern

auf die Augen! Und die sind bei uns allen gleich – es sind Menschenaugen, Vak-Augen!« Erneut nickte Vul.

Anschließend wandte es sich ab und begann ohne Umschweife, die schmale Mauer des Torgebäudes auf der Seite zum Güterbahnhof zu überqueren. Dabei balancierte es sich mit seinem langen Schwanz aus.

»Oh je!«, entfuhr es Karm. Als Vul das hörte, richtete sie sich kurz auf, vollzog mit einer schwungvollen Bewegung eine Wende und kehrte zu den drei Menschen zurück.

»Kam Vul!«, sagte es bestimmt und bot dem Jungen seinen Rücken an, indem es mit einer Hand hinter sich zeigte.

»Wow!«, machte Kaikura begeistert. »Auf einem Anomal reiten! Wenn wir das den anderen erzählen!« Vul warf ihm einen kurzen Blick zu, und schon verstummte der Junge.

»Ich weiß nicht«, sagte Karm unsicher.

»Ich glaube«, schaltete sich Papillo ein, »etwas Sichereres als Vuls Rücken wirst du hier nicht finden.« Der Junge nickte ohne Überzeugung, gab sich dann aber einen Ruck und kletterte auf das Anomal. Im nächsten Augenblick schlang sich Vuls langer Schwanz um Karms Taille wie ein festgezurrtes Tau.

»Wow!«, machte Kaikura erneut, aber leise, um das Anomal nicht zu verärgern. Zügig setzte es sich in Bewegung und überquerte die schmale Mauer ohne ein einziges Mal zu wanken oder zu zögern. Auf der anderen Seite angekommen machte es einen Satz nach unten und verschwand.

»Seht mal!«, sagte Kaikura und zeigte auf den unteren Teil der Mauer, die sie überqueren sollten. Max beugte sich zur Seite und sah, was der andere meinte: Anders als auf der flussabwärts gelegenen Mauer, gab es hier gar keinen Torbogen mehr. Er musste von den Wassermassen weggewaschen worden sein, gemeinsam mit dem größten Teil der Ziegelsteine. Nur noch etwa zwei Meter Mauerwerk waren erhalten, darunter gähnte ein großes Loch bis hinab zum lautlos abfließenden Wasser. Bei der anderen Mauer war es genau umgekehrt: Sie war zwar unten weitgehend erhalten, oben aber völlig zerklüftet.

»Vul ist mit Karm hinübergegangen«, sagte Papillo. »Also wird die Mauer auch uns tragen. Wer will als erster?« Bevor Max reagieren konnte, trat Kaikura auf die Mauer und begann mit ausgebreiteten Armen hinüber zu balancieren. Einige Male ging er plötzlich in die Hocke, als befürchtete er, im nächsten Moment abzustürzen. Doch kurz darauf war er auf der anderen Seite angelangt und winkte ihnen mit einem breiten Grinsen zu. Anschließend drehte er sich um und sprang wie Vul hinunter.

Nun waren nur noch Max und Papillo übrig.

»Ich lasse dich nicht alleine hier zurück«, sagte Papillo gelassen. »Also bist jetzt du an der Reihe.« Der Junge nickte, er hatte damit gerechnet. Bevor er die Mauer betrat, warf er einen Blick hinunter ins dunkle Wasser. Und dort sah er nun viele blass grüne Augenpaare, die ihm zusahen. Er hatte den unangenehmen Eindruck, dass dieses Haus vielen Wesen als Brücke diente, und dass nicht alle es hinüberschafften.

Er zwang sich, an nichts mehr zu denken und ging langsam los. Es war viel leichter als erwartet, er musste nicht einmal die Arme ausbreiten.

Plötzlich ertönte in seinem Rücken ein Surren, und im nächsten Augenblick wurde er von einem grellen Lichtkegel erfasst. Eine drohende Lautsprecherstimme ertönte:

»Do not move! I repeat: Do not move!« Gleich darauf wiederholte dieselbe Stimme auf Deutsch:

»Keine Bewegung! Ich wiederhole: Keine Bewegung!«

Vorsichtig, um nicht das Gleichgewicht zu verlieren, drehte er sich nach Papillo um. Aber der Mauervorsprung hinter ihm war leer. Fieberhaft überlegte er. Bis zum Wasser war es ein Sprung von etwa vier Metern. Und dann? Schwimmen konnte er nicht. Außerdem lauerten unten die Gorgor. Sie würden sich zu hunderten auf ihn stürzen. Nein, springen kam nicht in Frage, zumal er nicht einmal wusste, wie tief das Wasser an dieser Stelle war. Und wenn er weiterging, um auf die andere Seite zu gelangen, schoss die Drohne womöglich auf ihn.

Es blieb ihm nichts anderes übrig, als zu gehorchen. Also verharrte er, wo er stand – mitten auf der Mauer über dem Fluss – und wartete. Immerhin waren es nicht Amsas Leute, sondern amerikanische Soldaten, die nach religiösen Fanatikern suchten. ›Und ich bin keiner‹, dachte er, um sich zu beruhigen.

Viel stärker als die Furcht aber war das Gefühl, im Stich gelassen worden zu sein. Es breitete sich wie eine altbekannte Schwäche in seinem Körper aus und nahm ihm die Kraft. Er versuchte, dagegen anzukämpfen, aber vergeblich. Mit einem Gefühl der Trostlosigkeit beobachtete er die Drohne, die sich langsam näherte.

Der Lichtkegel entließ ihn keine Sekunde lang aus dem Fokus, während sie dicht an den Mauervorsprung schwebte, wo eben noch Papillo gestanden hatte. Das Licht wurde so grell, dass der Junge geblendet die Augen schloss und das Gleichgewicht verlor. Erschrocken ging er in die Hocke.

Als er die Augen wieder öffnete, stand ein Mann auf dem Mauervorsprung. Er musste aus der Drohne gesprungen sein. Sein Anzug war grün-braun gefleckt, er trug einen breiten Helm in denselben Farben auf dem Kopf, sein Gesicht war nicht zu erkennen. In den Händen hielt er ein Gewehr, mit dem er auf Max zielte. Aus dem Lautsprecher tönte dieselbe Stimme:

»Move slowly toward the Vehicle! Hold your hands above your head!«, gefolgt von der Übersetzung: »Bewegen Sie sich langsam auf das Fahrzeug zu! Halten Sie Ihre Hände über dem Kopf!«

Max hob die Hände und richtete sich langsam auf. Der Lichtkegel blendete so stark, dass er kaum etwas wahrnahm. Als er die Hände über den Kopf hob, verlor er erneut das Gleichgewicht und ging in die Hocke. Sofort ertönte der Lautsprecher:

»If you refuse to comply, we will shoot! – Wenn Sie nicht Folge leisten, werden wir schießen!«

Max erhob sich erneut und hob die Hände über den Kopf. Diesmal hielt er die Augen gesenkt, so dass er nur die Mauer unmittelbar vor seinen Füßen sah. Auf diese Weise gelangte er langsam zurück zum Mauervorsprung.

Der Soldat, der dort stand und sich die ganze Zeit nicht gerührt hatte, packte ihn am Arm, drehte ihn herum und band seine Handgelenke auf dem Rücken zusammen. Dann schob er ihn in die Drohne und stieg selbst ein. Die Tür schloss sich automatisch.

14

Im Inneren der Drohne war es fast dunkel. An den Wänden leuchteten kleine elektrische Lichter in verschiedenen Farben. Am Boden hockten mehrere Gestalten, deren Hände ebenfalls auf dem Rücken gefesselt waren. Der Soldat drückte Max nieder und sagte:

»Don't move!« Dann erklang seine Stimme erneut auf Deutsch, ohne dass er den Mund öffnete, und sagte: »Nicht bewegen!« Anschließend begab er sich durch eine Tür ins Cockpit und die Gefangenen blieben allein zurück.

›Jetzt bin ich wirklich nur noch Hauser«, ging es Max durch den Kopf, als er die anderen verängstigten Gestalten betrachtete. In seinem Inneren tobte ein Kampf widerstreitender Gefühle. Er fühlte sich verraten, allein gelassen, verstoßen, und sah zugleich eine lange Straße vor seinem inneren Auge, die viel weiter in die Vergangenheit zurückführte, bis zu dem Augenblick, als ihm zum ersten Mal bewusst geworden war, dass seine Eltern ihn verlassen hatten. ›Papillo kann nicht nur an dich denken‹, sagte Max sich mit aller Anstrengung, wie jemand, der sich gegen einen starken Wind stemmt. ›Er hat Verantwortung für die ganze Gruppe. Und du selbst wolltest nicht, dass er sich für Emilia in Gefahr begibt. Du selbst!‹ Er wusste, dass das der Wahrheit entsprach. Warum also sollte er jetzt damit hadern, dass Papillo vernünftig entschieden und ihn aufgegeben hatte? Das ergab doch gar keinen Sinn!

Um sich abzulenken, richtete Max sich etwas auf, damit er aus dem Seitenfenster schauen konnte. Die Drohne setzte sich in Bewegung und überquerte den Fluss an der Frontseite des Torgebäudes. Der Lichtkegel ihres Scheinwerfers glitt über Ruinen, Wasserlachen und lehmigen Boden.

Plötzlich erfasste er einen Mann, der aufrecht stand und keine Anstalten machte, wegzulaufen. Mit einem Schreck erkannte Max ihn. Es war Papillo. Warum rannte er nicht weg? Wo waren die anderen?

Die Drohne steuerte augenblicklich auf Papillo zu. Der Lautsprecher ertönte und forderte ihn auf, sich nicht zu bewegen. Dann landeten sie genau neben ihm. Der Soldat trat aus dem Cockpit mit dem Gewehr in der Hand. Die Tür der Drohne schob sich zur Seite. Der Soldat hob sein Gewehr, um hinauszugehen.

Doch genau in diesem Augenblick sprang etwas Großes herein, warf sich auf den Soldaten und riss ihn zu Boden. Die anderen Gefangenen schrien in Panik und versuchten, sich in Sicherheit zu bringen. Der Soldat verlor seinen Helm, den er offenbar nur übergestülpt, aber nicht festgegurtet hatte. Zum Vorschein kam das Gesicht eines jungen Mannes, der sehr ängstlich wirkte. Denn das Wesen, das auf ihm hockte und ihn mit Händen und Füßen festhielt, war wirklich gruselig. Sein Gesicht sah aus wie eine Mischung aus Hund und Katze, es hatte Menschenaugen und eine Reptilienhaut. Und außerdem fletschte es seine Raubtierzähne und starrte den armen Soldaten aus kürzester Distanz an. Der hatte sein Gewehr völlig vergessen, das nutzlos neben ihm auf dem Boden lag.

Nun betrat Papillo die Drohne. Er hob das Gewehr auf und sagte zu dem Soldaten:

»Release the prisoners!« Zu Vul sagte er: »Du kannst ihn loslassen.« Das Anomal erhob sich und gab die Hände des

Soldaten frei, der immer noch so unter Schock stand, dass er den Blick nicht von Vul lösen konnte.

»Hey!«, herrschte Papillo ihn an. Endlich gelang es dem Soldaten, den Kopf abzuwenden.

»Yes, of course!«, sagte er ängstlich und begann, die Handfesseln der Gefangenen zu lösen. Voller Furcht drückten die Leute sich an Vul vorbei zur Öffnung der Drohne und verschwanden so schnell sie konnten hinaus in die Nacht. Der Kleidung nach zu urteilen waren es alles Hauser. Max fragte sich, was die Amerikaner nur von diesen Menschen wollten, und während er darüber nachdachte, rollte eine Welle der Erleichterung durch seinen Körper, der plötzlich wieder ganz warm wurde. Nicht verlassen, nicht im Stich gelassen, nicht aufgegeben, nicht allein. Tränen liefen ihm über die Wangen, und er war froh, dass die Dunkelheit sein Gesicht verbarg.

Der Soldat kam nun zu ihm und löste seine Fesseln mit zitternden Händen. Max schätzte ihn auf höchstens zwanzig Jahre. Er wirkte sehr unerfahren. In Wahrheit hatten seine Vorgesetzten ihn allein gelassen, dachte Max und empfand plötzlich Mitleid mit ihm.

In der Zwischenzeit war Papillo ins Cockpit gegangen. Im nächsten Moment erloschen sämtliche Lichter in der Drohne und der Scheinwerfer fiel aus.

»Wir müssen uns beeilen«, sagte Papillo, als er zurückkam. Max rieb sich die Handgelenke. Die Fesseln hatten bereits wunde Stellen hinterlassen.

Ohne sich noch einmal umzudrehen, sprang Papillo aus dem Fahrzeug. Max und Vul folgten ihm. Der junge Soldat blieb zurück und blickte ihnen verwundert und erleichtert nach.

Keine zwanzig Meter zur Rechten lag der See der Gorgor. Papillo holte weit aus und schleuderte das Gewehr mit aller Kraft ins Wasser. In der Ferne ertönte ein Klatschen. Dann sagte er:

»Kommt, schnell!« Er lief voran. Hinter ihnen die Drohne rührte sich nicht.

Ein Stück voraus erhoben sich mehrere Ruinen, die aus demselben roten Backstein bestanden wie das Torgebäude. Vor einem langgestreckten, niedrigen Bau, der aussah wie ein Lagerhaus, bogen sie nach links ab. An der nächsten Ecke standen Kaikura und Karm. Sie umarmten Max rasch, dann sagte Papillo:

»Diese Drohnen filmen alles, was in ihrer Umgebung und in ihrem Inneren geschieht. Ich habe zwar die Stromzufuhr unterbrochen, aber unser kleiner Überfall ging bestimmt noch durch. Die Amerikaner haben jetzt jeden Anlass zu glauben, dass wir die gesuchten Terroristen sind. Sie werden gleich hier sein. Also los. Vul, du kennst den Weg!« Das Anomal nickte und lief auch schon los. Die Menschen folgten ihm.

Der Güterbahnhof befand sich hinter dem Gelände der ehemaligen Kunststofffabrik. Zwischen beiden verlief eine schmale Straße. Von hier aus war die Sicht auf das Waisenhaus von einer großen Lagerhalle verdeckt, die Max bekannt vorkam. Es musste die Halle sein, in der Emilia und er die vielen nagelneuen Kunststoffteile gefunden hatten.

Vul wandte sich nicht nach links, wo es zur Grube und zur Toreinfahrt des Waisenhauses ging, sondern in die entgegengesetzte Richtung. Links und rechts der Straße standen lauter hallenartige Gebäude, deren Mauern unmittelbar an den verrotteten Asphalt grenzten.

Sie waren erst ein paar Meter gelaufen, als über ihren Köpfen ein Surren ertönte. Hoch in der Luft überquerten vier Drohnen die Straße. Das mussten die Amerikaner sein.

Vul lief jetzt so schnell, dass die Menschen kaum hinterherkamen. Die Straße schien endlos zu sein. Am Ende der großen Kunststoffhalle blieb Vul plötzlich stehen und näherte sich dem Gebäude. Obwohl sich dort eine hohe Betonmauer anschloss, war die Ecke der Halle so zerrüttet, dass sie wie eine steile Treppe hinaufführte. Der Reihe nach kletterten sie hoch und ließen sich auf der anderen Seite hinunter.

Papillo war gerade als letzter hinaufgeklettert, als eine Militärdrohne in hohem Tempo die Straße entlangkam. Er sprang schnell hinter die Mauer, um nicht gesehen zu werden. Im nächsten Moment hörten sie, wie das Fluggerät vorbeibrauste.

Jetzt befanden sie sich auf dem Gelände des Waisenhauses. Der Gedanke durchflutete Max wie eine Hitzewelle. Dies war sein Zuhause gewesen, wenn er jemals eines gehabt hatte. Und nun war er zurückgekehrt.

Die anderen schienen etwas Ähnliches gedacht zu haben, denn sie sahen ihn erwartungsvoll an, bis Max begriff, dass er sie nun führen sollte. Vorsichtig ging er an der Mauer der Halle entlang. Je näher sie der Ecke kamen, desto deutlicher sahen sie, dass etwas nicht stimmte. Es war einfach zu hell.

Als sie schließlich einen Blick auf den alten Parkplatz werfen konnten, sahen sie die Lichtquelle. Dort, wo Max den Spielplatz erwartet hatte, den ein früherer Heimleiter aus Schrottteilen improvisiert hatte, strahlten helle Scheinwerfer den Platz aus. Ein Dutzend großer Zelte in grüner Tarnfarbe standen in Reih und Glied mitten auf dem Platz, daneben sahen sie mindestens dreißig Drohnen des Ordnungsamtes und zehn amerikanische Militärdrohnen. Männer in verschiedenen Uniformen liefen hin und her, offenbar war die Aufregung groß.

Das Waisenhaus lag unmittelbar hinter dem Parkplatz. Im Erdgeschoss, das von den Armeezelten verdeckt wurde, befand sich Max' ehemaliger Schlafsaal. Beim Anblick der vertrauten Gegend spürte der Junge einen Kloß im Hals. Dabei war es noch gar nicht so lange her, dass er zum letzten Mal für den alten Mann hier eingebrochen war. Doch so viel hatte sich seitdem verändert!

Sie zogen sich wieder ein Stück zurück.

»Das Vorratslager«, begann Max leise, »liegt zwischen Waisenhaus und Toreinfahrt, also von hier aus hinter dem Gebäude. Wenn wir an der Halle entlang gehen, werden wir gesehen. Aber auf der anderen Seite müsste es gehen.«

»Gut«, sagte Papillo. »Wie kommen wir dahin?« Max überlegte kurz.

»Der erste Bau hier rechts ist eine Produktionshalle. Im Innern ist sie völlig leer, und das Dach ist eingestürzt. Wir können nicht durch das Gebäude gehen, aber wenn wir uns dicht an der Mauer entlang bewegen, wird man uns nicht sehen.«

»Man muss uns nicht sehen«, unterbrach ihn Papillo. »Es gibt Bewegungssensoren, die große Areale erfassen können. Vermutlich haben die Soldaten solche Geräte rund um ihr Hauptquartier installiert.«

»Gibt es keinen anderen Zugang?«, fragte Kaikura ungeduldig. Max schluckte trocken.

»Doch«, sagte er leise, »Es gibt einen unterirdischen Tunnel.« Er schwieg kurz, als könnte er das Unvermeidliche durch eine bessere Idee noch irgendwie abwenden.

Aber er hatte keine bessere Idee. Mit einem Seufzer zeigte er auf die Mauer zu ihrer Linken.

»Diese Lagerhalle ist mit den Kellern des Waisenhauses verbunden. Emilia und ich entdeckten den Zugang auf einer unserer nächtlichen Touren. Der Tunnel war halb verschüttet. Wir brauchten mehrere Nächte, um ihn freizuschaufeln.« Er zuckte mit den Schultern. »Keine Ahnung, ob die das inzwischen entdeckt haben.«

»Wie kommen wir hinein?«, fragte Papillo.

»Gleich hinter dieser Ecke geht es links zu einer kleinen Rampe, die nach unten führt. Da ist ein Tor, es ist verschlossen, aber das Gatter schließt nicht richtig. Ganz unten ist eine Lücke. Da sind Emilia und ich reingekommen.« Papillo nickte.

»Gut, dann lasst es uns versuchen.«

Dicht an die Mauer gepresst schlichen sie wieder zur Ecke der Lagerhalle, Max vorweg, gefolgt von Vul. Dahinter kam Papillo, dann Kaikura und Karm.

Obwohl die Strahler der Soldaten und Polizisten dazu dienten, den Platz auszuleuchten, erhellten sie die Umgebung so stark, dass die Dunkelheit keine Deckung mehr bot. Außerdem wussten sie nicht, ob es Bewegungssensoren gab und wie groß deren Reichweite war. Sie würden es einfach wagen müssen.

Vorsichtig schob Max sich um die Ecke. Die Mauer war fast einen Meter dick, und Max versuchte, sich langsam zu bewegen, um keine Aufmerksamkeit auf sich zu ziehen.

Plötzlich ertönte eine Sirene. Max erstarrte vor Schreck. Hatten die Bewegungssensoren ihn erfasst? Im nächsten Augenblick hoben mehrere Drohnen gleichzeitig vom Boden ab und flogen in geschlossener Formation über ihre Köpfe hinweg. Max wagte es nicht, sich zu bewegen. Wenn auch nur einer der Männer den Drohnen nachgeblickt hatte, würde er ihn entdecken.

Doch nichts geschah. Langsam schob Max sich um die nächste Ecke und begann, die kleine Betonrampe bis zum Garagentor hinunterzugehen. Die anderen folgten dicht hinter ihm.

Auf dieser Seite der Lagerhalle gab es sechs große und sehr breite Tore, deren Rollgatter heruntergelassen waren. Die Tore reichten nicht bis auf den Boden, sondern befanden sich in anderthalb Metern Höhe und waren leicht zurückgesetzt, so dass vor ihnen eine durchgehende Betonfläche von etwa drei Metern Tiefe verlief. Früher einmal waren dort Gabelstapler hin- und hergefahren und hatten Kunststoffformen in große Lastwagen gepackt, die mit dem Heck an die Ladefläche rangiert wurden und dann dort wie große, hungrige Tiere warteten, bis sie beladen waren. Doch das war lange her, und seitdem interessierte sich niemand für diese Halle, die das Erdbeben fast unbeschadet überstanden hatte.

Die Garageneinfahrt war das einzige Tor, das auf Kellerniveau lag. Einer nach dem anderen krochen sie unter dem Rollgatter hindurch, das schief in seiner Fassung hing.

Im Innern war es vollkommen dunkel. Papillo kramte in seiner Tasche und förderte eine Taschenlampe hervor. Im Schein der Lampe sahen sie lauter verrostete Autos, die ordentlich nebeneinander geparkt standen.

»Warum steht dieser Keller nicht unter Wasser?«, fragte Karm.

»Ich glaube, das ganze Gelände liegt auf einer Anhöhe«, vermutete Papillo. »Vielleicht sogar auf felsigem Untergrund.

Das würde auch erklären, warum es während des Erdbebens kaum beschädigt wurde.«

Max ging zielstrebig durch die Halle. Am anderen Ende, in der äußersten linken Ecke, befand sich eine schmale Tür. Der Junge öffnete sie und sagte:

»Das ist der Tunnel.«

»Hm«, machte Papillo und betrachtete die Tür eingehender. »Das ist später gemacht worden. Seht ihr das hier«, er zeigte auf Spuren im Beton. »Jemand hat diese Öffnung nachträglich mit recht einfachen Werkzeugen gehauen.«

Sie betraten den Tunnel, der schmal und ziemlich niedrig war. Kaikura musste gebückt gehen, was bereits nach kurzer Zeit beschwerlich wurde. Vul folgte Max so dicht, dass ihre Schnauze immer wieder die Wade des Jungen streifte.

Nach etwa hundert Metern gelangten sie an die Stelle, von der Max erzählt hatte.

»Hier haben wir gegraben«, sagte er. Der Tunnel war hier nur noch ein grob gehauener Stollen, dessen Decke mit morschen Holzbalken abgestützt war. Mehrere dieser Balken hatten der Belastung nicht mehr standgehalten und waren zusammengebrochen.

»Das sieht nicht sehr stabil aus«, bemerkte Kaikura skeptisch, als Papillo die Decke beleuchtete.

»Dahinten wird es besser«, versprach Max.

Tatsächlich veränderte sich der Tunnel nach ein paar Metern. Er wurde größer und war nun wieder mit Beton verstärkt.

Dann standen sie vor einer Bretterwand.

»Jetzt müssen wir die Lampe ausmachen«, flüsterte Max. Anschließend schob er die Bretterwand vorsichtig zur Seite.

Dahinter erwartete sie dämmriges Licht. Max kannte

dieses Licht nur zu gut. Es war das Licht des Schlachtkellers. Schon sah er die Eisenstäbe der Käfige, in denen sie gesessen hatten, Seite an Seite mit den Anomals.

Einer nach dem anderen traten sie aus dem Tunnel. Ein strenger Geruch nach altem Blut, Verwesung und Fäkalien schlug ihnen entgegen. Max spürte einen Würgereiz in seiner Kehle.

Plötzlich galoppierte Vul voraus, ehe die Menschen reagieren konnte.

Langsam folgten sie dem Anomal. In einiger Entfernung sahen sie die Käfige. Sie bestanden aus nichts anderem als Eisenstangen, die in den Boden und in die niedrige Decke betoniert waren. Jeder Käfig war etwa vier mal vier Meter groß. Jeweils eine Metalltür, niedrig wie eine Luke, unterbrach die strenge Symmetrie der Käfige.

Links hinter den Käfigen ging es in die Schlachterei.

»Es ist zu ruhig«, flüsterte Max. »Irgendetwas ist nicht richtig. Auch der Geruch ist anders.«

Vul war beim ersten Käfig angekommen und hockte davor. Aus dem Käfig hing eine Hand heraus, die das Anomal beschnupperte und dann vorsichtig hielt.

Was sie sahen, als sie sich dem Käfig näherten, ließ sie vor Bestürzung erstarren. Im Käfig lagen mindestens zehn völlig entkräftete Anomals. Manche hatten die Augen geschlossen, andere konnten nur den Kopf leicht heben, um die Ankömmlinge anzusehen. Einige rührten sich nicht mehr.

Sie sahen sich um. In zwei anderen Käfigen lagen ebenfalls Anomals, die übrigen waren leer. Sonst befand sich offenbar niemand im Keller.

»Sie müssen sie hier zurückgelassen haben, als der Putsch begann«, vermutete Papillo.

»Sie brauchen Wasser!«, rief Max und rannte los.

Vor dem Eingang zur Schlachterei befand sich ein gemauertes Bassin. Das Wasser darin war nicht entgiftet, doch den Anomals schien das ohnehin nichts auszumachen. Max füllte einen Kunststoffeimer und eilte zurück zum ersten Käfig.

In der Zwischenzeit hatten die anderen nach einer Möglichkeit gesucht, die Tür zu öffnen.

»Weißt du, wo der Schlüssel ist?«, fragte Kaikura ihn.

»Den hatte immer einer der Männer«, entgegnete Max ratlos.

»Ohne Schlüssel können wir ihnen nicht helfen!«, rief Karm, der herumlief und nach Werkzeug suchte.

»In der Schlachterei!«, rief Max. »In der Schlachterei gibt es bestimmt Werkzeug!« Er rannte los, gefolgt von Karm und Kaikura.

Die breite Metalltür der Schlachterei stand weit offen, doch im Innern war es stockdunkel. Kaikura fand einen Schalter auf der Innenseite der Wand. Als das Licht anging, sah Max zum ersten Mal mit eigenen Augen, was Amsas Männer dort getrieben hatten. An großen Eisenhaken hingen ausgeblutete Anomals, manche Tiere waren der Länge nach durchgeschnitten worden. Auf dem Boden sahen sie angetrocknete Blutlachen und große Behälter, in denen der größte Teil des Blutes aufgefangen worden war. Es stank entsetzlich.

»Die hängen bestimmt seit Tagen hier«, sagte Karm angewiderte und hielt sich die Nase zu.

»Hey, du musst jetzt darüber meditieren!«, scherzte Kaikura, wurde aber sofort wieder ernst. »Seht mal!« Er zeigte auf grünliche Stellen am Fleisch der geschlachteten Tiere. »Die verwesen schon!«

»Da ist Werkzeug!«, rief Karm mit näselnder Stimme und zeigte auf die hintere Wand. Dort hingen Sägen in verschiedenen Größen und lange Messer, die sehr scharf aussahen. In einer Ecke lehnten mehrere Eisenstangen, die offenbar zum Transport der toten Tiere dienten. Karm versuchte, eine von ihnen hochzuheben, doch sie war zu schwer. Kaikura und Max halfen ihm. Gemeinsam brachten sie die Stange zum Käfig zurück. Papillo hatte inzwischen damit begonnen, die Tiere durch die Gitterstäbe hindurch mit Wasser zu bespritzen. Vul tigerte unruhig um die Käfige. Ab und zu stieß sie heulende Laute aus.

Die Jungen setzten die Stange an die Tür an und versuchten, eine Hebelwirkung zu erzeugen. Doch die Stange war zu dick, so dass sie sie nirgends ansetzen konnten.

Max rannte in die Schlachterei zurück und sah sich fieberhaft um. Er fand einen großen Hammer, den er kaum hochheben konnte. Mit ihm kehrte er zu den anderen zurück.

»Vielleicht können wir den Beton aufschlagen und eine der Stangen aus der Verankerung lösen«, schlug er vor.

»Über uns ist alles voller Polizisten und Soldaten, die nach uns suchen«, gab Papillo zu bedenken, während er versuchte, den Tieren das Wasser ins Maul zu spritzen. »Die werden sich wundern, wenn sie plötzlich Hammerschläge aus dem Keller hören.«

»Und was sollen wir stattdessen tun?«, fragte Max hilflos.

»Vielleicht kann Vul ja helfen«, sagte Kaikura. «Vul!« Das Anomal kam zu ihnen. Ihr langer Schwanz peitschte unruhig durch die Luft, immer wieder wandte sie den Kopf zu den Anomals.

»Vul, hör mir zur«, begann Kaikura. »Wenn wir diese Stange zwischen zwei Stäben hindurchstecken und dann alle zusammen dagegen drücken, können wir vielleicht einen aus dem Boden herausbrechen.« Das Anomal schien zu verstehen.

Max platzierte ein Ende der Stange am Boden und zwar so, dass es nur etwa zehn Zentimeter weit in den Käfig hineinragte. Anschließend stemmten sie sich zu fünft gegen die Stange. Doch der Käfigstab rührte sich nicht.

»Wir müssen das ruckartiger machen«, schlug Papillo vor. »Auf drei!« Er zählte an. Bei drei stemmten sie sich mit aller Kraft gegen die Stange. »Und noch einmal!« Immer wieder zählte er an, und immer wieder warfen sich die Jungen und das Anomal gegen die Stange.

Beim fünften Mal platzte der Beton auf und bröckelte ein wenig. Nach einer halben Stunde war der lange Eisenstab so weit losgeschlagen, dass sie ihn hin und her bewegen und drehen konnten. Aber es dauerte eine ganze Stunde, bis sie ihn soweit zur Seite schieben konnten, dass sie selbst hindurchpassten.

Völlig erschöpft ließen die Jungen sich zu Boden sinken, während Vul in den Käfig schlüpfte und eines der Anomals an den Hinterläufen packte. Er zog das Tier zur Lücke und machte den anderen Zeichen, sie sollten helfen. Kaikura und Papillo halfen, das Tier aus dem Käfig zu befördern.

Es handelte sich um eine Art Mausaffenhund wie Puschel, aber viel größer. Das Tier verfolgte die Bemühungen seiner Retter mit den Augen, konnte sich jedoch nicht rühren.

Vul stieg aus dem Käfig und trug das Anomal anschließend zum Wasserbassin. Ohne Umschweife ließ er es bis zum Hals hineingleiten und half ihm, die Schnauze über Wasser zu halten. Nach und nach begann das Anomal zu trinken

»Nicht zu viel, das ist nicht gut am Anfang«, warnte Papillo.

Eines nach dem anderen trugen sie die Anomals zum Wasser. Bei vier der Tiere kam jede Hilfe zu spät – sie waren bereits gestorben.

Nachdem der erste Käfig leergeräumt war, sagte Papillo:

»Wenn wir die anderen zwei Käfige noch versorgen, sind wir die ganze Nacht beschäftigt. Wir müssen uns aufteilen.« Er schlug vor, zunächst Gitterstäbe an beiden Käfigen zu lockern. »Kaikura, Karm und ich bleiben hier und helfen den Tieren. Max und Vul gehen Emilia holen. Auf dem Rückweg kommen sie hier vorbei und wir besorgen den Proviant. Es ist jetzt …«, er kramte in seinen Taschen und brachte eine Armbanduhr zum Vorschein, »bereits nach Mitternacht.« Er überlegte. »Vul, ist das Haus, in dem Emilia sich befindet, weit von hier entfernt?« Das Anomal schüttelte den Kopf.

»Schnell«, flüsterte es mit seiner tonlosen Stimme.

»Gut«, sagte Papillo. »Ich gebe dir die Uhr mit, Max. Wenn ihr bis spätestens drei Uhr nicht zurück seid, dann kommt nicht mehr hierher, hörst du?«

»Und was werdet ihr tun?«, fragte Max zögernd.

»Wir kümmern uns um die Anomals und kehren danach in die Grube zurück.«

»Aber wir brauchen doch den Proviant!«, wandte Max verzweifelt ein. Er hatte das Gefühl, zwischen dem Wohl der Gruppe und Emilia wählen zu müssen.

»Uns wird schon etwas einfallen«, beruhigte Papillo den Jungen. »Lasst uns jetzt die Gitterstäbe aushebeln! Die Zeit drängt!«

Diesmal benötigten sie viel weniger Zeit, um sich Zugang zu den beiden anderen Käfigen zu verschaffen. Einen der beiden

Gitterstäbe hebelten sie sogar soweit heraus, dass sie ihn ganz entfernen konnten.

Anschließend machten Max und Vul sich auf den Weg.

Zuerst gingen sie durch den Tunnel zurück bis zur Lagerhalle. Dann schlüpften sie unter dem Rollgatter hindurch und begaben sich die kleine Rampe hinauf. Sie wurden Zeugen, wie ein amerikanische Militärdrohne landete und eine Gruppe Gefangener ins Waisenhaus abgeführt wurde.

An der Außenmauer angekommen, sprang Vul wieder hinauf, so dass Max sich an ihr hocharbeiten konnte.

Dann standen sie erneut auf der schmalen Straße, die zwischen Güterbahnhof und Fabrikgelände verlief. Vul lief voraus, Max folgte ihr, so schnell er konnte. Er war müde und erschöpft, doch jetzt war nicht die Zeit, solchen Gefühlen nachzugeben. Jeden Augenblick konnte eine Drohne auftauchen, er musste wachsam bleiben.

An einer Querstraße bog Vul nach rechts Richtung Stadt ab. Hier begann eine weitläufige Anlage mit halbhohen Bürokomplexen, die zum größten Teil zerstört waren.

Im Trab steuerte Vul zwischen zwei Ruinen hindurch. Überall lagen kleine und größere Trümmerteile herum, die im Verfall begriffen waren. Hinter den beiden Häusern öffnete sich eine freie Fläche, die früher einmal eine großzügige Rasenanlage gewesen sein mochte. Dort sahen sie ein weiteres Gebäude, einen vierstöckigen, quadratischen Glasbetonbau mit durchgehenden Fensterreihen. Es schien weitgehend erhalten zu sein. Das Besondere an diesem Haus aber waren die Glasscheiben in den Fensterrahmen aus Aluminium und das elektrische Licht, das manche der oberen Räume beleuchtete.

Im Schatten eines großen Trümmerteils etwa fünfzig Meter vom Haus entfernt blieb Max außer Atem stehen.

»Hier?«, fragte er. Vul nickte. Dann spitzte sie die Ohren und raunte:

»Schnell!« Ehe Max begriff, was sie meinte, tauchte eine Drohne zwischen den Ruinen hinter ihnen auf. Vul packte den Jungen am Arm und zerrten ihn unter das Trümmerteil. Sie standen in einer Öffnung, die einmal ein Fenster gewesen war, und spähten hinüber zur Frontseite des Hauses, vor der die Drohne gerade landete. Es war keine Militärdrohne und auch keine der Drohnen des Ordnungsamtes.

»Die gehört zu Amsa!«, flüsterte Max aufgeregt. Die Seitentüren des Gefährts öffneten sich und mehrere Männer und Frauen stiegen heraus. Eine der Frauen war Künsang, Bos Mutter. Und einer der Männer war tatsächlich Amsa Ras.

Bei seinem Anblick verließ Max der Mut. Plötzlich erschien ihm der Plan, Emilia dort herauszuholen, völlig unrealistisch. Was sollten er, ein fünfzehnjähriger Waisenjunge, und ein Anomal gegen einen so skrupellosen Mörder wie Amsa Ras ausrichten? Er würde erneut unverrichteter Dinge das Weite suchen, er würde erneut versagen, er würde damit leben müssen, es nicht einmal versucht zu haben.

Während er dastand und sich immer elender fühlte, spürte er plötzlich, wie Vul ihre schwarze Hand in die seine legte. Er blickte das Anomal an, und das Tier, das kein Tier war, sagte leise:

»Vul weiß.« Max verstand nicht, was sie meinte, doch er hatte keine Lust nachzufragen. Die Männer und Frauen waren inzwischen im Haus verschwunden und hatten die Drohne zurückgelassen.

»Vak komm!«, sagte Vul bestimmt und zog den Jungen

aus der Deckung heraus. Gemeinsam pirschten sie sich an die rechte Flanke des Hauses heran. Im Erdgeschoss brannte nirgends Licht. Das Anomal galoppierte voraus und blieb am vorletzten Fenster stehen. Es legte beide Hände flach auf die Glasscheibe und begann zu schieben. Lautlos öffnete es sich, und ebenso geräuschlos kletterte das Anomal hinein. Mit klopfendem Herzen folgte Max ihr und schob das Fenster hinter sich zu.

Sie standen in einem kleinen Raum, der mit Sachen vollgestellt war – aufeinandergestapelte Schreibtische, Regale, Lampen und jede Menge Pappkartons, die von der hohen Luftfeuchtigkeit ganz weich geworden waren. In der Mitte der gegenüberliegenden Wand befand sich eine schmale Tür. Vorsichtig durchquerten sie den Raum und öffneten die Tür. Dahinter lag ein schmaler Korridor, von dem weitere Türen abzweigten. Hier war es fast vollkommen dunkel. Max öffnete eine Tür nach der anderen. Auch diese Zimmer sahen gleich aus – in allen stapelten sich Büromöbel. Sie mussten sie aus den oberen Stockwerken heruntergeschafft haben, um Platz für etwas anderes zu gewinnen. Doch wofür? Für ein neues Waisenhaus? Das erschien Max abwegig. Warum sollte Amsa Ras, der Kinder als Köder benutzte, ihnen ein neues Haus bereitstellen und es auch noch renovieren? Wenn er nur verstünde, was das alles bedeutete! Und was machte Künsang hier? Sie war doch nichts weiter als eine …

Plötzlich begriff Max, wozu dieses Haus diente, und warum Amsa Ras nur die Mädchen hergebracht hatte. Ein Schauer lief ihm über den Rücken. Amsa Ras hatte eine weitere Geldquelle im Waisenhaus gefunden: die Mädchen! Das war es, was Papillo nicht hatte aussprechen wollen! Ohnmächtige Wut packte ihn. Und mit einem Mal wurde aus der

Furcht, die er eben noch empfunden hatte, Hass auf Amsa Ras.

»Ich werde ihn töten«, flüsterte er außer sich vor Zorn. »Ich werde ihn töten. Er muss sterben, Amsa Ras muss sterben.«

Vul hatte Max' innere Aufwallung offenbar bemerkt, denn sie wandte sich ihm zu und betrachtete ihn aufmerksam. In der Dunkelheit glänzten ihre Augen fast wie die der Gorgor auf dem Güterbahnhof. Dann richtete sie sich auf ihren Hinterläufen auf, wie sie es getan hatte, um die Militärdrohne wegzulocken. Sie überragte Max nun wie ein Gigant, größer als Chagan war sie und viel furchteinflößender.

»Was willst du mir sagen, Vul. Ich verstehe dich nicht.«

»Vul immer wach, alles sehen«, sagte sie und ließ sich auf die Hände zurückfallen.

»Und?«, fragte Max. Das Anomal tippte dem Jungen mit einem Finger an den Kopf.

»Vak schlau.« Der Junge schüttelte den Kopf.

»Nein, ich bin nicht schlau, Vul. Ich bin alles andere als schlau. Ich bin ...«

»Komm!«, unterbrach ihn das Anomal. Der Korridor verlief parallel zur Außenmauer, doch auf halbem Weg zweigte von rechts ein weiterer Korridor ab. Er führte in die Mitte des Gebäudes, wo sich das Treppenhaus befand. Vom Korridor aus gab es keinen Zugang, sie sahen nur die Betonfassung der Treppe, deren Zugang auf der anderen Seite lag, genau vor dem Haupteingang. Links und rechts der Treppe aber gab es je eine breite, halbverglaste Tür, durch die helles Licht hereinfiel.

Auf der anderen Seite dieser Türen stand links und rechts des Treppenabsatzes jeweils ein Mann in der typischen schwarzen Uniform des Ost-Magistrats. Offenbar war es ihre Aufgabe, das Gebäude zu beschützen, denn sie trugen Waffen. Sie wandten dem ungenutzten Teil des Gebäudes den Rücken zu, weshalb Max und Vul sie in aller Ruhe betrachten konnten.

»Was jetzt?«, flüsterte Max. Doch im selben Augenblick wusste er es. »Ich muss schlafen!«

Vul sah ihn verständnislos an.

»Wenn ich schlafe«, erklärte Max ungeduldig, »kann ich alles sehen. Ich habe dich gesehen, wenn du nachts vor unserem Regen-Quartier standst und hochsahst. Verstehst du jetzt?« Das Anomal schüttelte den Kopf, doch dann nickte es.

»Vak schlaf, Vul wach.«

»Gut«, sagte der Junge. »Komm, wir gehen in einen der Räume!« Aufs Geratewohl öffnete er die nächste Tür zu einem der kleinen Büros. Auch hier war alles vollgestellt mit Möbeln und Kartons. Ohne zu zögern, legte Max sich auf den Boden und schloss die Augen.

Aber er war viel zu aufgeregt. Wie zum Teufel sollte er schlafen, wenn Amsa Ras und Emilia sich im selben Gebäude aufhielten? Unmöglich! Nur eine weitere seiner naiven Ideen, die nicht funktionierten. Vielleicht, wenn er versuchte, so dazusitzen wie Claire Sagong, das Orakel? Er setzte sich auf, verschränkte die Beine zum Schneidersitz und starrte mit halboffenen Augen in die Dunkelheit. Doch auch das gelang ihm nicht. Unablässig strömten die Gedanken durch seinen Kopf. Was, wenn ausgerechnet jetzt zum ersten Mal von Emilia verlangt wurde, mit einem Mann … Was, wenn es Amsa Ras persönlich war? Ihm wurde ganz schlecht bei dem Gedanken. Er musste es schaffen, einzuschlafen, er musste einfach!

Doch es ging nicht. In seiner Verzweiflung legte Max die Hände aneinander und sagte leise:

»Bitte, sitzender Mann, hilf mir!« Er zögerte. Dann wiederholte er:

»Bitte, sitzender Mann, hilf mir!«

»Der sitzende Mann ist kein Gott«, erwiderte eine helle Knabenstimme. Max blickte sich um. Neben ihm stand Gendün in seiner gelben Seidenhose und mit freiem Oberkörper. Er lächelte Max an.

»Ich mag deine neue Freundin«, sagte er und wies auf Vul.

»Kannst du mir helfen?«, fragte Max. Der Junge schüttelte den Kopf.

»Ich muss dir gar nicht helfen. Das kannst du ganz allein. Aber ich komme gerne mit. Steh auf!« Zögernd erhob Max sich.

»Komm mit!«

»Aber sie werden uns sehen!«

»Nein, werden sie nicht. Denn uns gibt es gar nicht. Seit mutig!« Max ging an Vul vorbei. Er erwartete, dass das Anomal ihn zurückhielt oder ihm folgte, doch es blieb, wo es war. Und nun entdeckte er seinen eigenen Körper neben Vul. Er saß da mit offenen Augen, die ins Nichts starrten.

»Was tu ich denn da?«, fragte er Gendün verwirrt.

»Ich glaube, du versuchst zu meditieren«, erwiderte der Junge und kicherte. »Aber du weißt gar nicht, wie das geht, weil es dir niemand erklärt hat.«

Gendün ging durch die geschlossene Tür hindurch, und Max folgte ihm. Von draußen ertönte das Surren einer landenden Drohne.

»Das sind die ersten Kunden«, sagte Gendün, als er an dem Mann vom Ost-Magistrat vorbeiging.

Bevor sie die Treppe hinaufsteigen konnten, öffnete sich der Haupteingang und eine Gruppe amerikanischer Soldaten kam herein. Sie waren unbewaffnet und trugen keine Kampfanzüge, sondern schicke Ausgehuniformen.

»Das sind die ersten Kunden?«, fragte Max ungläubig. Gendün nickte amüsiert.

»Ja«, sagte er, »Amsa Ras weiß, wie man die Gunst der Stunde nutzt. Lass uns hochgehen.«

Im ersten Stock trafen sie auf die ersten Frauen. Max kannte sie – es waren die beiden, die sich um Nira gekümmert hatten, nachdem sie in der Schlammlawine verletzt worden war, die zierliche Asiatin und die Blonde. Sie standen am oberen Treppenabsatz und blickten hinunter. Dabei sahen sie nicht sehr glücklich aus.

Die Jungen gingen an ihnen vorbei und betraten den ersten Raum. Ein Mädchen lag dort auf einem Bett. Ihre Augenlider waren schwer und sie konnte sich nur langsam bewegen.

»Was hat sie denn?«, fragte Max verwundert.

»Amsa hat sie unter Drogen setzen lassen, damit sie gefügig sind«, erklärte Gendün.

»Wenn du alles weißt, sag mir, wo Emilia ist«, verlangte Max. Aber der Junge schüttelte den Kopf.

»Das kann ich nicht. Ich weiß nämlich gar nicht alles. Du schon, du weißt alles, aber du bist noch nicht bereit, zu wissen, dass du alles weißt. Deshalb bin ich hier.«

Sie gingen weiter. Auch im nächsten Raum lag ein Mädchen, auch dieses Mädchen stand unter Drogeneinfluss. Und im dritten und im vierten und in allen anderen Räumen. Manche kannte Max von früher, an andere erinnerte er sich nicht mehr. Doch keine war Emilia.

»Sie wird im zweiten Stock sein«, sagte er und begann, die Treppe hinaufzusteigen.

Oben trafen sie auf Künsang und eine weitere Prostituierte, die in der Drohne gewesen war. Auch sie standen da und warteten darauf, die Kundschaft in Empfang zu nehmen. Auch sie wirkten sehr unglücklich, vor allem Künsang. Max wünschte sich, er könnte mit ihr sprechen.

»Du wirst noch viel mutiger sein und selbst hochkommen müssen«, sagte Gendün.

»Aber wie mache ich das?«, fragte Max.

»Dir wird schon etwas einfallen«, antwortete Gendün. Diesen Satz kannte Max von Papillo. Wie konnten sie einfach auf ihr Glück vertrauen?

»Das ist nicht Glück«, sagte Gendün. »Das ist etwas anderes. Denk doch mal nach: Warum hast du, der Junge, der im Traum die Welt sieht, Chatral Rinpoche getroffen, den ihr Papillo nennt? Warum hast du von mir die Übertragung erhalten, als ich im Sterben lag? Warum hast du die Ereignisse in der verlassenen Stadt durch deine Flucht ins Rollen gebracht, und zwar so sehr, dass sie uns alle betreffen? Ist das Glück oder Pech? Oder etwas anderes?«

Sie gingen durch die Räume des zweiten Stockwerks. Im ersten lag ein Mädchen, das Max kannte, eine Freundin von Emilia, ihr Name war Lora. Im zweiten lag ein sehr junges Mädchen, fast noch ein Kind. Max hatte sie oft auf dem Spielplatz am Waisenhaus gesehen, wo jetzt das Militärlager stand.

Sie gingen weiter. Im nächsten Zimmer stand Amsa Ras. Bei seinem Anblick wollte Max gleich wieder in der Wand verschwinden, doch Gendün hielt ihn fest.

»Schau ihn dir an!«, verlangte er. »Sieh genau hin!« Max zwang sich, den ehemaligen Sicherheitschef das Ost-

Magistrats zu betrachten. In seinem rechten Mundwinkel saß eine Zigarette festgeklemmt, deren Rauch dazu führte, dass er das rechte Auge ständig zusammenkneifen musste, weil es sonst tränte. Obwohl er groß und schlank gewachsen war, hielt er seinen Oberkörper leicht vorgebeugt, als fürchtete er sich vor irgendetwas Unsichtbarem. Ab und zu unterbrach ein tiefer, rollender Raucherhusten seine Tätigkeit, die darin bestand, einem Mädchen, das auf dem Bauch und dessen rote Lockenmähne auf dem ganzen Kissen ausgebreitet lag, die Hose herunterzuziehen. Das war anstrengend, denn die Hose des Mädchens saß sehr eng. Amsas schwarzes Haar war von grauen Strähnen durchsetzt, wenn Zeige- und Mittelfinger seiner rechten Hand ausgestreckt zur Zigarette griffen, um die Asche auf den Boden zu schnippen, konnte man sehen, dass die ganze Hand leicht zitterte. Und wenn er den Körper des Mädchens betrachtete, brannte eine Gier in Amsas dunklen Augen, die von seiner Furcht, nicht genug zu bekommen, befeuert wurde.

»Und jetzt schau dir das Mädchen an!«, befahl Gendün. Wo war Gendün? Max blickte sich um. Der Junge war nirgends zu sehen. Er wandte sich dem Mädchen zu. Das Gesicht war von ihrem Haar verdeckt, dieses Haar, er kannte dieses Haar, er hatte nicht gewollt, dass alles so kommen würde, wie er es befürchtet hatte. Doch nun war es so.

»Emilia!«, rief er.

Vul drehte sich um.

»Vak leise«, zischte sie.

Max brauchte einen Moment, bis er sich wieder orientieren konnte. Er saß immer noch in dem kleinen Zimmer im Erdgeschoss und Vul hockte vor ihm. Hastig sprang er auf.

»Er ist bei ihr!«, rief er verzweifelt. »Er wird …«, er wagte nicht, es auszusprechen. Wie konnten sie nur hinaufgelangen, ohne gesehen zu werden? Wenn es nur nicht so hell wäre!

»Vul, die niemals schläft und immer wacht – hast du gesehen, wie sie Licht machen im Haus?« Das Anomal blickte den Jungen einen Augenblick ratlos an. Dann schien sie etwas zu verstehen und nickte eifrig.

»Vul sehen!« Sie zeigte nach unten. Max stöhnte auf. Schon wieder ein Keller! Sie würden niemals an den Wachmännern vom Magistrat vorbeikommen, um den Eingang zum Keller suchen zu können. Er überlegte fieberhaft.

»Hast du gesehen, wo die Kabel verlaufen? Das muss doch hier irgendwo sein!« Vul verstand das Wort ›Kabel‹ nicht und schüttelte den Kopf.

»Kabel, Kabel«, wiederholte Max und blickte sich hektisch um. Er riss die Tür zu einem der Büros auf und zerrte eine Lampe hervor. Dann zeigte er auf ihr Stromkabel und wiederholte:

»Kabel für Licht, Vul. Vom Keller nach oben wird das Licht durch diese Kabel gebracht. Weißt du, wo sie sind?« Wieder überlegte das Anomal. Dann schüttelte es ratlos den Kopf.

»Laut«, sagte es und gab dem Jungen ein Zeichen, ihr zu folgen. Sie betraten den ersten Raum rechts neben dem Treppenhaus. Vul begab sich in die äußerste linke Ecke und legte die Hände auf den Boden.

»Laut«, sagte es. Max überlegt. Offenbar wollte Vul ihm sagen, dass die Maschine, die den Strom erzeugte, sich genau unter ihnen befand. Er suchte die Wand ab. In dem Betonpfeiler links neben Vul befand sich eine vertikale Rinne, die von einer Kunststoffleiste abgedeckt wurde. Max kniete sich hin und suchte das Ende der Leiste. Als er es gefunden hatte, zog er daran. Sie ließ sich ganz leicht lösen. Er zog die gesamte Leiste ab. Mit einem leisen Geräusch fiel sie zu Boden. In der Rinne verliefen zwei dicke schwarze Kabel.

Doch was jetzt? Max blickte sich in dem kleinen Büroraum um. In einem der Kartons fand er neben lauter anderen Gegenständen ein Metalllineal. Das musste eine Seltenheit sein in einer Stadt, wo jeder Hauser davon lebte, Schrott zu verkaufen. Er ergriff das Lineal und machte sich an den Kabeln zu schaffen.

Nach einigen Versuchen gelang es ihm, sie aus der Rinne zu hebeln. Sobald er sie zu fassen bekam, sagte er:

»Jetzt heißt es ziehen, Vul!«

Gemeinsam rissen sie mit aller Kraft an den Kabeln. Doch sie behinderte sich gegenseitig, weil es so eng war.

»Vak sitzen!«, befahl das Anomal kurzerhand und schob den Jungen zur Seite. Dann kauerte sie sich vor den Pfeiler, packte die Kabel mit festem Griff und machte einen gewaltigen Satz nach oben. Es gab ein schnalzendes Geräusch, als die Kabel rissen.

»Ja! Du hast es geschafft!«, rief Max. »Komm!«

Sie eilten wieder zur Tür zurück. Alles war dunkel, und von der anderen Seite hörten sie aufgeregte Stimmen.

Jetzt war der Moment gekommen! Aus Angst, wieder von seiner Angst gelähmt zu werden, stieß Max die Tür auf, bevor er einen klaren Gedanken fassen konnte. Mit drei weiten Sprüngen überholte ihn das Anomal und ergriff den Wachmann von hinten. Bevor er einen Laut von sich geben konnte, sank er auch schon ohnmächtig zu Boden. Max zögerte einen Augenblick, dann nahm er das Gewehr an sich und stürmte die Treppe hinauf.

Überall hörten sie aufgeregte Männer- und Frauenstimmen. Jemand schrie etwas von oben herab. Amsas tiefe Raucherstimme!

»Jemand soll verdammt nochmal in den Keller gehen und den beschissenen Generator wieder anwerfen!«, brüllte er ärgerlich.

Max und Vul stürmten die beiden Treppen hinauf, vorbei an der Asiatin und der blonden Frau im ersten Stock, und vorbei an Künsang und der anderen Prostituierten. Mehrere Soldaten kamen aus ihren Räumen und begannen, auf Englisch miteinander zu reden. Niemand wusste, was geschah, weil niemand etwas sah. Auch Max nicht. Doch er kannte den Weg, und Vuls Augen schien nichts verborgen zu bleiben, nicht einmal, wenn es völlig dunkel war.

Dann standen sie vor der Tür des Raumes, in dem sich Amsa Ras und Emilia befanden. Max brachte das Gewehr in Anschlag und stieß die Tür auf.

Im Inneren des Raums brannte eine Kerze, die vor dem Fenster stand. Amsa Ras musste sie angezündet haben. Gerade wollte er sich erneut an Emilias Kleidung zu schaffen machen. Als er die Tür in seinem Rücken hörte, erhob er sich ärgerlich und bellte:

»Habe ich gesagt, dass jemand hereinkommen …?« Er konnte den Satz nicht beenden. Mit offenem Mund starrte er Max, den Lauf des Gewehrs, das auf ihn gerichtet war, und das Anomal an, das sich zu seiner vollen Größe aufgerichtet hatte und die Zähne fletschte. Die Zigarette löste sich aus Amsas Mundwinkel und fiel zu Boden, ohne dass er es wahrnahm.

»Du!«, brachte er hervor, als er den Jungen erkannte. Sein Blick wurde einen Moment lang berechnend, doch das riesig wirkende Anomal neben Max wischte diesen Ausdruck sofort wieder weg. Und Max sah die Furcht in Amsas Augen, es war dieselbe Furcht, die er selbst oft verspürt hatte, wenn die Waisenhausbanden ihn bedrohten, dieselbe Furcht, die jedes Kind hatte, wenn man es in die Ecke drängte.

Er ging auf Amsa zu und drückte ihm das Gewehr gegen die Brust. Plötzlich wurde die Tür hinter ihm geöffnet.

»Amsa, die Leute wollen …«, begann eine Frauenstimme und brach ab, als sie sah, was vor sich ging. Vul war herumgewirbelt und fletschte die Frau an, die vor Schreck erstarrte.

Max hatte ihre Stimme wiedererkannt. Er wandte den Kopf. Als das Anomal sich bereits auf Künsang stürzen wollte, sagte sie:

»Max?«

Vul hielt überrascht inne.

Jetzt handelte Amsa Ras. Er riss Max das Gewehr aus der Hand und stieß den Jungen zurück. Mit einer ebenso geübten wie schnellen Bewegung wirbelte er das Gewehr herum, um es auf Max zu richten.

Doch er war nicht schnell genug für Vul. Das Anomal sprang auf Amsa Ras, bevor er den Finger auf den Abzug legen konnte. Es ergriff das Gewehr mit beiden Händen und presste den Mann gegen die Wand zwischen Bett und Fenster. Dann riss es sein Raubtiermaul auf und knurrte ihm aus nächster Nähe ins Gesicht.

Völlig verschreckt ließ Amsa das Gewehr los.

Künsang hatte sich inzwischen gefasst. Sie schloss die Tür hinter sich. Dann öffnete sie die oberste Schublade einer schmucklosen eckigen Kommode, die rechts der Eingangstür an der Wand stand, und zog Handschellen und einen Knebel aus rotem Kunststoff heraus.

»Das ist normalerweise für Kunden mit Sonderwünschen«, sagte sie und reichte Max die Gegenstände. Vul packte Amsa an den Schultern und wirbelte ihn herum wie eine Puppe. Max fesselte seine Hände auf dem Rücken. Anschließend drückte er Amsa den Knebel in den Mund und zurrte ihn am Hinterkopf fest.

Dann wandte er sich Emilia zu, die sich nicht gerührt hatte.

»Was haben sie mit ihr gemacht?«, fragte er Künsang.

»Amsa wollte sie so«, antwortete Bos Mutter. »Wir kennen das schon. Er erträgt es nicht, wenn ihm eine Frau in die Augen sieht, während er es sich besorgt.« Sie warf dem Gefesselten einen verächtlichen Blick zu. Dann trat sie auf Emilia zu, zog ihre Hose wieder hoch, drehte das Mädchen auf den Rücken und strich ihr das Haar aus dem Gesicht.

Der Anblick der schlafenden Emilia nahm Max einen Moment lang vollkommen ein. So lange hatte er diesen Augenblick herbeigesehnt! Und nun war er da.

»Aber wie bekomme ich sie wach?«, fragte Max ratlos. Er blickte auf die Armbanduhr, die Papillo ihm mitgegeben hatte. Es war zwei Uhr, noch waren sie in der Zeit, aber mit einer schlafenden Emilia würden sie es niemals schaffen.

»Wir benutzen ein starkes Sedativ, das den Mädchen in die Vene gespritzt wird. Normalerweise dauert es eine bis zwei Stunden, bis sie wieder aufwachen.«

»Solange können wir nicht warten!«, rief der Junge. Künsang überlegte.

»Seht in Amsas Taschen nach!«, sagte sie dann, »Er benutzt eine Aufputschdroge, die ihn wachhält, ich habe es oft gesehen.« Das brachte ihr einen wütenden Blick ihres neuen Bosses ein, doch sie achtete nicht darauf.

Max durchwühlte Amsa Ras' Jackentaschen. Neben einem Messer, einer kleinen Pistole und einem Schlüsselbund, die er alle an sich nahm, fand er eine kleine Spritze mit einer klaren Flüssigkeit, auf der ›All-Up‹ stand.

»Das ist es!«, sagte Künsang und nahm Max die Spritze aus der Hand. Sie setzte sich an den Bettrand und tastete Emilias Handgelenk ab. Dann stach sie die Spritze hinein und injizierte dem Mädchen das Mittel.

»Und?«, fragte Max. Künsang erhob sich.

»Ich weiß nicht«, sagte sie unsicher. »Wir haben das noch nie gemacht. Kein Freier will, dass die Mädchen bei klarem Verstand sind.« Sie blickten gebannt auf Emilias Körper, der sich nicht regte.

Plötzlich schnappte das Mädchen nach Luft, als wäre sie am Ertrinken. Im nächsten Moment riss sie die Augen auf und starrte die Anwesenden verwirrt an.

»Wo bin ich?«, rief sie benommen. Max hielt sie an den Schultern.

»Emilia! Ich bin's! Max!« Sie hatte Schwierigkeiten, ihren Blick zu fokussieren. Als er ihr gelang, rief sie:

»Max! Was machst du hier? Du musst sofort weg! Amsa Ras sucht nach dir! Er hat uns alle verhört, um etwas über dich zu erfahren!« Max lächelte sie beruhigend an.

»Sieh mal, wer hier neben dir hockt.« Das Mädchen wandte den Kopf und riss die Augen noch weiter auf, als sie den gefesselten Amsa Ras mit einem roten Knebel im Mund sah, der wütende Blicke in alle Richtungen warf.

Dann sah sie das Anomal und schrie in Panik auf.

»Du brauchst keine Angst zu haben!«, sagte Max schnell, »das ist Vul, sie hat mir geholfen, hereinzukommen, um dich zu befreien.«

»Um mich zu befreien?«, fragte Emilia ungläubig.

»Ja«, sagte Max und nickte. »Deshalb bin ich hier.« Das

Mädchen blickte Max einen Moment lang verständnislos an. Dann wandelte sich ihr Gesichtsausdruck und wurde ganz weich und liebevoll. Sie nahm seinen Kopf in die Hände. Tränen traten in ihre Augen. Leise sagte sie:

»Danke dir, Max. Aber ... und die anderen Mädchen?«

»Ich weiß nicht«, erwiderte Max unsicher, »wir können sie nicht alle mitnehmen. Wir könnten vielleicht ein paar ...« Er wandte sich hilfesuchend nach Vul um, nur um zu erkennen, wie absurd diese Geste war. »Darüber habe ich gar nicht nachgedacht, Emilia ... Aber wir finden bestimmt eine Lösung. Ich könnte ...«

Emilia legte ihm einen Finger auf die Lippen, der ihn verstummen ließ. Dann umarmte sie Max und flüsterte in sein Ohr:

»Ich kann sie nicht hierlassen, Max. Wie würdest du dich denn fühlen, wenn du das tätest?« Max schluckte. Er wusste nur zu gut, was Emilia meinte.

»Aber was sollen wir denn jetzt tun?«, fragte er sie ratlos. Er war selbst den Tränen nahe. Nun, da er Emilia wieder hatte, wollte er sie auf keinen Fall noch einmal zurücklassen.

Das Mädchen schüttelte langsam den Kopf.

»Ich weiß es nicht«, sagte sie und umarmte Max erneut.

»Bitte komm mit, Emilia, bitte!«, bettelte Max. Er fühlte sich so elend wie noch nie in seinem Leben. Als er zu schluchzen begann, sagte Künsang:

»Ihr müsst jetzt los! Und ihr müsst Amsa mitnehmen. Ohne ihn kommt ihr nicht weit, denn er wird euch sofort verfolgen lassen. Aber wenn er weg ist, haben wir eine Chance, die Lage unter Kontrolle zu bringen. Ich werde versuchen, Carmina Burana zu kontaktieren, sie wird uns helfen. Max!«

»Du musst jetzt gehen«, flüsterte Emilia und gab ihm

Küsse auf die tränennassen Augen. »Hör auf zu weinen und geh!«

»Ihr nehmt am besten seine Drohne«, sagte Künsang. »Er hat einen Schlüsselbund, daran ist eine Chipkarte befestigt. Damit könnt ihr die Drohne starten und mit Stimmbefehlen steuern. Beeilt euch!«

Max riss sich förmlich von Emilia los.

»Ich werde wiederkommen«, sagte er, noch immer um Fassung bemüht. »Und nächstes Mal lasse ich dich nicht mehr allein.«

»Ich bin nicht allein, Max«, erwiderte Emilia. »Mach dir keine Sorgen um mich. Wenn du uns Amsa vom Hals schaffst, hast du uns mehr geholfen, als du ahnst.«

Max sah ihr in die Augen. Ihr Entschluss stand fest, kein Zweifel war in ihrem Blick zu sehen. Aus irgendeinem Grund, den er nicht verstand, gab ihm das Kraft. Er nickte Vul zu. Sie packte Amsa Ras und warf ihn über ihre Schulter, als hätte er kein Gewicht. Der mächtige Herr des Ost-Magistrats stöhnte vor Schmerz auf, als sein Kopf gegen die Reptilienhaut des Anomals schlug.

Noch immer sah Max Emilia an, die auf dem Bett saß und ihm traurig aber gefasst zulächelte.

»Ich liebe dich«, sagte er. Künsang schob ihn zur Tür. Er ließ es geschehen, ohne den Blick von Emilia abzuwenden.

»Ich liebe dich auch«, erwiderte sie, aber er hatte das Gefühl, dass sie etwas anderes meinte als er.

Künsang riss die Tür auf. Draußen war es noch dunkel, doch das Haus war voller Männer mit Taschenlampen. Künsang umarmte Max flüchtig und flüsterte ihm ins Ohr:

»Pass auf meine Tochter auf!« Max nickte. Dann schob sie ihn zur Treppe.

Max und Vul rannten die Treppe hinunter. Das Anomal stieß jeden zur Seite, der zu nahekam. Die Leute waren so überrascht, dass sie nicht wussten, wie sie reagieren sollten. Der Anblick des alptraumhaften Wesens, das einen Menschen über der Schulter trug und allen die Zähne zeigte, während es behände drei Treppenstufen auf einmal nahm, überstieg ihr Fassungsvermögen. Kaum jemand achtete auf den Jungen, der neben dem Ungeheuer lief. Als sie fort waren, glaubten viele, sie hätten eine Vision gehabt.

Draußen standen noch immer die beiden Fluggeräte, die amerikanische Militärdrohne und Amsas Fahrzeug. Max steuerte darauf zu und suchte nach der Chipkarte am Schlüsselbund. Er fand sie und steckte sie in einen schmalen Schlitz in der Seitentür. Geräuschlos schob sie sich auf.

Im Innern ließ Vul seine Last unsanft zu Boden fallen. Amsa beschwerte sich hörbar, doch durch den Knebel drangen nur erstickte Laute.

»Abheben!«, rief Max, als er sah, dass bewaffnete Männer aus dem Gebäude kamen. Die Drohne gehorchte augenblicklich und stieg in die Luft. Unschlüssig standen die Männer da und blickten ihnen nach. Sie wussten immer noch nicht, was passiert war und wer die Drohne steuerte. Am Ende war es Amsa selbst, und wen sie auf ihn schossen, würde er sie bestimmt einen Kopf kürzer machen. Da taten sie lieber nichts.

Als Max bemerkte, dass die Drohne immer weiter stieg, dachte er fieberhaft nach. Es war zwei Uhr dreißig, in einer halben Stunde würden Papillo, Karm und Kaikura Richtung Grube aufbrechen. Ihm blieb nicht mehr viel Zeit.

»Zum Güterbahnhof!«, verlangte er, »Aber flieg am Boden! Und mach das Licht aus!« Die Drohne wendete ihre Schnauze in die angegebene Richtung und nahm Geschwindigkeit auf, wobei sie allmählich auf Straßenniveau sank. Die Scheinwerfer erloschen. Angespannt spähte Max durch das Heckfenster. Niemand folgte ihnen.

Erschöpft ließ er sich in einen Sitz fallen und blickte zu Amsa hinüber, der in der hintersten Ecke der Drohne lag und ihn wütend anstarrte. Was für einen Tausch hatte er da gemacht! Anstatt mit Emilia zusammen zu sein, musste er sich nun um seinen schlimmsten Feind kümmern. Ausgerechnet! Er spürte, wie die Wut erneut in ihm hochkochte. Ohne Amsa wäre das alles nicht passiert! Ohne Amsa wären er und Emilia am Beginn der letzten Trockenzeit gemeinsam aus dem Waisenhaus geflohen und hätten diese verdammte Ruinenstadt längst verlassen!

Doch er spürte noch etwas anderes: Er spürte, dass er diesem schrecklichen Mann, vor dem er so viel Angst empfunden hatte, nichts antun konnte. Es wäre so leicht, das Messer, das er ihm abgenommen hatte, zu nehmen und ihm die Kehle durchzuschneiden. Doch er konnte nicht, er hatte nicht einmal das Bedürfnis, ihm wehzutun.

Was aber sollte er stattdessen mit Amsa Ras machen? Wenn er ihn einfach laufenließ, würde er sofort zurückgehen und sich furchtbar an Emilia und an Künsang rächen. Das durfte er auf keinen Fall zulassen!

Die Drohne schwebte jetzt durch die Straße, an der die Lagerhalle der Kunststofffabrik stand.

»Halt!«, befahl Max, als er die Gegend erkannte. Sofort bremste die Drohne ab und hing regungslos einen Meter über dem löchrigen Asphalt. Hier konnte er sie nicht stehenlassen. Sobald eine Militärdrohne vorbeikäme, würde sie auf das Fahrzeug aufmerksam werden und es näher untersuchen.

»Ich habe eine Idee!«, sagte Max. Vul, die zwischen zwei

Sitzen auf dem Boden kauerte und sich krampfhaft festhielt, gab ein klägliches Jaulen von sich. Offenbar mochte sie das Fliegen nicht besonders.

Max dirigierte die Drohne genau auf Höhe der Mauer, über die sie in das Gelände des Waisenhauses eingedrungen waren. Dann sagte er:

»Einen Meter höher!« Die Drohne gehorchte.

»Drei Meter nach vorn. Nein! Vier Meter nach vorn!« Die Drohne folgte dem Befehl. Jetzt schwebte sie genau über der Lücke zwischen Lagerhalle und zerstörter Produktionshalle.

»Landen!« Langsam senkte die Drohne sich zum Boden. Mit einem kleinen Ruck setzte sie auf. Dann stand sie still.

Max öffnete die Tür. Vul wollte das Gerät so schnell wie möglich verlassen, aber Max hielt sie zurück.

»Bitte bleib und pass auf Amsa auf! Ich gehe zu den anderen und sage ihnen Bescheid, dass wir zurück sind, ja?« Das Anomal blickte sehnsuchtsvoll hinaus in die Nacht und wandte sich dann mit grimmigem Blick zu Amsa um.

»Ich weiß«, sagte Max, »er geht uns allen auf die Nerven. Aber wir können nicht riskieren, dass er entkommt.« Widerwillig nickte Vul und ließ sich vor Amsa nieder, der sie angsterfüllt ansah.

Max stieg aus der Drohne und befahl ihr, die Tür zu schließen. Dann schlich er bis zur Ecke der Lagerhalle und spähte hinüber zum Parkplatz. Dort brannten zwar immer noch alle Lichter, doch es gab kaum Aktivität. Hier und da lief ein einzelner Soldat oder ein Ordnungshüter zwischen den Zelten hindurch, um etwas zu erledigen. Die anderen schliefen bestimmt in den großen Armeezelten.

Max schlüpfte um die Ecke herum und ging die Rampe bis zum Garagentor hinunter. Er kroch unter dem Rollgatter hindurch, durchquerte anschließend die Tiefgarage und betrat den kleinen Tunnel am Ende.

Auf halbem Weg hörte er plötzlich Geräusche vor sich. Erschrocken hielt er inne. Und wenn etwas passiert war in seiner Abwesenheit? Im nächsten Moment spürte er die Hände eines großen Tiers, das ihn an den Schultern festhielt und sein Gesicht beschnupperte. Fauliger, heißer Atem drang aus dem Maul des Wesens. Max wandte den Kopf zur Seite. Das Tier umarmte ihn kurz und huschte dann an ihm vorbei. Aufatmend setzte er seinen Weg fort.

Als er in der Schlachterei eintraf, waren die meisten Anomals auf den Beinen. Sie hatten sich um Papillo und die Jungen versammelt, die irgendwo Lebensmittel gefunden haben mussten, das sie nun verteilten.

Während er sich der Gruppe näherte, warf er einen Blick in die drei Käfige. In jedem lagen drei oder vier tote Tiere. Für sie war alle Hilfe zu spät gekommen.

Die Anomals bemerkten Max als erste. Sie wandten die Köpfe in seine Richtung und nahmen Witterung auf. Dann stießen sie verschiedene Laute aus, so dass der Keller für kurze Zeit wie ein Zoo klang.

»Max ist zurück!«, rief Kaikura und kam auf ihn zuglaufen. Er umarmte den Jungen stürmisch und rief:

»Du hast es geschafft! Ich wusste es!«

»Wo ist Emilia?«, fragte Karm.

»Wo ist Vul?«, fragte Papillo.

Als Max vor der Aufgabe stand, den anderen zu erklären, was geschehen war und warum er Emilia zurückgelassen hatte, schossen ihm erneut die Tränen in die Augen. Während die Anomals eines nach dem anderen darauf bestanden, ihm die Hand zu geben und ihn zu trösten, indem sie ihn streichelten oder massierten, erzählte er mit erstickter Stimme, was sie erlebt hatten.

»Amsa Ras?«, rief Papillo ungläubig. »In seiner eigenen Drohne gefangen?«

»Wow!«, sagte Kaikura. »Du bist ja ein Teufelskerl!«

»Ohne Vul hätte ich das niemals geschafft«, erwiderte Max ohne jede Verlegenheit. Es war einfach die Wahrheit. »Sie ist ...«, er suchte nach einem passenden Wort, »mächtig«. Papillo nickte.

»Ja, das ist sie«, bestätigte er. »Aber jetzt müssen wir gehen. Die anderen machen sich sicher bereits Sorgen. Und wir haben noch keinen Proviant gefunden, nur ein bisschen Futter für die Anomals. Einige haben sich schon aus dem Staub gemacht.«

»Ich weiß, mir ist eines im Tunnel begegnet.«

»Sie sind sehr dankbar«, warf Karm ein. »Ich glaube, wir haben Freunde fürs Leben gefunden.« Der Junge wirkte wie jemand, der eine große Last abgeworfen hatte. Max konnte nur ahnen, wie befreiend es für ihn sein musste, diese Wesen nicht mehr zu hassen – besonders, wenn man bedachte, dass er aufgrund seines Glaubens eigentlich allen Lebewesen wohlgesonnen sein wollte.

Anschließend betrachtete er die Tiere eingehender. Besonders ein Anomal mit einem Geweih erweckte seine Aufmerksamkeit. Es hatte einen Kopf wie ein Bär und einen Körper wie ein Affe.

Dann fiel es ihm wieder ein: Es war das Anomal, das sie im toten Wäldchen aufgeschreckt hatten. Oder zumindest eines, das genauso aussah. Wie viel seitdem geschehen war! Und wie sich alles geändert hatte!

Papillo drängte nun zum Aufbruch.

»Vergesst eure Rucksäcke nicht, die werden wir jetzt brauchen!«, ermahnte er die Jungen.

Gemeinsam mit den Anomals gelangten sie durch den Tunnel zur Tiefgarage der Lagerhalle und von dort zur Drohne.

Vul staunte nicht schlecht, als sie die vielen Tiere sah. Sie und die Menschen mussten noch viele Hände schütteln, dann kletterten die Anomals über die Mauer und waren fort. Anschließend betraten die Menschen und Vul das Gefährt und schlossen die Tür hinter sich.

»Amsa«, sagte Papillo, während er sich in einen Sitz der Drohne sinken ließ und zu dem Gefangenen schwenkte. »Von einem Fünfzehnjährigen und einem Anomal entmachtet!« Er lachte auf. »Siehst du jetzt, was dir deine Intrigen, deine geheimen Aktionen und deine Gräueltaten eingebracht haben?« Er schüttelte den Kopf. »Ich wette, du siehst es immer noch nicht. Bestimmt glaubst du, der und die und der sind schuld, nicht wahr? Aber du irrst. Das hast du dir alles selbst eingebrockt. Nun erzähl mir, wo die Soldaten ihren Proviant haben. Dann lasse ich dich vielleicht am Leben.« Er nahm dem anderen den Knebel aus dem Mund. Amsa schluckte und spuckte. Dann blickte er Papillo feindselig an.

»Das wirst du noch bereuen, du ...« Weiter kam er nicht. Papillo schlug ihm mit dem Handrücken ins Gesicht. Er tat es ohne Zorn und mit einer gelassenen Bewegung.

Die Jungen zuckten zusammen. So hatten sie Papillo noch nie erlebt.

»Du verstehst noch nicht, Amsa«, begann er wieder. »Wenn ich sehe, dass du keinen Wert für mich hast und dich nicht einmal anständig verhalten kannst, was soll ich dann noch mit dir, hm?« Er hob die Augenbrauen und sah Amsa fragend an.

Diesmal überlegte Amsa, bevor er antwortete.

»Hör mir zu, Papillo. Ich habe mehr Geld, als du dir vorstellen kannst. Ich kann dir …« Erneut wurde er von einer schallenden Ohrfeige unterbrochen. Seine Unterlippe platzte auf.

»Hast du nicht verstanden, Amsa?«, fragte Papillo und runzelte die Stirn. »Ich habe dir doch eine konkrete Frage gestellt, oder?« Der andere nickte unsicher. »Gut! Und was für eine Frage habe ich dir gestellt?«

»Wo die Soldaten ihren Proviant haben«, antwortete Amsa leise. Hass und Furcht und Überlebenswille spiegelten sich in seinem hageren Gesicht. Seine Augen glühten vor Wut.

»Sehr gut!«, sagte Papillo unbeeindruckt. »Du hast die Frage also verstanden. Jetzt antworte!«

Offenbar sah Amsa ein, dass er keine andere Wahl hatte.

»In einem der Armeezelte«, antwortete er widerwillig.

»In welchem?«, fragte Papillo. »Zeig es mir!« Er schob Amsa den Knebel wieder in den Mund und zerrte ihn auf die Beine. Dann führte er ihn bis zur Ecke der Lagerhalle.

»Welches Zelt?«, flüsterte er. Amsa zeigte mit dem Kinn in eine bestimmte Richtung, doch da er nicht sprechen konnte, war seine Angabe ungenau. Papillo brachte ihn zurück in die Drohne, schloss die Tür und nahm den Knebel wieder aus seinem Mund.

»Ganz rechts das Zelt zu unserer Seite hin«, sagte Amsa. »Bitte leg mir den Knebel nicht mehr …« Aber da hatte Papillo ihm das rote Bällchen bereits in den Mund gedrückt und zog den schmalen Gurt fest.

»Ich werde jetzt mit meinen Jungs zu den Zelten gehen und den Proviant holen. Vul bleibt hier. Und wenn du uns reingelegt hast, wird sie dich in deiner eigenen Drohne töten und anschließend auffressen, hast du verstanden? Dann wird gar nichts mehr von dir übrigbleiben, nicht einmal du selbst.« Er erhob sich und machte Anstalten, die Drohne zu verlassen, während Vul sich vor Amsa Ras niederließ und ihn bedrohlich anstarrte. Amsa sah das Anomal voller Furcht an und begann, verzweifelte Laute Richtung Papillo von sich zu geben.

»Was denn? Hast du mir noch etwas zu sagen?«, fragte Papillo, der bereits an der Tür stand. Zur Antwort nickte Amsa heftig. Ohne Eile nahm Papillo ihm den Knebel ein weiteres Mal aus dem Mund.

»Es ist das mittlere Zelt«, keuchte Amsa außer Atem.

»Das hoffe ich für dich«, erwiderte Papillo ruhig und knebelte ihn wieder. Dann schien ihm noch etwas einzufallen. Er entfernte den Knebel erneut und sagte:

»Noch eine Sache, Amsa: Warum das Waisenhaus? Was machen sie mit den Hausern, die sie festnehmen?«

»Sie treiben alle zusammen und konzentrieren sie hier, um sie zu verhören«, erklärte Amsa.

»Alle Hauser?«, fragte Papillo verblüfft. Der andere nickte. Papillo schüttelte den Kopf, wie jemand, der es nicht fassen kann. Dann knebelte er Amsa erneut und erhob sich.

Sie nahmen ihre Rucksäcke, stiegen aus der Drohne und schlichen zur Ecke. Niemand war zu sehen.

»Lasst uns hoffen, dass sie keine Bewegungssensoren aufgestellt haben«, flüsterte Papillo.

In gebückter Haltung rannten sie quer über den Parkplatz auf das mittlere Zelt zu. Alles blieb ruhig. Am Zelt angekommen hielt Papillo sein Ohr an die Zeltwand und lauschte. Dann nahm er sein langes Messer aus dem Rucksack und schnitt ein großes Loch in den Stoff.

Vor ihnen tauchten mannshohe Kistenstapel auf. Ohne Umschweife griff Papillo nach einer der obersten und nahm sie herunter. Als er den Deckel abnahm, grinste er die Jungen zufrieden an: Sie war voller Nahrungspacks.

Anstatt ihre Rucksäcke vollzuladen, was zu viele Geräusche verursacht hätte, nahm jeder so viele Kisten, wie er tragen konnte. Max nahm drei Kisten, Karm vier, Papillo und Kaikura sogar fünf.

So beladen kehrten sie zur Drohne zurück. Niemand hatte sie bemerkt. Sie verluden alles und bestiegen die Drohne.

Papillo setzte sich nach vorn und sagte:

»Manuelle Steuerung aktivieren!«

***

Ohne Beleuchtung und im Schritttempo flogen sie durch die Nacht. Auf Papillos Befehl hin war aus der Konsole eine Art ausklappbarer Querbalken gefahren, der ihm nun als Lenkrad diente. Er hatte der Drohne noch andere Befehle erteilt, mit denen er das Ortungssystem, die Routenarchivierung und die Kommunikation ausschaltete.

Nun flogen sie auf Sicht, was nicht leicht war, denn die Wolkendecke war dichter geworden und ließ das Mondlicht nicht mehr durch. Das Einzige, was ihnen einigermaßen half, war das bunte Glimmen der Phosphorschnecken.

Vul kauerte wieder mit geschlossenen Augen zwischen zwei Sitzen auf dem Boden und klammerte sich mit aller Kraft fest, während die Jungen sich erschöpft zurücklehnten und es genossen, dass sie den Rückweg nicht zu Fuß bewältigen mussten.

Es gab ein System, das Papillo nicht ausgeschaltet hatte, aber das bemerkten sie erst, als es sich plötzlich meldete. Eine rote Lampe leuchtete am Armaturenbrett auf und meldete einen ›Proximity Alert‹. Gleichzeitig ertönte aus dem Lautsprecher ein warnendes »Ping!«.

Sie waren gerade dicht vor dem Torgebäude entlanggeflogen, um den Fluss zu überqueren und schwenkten jetzt nach Osten Richtung Grube.

»Was bedeutet das?«, fragte Kaikura aufgeschreckt.

»Dass eine zweite Drohne in der Nähe ist«, sagte Papillo. Alle blickten sich um, doch es war nichts zu sehen.

»Sie scheint getarnt zu fliegen«, vermutete Papillo. Er drehte sich halb zu den Jungen um. »Vielleicht werden wir verfolgt. Schnallt euch besser an!« Die Jungen gehorchten. Vul hatte die Anspannung der Menschen wahrgenommen und blickte nun fragend in die Runde. Max flüsterte ihr zu:

»Halt dich gut fest, dann passiert dir nichts.«

Papillo wollte keine wilde Verfolgungsjagd riskieren, deshalb manövrierte er die Drohne im Rückwärtsflug zum Torgebäude und senkte sie unter den großen Torbogen. Als sie durch die Decke nach oben blickten, sahen sie den wolkenverhangenen Nachthimmel eingerahmt von den Außenmauern des Torgebäudes.

Ganz langsam senkte er das Gefährt weiter ab. Plötzlich hörten sie das Geräusch von Wasser, das gurgelnd gegen das Heck der Drohne schlug. Und dann saßen sie mitten im Fluss.

Vul hob den Kopf und blickte sich irritiert um. Sie zitterte jetzt am ganzen Leib. Max öffnete seinen Gurt und setzte sich neben sie.

»Alles in Ordnung, Vul«, sagte er. »Das Ding kann vermutlich sogar tauchen.« Er legte eine Hand auf den Rücken des Anomals, das sich ein wenig entspannte.

Plötzlich zeigte Karm nach vorne auf die andere Seite des Flusses. Dort schwebte die dunkle Silhouette einer amerikanischen Militärdrohne. Sie hatte angehalten, offenbar suchte sie nach ihnen.

Papillo reagierte, indem er die Drohne vollends im Fluss versenkte. Dann manövrierte er sie langsam im Rückwärtsgang und gegen die Strömung zum See des Güterbahnhofs zurück und ließ sie dort weiter absinken.

Der See war erstaunlich tief. Erst nach mehreren Metern setzte die Drohne auf dem Grund auf und rührte sich nicht mehr.

Nun saßen sie in völliger Dunkelheit und Stille. Kein Laut drang von außen heran.

»Hier ist in den letzten hundert Jahren ganz schön viel Wasser entlanggeflossen und hat die Erde abgetragen«, vermutete Karm. »Wenn das so weitergeht«, erwiderte Kaikura, »dann ist die Grube in ein paar Millionen Jahren wieder aufgefüllt.«

»Wir müssen alle warnen«, scherzte Karm.

Kaikura lachte nervös.

»Psst!«, machte Papillo, um sie zum Schweigen zu bringen. Max vermutete, dass eine Militärdrohne auch durch mehrere Meter Wasser hindurch noch Stimmen hören konnte.

Die Minuten verstrichen und wurden immer länger. Vul ergriff Max' Hand und hielt sie so fest, dass es fast schmerzte.

Plötzlich schlug etwas geräuschvoll gegen die Drohne. Erschrocken spähten sie nach draußen. Doch dort war nichts zu sehen als Schwärze. Kurz darauf gab es einen noch stärkeren Schlag, der das gesamte Fahrzeug erzittern ließ.

»Gogo«, raunte Vul.

Immer mehr Schläge ertönten, und bald war es so laut in der Drohne, dass sie die Stimme heben mussten, um einander zu verstehen.

»Die machen die Drohne kaputt!«, rief Papillo. »Wir müssen hier weg!« Er setzte das Fahrzeug in Bewegung und versuchte, dicht über dem Grund zum Fluss zu gelangen. Doch nach ein paar Metern rammten sie etwas Hartes und kamen nicht weiter.

Es blieb ihnen nichts anderes, als aufzutauchen, bevor die Gorgor das Fahrzeug ernsthaft beschädigen konnten.

»Hoffentlich sind die Amerikaner weg«, sagte Kaikura.

Als sie an die Wasseroberfläche kamen, sahen sie, was die Schläge verursacht hatte. Auf dem Dach der Drohne hockten vier große krötenartige Tiere mit langen Krokodilschnauzen. An ihren Vorderbeinen hatten sie Hände, und in diesen Händen hielten sie verrostete Eisenstangen, mit denen sie auf die Drohne einhieben.

Papillo ließ die Drohne einen Satz nach vorn machen. Die Tiere verloren den Halt und rutschten herunter. Mit lautem Platschen fielen sie ins Wasser.

»Wenn die Amerikaner noch in der Nähe sind, dann wissen sie jetzt, wo wir stecken«, sagte Papillo.

Sie warteten. Doch alles blieb ruhig. Max blickte auf die Armbanduhr, die er immer noch am Handgelenk trug. Inzwischen war es fast vier Uhr, bald würde die Dämmerung einsetzen.

»Die sind wir los!«, sagte Kaikura nach einer Weile erleichtert.

»Wer weiß«, entgegnete Papillo skeptisch. »Vielleicht wollen sie auch wissen, wohin wir fliegen.«

»Was sollen wir tun?«, fragte Karm. »Wir können auf keinen Fall zu den anderen zurück, wenn sie uns folgen.« Papillo überlegte.

»Wir brauchen den Proviant, und ohne die Drohne können wir nicht alles transportieren. Die einzige Möglichkeit, die wir haben, besteht darin, die Kisten in der Nähe des Rastplatzes abzuladen, vielleicht auf dem Felsplateau. Ihr steigt gemeinsam mit Vul und Amsa aus, und ich fliege weiter und führe die Amerikaner in die Irre. Ich würde versuchen, die Drohne irgendwo im Hinterland abzustellen und zu Fuß zu euch zu stoßen.« Er dachte kurz über seinen eigenen Plan nach. »Aber ihr müsstet bei Sonnenaufgang aufbrechen, damit man euch nicht findet, falls diese Finte nicht funktioniert, habt ihr verstanden?«

Karm blickte nach hinten, wo Amsa Ras lag, der sich die ganze Zeit über nicht geregt hatte.

»Müssen wir ihn wirklich mitnehmen?«, fragte er zweifelnd.

»Ja!«, sagte Max bestimmt. »Er ist eine Gefahr. Bos Mutter hat uns in seinem Beisein geholfen, Emilia aufzuwecken und zu fliehen. Außerdem weiß er jetzt, wie wichtig Emilia für mich ist. Er darf nicht mehr zurück!« Karm nickte langsam.

»Du hast recht. Es ist nur ...« Er suchte nach Worten.

»Er wird unser größter Lehrer sein«, unterbrach Papillo ihn. Die Jungen sahen ihn überrascht an, doch er achtete nicht darauf. Langsam setzte er die Drohne in Bewegung und steuerte sie oberhalb der Böschung des Flusses Richtung Grube.

»Unser Lehrer?«, fragte Kaikura ungläubig.

»Ja«, sagte Papillo. »Wenn ihr jemals ernsthaft lernen wollt, geduldig zu sein, Mitgefühl mit allen Lebewesen zu haben und euch aus dem Gefängnis zu befreien, in dem euch eure Gefühle halten, dann gibt es nichts Besseres als einen Feind. Ich finde sogar, es ist eine äußerst glückliche Fügung, dass wir ausgerechnet Amsa Ras mitnehmen müssen.«

»Puh!«, machte Max, als er begriff, was Papillo meinte. Zum ersten Mal glaubte er zu verstehen, wie groß die Aufgabe war, vor der man stand, wenn man wirklich frei sein wollte, und er hatte Zweifel, ob er je dazu in der Lage sein würde.

Dann erinnerte er sich daran, dass er Amsa nicht hatte töten oder zumindest leiden lassen können. Nicht, weil er es sich verboten hätte, sondern weil es diese Art der Energie nicht in ihm gab. Trotz aller Wut und sogar trotz seinem Hass auf Amsa. War das schon Mitgefühl? Er wusste es nicht.

Sie befanden sich inzwischen erneut auf dem Schotterweg, über den sie am Abend zu Fuß gekommen waren. Papillo flog im Schritttempo. Er erklärte ihnen, dass das Satellitenüberwachungssystem der Amerikaner veraltet war, weil sie nicht genug Geld hatten, um ihr Militär vollständig zu modernisieren. Deshalb würde es vielleicht nicht bemerken, dass sie anhielten, wenn er langsam genug flog.

Den Jungen war alles gleich, ihnen fielen vor Erschöpfung die Augen zu. Max bemerkte nicht einmal, wie er wegdämmerte.

Als er die Augen aufschlug, wusste er, dass er schlief. Er erhob sich und schwebte zu Amsa Ras, der ganz hinten lag. Der entthronte Herrscher des Ost-Magistrats hatte einen trockenen Mund vom Knebel und seine Handgelenke waren wund.

Doch auch ihn hatte die Müdigkeit übermannt. Er lag da und schlief, während seine Augen sich hinter den Lidern unruhig hin und her bewegten.

Max schwebte aus der Drohne und sah ihr zu, wie sie langsam davonglitt. Er befand sich am Rand der Grube. Nur ein paar Meter weiter rechts ging es steil nach unten. Der Himmel war zwar noch immer schwarz, doch die nahende Dämmerung hatte bereits begonnen, die Dunkelheit zu verändern.

Immer weiter entfernte sich die Drohne. Max blickte in die Umgebung. Keine zwei Meter entfernt eilte ein kleiner Bach zur Grube hin. Kleine pelzige Tiere machten sich an seinen Ufern zu schaffen. Max schwebte näher. Dann erkannte er sie: Ratten. In den Kellern des Waisenhauses hatte es auch Ratten gegeben. Er fühlte eine große Freude in sich – normale Tiere! Tiere, die einfach nur das waren, was sie waren, ohne gleichzeitig Menschen zu sein, denen das Recht auf Menschlichkeit verwehrt wurde.

Die Drohne war inzwischen weitergeflogen. Bald würde sie am Serpentinenweg ankommen. Max blickte nach oben. Und bald würde es auch zu regnen beginnen.

Er wandte der Grube den Rücken zu und blickte nach Norden über die öde Ebene, die früher einmal ein Feld gewesen war. Jetzt breitete sich hier eine Brache aus, auf der Gestrüpp und hier und da niedrige Bäume wuchsen. Max schwebte dorthin und betrachtete die Pflanzen. Sie waren anders als die, die er in der Grube kennengelernt hatte.

Als er sich umdrehte und die Drohne suchte, konnte er sie nicht mehr finden. Doch plötzlich sah er eine andere Drohne, die genauso langsam und tief über dem Boden flog. Sie passierte gerade den kleinen Bach mit den Ratten. Dieses

Fahrzeug aber war eckig und hatte dieselben spitzen Fortsätze an den Seiten, die er schon einmal gesehen hatte.

Im nächsten Moment wachte er auf. Mühsam rappelte er sich hoch. Ein Blick durch die Windschutzscheibe sagte ihm, dass sie die Serpentinen fast erreicht hatten.

»Papillo!«, rief er. »Du darfst nicht anhalten! Wir werden verfolgt!«

»Bist du sicher?«, fragte Papillo.

»Ja! Ich hab's gesehen, als ich schlief!«

»Weck die anderen!«

»Wir sind schon wach!«, meldeten sich die Jungen. Vul hatte ohnehin nicht geschlafen. Sie verfolgte aufmerksam die Aufregung der Menschen.

»Warum greifen sie uns nicht an?«, fragte Kaikura.

»Vielleicht, weil das hier eine Drohne des Ost-Magistrats ist und sie die nicht einfach beschießen können«, vermutete Karm.

»Hört mir gut zu!«, sagte Papillo mit eindringlicher Stimme. »Ihr müsst soviel wie möglich vom Proviant in eure Rucksäcke laden, sofort! Ich werde gleich so langsam fahren, dass wir alle hinausspringen können. Dann suchen wir uns eine Deckung und warten, bis die Amerikaner weg sind, einverstanden?« Die Jungen machten sich unverzüglich an die Arbeit. Kaikura riss die Kisten auf und Karm und Max hielten die Rucksäcke weit offen, damit er den Inhalt hineinschütten konnte. Als die Rucksäcke bis oben hin befüllt waren, blieben drei Kisten übrig, die nicht mehr hineinpassten.

»Fertig!«, rief Kaikura. »Was machen wir mit den übrigen Kisten?«

»Max!«, rief Papillo, »Glaubst du, du kannst mit den drei Kisten aus der Drohne springen?«

»Klar!«, antwortete Max tapfer, obwohl er sich überhaupt nicht sicher war.

»Und die Drohne?«, fragte Karm verwirrt.

»Die Drohne hat bereits ein Ziel«, erwiderte Papillo und lächelte seinen Enkelsohn an. »Vul!«, fuhr er fort. »Bitte nimm Amsa und spring mit ihm raus, sobald ich die Tür öffne!« Das Anomal sah Max an. Der Junge nickte ihr zu. Augenblicklich begab sie sich ins Heck der Drohne und ergriff Amsa so unsanft, dass er aufstöhnte.

»Schultert die Rucksäcke! Max nimm die Kisten! Wir sind gleich da!«

Die Jungen schulterten die schweren Rucksäcke und stellten sich hintereinander an der Tür auf. Papillo verließ das Cockpit und kam zu ihnen, nachdem er seinen Rucksack ebenfalls übergestreift hatte. Max stemmte seine Kisten hoch und versuchte sich vorzustellen, wie er springen musste, um auf den Füßen zu bleiben.

Sie erreichten die Abzweigung zu den Serpentinen.

»Macht euch bereit!«, wies Papillo sie an. Dann gab er der Drohne den Befehl, die Tür zu öffnen. Geräuschlos schob sie sich zur Seite. Kaum war die Luke breit genug, als Vul auch schon mit Amsa hinaussprang und in die Nacht hinaus galoppierte.

Als nächster sprang Kaikura, dann Karm, Max und Papillo.

Max landete unsanft auf dem Felsboden. Er verlor das Gleichgewicht und die Kisten glitten ihm aus den Händen. Die anderen waren damit beschäftigt, sich so schnell wie möglich zu verstecken. Dafür kamen ein paar unregelmäßige Felsformationen in Frage, die allerdings so flach waren, dass sie kaum Schutz boten. Etwas weiter unten wuchsen links und rechts des Weges mehrere Büsche. Dorthin war Vul gelaufen, und die anderen folgten ihr. Eine der Kisten hatte ihren Deckel verloren und der Inhalt war herausgefallen, schmale, flache, in Kunststoff eingeschweißte Platten. Max sammelte sie hastig ein und schob den Deckel auf die Kiste. Dann stapelte er die anderen darauf und hob sie mit Mühe hoch. So schnell er konnte rannte er anschließend über den steinigen Untergrund zu den Büschen hinüber.

Als er dort ankam, schob er die Kisten schnell unter einen kleinen stacheligen Busch und warf sich hinter einen großen Stein. Heftig atmend blieb er dort liegen und spähte hinauf zum Weg. Zum Glück war es noch dunkel genug, um ihn zumindest vor den Augen der Soldaten zu verbergen.

Plötzlich tauchte die Militärdrohne auf. Wie ein schwarzer Schatten schob sie sich fast lautlos vorbei. Nur ein kaum hörbares Surren war zu vernehmen. Max wagte es nicht, sich zu bewegen, für den Fall, dass die Drohne über Geräte verfügte, die mehr sahen als die Soldaten.

Doch die Drohne schwebte weiter, ohne etwas zu bemerken. Sie warteten eine Weile, bevor sie aus ihren Verstecken krochen. Max fühlte sich so müde wie noch nie in seinem Leben. Außerdem hatte er Hunger. Ohne lange zu überlegen, öffnete er die Kiste mit den flachen Täfelchen und riss eines auf. Eine braune, harte Substanz befand sich darin. Als er hineinbiss, erlebten er eine Überraschung, so süß war sie. Aber sie schmeckte erstaunlich gut.

»Wo ist Vul?«, fragte Papillo, während er sich abklopfte.

»Sie war schon weiter unten, auf den Serpentinen«, sagte Karm.

»Gut, dann lasst uns ihr folgen.«

Max hatte die braune Substanz, bei der es sich um Schokolade handelte, inzwischen aufgegessen. Er packte seine

Kartons, und gemeinsam begaben sie sich hinunter in die Grube. Ein Stück weiter bergab trafen sie auf Vul, die Amsa Ras wie ein Gepäckstück unterm Arm trug, während sie sich dreibeinig fortbewegte. Das Anomal stieß ein begrüßendes Bellen aus, als es die vier Menschen sah. Amsa dagegen warf ihnen wütende Blicke zu.

»Ich glaube, für heute haben wir es geschafft«, sagte Papillo. Er, Karm und Kaikura gingen weit vorgebeugt wegen des Gewichts der Rucksäcke. Auch Max hatte alle Mühe, seine schweren Kartons zu schleppen.

»Wohin hast du die Drohne denn geschickt?«, wollte Karm wissen.

»Sie wird plötzlich an Höhe gewinnen und nach Norden abbiegen«, antwortete Papillo. »Zehn Kilometer entfernt verläuft die Hochgeschwindigkeitsstrecke. Dort wird sie Richtung Berlin fliegen.«

»Aber die Batterie wird doch irgendwann leer sein«, wandte Kaikura ein.« Papillo schüttelte den Kopf.

»Nicht auf der Hochgeschwindigkeitsstrecke. Dort wird sie ständig mit Strom versorgt werden. Aber darum brauchen wir uns nicht zu kümmern. Den zahlt nämlich Amsa Ras, der mehr Geld hat, als wir uns vorstellen können.«

Sie lachten. Es war ein befreites Lachen, denn trotz allem war diese Nacht ein Erfolg gewesen, das musste auch Max sich eingestehen, obwohl er traurig war, weil er Emilia hatte zurücklassen müssen.

Auf dem Felsplateau legten sie eine Verschnaufpause ein. Inzwischen hatte die Dämmerung eingesetzt. Ein Blick auf Papillos Armbanduhr verriet Max, dass es fünf Uhr morgens war. Er nahm sie ab und wollte sie Papillo überreichen.

»Behalte sie«, sagte der Erwachsene. »Du hast sie dir verdient.«

Es war nun nicht mehr weit bis zu den anderen. Und doch fiel es ihnen schwer, den Weg wieder aufzunehmen. Ihre Glieder fühlten sich schwer und kraftlos an. Nur Vul und Papillo wirkten noch genauso wach wie am Abend zuvor. Über Vul wunderte Max sich nicht – sie war ein Anomal, wer wusste schon, was die Wissenschaftler mit ihren Genen angestellt hatten, um sie so ausdauernd zu machen, dass sie nicht einmal schlafen musste. Aber Papillo gab ihm Rätsel auf. Woher nahm dieser Mann seine schier unerschöpfliche Energie?

Endlich wuchteten sie ihre schwere Last wieder hoch und betraten den schmalen Hohlweg zum Rastplatz. Kurze Zeit später trafen sie dort ein. Alle schliefen noch – nur Khandro Padma saß im Schneidersitz auf dem Boden und blickte sie schweigend an.

15

Als Max aufwachte, wusste er nicht, wo er sich befand. Im Waisenhaus? Einen Moment lang erschien ihm alles, was seit seiner Flucht geschehen war wie ein Traum. Im nächsten Moment würde er die Augen öffnen und in seinem Bett im Schlafsaal der Jungen liegen oder in irgendeinem der Schlupfwinkel, die er und Emilia sich gesucht hatten, um den Übergriffen der Banden zu entgehen. Im nächsten Moment würde er die Augen öffnen, und an seiner Seite läge Emilia, die ihn aus verschlafenen Augen anlächeln würde. Im nächsten Moment …

Er öffnete die Augen. Er lag auf dem Rücken, der Regen prasselte auf die Plastikplane, die Papillo über den Platz gespannt hatte, jemand regte sich neben ihm – Vul, die offenbar die Nacht an seiner Seite verbracht hatte. Das Anomal blickte ihn aus ihren Menschenaugen an und gab einen leisen, brummenden Laut von sich, den Max nicht deuten konnte.

Erneut schloss er die Augen. Noch einmal im Waisenhaus neben Emilia aufwachen. Doch es funktionierte nicht mehr. Stattdessen fielen ihm die Ereignisse der vorhergehenden Nacht wieder ein. Der Weg in die verlassene Stadt, das Torgebäude, der amerikanische Soldat mit dem Gewehr im Anschlag, die Befreiung aus der Drohne durch Papillo und Vul, der Weg zum Waisenhaus, die halbtoten Anomals im Keller, das ›Haus hinter dem Haus‹, wie Vul es genannt hatte, wo er Emilia wiedergesehen hatte, Emilia, die nicht hatte mitkommen wollen. Emilia, die ihn ebenso liebevoll wie bestimmt fortgeschickt hatte. Emilia, die traurig aber gefasst gewesen war, und in der eine Kraft sichtbar geworden war, die er zuvor nicht an ihr gekannt oder gesehen hatte.

Trauer durchflutete den Jungen, als er an das Mädchen dachte. Einen Moment lang erschien ihm das Leben ohne sie sinnlos. Stattdessen hatte er Amsa Ras hierhergeschleppt.

Mit einem Ruck war Max wach. Er stützte sich auf die Ellbogen und blickte sich suchend um. Wo war Amsa Ras?

Seine suchenden Augen trafen auf lauter freundliche Gesichter, die ihn begrüßten – Fermin, auf dessen Schulter Puschel saß, Mohid mit seiner ironischen Art, Bo, die ihm sogar zuwinkte, obwohl sie besorgt wirkte, was sicher mit ihrer Mutter zusammenhing; Chagan, der ihm ein wohlwollendes Nicken schenkte, Papillo, der ein »Guten Morgen, junger Mann!« herüberrief, Claire Sagong, das Orakel, die ihm zuzwinkerte, als hätte sie alles schon im Voraus gewusst, die Amerikaner, die ein joviales Lächeln zeigten, Gendüns Mutter, in deren Augen Stolz und Trauer mitschwangen.

Das Lager war schon aufgelöst, überall wurde gepackt. Einige Leute waren damit beschäftigt, die Nahrungspacks auf die Rucksäcke zu verteilen. Außer Max lagen nur noch Karm und Kaikura auf ihren Matten und schliefen.

Jetzt wandte Vul erneut den Kopf und sagte mit heiserer Stimme:

»Licht hoch«. Dabei zeigt sie in den Himmel. Das sollte wohl bedeuten, dass es schon nicht mehr früh am Morgen war. Einen Moment lang fragte Max sich, woher das Anomal die Wörter kannte, die es benutzte. Dann sah er Dalma, die gerade Nira half, ihren Rucksack zu füllen. Eine der Kisten, die er hergeschleppt hatten, stand neben den beiden. Dalma hatte während Max' Begrüßung nicht zu ihm geschaut, und

Nira sah ihn jetzt unsicher an, als wüsste sie nicht, ob sie noch freundlich zu ihm sein durfte. Der Junge seufzte unwillkürlich. Es würde nicht leicht werden. Am liebsten hätte er die Augen gleich wieder geschlossen und noch ein Weilchen geschlafen. Er fühlte sich zu erschöpft für Problemgespräche mit Dalma.

Stattdessen kehrten seine Gedanken zu Emilia zurück. Er musste sich eingestehen, dass er enttäuscht war, weil sie nicht hatte mitkommen wollen. Und dass er gekränkt war, weil sie ihm gesagt hatte, sie sei nicht allein. Hatte sie sich in seiner Abwesenheit in jemand anderen verliebt? Oder war sie nie in ihn verliebt, sondern immer nur eine Freundin gewesen, und er hatte das nicht begriffen?

»Es geht eigentlich immer um Neid und Eifersucht«, sagte plötzlich eine Stimme in seiner Nähe. Er wandte sich um. Die Khandro hatte sich neben ihn gehockt – die Füße auf dem Boden, den Oberkörper halb auf die Schenkel gestützt, die Arme ausgestreckt nach vorn hängend. Sie sah ihn ernsthaft aber freundlich an. »Schenke deinen Gefühlen nicht zu viel Glauben. Sie sind auch nur Gewohnheiten. Wie unsere Gedanken.«

»Woher wissen Sie solche Sachen?«, fragte Max, dem es nicht behagte, dass seine Verfassung so offensichtlich war. Die Khandro betrachtete ihn eine Weile, als überlegte sie, wie viel sie ihm sagen konnte. Max fühlte sich unwohl unter diesem Blick. Er hatte den Eindruck, dass dieser Frau, wenn sie nur wollte, nichts verborgen blieb.

»Ich weiß solche Dinge nur, weil ich sie selbst erlebt habe«, antwortete sie schließlich. »Ich war auch einmal so jung wie du.« Sie blickte zu Dalma hinüber. »Sie mag dich wirklich. Vielleicht ist es ja Zeit, dass du dich vollkommen auf etwas einlässt. Dann wirst du feststellen, dass nicht alles im Leben ein Gefängnis ist. Denn wenn man ganz hineingeht, geht man gleichzeitig ganz hinaus.« Sie lächelte ihn an. »Das ist wie Magie, nur besser.« Sie erhob sich. »Und jetzt steh auf! Wir müssen noch etwas tun, bevor wir aufbrechen.«

Mit diesen Worten ging sie zum Ende der Lichtung, wo sich Claire Sagong, Gendüns Mutter und Chagan aufhielten. Erst jetzt bemerkte Max, dass dort eine Art Thron stand, der aus zwei Lebensmittelkisten improvisiert war. Papillo kam hinzu und deckte sie mit einem dunkelroten Tuch ab, so dass es nun wirklich wie ein Sitz aussah. Die Khandro prüfte mit den Händen die Widerstandskraft des Throns und ließ sich anschließend darauf nieder. Dann saß sie dort und sah sich die Menschen auf der kleinen Lichtung einen Moment lang an wie eine Königin, die ihren Hofstaat im Auge behielt. Plötzlich aber lächelte sie verschmitzt in die Runde, als sei alles nur ein Spiel.

Max blickte sich um. Kaikura und Karm waren in der Zwischenzeit geweckt worden und packten ihre Sachen. Sie wirkten ziemlich benommen. Als ihre Blicke sich trafen, nickten sie einander zu wie ein eingeschworenes Team, und das waren sie womöglich in der letzten Nacht wirklich geworden.

Dann entdeckte Max auch Amsa Ras. Er saß klatschnass am anderen Ende der Lichtung, halb im Hohlweg, der zum Fluss führte. Jemand hatte seine Hände um einen kleinen Baum gebunden, an den er sich mit dem Rücken lehnte. Der rote Knebel steckte nicht mehr in seinem Mund.

Amsa saß da und beobachtete die Szenerie ebenso wie die Khandro am gegenüberliegenden Ende des Rastplatzes. Die beiden erschienen Max wie der perfekte Gegensatz, und er konnte sich gut vorstellen, dass in Amsas Kopf ganz andere Dinge abliefen, zumal er, der Kettenraucher, seit vielen Stunden keine einzige Zigarette mehr im Mund gehabt hatte.

Zu seiner eigenen Überraschung tröstete ihn Amsas erbärmlicher Anblick. ›Dir geht es doch gar nicht so schlecht‹, sagte er sich. Der Gedanke gab ihm die Kraft aufzustehen. Er rollte seine Matte und seine Decke ein und stopfte sie in seinen Rucksack, in den jemand bereits einen Teil des Proviants gelegt hatte. Beim Anblick der Schokoladentafeln verspürte er ein jähes Hungergefühl. Bestimmt hatten alle anderen bereits gegessen. Er griff in den Rucksack, riss eine der Tafeln auf, brach ein großes Stück ab und stopfte es sich in den Mund. Auch diesmal entfaltete die Süße eine geschmackliche Wucht, die er noch bei keinem anderen Lebensmittel verspürt hatte. Doch zugleich fiel der Effekt weniger stark aus als beim ersten Mal.

Als er Vuls Blick auf sich fühlte, gab er ihr etwas ab. Sie beschnüffelte es zunächst und steckte es anschließend ins Maul. Plötzlich aber spuckte sie es wieder aus und gab ein würgendes Geräusch von sich.

»Vak!«, brachte sie missbilligend hervor und schüttelte heftig den Kopf. Max zuckte mit den Schultern.

»Ich finde es gar nicht so übel«, erwiderte er ungerührt und steckte sich ein letztes Stück in den Mund.

Die anderen schienen bereits über das bevorstehende Ereignis im Bilde zu sein, denn sie setzten sich im Schneidersitz vor die Khandro und blickten sie erwartungsvoll an. Max blieb, wo er war. Er hatte keine Lust, mit irgendjemandem zu sprechen. Außerdem fühlte er sich an Vuls Seite im Moment am sichersten.

Aus den Augenwinkeln beobachtete er, wie Dalma und Nira nach vorne gingen und sich nebeneinandersetzten. Er erinnerte sich daran, dass die beiden Mädchen im Regen-Quartier auch gemeinsam in einem Zimmer geschlafen hatten. Vermutlich hatte sein Auftauchen diese Freundschaft nur vorübergehend unterbrochen. ›Und jetzt ist alles wieder wie zuvor‹, dachte Max grimmig. Dalma hatte ihm noch keinen einzigen Blick geschenkt. Neid und Eifersucht – das klang so hässlich. Aber die Khandro hatte es mit einer Selbstverständlichkeit ausgesprochen, als wären diese Gefühle das Normalste auf der Welt. Und vielleicht waren sie das auch. Vielleicht empfand er sie nur als hässlich, weil es so schwierig war, sie sich einzugestehen, und weil niemand gern über sie sprach.

Er wurde aus seinen Gedanken gerissen, denn nun begann die Khandro zu sprechen:

»Wenn man auf der Flucht ist, hat man immer zu wenig Zeit«, sagte sie mit einem Lächeln. »Früher, als ich noch nicht verfolgt wurde, hatte ich auch immer zu wenig Zeit. Ständig gab es etwas Wichtigeres als die Praxis, und ich dachte: Wenn ich das und das erledigt habe, ja, dann mache ich meine Praxis. Und heute denke ich: Wenn wir einen sicheren Ort erreicht haben, dann machen wir Praxis.« Sie blickte in die Runde. »Aber ohne die Praxis verkommt alles zur Philosophie oder zur Religion. Ohne die Praxis drehen wir uns im Kreis der Gedanken, die immer nur eines wollen: dass sich nichts verändert. Erst wenn wir regelmäßig praktizieren, können wir diesen Kreislauf durchbrechen und wirklich etwas in uns bewegen. Ich sage nicht, dass wir uns in Lebensgefahr begeben sollen, um zu praktizieren. Doch wann immer wir morgens aufwachen und abends schlafen gehen, können wir eine kleine Praxis machen. Wenn ihr wollt, auch gemeinsam.«

Sie blickte erneut in die Runde. Dabei fiel ihr Blick auf Amsa Ras, der ganz hinten an seinem Baum lehnte.

»Wir haben zwei Gäste«, fuhr sie fort. »Einer ist Vul, die uns bisher schon eine große Hilfe war.« Sie wandte sich dem Anomal zu und lächelte. »Ich freue mich auf unsere gemeinsame Wegstrecke.« Vul, die offenbar verstanden hatte, was die Frau sagte, applaudierte und heulte kurz auf, was bei einigen wohlwollendes Grinsen auslöste.

»Und unser zweiter Gast ist der berühmte Amsa Ras«, fügte die Khandro ohne jede Ironie hinzu. »Wir werden ihn mitnehmen und kennenlernen. Und er wird uns kennenlernen.« Sie machte eine kurze Pause, als suchte sie nach Worten für das Folgende. Dann sagte sie:

»Ihr habt sicher schon oft das Wort ›Karma‹ gehört. Im Westen bedeutet es seit langem dasselbe wie ›Schicksal‹. Doch das eine könnte nicht weiter vom anderen entfernt sein. ›Schicksal‹ – damit meint man einen vorbestimmten Weg, etwas, woran man nichts ändern kann. Karma dagegen bedeutet nichts anderes als das Wirken von Ursache und Wirkung. Und weil alles, was überhaupt geschieht, diesem Prinzip folgt, gibt es unendlich viele Ursachen und Wirkungen, die alle miteinander in Verbindung stehen. Das ist Karma, und weil Karma so komplex ist, machen sich die Leute nicht die Mühe, die unfassbare Komplexität von Karma anzuerkennen. Unser Geist hat die Dinge lieber unter Kontrolle, deshalb ist paradoxerweise so etwas wie ein Schicksal, gegen das man nichts ausrichten kann, sicherer. Wenn ich nämlich sagen kann: Es war vorbestimmt, dass Amsa Ras und Vul zu uns gekommen sind, dann muss ich mir keine weiteren Fragen mehr stellen. Und vor allem muss ich mich nicht fragen, was ich selbst dazu beigetragen habe. Ich kann die Schuld auf irgendetwas oder irgendwen abwälzen, und wer sollte mir auch widersprechen? Niemand kann mir das Gegenteil beweisen. Aber tief in meinem Herzen ist die Wahrheit immer vorhanden, ganz gleich, wie viel Wunschdenken, wie viele schlaue Lügen und wie viel Gleichgültigkeit ich darüber auftürme.« Sie machte erneut eine Pause und wirkte nun, als lauschte sie dem Nachklang ihrer eigenen Worte. »Ich persönlich glaube, Amsa Ras ist zu uns gekommen, weil er in der Vergangenheit großes Verdienst angesammelt hat, so großes Verdienst, dass alle seine Schandtaten in diesem Leben ihn nicht davon abhalten konnten, mit uns in Berührung zu kommen. Die Wahrheit – seine innere Wahrheit – hat ihn gegen seinen Willen zu uns geführt. Wir müssen also davon ausgehen, dass er zu uns gehört.«

Max drehte sich verwundert zu Amsa Ras um. So hatte er das noch gar nicht gesehen. Ob er selbst auch in einem früheren Leben Verdienst angesammelt hatte und deshalb jetzt hier saß? Er blickte Vul an. Galt das womöglich sogar für ein Anomal? Und für Puschel? Aber was sollte das für ein Verdienst gewesen sein? Und gab es auch in ihm eine verborgene Wahrheit, die ihn zu diesen Leuten geführt hatte? Er nahm sich vor, die Khandro bei nächster Gelegenheit danach zu fragen.

»Ich möchte«, fuhr die alte Frau fort, »dass ihr euch daran erinnert, wenn ihr mit Amsa Ras zu tun habt: Er ist hier, weil die unendliche Komplexität von Karma ihn hierhergebracht hat. Denkt immer daran: Gut und Böse gibt es nicht dort draußen, sondern nur in unserem Geist. Wenn ihr daran glauben könnt, wird es euch helfen, Herrn Ras nicht als Ungeheuer zu sehen. Und wer weiß, was daraus folgt!« Sie lächelte freundlich in die Runde. »Nun habe ich aber genug gesprochen.« Sie legte die Hände aneinander und murmelte ein kurzes Gebet in Gendüns Sprache, wobei sie so schnell sprach, dass Max den Eindruck gewann, sie müsse diese Worte schon unzählige Male in ihrem Leben ausgesprochen haben.

Anschließend nickte sie Papillo zu, der sich erhob.

»Danke, eure Heiligkeit, für die Weisheit eurer Worte!«, begann er in zeremoniellem Tonfall. Dann aber veränderte sich sein Gesichtsausdruck, als er an die Gruppe gewandt aufmunternd verkündete: »Heute werden wir endgültig die verlassene Stadt verlassen!«

Die beiden Amerikaner riefen:

»Yeah!«, Kaikura stieß einen kurzen Pfiff aus, Firmin jubelte und die übrigen klatschten, sogar Mohid schien sich aufrichtig zu freuen.

»Nie wieder Müll sammeln!«, rief er frenetisch und erntete Gelächter.

Papillo reagierte mit einem Lächeln, wurde aber sofort wieder ernst.

»Macht euch keine falschen Illusionen über das, was vor uns liegt«, mahnte er. »Sobald wir die Grube verlassen, müssen wir noch mehr auf der Hut sein als bisher. Und wir werden sie auf jeden Fall verlassen müssen, denn Khandro Padma hat mir eröffnet, dass sie und ihre Begleiter einer Prophezeiung folgen, die sie nach England führt.«

Unter den Anwesenden erhob sich ein Raunen.

»Diese Prophezeiung«, fuhr Papillo fort, »betraf ursprünglich den jungen Prinzen. Doch weil der Prinz in der Stunde seines Todes alles an Max übertragen hat, betrifft sie nun ihn.«

Plötzlich wandten sich alle dem Jungen zu, der wie betäubt dasaß und glaubte, nicht richtig gehört zu haben.

»Mich?«, fragte er verdutzt.

»Ja, dich«, gab Papillo mit einem Nicken zurück. »Sie galt schon immer dir, Max. Und der Prinz wusste es von dem Augenblick an, als er dich zum ersten Mal sah. Erinnerst du dich? Du hattest dich in der Nacht ihrer Ankunft hereingeschlichen und wurdest von Chagan erwischt.« Max blickte sich verlegen um. So offen war das noch nie ausgesprochen worden.

»Und jetzt bitte ich dich, diese Verantwortung anzunehmen und Khandro Padma zu begleiten. Wir werden so weit mitkommen, wie es uns möglich ist, vielleicht ja sogar bis zu deinem Bestimmungsort. Doch darüber kann derzeit nicht einmal das Orakel etwas sagen.«

Er schwieg einen Moment, um allen Zeit zu geben, diese Nachricht zu verarbeiten. Dann sagte er:

»Es ist bald Mittag. Wir sollten schnell etwas essen und anschließend aufbrechen. Niemand weiß, ob die Soldaten uns nicht doch beobachtet haben. Ich gehe nicht davon aus, denn dann wären sie längst hier. Aber ich denke, wir haben Zeit genug an diesem Ort verbracht. Und sicher wollen die Vul ihren Lieblingsrastplatz wieder in Besitz nehmen. Also los!«

Die beiden Amerikaner sprangen auf, als hätten sie nur auf ihr Stichwort gewartet. Der eine wuchtete mit beiden Armen einen randvollen Rucksack hoch, während der andere begann, ihm Nahrungspacks zu entnehmen und sie zu verteilen. So gingen sie langsam von einem zum nächsten.

Chagan erhob sich, nahm ebenfalls ein paar Nahrungspacks aus dem Rucksack des Amerikaners. Anschließend rief er nach Vul, die zu Max' Erstaunen sogleich aufsprang und ihm folgte. Gemeinsam begaben sich die beiden zu Amsa Ras.

Als der Gefangene das Anomal auf sich zukommen sah, trat Furcht in sein Gesicht. Max musste unwillkürlich daran denken, dass Amsa noch vor kurzem genau dieselbe Wirkung auf ihn selbst ausgeübt hatte. ›Vielleicht lernt er ja auf diese Weise ein wenig Demut‹, dachte er mit Genugtuung.

Vul hockte sich nun vor Amsa und fletschte die Zähne, als wollte sie ihn bei der kleinsten Bewegung anfallen, während Chagan Amsas Fesseln löste, ihn auf die Beine zog und seine Hände vor dem Körper erneut zusammenband.

Daraufhin kamen sie zu dritt unter die Plane. Chagan setzte Amsa keine zwei Meter von Max entfernt auf den Boden und drückte ihm zwei Nahrungspacks in die Hand. Anschließend kehrte Vul an die Seite des Jungen zurück, ließ den Gefangenen aber nicht aus den Augen. Chagan nickte Max kurz zu und begab sich wieder nach vorn zu Khandro Padma.

Amsa verlor kein Wort und mied jeden Blickkontakt, während er versuchte, seine Nahrungspacks aufzureißen. Als es ihm beim dritten Mal wieder nicht gelang, stand Kaikura auf, um ihm zu helfen. Doch Amsa hielt die Packs fest und sagte:

»Nicht du! Er!« Dabei blickte er Max hasserfüllt in die Augen. Der Junge musste schlucken. Fast hätte er sich geweigert. Doch Khandros Worte über Amsas früheres Verdienst kamen ihm wieder in den Sinn. Langsam erhob er sich, nahm dem triumphierend dreinschauenden Amsa die Nahrungspacks aus der Hand, riss sie beide auf und gab sie ihm zurück. Anschließend kehrte er ohne ein Wort zu seinem Platz neben Vul zurück und wartete auf seine Essensration.

Nachdem sie das Essen an alle ausgeteilt hatten – auch an

Vul –, gingen die Amerikaner noch einmal herum, diesmal mit entgiftetem Wasser.

Es war ein Uhr, als sie endlich aufbrachen. Papillo baute die Plane ab, faltete sie zusammen und verstaute sie in seinem Rucksack. Dann ging es los. Sie folgen dem Hohlweg zum Felsplateau, umrundeten es auf dessen Südhang und betraten den Pfad, der auf der anderen Seite in den Wald führte. Vul ging mit Max voraus, Chagan kam dahinter – er führte Amsa an einer kurzen Leine, die an seine Handfessel gebunden war. Dahinter folgten Papillo, die Khandro, das Orakel, Gendüns Mutter, Firmin mit Puschel, Dalma und Nira, Mohid, Karm, Bo und Kaikura. Die beiden Amerikaner bildeten die Nachhut.

Die Bäume wuchsen nicht hoch, sondern dicht, und sie boten genügend Schutz vor Satelliten und Drohnen. Außerdem schien der Wald groß zu sein, denn der Weg schlängelte sich immer weiter hindurch, unterbrochen nur von den kreisrunden Rastplätzen der Vul. Anomals begegneten sie an diesem Vormittag jedoch nicht.

Nachdem sie etwa fünf Stunden ohne Zwischenfälle und ohne unerwartete Begegnungen gegangen waren, gelangten sie an eine natürliche Lichtung. Auch hier war felsiger Untergrund die Ursache. Einige große Findlinge lagen verstreut herum, die aussahen, als wären sie aus einem Massiv herausgebrochen worden. Max bestieg einen dieser Felsen, um einen besseren Ausblick zu haben. Als der Junge sich nach Westen wandte, sah er in der Ferne nur noch die höchsten Spitzen der verlassenen Stadt. So weit hatte er sich noch nie von ihr entfernt. Die Abbruchkante im Norden war etwas zurückgewichen, oder vielleicht hatte der Weg sie weiter nach Süden geführt.

Im Osten aber dehnte sich die Grube aus, und weit hinten, fast am Horizont, sah Max zum ersten Mal in seinem Leben das gegenüberliegende Ende.

Und dahinter eine Stadt.